古典文獻研究輯刊

四　編

潘美月・杜潔祥　主編

第 9 冊

毛鄭《詩經》解經學研究

車 行 健　著

董仲舒《春秋》解經方法探究

王 淑 蕙　著

國家圖書館出版品預行編目資料

毛鄭《詩經》解經學研究　車行健著／董仲舒《春秋》解經方
法探究　王淑蕙著 — 初版 — 台北縣永和市：花木蘭文化出版
社，2007〔民96〕

目 2+92 面 + 目 2+154 面：19×26 公分
（古典文獻研究輯刊　四編：第 9 冊）
ISBN：978-986-6831-23-2（全套精裝）
ISBN：978-986-6831-02-7（精裝）
1. 詩經－研究與考訂　2. 春秋（經書）－研究與考訂
831.12　　　　　　　　　　　　　　　　　　96004388

ISBN - 9866831027

9 789866 831027

古典文獻研究輯刊
四　編　第九　冊　　　　　　　ISBN：978-986-6831-02-7

毛鄭《詩經》解經學研究
董仲舒《春秋》解經方法探究

作　　　者　車行健　王淑蕙
主　　　編　潘美月　杜潔祥
企劃出版　北京大學文化資源研究中心
出　　　版　花木蘭文化出版社
發 行 所　花木蘭文化出版社
發 行 人　高小娟
聯絡地址　台北縣永和市中正路五九五號七樓之三
　　　　　　電話：02-2923-1455／傳眞：02-2923-1452
電子信箱　sut81518@ms59.hinet.net
初　　　版　2007 年 3 月
定　　　價　四編 30 冊（精裝）新台幣 46,500 元

毛鄭《詩經》解經學研究

車行健　著

作者簡介

國立中央大學文學碩士，天主教輔仁大學文學博士，曾任國立東華大學中文系助理教授、副教授，現任國立政治大學中文系副教授。致力於經典解釋學、經學思想及漢代學術等領域之研究，著有《禮儀、讖緯與經義——鄭玄經學思想及其解經方法》（1996）、《新讀郁離子——劉伯溫寓言》（1996）《詩本義析論——以歐陽修與龔橙詩義論述為中心》（2002）及學術論文二十餘篇。

提　　要

　　本文處理的是漢代毛鄭《詩經》解經學，重點則在於解經方法的建構。但毛鄭解經作品卻非一人一時所作，因此首先須論證這些解經成果是屬於同一系統，這是第一章的主要工作。在第二章，則對毛鄭的解《詩》成果做一概括的總體觀察，以明其體例和性質。

　　就解經目標言，一套正式的解經方法應該有其終極的詮釋目標。對毛鄭而言，其解經的終極目標就在於《詩》的「本意」。因此「本意」問題乃成為本文了解毛鄭《詩經》學首先須面臨的問題。論文的第三章就將詳細的從理論的分析和歷史的考察兩方面來探索「《詩》本意」的問題。

　　就注釋問題而言 漢人在肯定《詩》本意存在後 即透過注釋活動去構築一套獨特的詮釋《詩經》方法，來將《詩》本意詮釋出來。論文第四章就將觀察這套解《詩》方法的理論根據、建構經過及其內部構造。

　　毛鄭雖然建構了一套完整的解《詩》方法，其成果亦頗顯著，但在理論的依據方面，如方法的可行性及方法的應用等問題皆沒有做妥善的交代，以致引起後世許多的質疑和爭話。本文第五章即針對毛鄭這整套解《詩》方法做一整體的反省和評議。最後在結論中除了對本文的研究工作做一回顧之外，並對未來的研究及新論題的開拓做一展望。

目

錄

第一章　導　論 …………………………………………………… 1
　　第一節　漢代解經的幾種型態與毛鄭的《詩經》注解 … 1
　　第二節　毛鄭《詩經》解經學系統性的證立 ………… 6
　　第三節　研究方案 ……………………………………… 9
第二章　毛鄭《詩經》解經成果概述 …………………… 13
　　第一節　《詩序》的性質及爭辯 ……………………… 13
　　第二節　《毛傳》的性質及特色 ……………………… 16
　　第三節　《毛詩箋》的性質及特色 …………………… 20
　　第四節　《毛詩譜》的性質及特色 …………………… 25
第三章　解《詩》的目標 ………………………………… 29
　　第一節　《詩》本意及解《詩》目標 ………………… 29
　　第二節　《詩》本意的內涵 …………………………… 35
第四章　毛鄭《詩經》解經方法的理論根據及其建構 45
　　第一節　解經方法的理論根據 ………………………… 45
　　第二節　解經方法的建構 ……………………………… 52
第五章　對毛鄭《詩經》解經學的綜合反省 …………… 61
　　第一節　對毛鄭解《詩》的質難 ……………………… 61
　　第二節　質難的解消之道及詮釋的客觀性判準 ……… 68
第六章　結　論 …………………………………………… 77
　　第一節　毛鄭《詩經》解經學的性格的釐清 ………… 77
　　第二節　回顧與展望 …………………………………… 79

參考書目 …………………………………………………… 83

自 序

　　《毛鄭詩經解經學》是我就讀於國立中央大學中研所時所撰就的碩士論文，指導教授是顏崑陽先生，畢業的時間是民國八十一年夏天。當時寫完之後，送了一本給林慶彰老師，請他指正。林老師那時正擔任中央中文所經學史課程的講席。雖然我已經三年級，課程都修畢了，但每個禮拜還是會去課堂上旁聽。那個時候林老師曾問我有沒有出版的意思，他可以幫我向出版社推薦。不過，我自覺碩士論文還只是初學階段的不成熟作品，如果貿然拿去出版，恐貽笑大方，因此只好婉謝林老師的美意。而這本論文從此也就一直擱在那，此後相當長的一段時間都沒有出書的念頭。但這不表示我放棄了這本論文，事實正好相反，我是用另一種方式去面對它：此即將這本論文中所開發或觸及到的議題和問題意識轉化成我這些年來持續研究的一個方向：《詩經》解釋學的相關問題之探討。前些年我出版的《詩本義析論》一書，其中對《詩經》本義問題的研析就是延續自碩士論文階段對這個問題的思考。由此看來，這本論文的主要價值和對我的意義，大概就在於《詩經》解釋學問題之開發與提出，而不完全在於問題的解決。

　　其實對於學生時代的作品，很多人大概都抱持跟我一樣的矛盾態度：即一方面用不堪回首的鄙薄眼光來看待其年輕時的「少作」，甚至會後悔或羞愧的不願提及，好像曾經做了什麼見不得人的事。但另一方面又會用充滿溫情，甚至略帶點驕傲的心態對他那段「當年勇」的學術表現舐唇咂嘴，回味不已，彷彿是將其視做自己往後學術生命的「龍興之地」。我曾經聽聞一位中研院的學者說過這樣的話：一本學位論文可能是你的朋友，也可能是敵人。優秀的學位論文就是你的朋友，不好的學位論文就是你的敵人，它會一直跟著你。（大意如此）「悔其少作」是自己主觀的感受，但一旦少作變成跟你作對的敵人，那可就是客觀評價的態勢，由不得自己的喜怒愛恨了。從自我感受的角度來說，我對這本「少作」固然不太滿意，但也還達不到後悔或羞愧的地步。不過，若從客觀評價的角度來說，我實在不知道這本論文究竟給我招來了多少敵人。但這也是沒辦法去計較的事，因為學術本來就是如此，不論是少作或力作，優作或劣作，通通都要經過客觀的檢驗，因而譽毀、褒貶的評判程序也就不可避免了。想通了這點，也就不必再衿持於學

生階段的學位論文出版是否合宜的問題了。畢竟，站在資料流通與學術推廣的立場上，絕大多數「養在深閨人未識」的學位論文的出版，的確可以起到促進學術研究與交流的積極作用。

　　最後，關於這本論文的正式刊行在內容上是否有所增刪改易的情況，請恕我厚顏的引用陳寅恪先生的一段話來做爲我對這問題的說明：「至於原文，悉仍其舊，不復改易，蓋以存著作之初旨也。」（《論再生緣・校補記後序》）。當然，對那些既已存在的字詞文句與論文格式的舛誤加以校改訂正，仍是不可或缺的。

民國 96 年 3 月 10 日車行健謹識於國立政治大學

第一章　導　論

第一節　漢代解經的幾種型態與毛鄭的《詩經》注解

　　所謂「解經學」是指研究、解釋古代經典的一門學術。對照西洋學術，解經學其實就是所謂的「解釋學」（Hermeneutic）。解釋學本是為了解釋古代經典而產生，特別是基督教的《聖經》，所以又可譯為「解經學」。本文使用「解經學」這個名目是採比較寬泛的用法，借用過來特指研究、解釋中國儒家經典的學問。事實上，這種用法也未必不合乎漢代經師解釋儒家經典的歷史事實，如《漢書‧劉歆傳》:「及歆治古文，引傳文以『解經』。」則「解經」一名，其時固已通行。若對「解經」所施用的方法、技術做一綜合的反省而出之以系統性、學理性的論述，則也可把這種論述的結果稱做「解經學」。就如同「訓詁」和「訓詁學」的分別一樣。訓詁本身是一種手段、一種施用方術，而訓詁學卻是一門對這套施用方術加以反省的學問。但本文也只是借用了這個名詞而已，目的不在討論「解釋學」的一般問題。西洋現代的解釋學討論的主要是「理解」的問題，而這裏則偏重在對實際詮釋經典的方法、技術的反省，因此無寧是比較接近「解釋學」的古義，即「文獻的解釋學」或「解經學」。因為漢人解經之作多以注解的方式表達，捨注解則無由對其解經的實況加以了解，所以在探討漢人的解經學時，實有必要先對漢人的經注做一番初步的認識。

　　漢人注解之書，名目繁多，據《漢書‧藝文志》所載，有「傳」、「記」、「傳記」、「雜記」、「說」、「略說」、「說義」、「微」、「章句」、「故」、「解故」、「訓」、「訓纂」等。名稱雖不一，然大體上可別為「故訓」和「傳說」二類。清人黃以周〈讀漢書藝文志〉，云:

　　　漢儒注經，各守義例，故訓傳說，體裁不同，故訓者，疏通其文義也;

傳說者，徵引其事實也。故訓之體，取法《爾雅》；傳說之體，取法《春秋傳》。孔子《十翼》，本不名傳，《象》、《象》依經立訓，與故訓近；《繫辭》、《說卦》專論大義，與傳說近。《詩》家毛公，合詁、訓、傳爲一，仍以故訓爲主，魯、齊、韓諸家，故與傳劃分兩書。

今人張舜徽復申述其說：

> 漢儒解經之書，名目繁夥，大別之約有二體。有但疏通其文義者，其原出於《爾雅》，其書則謂之故，或謂之訓。《漢志・藝文志》載《三家詩》說各有故數十卷，字亦作詁，蓋可兩行。高誘注《淮南》即命之曰訓，故與訓義例略同。有徵引史實以發明經義者，其原出於《春秋傳》，其書復有內傳、外傳之分，惟毛公說《詩》，疏通文義與徵引史實二者兼之，故其書合三字以爲稱，名曰「詁訓傳」。其書雖多徵引古書逸典，而究以詁訓爲重，故以此二字冠傳之上。〔註1〕

所謂「故」、「故訓」者乃偏重在詞語的解釋，而「傳」、「說」等則較偏重全篇或全書大義的闡發。就注解或詮釋活動而言，其終極目的自然是理解和詮釋文本的意義。文本的意義，是由組成該文本的語言文字所產生的。文本的意義大體上可以約略區分爲三個層次：在一篇文本中，最小的意義單位爲「詞」，較大而完整的意義組成單位則爲「句」和「章」，〔註2〕全篇的意義單位則爲「篇」。「句」和「章」雖有所不同，但由於二者皆同爲小於「篇」而又廣於「詞」的意義單位，在古人的使用中常併合而論（如所謂的「章句之學」），爲了討論的方便，可暫將其視爲同一層面的意義單位。〔註3〕如此，要訓釋文獻就須先從詞語之義、句章之義逐步的探求，最後

〔註1〕以上黃、張二氏引文具見張舜徽《說文解字約注》「詁」字釋義。洛陽：中州書畫社，1983 年第 1 版。

〔註2〕句子有兩種，一種是音節的詩句，另一則是語意上的句子。前者只是依音節韻律爲斷，有時並不構成一充足完整的意義單元，即語意上的句子。如：「汎彼柏舟，亦汎其流。耿耿不寐，如有隱憂。微我無酒，以敖以遊。」（《邶風・柏舟》）以上四字一句，故篇后題云「章六句」，然而按文意劃分，實際上只有三句。分別爲「汎彼柏舟，亦汎其流」、「耿耿不寐，如有隱憂」和「微我無酒，以敖以遊」。又如：「天命玄鳥，降而生商。」（《商頌・玄鳥》）依《毛傳》解釋：「春分玄鳥降。湯之先祖，有娀氏女簡狄，配高辛氏帝。帝率與之祈于郊祺而生契。故本其爲天所命，以玄鳥至而生焉。」則可知此八字按照語意應分成「天命」、「玄鳥降」和「而生商」三句。但是在歌頌吟誦時，卻必須是四個字一句。（見陸宗達《訓詁學簡論》，頁 33-35，臺北：新文豐出版公司出版，民國 73 年初版。）

〔註3〕事實上，要把章和篇做清楚的區分是很困難的，二者之間不一定存在著確定的界限。有時一章自成一完整的意義單位，將之視爲一篇也不爲過，又有時一篇文字恰只由一章組成，則一篇即爲一章。所以在實際情況中，章和篇之間未必存在著嚴格的區

才可臻至全篇意義的理解。

以這個區分來看待上述對漢人解經的型態分析，則不難發現，似乎漢人只著重在語詞層面（即「詁訓」）和全篇甚至全書旨意的解釋（即「傳記」），而遺漏了句義章旨層面的解析。其實不然，因為漢人解經的方法中有所謂的「章句之學」，而據《漢志》所錄的解經作品，其中也有為數不少的「章句」之作。「章句」就其原始意義而言，正是在進行句義章旨的解析工作，《禮記・學記》云：「古之教者……一年視離經辨志。」《鄭注》曰：「離經，斷句絕也。」黃以周〈離經辨志說〉曰：

> 離經，專以析句言；辨志，乃指斷章言。「志」與「識」通，辨志者，辨
> 其章旨而標識之也。〔註4〕

離析經義和斷絕章句正是漢代經生整理、研究經書的開始，因為不如此，則自秦火以後，殘缺散亂的經書根本無法卒讀。因此可以說，句章層次的解析反而是漢代經學的起點。「離經斷句」或「分章斷句」正是所謂「章句」或「章句之學」的原意，所以呂思勉就以為章句的初始其實就如同今天的標點符號。〔註5〕

然而「章句」又不僅止於「分章斷句」而已，因為早期經師的傳授著重在口耳相傳，經師的講授除了經文的誦讀之外，又兼及於對經文的解說。其方式是對每句的句義或每章的章旨做簡明的釋義，此從今存趙歧的《孟子章句》和王逸的《楚辭章句》中即可見其一斑。〔註6〕而這種解經方式可能就是《漢書・丁寬傳》所說的「作《易說》三萬言，訓故舉大誼而已，今小章句是也」。「小章句」應該就是章句之學的最初型態，其特徵在於：（一）對經文加以分章斷句；（二）對每句的句義或每章的章旨做簡略的釋義。而在釋義的過程自然也會對生僻的詞語加以訓解，但無論是字詞的訓釋或句義的解析皆極簡明扼要，所以說「訓故舉大誼」。「大誼」者，謂字詞或文句的要義也，非「訓詁」與「大義」對舉而別為二物也。因此可知「小章句」的解經方式包含了語詞和句章的層次。

除了「小章句」包含了詞、句章二個層次的釋義之外，有些「訓詁」的書也兼

分，這裡所做的區分只是為了討論的方便，不必與各別的實際情況皆相符合。

〔註4〕原文未見，轉引自張舜徽《中國古代史籍校讀法》，頁27，臺北：臺灣學生書局，民國80年出版。

〔註5〕見氏著《章句論》，頁3。臺北：臺灣商務印書館，民國66年臺1版。

〔註6〕漢人章句之作今完整保存下來的只有趙歧的《孟子章句》和王逸的《楚辭章句》而已。《孟子章句》以句義的解析為主，亦兼及訓詁；於每章後又有章旨。可說是最標準的句章層次的釋義之作。《趙注》的作法頗引起後世學者的讚歎，如《四庫提要・孟子正義提要》云：「漢儒注經多明訓詁名物，惟此《注》箋釋文句，乃似後世之口義，與古學稍殊。」阮元《孟子注疏校勘記》云：「……且章別為指，令學者可分章尋求，於漢傳注別開一例，功亦勤矣。」引文俱見南昌府學本《孟子注疏》。

及此。如《毛詩故訓傳》於訓釋每首詩後皆附言該首詩應分幾章，每章有幾字。偶而在傳文中也兼及句義章旨之解析。

漢初傳經既重在口耳相傳，而經師亦喜言其中有微言大義在，遂形成今文經學獨特的說經方式。故今文學家特重師法、家法，不敢輕易背叛，視違背師說為大忌。而這些師法、家法或師說等，其實就是「傳」、就是「說」，無甚分別。呂思勉說：

> 不過其出較先，久著竹帛者，則謂之「傳」；其出較後，猶存口耳者，則謂之「說」耳。〔註7〕

而今文學家的那些口說大義又往往以「章句」的型態出現。〔註8〕於是章句便不復初時的單純簡潔，雜入了許多今文經師解釋經義的說法，若陰陽災異，若五際六情，若圖讖……等等，不一而足。遂使章句之作異常龐大，數十萬甚或上百萬言者，毫不為奇，所以馬瑞辰批評說：

> 章句者，離章辨句，委曲支派，而語多傅會，繁而不殺，蔡邕所謂「前儒特為章句者，皆用其意傅，非其本旨」，劉勰所謂「秦延君之注《堯典》，十餘萬字；朱普之解《尚書》，三十萬言，所以通人惡煩，羞學章句」也。
> 〔註9〕

這些龐大的「章句」之作相對於簡略的「小章句」，或可稱做「大章句」，且其性質也顯然與「小章句」不大相同，實際上就是屬於「專論大義」的「傳記」之類者。〔註10〕

由以上的敘述可知，就文獻的詮釋而言，基本上應有詞、句章和篇三個層次的詮釋步驟，而就漢人實際的解經工作而言，亦有對這三個層次的詮釋注解。「故」、「解故」主要針對詞語解釋，亦偶有對經文做分章斷句者。而「傳」、「記」（包括「大章句」）等則主要是就全篇或全書的大義要旨加以闡發，此外又有「章句」的解經方式（即「小章句」），其最初的工作就是分章斷句、解析句義和章旨。雖然「故訓」亦兼有分章斷句及解析句義章旨的功能，而後來的「大章句」亦如「傳記」般的喜講微言大義，但基本上這三者無論是在性質上或實際的解經工作上都有所不同，所以本

〔註7〕見《讀史札記·傳說記條》，頁684-685。臺北：木鐸出版社，民國72年初版。

〔註8〕呂氏又云：「漢世所謂說者，蓋皆存於章句之中……可知章句之即說」。見同註7，頁690。

〔註9〕見馬瑞辰《毛詩傳箋通釋·卷一·毛詩詁訓名義考》。（陳金生點校本，北京：中華書局，1989年第1版），引文見頁4。

〔註10〕有關這方面的討論，請參考戴君仁《經疏的衍成》和林慶彰先生《兩漢章句之學重探》二文及呂思勉《讀史札記·傳說記條》和《章句論》等書。戴文見《梅園論學續集》，頁93-117（臺北：藝文印書館，民國63年出版）；林文收入《漢代文學與思想學術研討會論文集》，頁255-278（臺北：文史哲出版社，民國80年出版）。

文就以黃以周、張舜徽二氏的說法爲基礎，略爲補充他們的說法，將漢儒解經的型態區分爲「故訓」、「章句」和「傳記」三者。「故訓」者，著重在語詞層面的訓釋；「章句」者，著重在句義章旨層面的解析；而「傳記」者，則著重在全書或全篇的層面，或徵引史實或雜引諸說以闡明經文之精義奧旨，總之，以大義之闡釋爲務。三者範限分明，畛域畢見，各有各的任務與目標，解經者若能三者分頭並進，而又能夠加以統貫綜合，則經義庶幾可明。

本文討論的重點是毛鄭一系的《詩經》解經成果，其主要作品有四，即《毛詩序》、毛公的《毛詩故訓傳》以及鄭玄的《毛詩箋》和《毛詩譜》。照上述漢人解經型態的區分，大體上，可將《毛詩故訓傳》和《毛詩箋》歸爲「詁訓」一類，而將《毛詩序》和《毛詩譜》歸爲「傳記」一類。《毛詩序》，（以下簡稱《詩序》或《序》）屬於「傳記」類不成問題，因爲《詩序》，正是「徵引史實以發明經義」者，或更精確的說，將詩中的詩旨大義或史實本事闡發出來，使讀者了解詩義。《毛詩譜》（以下簡稱《詩譜》或《譜》）雖非直接詮釋經文，但其目的在於提供詩人或詩義的歷史地理等外在背景，目的也在於闡揚詩旨大義，性質自然與《詩序》較接近，所以《孔疏》也認爲：「此譜亦是序類」（《毛詩正義·詩譜序·疏》）。

至於《毛詩故訓傳》（以下簡稱《毛傳》或《傳》）和《毛詩箋》，（以下簡稱《鄭箋》或《箋》），其內容多爲對詞語名物所做的訓解，把它們歸爲「詁訓」一類自是合理。但令人疑惑的是，既然如此，那《毛詩故訓傳》爲何仍標「傳」名呢？上引黃、張二氏也看到了這種矛盾的狀況。他們認爲《毛詩故訓傳》，其實是合「故」、「訓」、「傳」三者，但仍以故訓爲主。之所以名其書爲「詁訓傳」者，是因爲「訓故不可以該傳，而傳可以統訓故，故標其總目爲『詁訓傳』。」〔註11〕其實，《毛詩詁訓傳》的內容絕不單純，除了以字詞爲單位的「詁訓」一類的解經形態之外（「詁」、「訓」二者，細言之，也各不相同，詳見第二章第二節），在句章和篇的層次中，《毛詩詁訓傳》的解經也皆有涉及。前者如《周南·關雎》，詩云：「窈窕淑女，君子好逑。」《毛傳》釋之曰：「言后妃有關雎之德，是幽閒貞專之善女，宜爲君子之好匹。」這顯然就是在做詩句的譯釋串解。後者則如《毛傳》在《關雎》首句的注解中，爲《關雎》全詩的詩旨大義所做的闡發：

> 后妃說樂君子之德，無不和諧，又不淫其色。慎固幽深，若雎之有別焉。
>
> 然後可以風化天下。夫婦有別則父子親；父子親則君臣敬；君臣敬則朝廷正；朝廷正則王化成。

〔註11〕見同註9，頁5。

這種解釋既不依附於某一特定的詞語，也非專對某句某章加以譯釋串解，從性質上來看，似頗近於「序體」。〔註12〕

第二節　毛鄭《詩經》解經學系統性的證立

　　《序》、《傳》、《箋》、《譜》四者既是本文的直接研究對象，如此，在進行以下的研究工作時，首先要面對和克服的問題即是：如何證明這四者確是構成連貫而一致的解經方法系統？所謂連貫就是前後互相關聯；一致則謂前後不互相矛盾。滿足這兩個條件才稱得上是一套方法系統或才符合一門學問的要求。在系統性要求的條件之下，則擺在《序》、《傳》、《箋》、《譜》這四部既非純出於一人、一時之手，且在某些具體的詮釋中又彼此偶有矛盾產生的漢代《詩經》著作之前的首要問題即是：如何解決「符合系統性與否？」的問題。這個問題若無法做出正面論斷的解決的話，以下的研究工作就將無法進行。

　　就漢代經學傳授源流的記載來看，似乎可做支持這四者合乎系統性要求的肯斷。《漢書‧藝文志》載《毛詩》二十九卷，《毛詩故訓傳》三十卷。《毛詩》指的是經文，也就是毛公所傳下來的《詩經》本子，此即《漢書‧藝文志》所云：「又有毛公之學，自謂子夏所傳，而河間獻王好之。」《漢書‧儒林傳》也說：「毛公，趙人也。治《詩》，為河間獻王博士。」而《毛詩故訓傳》則是根據《毛詩》的本子對經文所做的訓解。作《傳》的人或以為毛亨（即大毛公），如陸璣《毛詩草木鳥獸蟲魚

〔註12〕從以上的事實可知，《毛詩詁訓傳》之「詁」、「訓」、「傳」三者，的確代表了幾種不同層次、不同形態的解經方式，詩句的譯解串講部分，或可併入「訓體」（詳細討論見第 2 章第 2 節），然而詩旨大義的闡發，從名稱上來看，這部分解經的內容應是屬於「傳體」無疑，但比較令人困擾的卻是，如此一來，則「傳」體與「序」體在性質上和實際的解經功能上，豈非無所分別？那麼，「傳」、「序」之別，又從何而起？又如何成立？若「傳」、「序」無所別，則為何又分立二名？分屬二書？現存《毛詩詁訓傳》中，「傳」的部分與《詩序》的關係又如何？徐復觀在《中國經學史的基礎》一書曾做了如下的推測：「我懷疑《毛詩詁訓傳》的『傳』，指的即是《大序》。因為『序』與『傳』的基本性格相同，在兩漢可以互用。《史記‧自序》，即是《自傳》；《漢書》的《自傳》稱為『序傳』；馬融的《周官傳》，即後人之所謂《周官序》；《漢書‧律歷志》：『是時卿史大夫兒寬明經術』，『寬與博士賜等議，皆曰……推傳序文，則今夏時也』，其『傳序』並稱，為諸儒所同，更為明白。由此可知《詩詁訓傳》的『故訓』是解釋詩的文字；而所謂『傳』，是《小序》、《大序》的總稱，可能今日的所謂『小序』，原稱為『詩序』，及將原來的《詩序》發展而為《大序》，便可稱之為『傳』了。」（見頁159，臺北：臺灣學生書局，民國79年初版）其言甚有見地，然因相關佐證的資料仍不充分，我們在這裏對此問題還是持存疑的態度，徐氏之說錄之以供參考。

疏》云：「荀卿授魯國毛亨，亨作《訓詁傳》以授趙國毛萇」；〔註13〕或以為毛萇（即小毛公），如《隋書・經籍志》載：「《毛詩》二十卷，漢河間太守《傳》，鄭氏《箋》。」不論是大毛公或小毛公，《毛詩故訓傳》很明顯的與《毛詩》的本子有著密切的關係在。而《詩序》呢？雖然作者的問題聚訟難決，但論者若只從文獻的角度著手，將作者的問題暫置一邊，一樣也能對系統性的問題做出明確的判斷。據王引之云：

> 「《毛詩》卷第一」，《正義》曰：「《藝文志》云：『《毛詩經》二十九卷，《毛詩故訓傳》三十卷。』是毛為詁訓與經別也。……其《毛詩經》二十九卷不知併何卷也？」
>
> 　　引之謹案：《毛詩》經文當為二十八卷，與魯、齊、韓三家同，其《序》別為一卷，則二十九卷矣。《志》曰：「《詩經》二十八卷」，魯、齊、韓三家蓋以《十五國風》為十五卷，《小雅》七十四篇為七卷，《大雅》三十一篇為三卷，《三頌》為三卷，合為二十八卷。《周頌》三十一篇，每篇一章，視《國風》、《小、大雅》、《魯、商頌》諸篇章句最少，故併為一卷也。……《序》冠篇首，則不別為卷矣。至毛公為《詁訓傳》，乃分眾篇之義，各置於其篇端，然則《詁訓傳》始以《序》置篇首。若《毛詩》本經，則以諸篇之《序》合編為一卷明甚，經二十八卷，《序》一卷。毛公作《傳》，分《周頌》為三卷，又以《序》置諸篇之首，是以云三十卷也。〔註14〕

如其說，《詩序》本即附在《毛詩經》二十九卷中，《毛詩經》多出的一卷即為《詩序》，之後又拆散併入《毛詩詁訓傳》三十卷中，從文獻的分合來看，則《毛詩》、《詩序》、《毛傳》的關係又顯然可見。

又《鄭箋》之作本就是「宗毛為主」（鄭玄《六藝論》語），而所謂「毛」者乃兼指《詩》經文、《毛傳》及《詩序》（《鄭箋》也替《詩序》做注）三者。在鄭玄的心目中，可能根本就不覺得這三者有任何不同或違異之處，所以作《箋》時，並及於《詩序》與《毛傳》。至於《詩譜》之作也是鄭玄中年改從《毛詩》之後，在毛詩學的系統下完成的作品。〔註15〕如此，則《鄭箋》、《詩譜》二者和《毛詩》一系的關係以及《序》、《傳》、《箋》、《譜》四者的關係似乎皆有明確的文獻資料可證。

〔註13〕據丁晏校正，《古經解彙函》本。收入《叢書集成新編》，第43冊。臺北：新文豐出版公司，民國73年出版。

〔註14〕見《經義述聞・卷七》，收入重編本《皇清經解》，第18冊，臺北：漢京公司出版。

〔註15〕鄭玄早年習《韓詩》，中年後改從《毛詩》，據《年譜》，玄之箋《詩》與撰《譜》俱在五十八歲時，其時已改從《毛詩》。鄭玄年譜有清以來撰作不下十餘家，今人王利器氏《鄭康成年譜》（濟南：齊魯書社，1983年出版）後出轉精，最為詳贍，今悉依王《譜》。有關鄭氏年譜之文獻資料，請參閱文末所附「參考書目」。

　　除了文獻資料的證明之外，從實際的解詩立場上考察，亦可支持四者具備系統性要求的論斷。近人李家樹曾針對《詩序》與《毛傳》的異同做過統計。結果發現，在《國風》的一百六十篇中，《序》和《傳》對詩旨大義的解釋，所說相同的竟達至一百三十五篇，相異的僅有五篇，其他二十篇則是無法判斷的，二者相同比例高達百分之八十四點多。〔註16〕其實《毛傳》的解經主要在詞句解釋的層面，詩旨的解釋多流於簡略，很多根本就看不出來，以致無法拿來和《詩序》做比較。李氏也看到這點，他的做法是再據《鄭箋》、《孔疏》及後儒對《毛傳》的申述，才能勉強達到這個數目，所以實際上無法判斷的數目應遠超過李氏所統計的二十篇。但即使如此，李氏的工作也透露了極重要的訊息，即畢竟《詩序》和《毛傳》相異的地方只占少數，大多數還是相同或至少是無法比較的。但無法比較並不表示《毛傳》和《詩序》相異，因爲《毛傳》的性質本就不在闡發詩旨，它沒對詩旨提出說明以致無法拿來和《詩序》做比較這個現象，只能說二者的性質和任務有別，不能移來做支持二者在解經系統上各不相同或彼此無關的論斷。

　　至於《鄭箋》，李氏雖未處理，但因《鄭箋》有替《詩序》作注，所以在有關詩旨的詮釋方面，《鄭箋》基本上都是順著《詩序》的意思，再加以補充、引申。因此，在解釋理路的系統性上，反比《毛傳》表現得更明顯（上述李氏常採《鄭箋》的申述才能判斷《毛傳》與《詩序》相合與否，更是顯明的證據）。雖然《鄭箋》又間採《三家詩》說解《詩》，但其在詩旨解說方面，大體上仍不違《序》、《傳》，所以承認《鄭箋》屬於《毛詩》一系解《詩》系統，相信應不致太離譜。最後則是《詩譜》的問題，因爲《詩譜》在體制上不同於《序》、《傳》和《箋》，不易拿來做比對統計的工作。但當知道《詩譜》和《鄭箋》的作者是同一人且又是在同一段時間內完成的事實之後，則論證了《鄭箋》和《序》、《傳》的關係之後，這種關係自然也能適用到《詩譜》之中。則根據以上的結論，也就可將《詩譜》置於《毛詩》一系解《詩》系統之內。

　　經過以上文獻和解詩理路二方面的論證之後，應可確切承認《序》、《傳》、《箋》、《譜》四者構成了連貫而一致的解經方法系統。當然這種系統也只是就它們解《詩》的基本立場和方向上而言，只要在大方向和基本立場上彼此沒有太大的出入，研究者即可承認其系統性的成立，至於個別和細節上的差異就不是那麼重要了。如此，將它們視爲一整體的研究對象應該不成問題。

〔註16〕參李家樹著《詩經的歷史公案》，頁 27-31，臺北：大安出版社，1990 年出版。

第三節 研究方案

一、研究動機

　　毛鄭的《詩經》古注是現存最早且最完整的《詩經》注解，影響深遠，在《詩經》學史上的地位和重要性自是無庸置疑。前人的研究主要表現在兩方面，其一是沿著《毛傳》、《鄭箋》的方向，深究名物訓詁。從唐代孔穎達《毛詩正義》起，歷宋、元、明，這種研究傳統始終未曾斷絕，直至清中葉，更隨著清人新疏的出現而達到最高峰。其一則是受著《詩序》、《詩譜》的引導，探索詩旨篇義和考察詩篇時代背景。這項工作在宋朝時，由於受到宋人疑古精神和理性批判學風的影響，曾一度引起學術界的軒然大波，而導致了「尊序」和「疑序」、「廢序」的激烈對峙，為日後清人「漢、宋之爭」埋下了導火線。〔註17〕

　　傳統詩經學的研究，看似紛紜繁雜，著作汗牛充棟，但其主要脈絡仍不脫離這兩個研究方向。在一些比較成系統的研究著作中，如孔穎達的《毛詩正義》和朱熹的《詩集傳》，基本上皆能夠綜合這兩方面的研究，並不偏廢一方，可算極其典型的研究成果。然而他們的工作只是完成了一套對《詩經》的系統解釋，並沒有自覺的將他們使用的研究方法做一明確系統的反省。事實上，在將名物訓詁和詩旨篇義兩方面加以綜合研究時，其中已蘊含了一定程度的方法構作。研究者或是沒有自覺到這套方法的存在，或是雖自覺到，但並未用理論的方式加以陳述。這種情況，在重視方法學的今天看來，是甚為可惜的。因此，本文的研究就是在對方法學措意留心的問題意識導引之下，希望透過對古人在研究過程中所運用的種種方法的考察反省，能對方法學的問題，有一番深入的了解。毛鄭的《詩經》解經學即是我們所選擇的研究實例。本文的目的，除了希望對毛鄭的解《詩》有所理解之外，還希望能盡可能的將毛鄭在解經時所實際運用但未明白表達出的方法，做一綜合的組構，以了解這套系統的內部構造和總體功能，及評詁其在實際解經工作中所達致的成效。

　　此外，從解經學的角度言，本文雖以《詩經》做為研究對象，但研究者本人並

〔註17〕清代學術史中所謂的「漢、宋之爭」的焦點主要就在於《詩經》學中的《詩序》問題。《四庫全書總目》在概述各經的研究情況時，獨於總論的部分提到「漢、宋之爭」。在該書《經部十五・詩類一》中說：「《詩》有四家，毛氏獨傳。唐以前無異論，宋以後則眾說爭矣。然攻漢學者意不盡在於經義，務勝漢儒而已。伸漢學者意亦不盡在於經義，憤宋儒之詆漢儒而已。各挾一不相下之心，而又濟以不平之氣，激而過當，亦其勢然歟！」（臺北：藝文印書館，民國68年出版）。關於這個問題的最新討論，可參岑溢成先生《詩補傳與戴震解經方法》一書第4章第1節，臺北：文津出版社，民國81年出版。

不直接去對經文本身做研究，而是透過前人的研究、前人的理解，間接的去研究經文，而達到對《詩經》的理解。這種間接方式的研究，即透過對前人對經典的研究的研究，不但可使研究者對經典本身有所理解（雖然是前人的理解），而且還可了解到前人理解的過程，學習到前人理解的方法，以及前人對待該經典的態度。「如何達致理解的過程」有時反而比「理解的獲得」本身還重要，因爲對「如何達致理解的過程」的研究和學習可以做爲日後我們親自去研究、理解經典時的基礎和資料。既然前人的研究成果常以注解的方式出現，所以本文對《詩經》的研究也正是經由前人的注解來進行，特別將重點置於漢人藉著注解的方式，對《詩經》所進行及獲得理解的過程。因此，詮釋的方法，也就是毛鄭的《詩經》解經學所建構及運用的一整套方法，是本文關懷和研究的重點。希望透過深入的研究，能夠對解經過程中所遭遇及引發的一些問題有一深入的理解和釐清。

二、研究程序

本文處理的焦點是毛鄭的《詩經》解經方法，但毛鄭解經作品卻非一人一時所作，因此論證這些作品是屬於同一系統的解經成果就成爲本文的當務之急，上節已對這個問題做了交待。在第二章中，將繼續對毛鄭的解《詩》成果做個概括的、總體的觀察，以明其體例和性質。

而就解經目標言，一套正式的解經方法應該都有其終極的詮釋目標，否則這套解經方法存在的理由就不可理解了。對毛鄭而言，其解經的終極目標就在於《詩》的「本意」。儘管「《詩》本意」的內涵、以及探求「《詩》本意」的方法都是極其複雜的問題，但對毛鄭乃至於歷代《詩經》學者而言，他們一切的詮釋活動皆是依靠著對本意的確信與肯定這樣的信念來支持。「沒有本意」或「本意最終不可知不可求」的說法，對他們而言，是無法想像和不可思議的。所以儘管他們在對「本意內涵的認定」以及「如何探求本意」這些問題上仍存有許多的歧見，但就「肯定本意」以及「肯定本意最終可獲知」這些問題上，他們的立場始終一致。因此「本意」問題就成了我們了解前人《詩經》詮釋活動時，首先須面臨的問題。論文的第三章就將詳細的從理論的分析和歷史的考察這兩方面來探索「《詩》本意」的問題。

就注釋問題而言，漢人在肯定《詩》本意存在後，即透過注釋活動去構築一套獨特的詮釋《詩經》的方法，來將《詩》本意詮釋出來。這套方法深刻的影響了二千多年來中國古典詩歌的箋注，所以對這套解經方法的了解，不但對認識漢代《詩經》解經學的特色有所助益，更可以對古典詩歌的箋注方法有更進一步的理解。論文的第二章將先對毛鄭《詩經》注解成果做一基本說明，第四章將進一步觀察這套

《詩經》解經學的建構經過，包括其理論根據，內部構造和總體功能。

毛鄭雖然建構了一套完整的解《詩》方法，其成果亦頗顯著，但在理論的依據方面，如方法的可行性及方法的應用等問題皆沒有做妥善的交代，以致引起後世許多的質疑和爭詬。對毛鄭這整套解《詩》方法的反省和評議（尤其是「篇旨大義」的闡發的部分）乃極具理論啓發性的意義，重要性不言可喻，第五章即是本文反省思考的初步嘗試。最後在結論中除了對這套解經方法的特色做一總體的描述之外，還希望能對本文的研究工作的得失及不足之處做一整體的回顧和評詁，並對未來的研究及新論題的開拓，做一展望。

三、研究材料

本文的題目既是「毛鄭《詩經》解經學研究」，因此研究對象自然是限定在毛鄭對《詩經》所做的具體詮釋的作品中。除了《詩經》本文之外，《序》、《傳》、《箋》、《譜》可說是最直接的材料，可以把它們稱做直接研究材料或對象。此外，因為鄭玄的《箋》、《譜》皆是本文直接研究的對象，所以鄭玄其他有關《詩經》的著作或言論也必須參考。在鄭玄龐大的著作中，現存有關可供吾人利用的「《詩經》學」的著作或言論除《箋》、《譜》外，主要可分兩部份：

（一）散見於其他經書的注解中有關《詩經》的言論。現存最完整的是《三禮注》，其中所包存的材料也是相當重要的；

（二）其他總論性的著作及鄭玄師徒之間的對答。前者主要包括《六藝論》、《駁五經異義》等，後者則包括《鄭志》和《鄭記》等。惟這些作品均已亡佚，因此皆只能從後人輯佚、補亡略窺一二。〔註18〕

除鄭玄的作品之外，漢代其它有關《詩經》的著作、言論均可供吾人研究參考之用，如《三家詩》說、《樂記》及散見於漢人其它作品中有關《詩經》的言論。相對於《序》、《傳》、《箋》、《譜》，由於這些材料僅具有著參考引證的作用，所以可以把它們稱做間接研究材料或對象。

〔註18〕相關的文獻資料，請參閱文末「參考書目」。

第二章　毛鄭《詩經》解經成果概述

第一節　《詩序》的性質及爭辯

　　《詩序》的問題向來是《詩經》學上，甚至整個經學史上，極其重大且爭辯不休的大問題，《四庫全書總目》甚至說是：「說經之家第一爭詬之端」，〔註1〕可見問題的複雜。但歷來學者討論的重點多集中在其解經的內容是否合乎詩義，或者它與《毛傳》，乃至於整個漢代《毛詩》學的關係，鮮有從「序」的性質和作用這個角度去反省《詩序》的性質和功能。或許從體例的角度出發，去探討《詩序》解經的相關問題，不但可以使論者對《詩序》本身能有更多的了解，以此再去看待與《詩序》有關的爭辯，也能對該爭辯本身有更深入的體認。

　　《詩》之有「序」，猶一般著作之有「序」，「序」始於何時？何人？何書？雖極難有確切的答案，但就現存文獻的紀錄來看，遲至戰國末期，一般著述中就已有書序出現。及至兩漢，私人著述大行，於是作者皆有意爲之，遂使書序逐漸形成較明確的體例和格式。「序」的意義有二，其本義據《說文》云：本爲「東西牆也。」然《段注》曰：「經傳多假序爲敘」（九篇下，頁十四）。而敘，《說文》則云：「次弟也」（《說文解字注》，三篇下，頁四十），由此，序有次第之義。又孔穎達《尚書正義》曰：「《周頌》曰：『繼序思不忘。』《毛傳》云：『序者，緒也。』」〔註2〕段玉裁亦曰：「此謂序爲緒之假借」（九篇下，頁十四）。考緒之本義爲絲耑（《說文》：「緒，絲耑也。」〔十三篇上，頁一〕），引申之，凡事物之理緒皆可謂之緒。故序亦有耑緒之義。故呂思勉綜合此二義而申之曰：

〔註1〕見該書卷15，第1冊，頁331。臺北：藝文印書館，民國68年出版。
〔註2〕見阮元刻《十三經注疏》本《尚書正義》，卷1，頁1。

> 書之有序，其義有二：一曰：序者，緒也，所以助讀者，使易得其端緒也。
> 一曰：序者，次也，所以明篇次先後之義也。《史記》之〈自敘〉、《漢書》
> 之〈敘傳〉，既述作書之由，復逐篇為之敘列，可謂兼此二義。〔註3〕

由端緒和次第這兩個意義發展，展現在實際的應用中則有四種主要的功用，一、敘述著作旨意（即「耑緒」之義）；二、明篇次先後之義（即「序次」之義）；三、敘述作者生平；四、發凡起例。所謂敘述著作旨意也就是將著作的內容作簡要的概括，方便讀者獲得該著作內容的端緒要旨，〔註4〕就《詩序》而言，其內容大多皆是將詩篇的代內容大義做簡括的敘述，或對詩篇的歷史背景做一交代，這些都是比較接近「敘述著作旨意」的功用，即將詩篇內容大義闡發表識出來，故劉知幾在《史通‧序例篇》中就說：

> 孔安國有云：「序者，所以敘作者之意也。」竊以《書》列典謨，《詩》含
> 比興，若不先敘其意，難以曲得其情。故每篇有序，敷暢厥義。〔註5〕

例如《周南‧麟之趾‧序》云：

> 〈麟之趾〉，關雎之應也。關雎之化行，則天下無犯非禮，雖衰世之公子，
> 皆信厚，如麟趾之時也。

這是將詩旨大義闡發出來。又如《鄘風‧定之方中‧序》云：

> 〈定之方中〉，美衛文公也。衛為狄所滅，東徙渡河野處漕邑。齊桓公攘
> 夷狄而封之。文公徙居楚丘，始建城市而營宮室，得其時制，百姓說之，
> 國家殷富焉。

這是對所釋詩篇的歷史背景做一交代，如此一來，讀者即可對該詩的內容有較全面而深入的理解。

由於《詩經》是部集體創作的作品，其作者多不可考，未若後世著述皆有明確的作者，作者可於序中詳細的交代自己的生平事跡（如《太史公自序》），且《詩序》也非作詩者本人所作，乃出於後人追述。因此《詩序》不可能對作詩者本人作詳細的敘述，最多只能紀錄某詩為某某人在某某情況之下所作。雖然簡略，但基本上也達到幫助讀者了解該詩的任務。如《邶風‧綠衣‧序》云：

> 〈綠衣〉，衛莊姜傷己也。妾上僭，夫人失位，而作是詩也。

又如《豳風‧鴟鴞‧序》云：

〔註3〕見浦起龍釋、呂思勉評《史通釋評》，頁303。臺北：華世出版社，民國70年出版。
〔註4〕以上對「序體」的討論請參拙著《漢代序體略說》。發表於古典文學會議主辦研究生論文發表會，民國80年5月。
〔註5〕見同註3，頁105。

　　周公救亂也。成王未知周公之志，公乃爲詩以遺王，名之曰〈鴟鴞〉焉。
這類的敘述可以將其視做有關作者事蹟的交代。至於明篇次先後之義及發凡起例二
項則在《詩序》中未見發揮。

　　《詩序》的性質和作用既明，接下來簡略敘述《詩經》學史中有關《詩序》爭
辨的問題。從唐朝開始，學者對《詩序》的懷疑漸起，首先是關於作者、時代的問
題。成伯璵曰：

　　〈大序〉是子夏全制，編入文什，其餘眾篇之〈小序〉，子夏惟裁初句耳。……
　　其下皆是大毛公自以詩中之意而繫其辭也。〔註6〕

成氏提出《詩序》可能不是某一人（如子夏）在某一固定時間內完成的質疑，影響
深遠。所以皮錫瑞說：

　　程氏（案：程大昌）之分大序、小序……以發序兩語爲小序，兩語以外，
　　續而申之者爲大序。小序出於國史，爲古序，大序綴於衛宏，非子夏所作。
　　其說本於蘇轍，實淵源於成伯璵。〔註7〕

　　其次則是注意到了《詩序》與《毛傳》之間時有不一致的地方，如曹粹中《放
齋詩說》云：

　　「羔羊之皮，素絲五紽」，《毛傳》謂：「古者素絲以英裘，不失其制，大夫
　　羔裘以居」，其說如此而已，而《序》云：「在位皆節儉正直，德如羔羊」，
　　且以退食爲節儉，其說出於康成，毛無此意也。「維鵲有巢，維鳩居之」，《毛
　　傳》謂，「鳲鳩不自爲巢，居鵲之成巢」，而《序》云：「德如鳲鳩，乃可以
　　配焉」。「君子偕老，副笄六珈」，《毛傳》云：「能與君子偕老，乃宜居尊位，
　　服盛服」，而《序》云：「故陳人君之德，服飾之盛，宜與君子偕老也」，則
　　與《傳》意先後顛倒矣。《序》若出於毛，亦安得自相違戾如此？〔註8〕

　　最後則是根本在解釋經義的層面上懷疑《詩序》，如宋人疑《序》、攻《序》的
中堅人物朱子即云：

　　《詩序》實不足信，向來見鄭漁仲有《詩辨妄》，力詆《詩序》，其間雖言
　　語太甚，以爲皆是村野妄人所作。始者亦疑之，後來子細看一兩篇，因質
　　之《史記》、《國語》，然後知《詩序》之果不足信。〔註9〕

〔註6〕見《經義考·卷99》引。朱彝尊編，京都：中文出版社，1978年出版。
〔註7〕見氏著《詩經通論》，頁 27。收入《經學通論》中，臺北：臺灣商務印書館，民國
　　　78年臺5版。
〔註8〕同註6。
〔註9〕見朱鑑編《詩傳遺說·卷二》引葉賀孫所錄，見索引本《通志堂經解》，第 17 冊，
　　　頁 10089，臺北：漢京公司印行。

又云：

> 看來《詩序》當時只是箇山東學究等人做，不是老師宿儒之言，故所言都
> 無一是當處。〔註10〕

千百年來的權威一旦被置疑，從此，學界誠如《四庫全書總目》所說：「紛如聚訟」，
或倡和宋人「疑序」，「攻序」甚至「廢序」的立場，或仍尊主舊說，視宋人之說為
「非聖無師」、「為說經家之大蠹」，於是「自元、明以至今日，越數百年，儒者尚各
分左右祖也，豈非說經之家第一爭詬之端乎？」〔註11〕

　　平心而論，無論從內容上或文句上來看，《詩序》增補修飾的痕跡都很明顯，所
以武斷的認定《詩序》之作為早到子夏，恐怕不很妥當。雖然如此，若因此而遽以
斷定為遲至東漢的衛宏所作（見《後漢書・儒林傳》），同樣不算中肯。較可能的推
測是《詩序》從創作之後就一直不斷在增刪修補，增補過程可能一直持續到東漢。
所以《四庫提要》就認為：

> 今參考諸說，定序首二語為毛萇以前經師所傳，以下續申之詞為毛萇以下
> 弟子所附。〔註12〕

其說或稍得之。

第二節　《毛傳》的性質及特色

　　《毛傳》的全名叫《毛詩詁訓傳》，關於這個名稱，孔穎達《毛詩正義》做了如
下的解釋：

> 「詁訓傳」者，注解之別名。毛以《爾雅》之作多為釋《詩》，而篇有《釋
> 詁》、《釋訓》，故依《爾雅》訓而為《詩》立傳。傳者，傳通其義也。《爾
> 雅》所釋，十有九篇，獨云「詁訓」者，詁者，古也。古今異言通之，使
> 人知也；訓者，道也，道物之貌以告人也。《釋言》則《釋詁》之別，故
> 《爾雅・序》篇云：「《釋詁》、《釋言》，通古今之字，古與今異言也。《釋
> 訓》，言形貌也。」然則詁、訓者，通古今之異辭，辨物之形貌，則解釋
> 之義，盡歸於此。《釋親》已下，皆指體而釋其別，亦是詁、訓之義，故
> 唯言「詁訓」，足摠眾篇之義。（見《周南關雎詁訓傳第一・卷一之一》）

在這個說法中，《孔疏》主張「詁訓傳」之「詁訓」取義於《爾雅》的《釋詁》與《釋

〔註10〕《詩傳遺說・卷2》引黃有開錄，頁10090。
〔註11〕同註1。
〔註12〕同註1。

訓》。「詁」是通古今之異言，「訓」則是解釋事物的形貌以使人了解。但對於「傳」義則並沒有做深入的交代。《孔疏》在提出這個解釋之後，緊接著又提出了另一種解釋，云：

> 今定本做「故」，以《詩》云：「古訓是式」，《毛傳》云：「古，故也。」
> 則故訓者，故昔典訓，依故昔典訓而爲傳義。（同上）

把「詁訓」釋爲「故昔典訓」是純屬附會的作法，漢人所謂的「詁訓」與《詩經》原文的「古訓是式」中的「古訓」，其含意是大不相同的，二者不能相提並論。馬瑞辰《毛詩傳箋通釋》在《毛詩正義》前一說的基礎上，別創新說，云：

> 蓋散言則「故訓」、「傳」俱可通稱，對言則「故訓」與「傳」異。連言「詁訓」與分言「故」、「訓」者又異。……蓋「詁訓」第就經文所言者而詮釋之，「傳」則並經文所未言者而引申之，此「詁訓」與「傳」之別也。……蓋「詁訓」本爲故言，由今通古皆曰詁訓，亦曰訓詁。而單詞則爲詁，重語則爲訓，詁第就其字之義旨而證明之，訓則兼其言之比興而訓導之，此詁與訓之辨也。毛公傳《詩》多古文，其釋《詩》實兼詁、訓、傳三體，故名其書爲「詁訓傳」。嘗即〈關雎〉一詩言之，如「窈窕，幽閒也。淑，善；逑，匹也」之類，詁之體也。「關關，和聲也」之類，訓之體也。若「夫婦有別，則父子親。父子親，則君臣敬。君臣敬，則朝廷正。朝廷正，則王化成」，則傳之體也，而餘可類推矣。訓故不可以該傳，而傳可以統訓故，故標其總目爲「詁訓傳」，而分篇則但言「傳」而已。〔註13〕

仔細分析馬氏之言，可知馬氏實將「詁訓傳」區分爲三種不同的解經體裁。他的做法先是將「詁訓」和「傳」區別開來，然後再把「詁」、「訓」二者細別開。「詁訓」和「傳」的區分，馬氏有頗明確的認定，一個是「第就經文所言者而詮釋之」，另一則是「經文所未言者而引申之」。從他所舉的例子來看，所謂「經文所未言者而引申之」者應該就是那種總括全首詩，就詩義、詩旨加以闡揚或發揮的解釋文句。這些闡揚或發揮的文句，從表面上看來，自然是不黏著於原詩文句，似乎是「經文所未言」。「詁訓」二者所共同而與「傳」不同者，則在於是否「第就經文所言者而詮釋之」。而就「詁」與「訓」言，即使同樣是在文本（經文）的層次上，但若具體細分，二者仍是有所不同。依馬氏的看法，「詁」只是替單音詞的詞語加以解釋，「訓」所處理的對象則爲重語，也就是複音詞。「詁」的工作只要把所解釋的單音詞的意義標示出來即夠了，「訓」則兼及於處理比興的問題。近人馮浩菲《毛詩訓詁研究》大體

〔註13〕見馬瑞辰《毛詩傳箋通釋・卷一・毛詩詁訓名義考》。點校本（北京：中華書局，陳金生點校，1989 年第 1 版），引文見頁 4-5。

接受馬氏的觀點，而再稍加補充、修正其說。其釋「詁」體云：

> 其實不光以指稱解釋古言古義爲限，凡基本詞彙詞義的解釋都稱爲故。《毛詩詁訓傳》之故即是如此，表示解釋詞義的意思。包括以今語釋古詞，以通語釋方言以及對其它各種名詞的解釋。凡所釋義項均有實指，而且多爲達詁。

其釋「訓」體云：

> 《毛詩詁訓傳》中的訓體，包括兩項訓解內容：一項是連綿詞的訓解。這類詞大多含意模糊，學者難以捉摸，故順而解之，使能得其仿佛，得其近眞。……總之，連綿詞的詞彙比較空虛，難以捉摸，多無定解，與詁體中所釋基本詞彙的詞義初非一類，只能順其上下文意而道之。訓體所包括的另一項訓解內容是譯釋詩句。〔註14〕

馬氏之說雖頗令人有耳目一新之感，但若證諸漢時解經之作，則不免犯了以偏蓋全的毛病。因爲漢人注解之作亦有不少題爲「訓」者，如《漢志・六藝略・易類》有《淮南道訓》二篇，《小學類》有揚雄《蒼頡訓纂》一篇，杜林《蒼頡訓纂》一篇，《諸子略・雜家類》有《淮南內》二十一篇，其中十三篇如〈原道訓〉、〈俶眞訓〉等皆以「訓」爲篇名。相信這些散文性的著作絕不會只是解釋其「重語」，也不可能「兼其言之比興而訓導之」。無論「重語」也好，「比興」也好，很明顯都是詩歌語言的特色，所以馬瑞辰的區分充其量只適用於《詩經》一書而己，或者說，馬氏的區分也許就只是針對《詩經》一書而發展出的。〔註15〕

就《毛傳》一書言，其解經的方式約略可就詞語、句章及篇三個層次來分別討論。首先，在詞語的層次，如，「荇，接余也。」（《周南・關雎》：「參差荇菜」)，這是單音詞的解釋；又如：「窈窕，幽閒也。」（《周南・關雎》：「窈窕淑女」)，這是複音詞的解釋。〔註16〕

其次，在句章的層次，《毛傳》所做的工作有三：（一）分章別句。其所分的句自然是詩歌音節的句，非語意的句。今本《毛詩正義》在解釋每首詩之外，又皆註明該詩需分幾章，每章又由幾句構成。如〈關雎篇〉云：「〈關雎〉五章，章四句。

〔註14〕見馮浩菲《毛詩訓詁研究》，頁58-60。武昌：華中師範大學出版社，1988年出版。

〔註15〕以上對馬氏區分的批評係採用岑溢成先生的說法，請參見氏著《訓詁學與清儒訓詁方法》，頁140-141。香港：新亞研究所，民國73年博士論文。

〔註16〕關於《毛傳》訓詁的探討，有劉師培的《毛詩詞例舉要》（詳本、略本)（《劉申叔先生遺書・冊一》，臺北：華世出版社，民國64年初版)、向熹《毛詩傳說》、蕭璋《毛傳條例探原》（二文皆收入江磯編《詩經學論叢》，臺北：崧高書社，民國74年出版)及馮浩菲《毛詩訓詁研究》。

故言三章，一章章四句，二章章八句。」據陸德明《釋文》云，五章是鄭玄所分，三章是毛公所分。雖然毛公和鄭玄對〈關雎篇〉的分章別句，意見並不一致。但不論如何，分章別句的確是《毛傳》解經的主要工作之一。（二）解釋句意。主要有兩種方式，一如《邶風・靜女》：「愛而不見，搔首踟躕。」《傳》云：「言志往而行止」，這是點明句意所在；二如《大雅・思齊》：「古之人無斁，譽髦斯士。」《傳》云：「古之人無斁於有名譽之俊士」，這是將二句連串起來講解。（三）標舉興體，如《邶風・谷風》：「習習谷風，以陰以雨。」《傳》云：

> 興也。習習，和舒貌。東風謂之谷風。陰陽和而谷風至；夫婦和則室家成；室家成而繼嗣生。

指明詩以谷風起興，並隱喻夫婦和、室家成的道理。〔註17〕

最後則是詩篇層次的解釋，如《召南・摽有梅》三章「求我庶士，迨其謂之。」《傳》云：

> 不待備禮也。三十之男，二十之女，禮未備，則不待禮會而行之者，所以蕃育民人也。

《傳》文申明不備禮是為了蕃育民人，統括了全詩旨意。又如《邶風・二子乘舟》首章：「二子乘舟，汎汎其景。」《毛傳》釋之曰：

> 二子，伋、壽也。宣公為伋取於齊女而美。公奪之，生壽及朔。朔與其母愬伋於公，公令伋之齊，使賊先待於隘而殺之。壽知之，以告伋，使去之。伋曰：君命也，不可以逃。壽竊其節而先往，賊殺之。伋至，曰：君命殺我，壽有何罪？賊又殺之！國人傷其涉危遂往，如乘舟而無所薄，汎汎然迅疾而不礙也。

這是對所釋詩篇的歷史背景做一交代。在這首詩中，《詩序》只有如下短短的幾句話陳述：

> 〈二子乘舟〉，思伋、壽也。衛宣公之二子，爭相為死，國人傷而思之，作是詩也。

很顯然，《毛傳》所提供的背景資訊比《詩序》更有助於讀者對該詩的理解。事實上，《毛傳》對詩篇層次的解釋常與《詩序》的工作相重疊，這點本文在第一章已提及，

〔註17〕《毛傳》標舉興體的方式約有如下四種情況：一、注明「興也」，並指明其比喻義，用「喻」、「如」等術語表示；二、注明「興也」，並指明詩句的隱喻意義，不用「喻」、「如」等術語；三、注明詩為興體，並就字面解釋詩句的意義，但未指明興句和正文的關係；四、注明興體，並解釋句中某些字義，而不進一步解釋句子的含義。（見向熹《毛詩傳說》）。其所用的術語計有「興也」、「憂者之興也」（僅見《周南・卷耳》）、「以興」、「喻」、「如」、「若」、「猶」、「言」等八種。

這裡就不再重複。

第三節　《毛詩箋》的性質及特色

「箋」的原意，據陸德明《經典釋文》云：

> （鄭氏《箋》）本亦作牋。……《字林》云：「箋，表也、識也。」案：鄭
> 《六藝論》文：「註《詩》宗毛爲主，毛義若隱略，則更表明；如有不同，
> 即下己意，使可識別也。」（《毛詩正義·卷一之一》）

《毛詩正義》則曰：

> 鄭於諸經皆謂之注，此言箋者。呂忱《字林》云：「箋者，表也、識也。」
> 鄭以毛學審備，遵暢厥旨，所以表明毛意，記識其事，故特稱爲箋。餘經
> 無所遵奉，故謂之註。註者，著也。言爲之解說，使其義著明也。（同上）

《四庫全書總目·經部詩類·毛詩正義》則云：

> 《博物志》曰：「毛公嘗爲北海郡守，康成是此郡人，故以爲敬。」推張
> 華所言，蓋以爲公府用記將用箋之意。然康成生於漢末，乃修敬於四百年
> 前之太守，殊無所取。案：《說文》曰：「箋，表識書也。」鄭氏《六藝論》
> 云：「註《詩》宗毛爲主，毛義若隱略，則更表明；如有不同，即下己意，
> 使可識別。」然則康成特因《毛傳》而表識，其仿如今人之簽記，積而成
> 帙，故謂之箋，無庸別曲說也。〔註18〕

是《箋》本爲發揮《毛傳》而作，因爲它是遵奉依循《毛傳》，所以叫做「箋」，李
賢就說得很直接了當，其云：「箋，薦也，薦成毛義也。」（見《後漢書·儒林傳·
衛宏傳·注》）因爲《鄭箋》是薦成毛義的，也就是補充毛義，《毛傳》說得太簡略
或說得不夠清楚，《箋》就替它說清楚，因此《鄭箋》並沒有後世引申的用法，即將
「隱涵於作品言外的旨意表明出來」。

鄭玄箋《詩》的特色可分以下幾點來敘述：

一、鄭玄箋《詩》與《毛詩》和《三家詩》的關係

鄭玄自己在《六藝論》中已把他的學術立場交代得很清楚了：「註《詩》宗毛爲
主」，可見他是很自覺的宗主《毛詩》。但鄭玄的治學本不墨守一家之說，他早年所
學的原爲《三家詩》，故在早年的著述中，採用的大多是《三家詩》說。〔註19〕例

〔註18〕見同註1，頁332。

〔註19〕在《三家詩》中，鄭玄又與《韓詩》的關係最爲密切，據《後漢書》本傳云，鄭玄早

如《三禮注》著於四十多歲遭黨錮之禍時，其時尚未習《毛詩》，故所涉仍多爲《三家詩》說。直到黨錮事解之後，鄭玄始據《毛詩》箋詩，故所箋往往與前注《三禮》中有關《詩》者不合。關於此，清人丁晏云：

> 案：鄭君箋《詩》在注《禮》、《論語》之后，《鄭志》答靈模云：「爲《記注》之時，依循舊本，後得《毛詩傳》而爲《詩注》，更從毛本，故與《記》不同。」又《論語》「哀而不傷」，《詩箋》以「哀」爲「衷」，答劉炎云：「《論語注》，人間行久，義或宜然，故不復定以遺后。」今《三禮注》引《詩》，多據《三家詩》，其時未得毛故，則知鄭君注《禮》在前，《論語》次之，箋《詩》又次之。〔註20〕

鄭玄雖云「宗毛爲主」，但他似乎並沒有做毛公「忠臣」或「佞臣」的打算，他說：「毛義若隱略，則更表明；如有不同，即下己意，使可識別也」（《六藝論》文）。所以在鄭玄身上看不到後世所強調「疏不破注」的注經規範。若覺注文與己不合，輒更改違異，不強爲辨解圓說，陳澧說此即爲「康成注經之法，不獨《詩箋》爲然。」（《東塾讀書記・卷十五・鄭學卷》）而所謂「即下己意」者，乃多採自《三家詩》說。故陳奐云：

> 鄭康成習《韓詩》，兼通《齊》、《魯》，最後治《毛詩》。箋《詩》乃在注《禮》之後，以《禮》注《詩》，非墨守一氏。《箋》中有用三家申毛者，有用三家改毛者，例不外此二端。〔註21〕

此如：《唐風・采苓》：「人之爲言，苟亦無信，舍旃舍旃，苟亦無然。」《傳》：「苟，誠也。」《箋》：「苟，且也。」

案：《一切經音義・卷二》引《韓詩》云：「苟，且也。」此《箋》依韓說以改《毛傳》者。

又如：《大雅・皇矣》：「密人不恭，敢距大邦，侵阮徂共。」《傳》：「國有密須氏，侵阮遂往侵共。」《箋》：「阮也，徂也，共也，三國犯周而文王伐之。密須之人，乃敢距其義兵，違正道，是不直也。」

案：《孔疏》云：「《魯詩》之義，以阮、徂、共皆爲國名。是則出於舊說，非鄭之創造。」此《箋》據魯說者。

年即從東郡張恭祖受《韓詩》。

〔註20〕見氏著《漢鄭君年譜・中平元年條》。臺北：藝文印書館《叢書集成三編》據《頤志齋叢書》本景印，引文見頁9。

〔註21〕見氏著《詩毛氏傳疏・鄭氏箋攷徵》，頁1087。臺北：臺灣學生書局，民國75年7刷。

又如：《周頌・維清》：「維清緝熙，文王之典。」《傳》：「典，法也。」《箋》：「緝熙，光明也。天下之所以無敗亂之政而清明者，乃文王征伐之法故也。文王受命，七年五伐也。」

案：王先謙《詩三家集疏》云：

> 《書大傳》云：「文王一年質虞、芮，二年伐邘，三年伐密須，四年伐畎夷。紂乃囚之羑里，五年之初，散宜生等獻寶而釋文王，文王出則克耆。六年伐崇，則稱王。」伏湛述《齊詩》，說文王受命而征伐五國，是其事也。……《箋》說即用齊義。」〔註22〕

伏湛上疏語見《後漢書》本傳，云，「臣聞文王受命而征伐五國。」此則《箋》據齊說者。

> 然鄭玄箋《詩》何以要兼採《三家詩》呢？皮錫瑞做了如下的解釋：
>
> 案：《鄭箋》所以兼用三家者，當時三家通行，毛不通行。故鄭君注《禮》時，尚未得見《毛傳》，蓋鄭見《毛傳》後，以爲孤學恐致亡佚，故作《箋》以表明。有不愜於心者，間采三家補其義，不明稱三家說者，正以三家通行，人人皆知之故。〔註23〕

鄭玄箋《詩》雖時採《三家詩》說，但其大體仍不違《毛詩》一系立場，固仍以《毛詩》爲宗，此在第一章已有所交代。而其得失誠如陳澧所云：

> 鄭君……有宗主亦有不同，此鄭氏家法也。何邵公墨守之學，有宗主而無不同；許叔重異義之學，有不同而無宗主，惟鄭氏家法兼其所長，無偏無弊也。（《東塾讀書記・卷十五・鄭學卷》）

二、鄭玄禮學的素養對其箋《詩》的影響

鄭玄之學以《三禮》見長，其著述中亦以《三禮注》爲最精。在其禮學素養的背景之下，鄭玄常「以禮箋《詩》」。如：

> 《豳風・七月》：「二之日鑿冰沖沖，三之日納于凌陰。」《箋》：「《周禮》：凌人之職，夏頒冰，掌事秋刷。」

案：此據《周禮・天官・凌人》職文。又如：

> 《大雅・行葦》：「曾孫維主，酒醴維醹。酌以大斗，以祈黃耇。」《箋》：「今我成王，承先王之法度爲主人，亦既序賓矣！有醇厚之酒醴，以大斗

〔註22〕見北京：中華書局點校本《詩三家義集疏》，頁1004。臺灣明文書局有翻印本，民國77年初版。

〔註23〕見《詩經通論》，頁64-65。

酌而嘗之而美。故以告黃耇之人，徵而養之也。飲酒之禮曰：『告於先生君子可也。』」

案：此據《儀禮·鄉飲酒禮》，原文為「以告於先生君子可也」。又如：

《魯頌·有駜》：「夙夜在公，在公明明。」《箋》：「言時臣憂念君事，早起夜寐，在於公之所。在於公之所，但明義明德也。《禮記》曰：『大學之道，在明明德。』」

案：此引《禮記·大學》文以釋「在公明明」。

其他例子甚多，不一一例舉，詳可參賴炎元《毛詩鄭氏箋釋例》一文。〔註24〕

　　然而《詩經》無論在性質上或表達方式上都和專詳制度儀節的《禮經》頗為不同，所以鄭玄用這種方式來解《詩》招致了許多批評，如章太炎云：

鄭君箋《詩》，多拘形跡。……而比興之道與說禮記事異術。心所根觸，則敷陳之，不必耳目所聞見也。……而鄭君則謂無一言非實事，每比附《禮經》以成其說，是以拘執鮮通。〔註25〕

陳澧亦云：

……然有拘於說禮而失之者，《鳧鷖·序》云：「神祇祖考安樂之也。」毛以五章皆為祭宗廟，鄭以首章祭宗廟，二章祭四方百物，三章祭天地，四章祭社稷山川，五章祭七祀。然詩中實無此分別。且三章「爾酒既湑，爾殽伊脯」，《箋》云：「天地之尸尊，事尊不以褻味，泲酒脯而已。」《孔疏》云：「其實天地之祭，更殽饌有此」，則覺《箋》之疏失而微破之矣。此鄭拘於說禮之病也。《綠衣·箋》云：「綠，當為褖」，然禮有褖衣，無褖絲，拘於說禮而破字，尤其病也。（《東塾讀書記·卷六》）

三、鄭玄箋《詩》與緯學的關係

　　鄭玄本人是對緯學深感興趣的，《鄭玄別傳》云：「年二十一，博極群書，精歷數圖緯之言，兼精算數。」〔註26〕在《戒子益恩書》中，他也特別提到了這一點：「遂博稽《六藝》，粗覽傳記，時睹祕書緯術之奧。」把祕書緯術和《六藝》、傳記相提並論，可見緯學在其心目中所占的地位。此外，從鄭玄龐大的著述中，也頗可證明這點。他一共注了至少十一部關於緯學的書（《易緯注》、《尚書緯注》、《尚書中

〔註24〕賴氏之文見《師大國研所集刊》，第三號，民國48年6月。

〔註25〕見《菿漢微言》，頁55。收入《章氏叢書》下冊，引文總頁碼在頁952，臺北：世界書局，民國71年再版。

〔註26〕見《世說新語·文學篇注》引，又見王利器《鄭康成年譜》，頁39-40。

候注》、《雒書靈準聽注》、《詩緯注》、《禮緯注》、《禮記默房注》、《樂緯注》、《春秋緯注》、《孝經緯注》和《河圖洛書注》等），〔註27〕範圍徧及「易」、「書」、「詩」、「禮」、「樂」、「春秋」和「孝經」各類，不可謂不驚人。在緯學的背景下，必然也影響到他對《詩經》的箋注。如：

> 《大雅・生民》：「履帝武敏歆，攸介攸止。載震載夙，載生載育，時維后稷。」《箋》：「帝，上帝也。敏，拇也。介，左右也。夙之言肅也。祀郊禖之時，時則有大神之跡，姜嫄履之，足不能滿，履其拇指之處，心體歆歆然，其左右所止住，如有人道感己者也。於是遂有身，而肅戒不復御，後則生子而養長之，名曰棄。舜臣堯而舉之，是為后稷。」

案：陳喬樅《齊詩遺說考・卷九》云：

> 《史記・三代世表》，諸先生引《詩傳》曰：『后稷母姜嫄出見大人蹟而履踐之，知於身，生后稷。』《索隱》以史所引出《詩緯》。〔註28〕

可證《鄭箋》此說本於緯說。

但鄭玄這種時雜緯說的注經方式頗招致許多學者不滿，如梁・許懋云：「鄭君有參柴之風，不能推尋正經，專信緯候之書，斯為繆矣。」（見《梁書・本傳》）歐陽修云：「鄭學博而不知統，又特喜讖緯諸書，故於怪說尤篤信。」（《詩本義・卷十三・取捨義》）又如王應麟《困學紀聞》云：「鄭康成釋經，以緯書亂之。」（卷四）但陳澧辯之云：

> 澧案：《六藝》則曰「博稽」，傳記則曰「粗覽」，祕緯則曰「時睹」，三者輕重判然。其注經有取緯書者，取其可信者耳。〈生民〉詩，《毛傳》云：「后稷之母，配高辛氏帝焉。」《箋》云：「姜嫄，當堯之時，為高辛氏之世妃。」《孔疏》云：「《春秋命歷序》云：『帝嚳傳十世』，則堯非嚳子，稷年又小於堯，姜嫄不得為帝嚳之妃，為其後世子孫之妃也。張融云：『若使稷是堯兄弟，堯有賢弟不用，須舜舉之，此不然明矣。』」鄭君取緯說精確者如此。

又云：

> 鄭君注經，不信緯說者多矣，後儒疏陋未考耳。如〈良耜〉詩：「有捄其角。」《毛傳》云：「社稷之牛角尺。」《鄭箋》不據《禮緯稽命徵》「宗廟社稷角握」之說以易《毛傳》……何嘗專信緯書乎！（《東塾讀書記・卷十五》）

〔註27〕有關鄭氏著作之文獻資料，請參閱文末「參考書目」。

〔註28〕收入重編本《皇清經解續編》，第六冊，臺北：漢京公司。

　　《鄭箋》行世之後，最顯著的效應即是加速促成《毛詩》獨盛而《三家詩》斥廢的局面。影響所及，直至唐代《正義》之作，於《詩》悉採《毛詩》，遂確立《毛詩》學一枝獨秀的地位。窺其原由，有外在的社會因素，也有當時內在的學術原因。外在的社會因素最主要是戰亂的影響，不但使正常的教學研究機構受到毀壞，也使得學者的研究停頓下來。這種情況對唯賴學官才得以存在的經學（尤其是今文經學）打擊尤大，不但師說無法傳授下去（請別忘了今文經學有動輒數十百萬言的章句之學），即連書籍的保存、傳抄和流佈等工作，恐怕皆無暇顧及，這對立於學官的《三家詩》影響必定不小。相對的，流傳在民間的古文《毛詩》學所受的沖擊反而沒有《三家詩》學之大，這就關係到彼此學術生命的消長興衰了。

　　在內在學術的因素方面，皮錫瑞的解釋頗一針見血：

> 范蔚宗論鄭君「括囊大典，網羅眾家；刪裁繁蕪，刊改漏失，自是學者略知所歸。」蓋以漢時經有數家，家有數說，學者莫知所從；鄭君兼通今古文，溝合為一；於是經生皆從鄭氏，不必更求各家。

又云：

> 鄭君博學多師，今古文道通為一，見當時兩家相攻擊，意欲參合其學，自成一家之言，雖以古學為宗，亦兼採今學以附益其義。學者苦其時家法繁雜，見鄭君闊通博大，無所不包，眾論翕然歸之，不復舍此趨彼。〔註29〕

　　就經注言，鄭氏詩《箋》簡約，且又頗采《三家詩》之長，不但滿足學者苦於經注繁瑣而希求簡約的渴望，且於簡約之外，又包融博取今古文師說，對徘徊今古文之爭而不知所適的學者，又心生一大嚮往。再加上鄭玄個人學術權威的號召，遂使海內學者聞風嚮往，終使《鄭箋》大行，而《三家詩》不得不廢。

第四節　《毛詩譜》的性質及特色

　　《詩譜》是一部較獨特的著作，在性質上它雖是研究《詩經》的專著，但卻不是如《詩序》、《毛傳》或《鄭箋》般針對各別詩篇來注疏或闡釋，而是對詩篇產生的歷史地理背景做一總括的說明，在體例上可謂別具一格。〔註30〕因為鄭玄已有《毛詩箋》這樣一部注解《詩經》的著作，而且《詩譜》所處理的問題和切入的角度並

〔註29〕見《經學歷史》，頁142、149。臺北：漢京公司，民國72年初版。
〔註30〕這種體例的著作，並非創自鄭玄，據新、舊《唐書》載，《韓詩》亦有《譜》，惜其亡佚不得見。然鄭玄早年受業東郡張恭祖習《韓詩》，則鄭氏《詩譜》之作或即仿於《韓詩》。

不和一般研究或注解《詩經》的著作相同，因此鄭玄採用另一種不同的方式去表達也是理所當然的。

「譜」的意義，據《史記會注考證·卷一三》，瀧川龜太郎注引沈濤之言曰：

> 表猶言譜，表、譜一聲之轉耳。《漢書·藝文志·歷家譜》有《帝王諸侯世譜》二十卷、《古來帝王年譜》。劉杳謂《三代世表》，旁行邪上，可見表與譜同。太史公《三代世表·序》云：「稽其歷譜諜。」《十二諸侯年表·序》云：「讀春秋歷譜諜。」又云：「於是譜十二諸侯，自共和迄孔子。」豈非變譜書表，名異而實同乎。〔註31〕

此言譜的意義，謂譜與表同，其功用主要是論列世次，至於鄭氏《詩譜》，《孔疏》云：

> 鄭於《三禮》、《論語》爲之作序，此譜亦是序類。避子夏序名，以其列諸侯世及詩之次，故名譜也。《易》，有《序卦》、《書》有孔子作序，故鄭避之，謂之爲贊。贊，明也。明己爲註之意。此詩不謂之贊而謂之譜。譜者，普也。註序世數事，得周普，故《史記》謂之譜牒是也。(《毛詩正義·詩譜序·疏》)

可知《詩譜》所列之世次主要爲諸侯世及詩之次第。其實除了從縱的一面論列世次之外，鄭氏《詩譜》還從橫的一面，爲《詩》的產生提供地理背景的說明。鄭玄在《詩譜·序》中對自己的做法有明確的自覺，云：

> 夷、厲以上，歲數不明，大史《年表》，自共和始，歷宣、幽、平王，而得《春秋》，次第以立斯譜。欲知源流清濁之所處，則循其上下而省之；欲知風化芳臭氣澤之所及，則傍行而觀之。此《詩》之大綱也。舉一綱而萬目張，解一卷而眾篇明，於力則鮮，於思則寡，其諸君子，亦有樂於是與？(《毛詩正義·詩譜序》)

所謂「循其上下而省之」，就是以歷史研究方法來研究《詩經》；所謂「傍行而觀之」，則是將《詩》連屬於一特定地域間地理之美惡和風俗之淳漓來研究。這樣的研究法主要是屬於「論世」的進路，王國維序張爾田《玉谿生年譜會箋》就說：「(鄭玄詩)《譜》也者，所以論古人之世也。」〔註32〕至於《詩譜》的形式約略有六項重點，茲以《周南、召南譜》爲例，以明其概。〔註33〕

〔註31〕見瀧川龜太郎《史記會注考證》，卷13，頁2，總頁碼爲225頁。臺北：漢京公司，民國72年出版。

〔註32〕見張爾田《玉谿生詩年譜會箋》，頁3。臺北：臺灣中華書局，民國73年臺3版。

〔註33〕討論鄭玄《詩譜》的論文有江乾益〈鄭康成毛詩譜探析〉(收入林慶彰編《詩經研究

（一）《譜》先揭一國地理之宜，如：

> 周、召者，《禹貢》雍州岐山之陽地名，今屬右扶風美陽縣。地形險阻而
> 原田肥美。

（二）次顯一國始封之君，如：

> 周之先公曰大王者，避狄難，自豳始遷焉，而脩德建王業。商王帝乙之初，
> 命其子王季爲西伯。至紂又命文王典治南國、江、漢、汝旁之諸侯。

（三）再論國勢盛衰，與詩上下，如：

> 於時三分天下有其二，以服事殷，故雍、梁、荊、豫、徐、揚之人咸被其
> 德而從之。文王受命，作邑於豐，乃分岐邦、周召之地爲周公旦、召公奭
> 之采地。施先公之教於己所職之國。武王伐紂，定天下，巡守述職，陳誦
> 諸國之詩，以觀民風俗。六州者，得二公之德教尤純，故獨錄之，屬之大
> 師，分而國之。其得聖人之化者，謂之周南；得賢人之化者，謂之召南，
> 言二公之德教自岐而行於南國也，乃棄其餘，謂此爲風之正經。

（四）標舉詩篇，做爲典型，如：

> 初，古公亶父聿來胥宇，爰及姜女，其後大任，思媚周姜，大似嗣徽音，
> 歷世有賢妃之助，以致其治。文王刑于寡妻，至於兄弟，以御于家邦。是
> 故二國之詩，以后妃夫人之德爲首，終以〈麟趾〉、〈騶虞〉，言后妃夫人
> 有斯德，興助其君子皆可以成功，至於獲嘉瑞。

（五）論詩之用，如：

> 風之始，所以風化天下而正夫婦焉，故周公作樂用之鄉人焉，用之邦國焉。
> 或謂之房中之樂者，后妃夫人侍御於其君子，女史歌之以節義序故耳。〈射
> 禮〉：天子以〈騶虞〉，諸侯以〈貍首〉，大夫以〈采蘋〉，士以〈采繫〉爲
> 節。今無〈貍首〉。周衰，諸侯並僭而去之，孔子錄詩不得也。爲禮樂之
> 記者，從後存之，遂不得其次序。

（六）分譜作結，如：

> 周公封魯，死，謚曰文公；召公封燕，死，謚曰康公。元子世之，其次子
> 亦世守采地，在王官，春秋時周公、召公是也。

值得一提的是，《周南、召南譜》是鄭氏《詩譜》中敘述較完整詳備者，並非每一國
《譜》於上述六項重點都一一論列，通常只提及前三項而已，此外還會特別標舉該

論集・二》，臺北：臺灣學生書局，民國 72 年出版）和王淵明〈論鄭玄詩譜的貢獻〉
（收入《中國古典文學論叢》，第四輯，北京：人民文學出版社，1986 年 10 月）。本
文對《詩譜》形式的分析主要採江氏的説法。

國變風始作於何時，如〈鄭譜〉云：

> 幽王爲犬戎所殺，桓公死之，其子武公與晉文侯定平王於東都王城，卒取
> 史伯所云十邑之地。右洛左濟，前華後河，食溱洧焉，今河南新鄭是也。
> 武公又作卿士，國人宜之，鄭之變風又作。

又如〈陳譜〉：

> 五世至幽公，當厲王時，政衰，大夫淫荒，所爲無度，國人傷而刺之，陳
> 之變風作矣。

在《後漢書》鄭玄本傳中，將鄭玄注《毛詩》與著《毛詩譜》分列記載，則《詩譜》初乃別行。直到唐朝孔穎達作《疏》時，割《詩譜》分置《風》、《雅》、《頌》之首。北宋時一度亡佚，歐陽修自云於絳州獲得殘本，此殘本「其文有注而不見名氏，然首尾殘缺，自『周公致太平』以上皆無之。其圖譜旁行尤易爲訛舛，悉皆顛倒錯亂，不可復序。」因據以進行補亡的工作，歐陽修說：

> 凡補譜十有五，補其文字二百七，增損塗乙改正者八百八十三，而鄭氏之
> 譜復完矣。〔註34〕

自有清以來，學者又在歐陽修的基礎上多所補訂，但也只是求其近似而已，想要規復鄭氏之本，恐怕仍不是件容易的事。〔註35〕

〔註34〕以上引文具見歐陽修《詩本義‧詩譜補亡後序》。收入索引本《通志堂經解》，第 16
　　　　冊，臺北：漢京公司印行。
〔註35〕有關鄭氏《詩譜》之文獻資料，請參閱文末「參考書目」。

第三章　解《詩》的目標

第一節　《詩》本意及解《詩》目標

　　文本的意義如第一章所云，可以區分為詞、句章和篇三個層次。照理來說，詮釋的步驟也只要依照這個次第，循序漸進：詞義明而句章明，句章明而全篇大義可明，如戴震所云者：

> 經之至者，道也；所以明道者，其詞也；所以成詞者，字也。由字以通其
> 詞，由詞以通其道，必有漸。〔註1〕

只要把握了這個「漸」的關係，經之至道終有詮釋出的可能。但事實上問題卻絕非如此簡單。首先，就文本意義的構成而言，詞、句章和篇三者雖有層次分列的關係，但部分的總和未必等於全體，低一層次意義的總和也不等於高一層次的意義。是以詞義的總和不必等於句章之義，句章之義的總和亦未必等於全篇之義。這三個層級之間意義的關聯並沒有由小至大、由部分而全體、由低層而高層的所謂「漸」的關係。

　　其次，就詮釋的順序而言，也沒有這種由小至大，由部分而全體、由低層而高層的漸進關係。因為一個語詞的意義基本上可分成「語意」和「用意」兩種。「用意」即是作者在該文脈中使用該語詞時，在其眾多意義中所選用的某一意義，或逕對該語詞賦予一特殊的含意。一個語詞可能有很多不同甚至相互矛盾的「語意」（即所謂的「字典義」），然而在某一特定文脈中，該語詞卻只能有一個或最多二，三個左右的「用意」（即「雙關」或「歧義」的情況），「用意」才是釋義的對象，而非「語意」。「用意」必然屬於「語意」，且「用意」是諸多「語意」在上下文中由文脈的意思所

〔註1〕見《戴東原集·卷9·與是仲明論學書》，收入《戴東原先生全集》（臺北：大化書局
　　　據《安徽叢書》景印，民國 67 年初版）。

決定的。孤立的詞語只有一堆未定的「語意」，惟有將之置入一完整的意義單位中，其「用意」才可判斷出。句章之義的情況也一樣，孤立的片句零章，其意義是不定的，並非構成句章的每個詞語意思皆了解之後即能知道該句，該章的意思，惟有置於全篇的脈胳中才能通曉其意義。〔註2〕所以在文本意義的構成中，較低層次意義單位的意義須由較高層次的意義單位來決定，較低層次意義單位本身都不能決定自己在該文脈中的意義，又如何能說「由字以通其詞，由詞以通其道」？這個道理，朱子在詮釋《詩經》的過程中也深有所體會，其云：

> 凡説《詩》者，固當句爲之釋，然亦但能見其句中之訓詁字義而已。至於一章之内，上下相承，首尾相應之大指，自當通全章而論之，乃得其意。
> 〔註3〕

可見朱子在解經時已經注意到部分與全體的關係，且特別指出部分的意義（即所謂「一章之内之大指」）應通貫到全體的意義中（即所謂「全章」），才能獲得具體的規定。這實在已經觸及到近代解釋學所討論的「解釋的循環」（Hermeneutic circle）的問題。由部分以通全體，復由全體以明部分。所以詮釋的順序是雙向的：既由部分而「漸進」全體，亦由全體而「漸返」部分，部分全體、全體部分，反復循環，交融不已，如此文本之深旨奧義方可確實而知。所以合理的詮釋步驟應是如此雙向進行，在詞義的了解基礎上去了解句章義，在句章義的基礎上去探尋全篇大義；而詞義的了解又須置於句章和全篇的脈胳中進行，句章義的了解亦須置於全篇的脈胳中進行。

然而這只是理想的狀況而已，在許多情況中，文本的意義並不完全是由組成該文本的語言文字所構成的，讀者並不能從文本語言文字的層面獲得作者所欲傳達的確切訊息。例如方玉潤《詩經原始》引章潢之言把這種情形說得最透澈，云：

> 凡詩人之詠歌，非質言其事也，每託物表志，感物起興。雖假目前之景以發其悲喜之情，而寓意淵微，有非恆情所能億度之者。況其言雖直而意則婉，亦有婉言中而意則直也；或其言若微而意則顯，亦有顯言中而意甚微者。故美言若懟，怨言若慕，誨言若懟，諷言若譽。〔註4〕

很顯然在語言文字所構成的意義之外，尚有另一層次的意義存在，這種意義是作者

〔註2〕有關「語意」與「用意」的區別請參岑溢成先生《訓詁學與清儒訓詁方法》，第6章第1節。香港：新亞研究所，民國73年博士論文。

〔註3〕見朱鑑編《詩傳遺說·卷2》引《楚辭辨證》語，見索引本《通志堂經解》，第17冊，頁10077。臺北：漢京公司印行。

〔註4〕見「卷首·下」，頁35-36。臺北：藝文印書館，民國70年3版，總頁碼在頁146-147。

在寫作該作品時所抱持的特殊意圖。這些意圖有可能即直接藉著語言文字傳達給讀者知悉，詮釋者只要循文即可索意──探索出正確的作者之意。但在許多情況之下，作者並沒有這麼做。也許是作者故作狡猾、故弄玄虛所致，不願意讀者知道太多，不願意語言文字太透明，所以故意把語言文字弄模糊，把言辭混淆，藉此將其隱密的心事埋藏在文本背後，此即所謂的「言外之意」。《經樓夢》的作者不是就開宗明義的告訴讀者，他已藉著「滿紙荒唐言」、「假語村言」的方式來將「眞事隱」去了嗎？所以一篇文本的意義可能有兩個層次，即語言文字本身所表示的意義和隱藏在語言文字之外，作者別有寄託的隱密心事。前者可以稱做「文本意義」，後者則喚做「作者本意」。作者所欲傳達的意義或訊息既然是常隱藏在詩歌的語言文字之外，單從文本的層次去探尋自然不能有效的得出詩歌眞實的意義。因此詮釋的目標就應是「作者本意」而非「文本意義」了，或者更精確的說，「文本意義」是探尋「作者本意」的基礎，但只憑「文本意義」則無法充分的獲知「作者本意」。

然而，「作者本意」在詮釋活動中是否眞的就占有這麼重要的地位呢？以作者情志爲依歸的研究方法會不會抹殺了讀者的地位？這些問題其實都極具爭議性。當代的文學研究思潮中有所謂的「意圖謬誤」說（Intentional fallacy），就是針對以往那種只注重作者創作意圖，卻忽視文本客觀的語言成規和讀者詮釋能力的研究進路，所產生的反動，如威姆塞特（W. Wimsatt）和比爾茲利（M. Beardsley）在〈意圖謬誤〉一文中云：

> 把作者的創作計畫和意圖作爲評價一部文學藝術作品成敗的標準既不可能也沒必要。

英美「新批評」派大將韋勒克（R. Wellek）和華倫(P. Warren）也如此主張著：

> 一部文藝作品的意義既非意圖所能盡，也不是與作家的意圖相等的東西。它作爲一個價值系統，是有著它自己的生命。一件藝術作品的意義不可能只用它對作者和作者同時代的人的意義來決定。它母寧說是一種增添過程，也就是說歷來許來讀者對它所作的批評之歷史的產物。〔註5〕

艾略特的話則更富啓發性：

> 一首詩對於不同的讀者可能顯示出多種不同的意義。這些意義可能都並不是作者的原意……而一個讀者的解釋，雖不同於作者的原意，有時卻同樣

〔註 5〕威氏和比氏這篇著名的文章譯本見史亮所編《新批評》（成都：四川文藝出版社，1989年1版）一書，引文在該書第26頁。韋氏、華氏之言見二氏合著之《文學論》（*Theory of Literature*），頁65。中譯本由王夢鷗、許國衡合譯，臺北：志文出版社，民國68年。

的得當，甚至比作者原意更好，因爲一首詩原可能存在有不爲作者所自知
的更多的意義。〔註6〕

有趣的是，清代常州學派所倡言的以比興寄託求作者用心的說詞方式，發展到後來，
竟也走到與艾略特的主張相類似的境地。如該派後期代表人物周濟，爲了修正該派
創始人張惠言詞說所導致的膠執之蔽，就曾主張：

初學詞求有寄託，有寄託則表裏相宣，斐然成章。既成格調，求無寄託，
無寄託，則指事類情，仁者見仁，知者見知。〔註7〕

又說：

夫詞非寄託不入，專寄託不出，一物一事，引而申之，觸類多通。驅心若
遊絲之冒飛英，含毫如郢斤之斲蠅翼，以無厚入有間。既習已，意感偶生，
假類畢達，閱載千百，譬欲弗違，斯入矣。賦情獨深，逐境必寤，醞釀日
久，冥發妄中。雖鋪敘平淡，摹績淺近，而萬感橫集，五中無主。讀其篇
者，臨淵窺魚，意爲魴鯉，中宵驚電，罔識東西，赤子隨母笑啼，鄉人緣
劇喜怒，抑可謂能出矣。〔註8〕

葉嘉瑩評論說：

周氏提出了一種能「出」和能「無」的說法，而「出」與「無」又可以
從「入」與「有」轉變而來，是則一切「無」寄託的作品乃都可以視之
爲變相的「有」寄託的作品了。如此……把「無」寄託的詞解釋爲「有」
寄託的詞，乃成爲讀者的一種較深入的看法。……再則周氏對於「出」
與「無」一類不可確指其指意的作品，又給讀者提出了一種極爲自由的
欣賞和解說的態度，以爲「讀其篇者」，可以具有一種「臨淵窺魚，意爲
魴鯉，中宵驚電，罔識東西」的感受，於是「仁者見仁，知者見知」，讀
者的各種感受和聯想，乃都可以成爲作品中可能具有的一種意境了。……
後來譚獻更推衍周氏的話說：「甚至作者之用心未必然，而讀者之用心何
必不然」（案：見《復堂詞話·復堂詞錄序》），這種論調，則是以讀者以
一己之自由聯想來比附說詞提出了公然支持的理論……明白指承了讀者
之聯想未必即爲作者之用心，如此則讀者之聯想遂得有絕大之自由，而

〔註6〕艾略特之文原題爲〈詩歌的音樂〉（"The Music of Poetry"）。原文筆者未見，轉引
　　　自葉嘉瑩《中國古典詩歌評論集》，頁191-192。臺北：源流出版社，民國72年初版。
〔註7〕周濟《介存齋論詞雜著》「學詞途逕」條，見唐圭璋編《詞話叢編》，冊2，頁1630。
　　　臺北：新文豐出版公司，民國77年臺1版。
〔註8〕周濟〈宋四家詞選目錄序論〉，見《詞話叢編》，冊2，頁1643。

不再有牽強比附之議。〔註9〕

在長期研究、詮釋詞的過程中，周濟、譚獻皆逐漸體認到，前人詞作未必皆有在其中賦予什麼深刻的意義，因爲「詞原來是產生於沈醉浪漫的歌筵酒席之間的作品」。〔註10〕在這種情況之下，所謂「求有寄託」（就詮釋、欣賞言），就不能指實爲作者原初的寄託，更何況那類「歌筵酒席之間的作品」本就無寄託可言。於是乃只能反諸讀者所採取的詮釋、欣賞態度，因此周濟乃說：

> 夫人感物而動，興之所託，未必咸本莊雅，要在諷誦紬繹，歸諸中正，辭
> 不害志，人不廢言。雖乖繆庸劣，纖微委瑣，苟可馳喻比類，翼聲究實，
> 吾皆樂取，無苛責焉。〔註11〕

　　這種不顧作者用心，忽視作者創作意圖的詮釋方式顯然與傳統的詮釋批評方式大相逕庭。對中國古代的許多詮釋者而言，他們最終努力的一切皆是要歸結到作者身上，以作者的想法、心意去做爲詮釋正確與否的評判標準，此即在中國文學批評史上蔚爲主流的「情志批評」，這種批評詮釋的方式可早溯到孟子所謂的「以意逆志」。孟子勸人讀詩須「以意逆志」（《孟子·萬章上》），去逆取作者的心志（趙岐注：「志，詩人志所欲之志。」）。而朱子也附和這種觀點，云：「言說詩之法……當以己意迎取作者之志，乃可得之。」〔註12〕又云：「看詩須是看他詩人意思……。」〔註13〕司馬遷讀書也常有「想見其爲人，未嘗不掩卷歎息」的激動，可見在古人的心目中，讀其書與對其人的心志之了解是不可分開的。他們簡直不能理解有所謂「作者已死」或讀書可以不顧作者原意的想法。余英時對中國文學詮釋傳統中的這種現象，有極清楚而明確的說明。在檢討西方解釋學可否對中國詮釋傳統做借鏡的文脈中，余先生曾指出：

> 伽德默（Hans-Georg Gadamer）否認我們有瞭解作者「本意」的任何可能，
> 這便和中國的詮釋傳統大相逕庭。作者「本意」不易把捉，這是中國古人
> 早已承認的。但是因爲困難而完全放棄這種努力，甚至進而飾說「本意」
> 根本無足輕重，這在中國傳統中無論如何是站不穩的。從孟子、司馬遷、
> 朱熹，以至陳先生（案：陳寅恪）都注重如何遙接作者之心於千百年之上。
> 通過「實證」與「詮釋」在不同層次上的交互爲用，古人文字的「本意」

〔註 9〕見同註6，頁 188-189。

〔註10〕見同註6，頁 170。

〔註11〕《詞辨·序》，見《詞話叢編》，冊2，頁 1637。

〔註12〕《詩傳遺說·卷一》，見同註3，總頁碼在頁 10070。

〔註13〕見同上，頁 10073。

在多數情形下是可以爲後世之人所共見的。〔註14〕

毛鄭的《詩經》詮釋活動，正是屬於這種「情志批評」的詮釋方式，例如《鄭風・狡童》，其文句爲：

彼狡童兮，不與我言兮！維子之故，使我不能餐兮！

彼狡童兮，不與我食兮！維子之故，使我不能息兮！

《詩序》解釋爲：「狡童，刺忽也。不能與賢人圖事，權臣擅命也。」單從詩句本身，讀者實在很難看出這首詩與所謂「賢人圖事，權臣擅命」有何關聯，也不知《詩序》作者是根據什麼證據或方法而得出這樣的內容。這個例子清楚的告訴我們，毛鄭的解詩，確是認爲有超出本文之外的作者本意，他們所肯定、所重視，且所欲詮釋的就是這作者本意，所以阮元在《毛詩正義・校勘記・序》中就很明白的指出：

孟子曰：「不以文害辭，不以辭害志」，孟子所謂文者，今所謂字。言不可

泥於字，而必使作者之志昭著顯白於後世。毛鄭之於《詩》，其用意同也。

不只毛鄭的解詩是認定詩文之外存在著作者隱藏的心志，整個兩千年來的《詩經》詮釋活動也都共同持著這種認定，並在這種認定的指引之下，孜孜不倦的從事探尋、詮釋作者本意的活動。照理說只要作者本意相同，且詮釋者又都以探尋這作者本意爲終極目標，那麼人人詮釋出來的結果應該不會相差太遠才對。然而早在班固編寫《漢書・藝文志》時就產生了解詩者人人各執一說，但又家家皆以爲己說最合乎詩人本意的窘況。在這種情況之下，班固最終不得不感歎地說：

魯申公爲《詩》訓詁，而齊轅固、燕韓生皆爲之傳。或取《春秋》，采雜

說，咸非其本義。與不得已，魯最爲近之。

這種情況特別強烈的反映在《毛詩序》的爭辯上（參第二章）。因爲所謂「詩序」也者，其實就是詩之「本義」的具體投射或成形。「詩序」的出現就是解詩者確信及肯定《詩經》「本意」之眞實存在和確切可獲求知的具體表現。因此，從說詩者對《詩序》的爭辯一事中，正可以清楚的看出「本意」這個問題是如何深刻的影響到了歷代《詩經》學者的解詩態度和模式，這爲他們共同塑造了一個固定的詮釋「信念」。因爲無論「尊序派」也好，「疑序派」或「廢序派」也好，他們都跳脫不出「肯定本意」這個解詩模式和詮釋信念。所以儘管宋人「疑序」、「廢序」，但其實他們只是反對漢人的《序》說而已，他們並不是不要「序」，只是要打倒漢人，另外去尋求合乎他們理想的「序」。但爭辯了半天，也很可能如班固所云：「咸非其本義」，最後大家詮釋的結果皆非作者的原意，於是這造成了《詩經》的「難明」。

〔註14〕見《陳寅恪晚年詩文釋證》，頁14。臺北：時報公司，民國75年2版。

　　皮錫瑞在《詩經通論》中，一開始就道出了八項《詩經》難明的原因，其中第一項指出：

> 就《詩》而論，有作《詩》之意，有賦《詩》之意。鄭君云：「賦者或造篇，或述古。」故《詩》有正義、有旁義、有斷章取義。以旁義爲正義則誤，以斷章取義爲本義尤誤。是其義雖並出於古，亦宜審擇，難盡遵從，此《詩》之難明者一。〔註15〕

皮氏的話似乎隱約透露了其中奧妙。《詩》在製作之後，在長遠的流傳和接受的過程中，經過許多人的研究、解釋甚至使用（如春秋時人的引詩、賦詩）之後，意義難免有所改變、扭曲。用皮錫瑞的話說，詩的原初意義是「正義」，相對於「正義」，那些改變、扭曲後的意義就叫「旁義」。至於「斷章取義」更是春秋時人引詩、賦詩時對詩義所做的任意解釋，自然離詩的原義更遠了。旁義和斷章取義將詩的本義遮蔽以及對詩義的混淆，是引致詩旨難明，造成對詩義的解釋和研究困難重重的主因。因此澄清混淆，分辨詩義的諸多層次，就成了學者研究《詩經》刻不容緩的要務了。詮釋者對這個情況應有明確的認識，了解究竟是那一層面的詩義才是自己的詮釋對象，才不致張冠李戴，誤把此詩義認做彼詩義，造成許多的混淆，徒增後人困擾。然而什麼才是《詩》的「正義」？而那種詩意又是「旁義」和「斷章取義」呢？這恐怕不是易與的問題。

第二節　《詩》本意的內涵

　　分析至此，對「詮釋目標爲何」這個問題的答案應是很明確了，然而上述的區分仍很抽象，因爲僅形式的初步界定了「作者本意」，並沒有對其實質內涵有所決定。事實上所謂「作者」也是很模糊的概念，不同時代及不同文化的各種創作型態皆可能蘊含了不同的作者觀念。對先秦兩漢時人而言，他們的作者觀念就未必同於今日的所謂「著作所有權作者觀」或「固定作者觀」。古代的典籍多非出於一人之手，也非一時一地所完成，往往經過千百年，不斷受到後續者的修補、增刪與整理。因此去探究該典籍的作者爲誰，不但在現實上不可能，而且也是無意義的事。這種情況普徧的存在早期的社會或現存較原始的文化中，或者是在文明社會中所存在的所謂民間文學、口頭文學等。我們可以把這種作品由集體創作、無法確指作者的創作型

〔註15〕參《詩經通論》，頁1。收入《經學通論》中，臺北：臺灣商務印書館，民國78年臺5版。

態所反映的作者觀念稱做「集體作者觀」或「非固定作者觀」。〔註16〕

　　就《詩經》而言,「作者」的問題尤其複雜。自詩篇的出現,《三百篇》的形成、編定,乃至於春秋至兩漢時人對《三百篇》的種種處理應用方式,在在都對詩歌本身的面貌和意義造成一定的影響。換句話說,《詩經》也如同古代的許多典籍一樣,是經由千百年來許多人不斷地集體「創造」著。但《詩經》和其他古代典籍在「創作過程」中仍有不一樣的地方,那就是《詩經》的形成、編定,以及春秋至兩漢時人對《詩經》的種種應用,都有比較明確的記載。因此,只要根據文獻記錄,仍有可能將《詩經》在不同階段中的「作者」一一分辨出來,如此即可對《詩經》「作者」的實質內涵做一決定。作者內涵確定之後,作者本意的實質內涵也就可確定出。

　　歐陽修就曾對這個問題有深刻的體會,而將《詩經》在不同階段中的「作者」區分為「詩人之意」、「太師之職」、「聖人之志」、「經師之業」四者。〔註17〕清代魏源在歐陽修的基礎上,將詩意的層次剖析的更清楚:

> 夫《詩》有作詩者之心,而又有采詩、編詩者之心焉;有說詩者之心,而又有賦詩、引詩者之心焉。〔註18〕

所謂「詩人之意」或「作詩者之心」,歐陽修解釋說:

> 詩之作也,觸事感物,文之以言,美者善之,惡者刺之,以發其揄揚怨憤於口,道其哀樂喜怒於心,此詩人之意也。

魏源則說:

> 作詩者自道其情,情達而止,不計聞者之如何也。即事而詠,不求致此者之何自也:諷上而作,但期上悟,不為他人之勸懲也。

二者都從人心哀樂之感,不得不發於歌詠這點來解釋詩的產生,即〈詩大序〉所謂的:「詩者,志之所之也。在心為志,發言為詩。情動於中而形於言」。《漢書・藝文志》也說:

> 《書》曰:「詩言志,歌言志」,故哀樂之心感,而歌詠之聲發。誦其言謂之詩,詠其聲謂之歌。

何休《公羊傳注・宣公十五年》則說:

> 男女有所怨恨,相從而歌,飢者歌其食,勞者歌其事。

〔註16〕關於這方面的討論,可參朱光潛《詩論》,第1章,〈詩的起源〉。臺北:漢京公司,民國71年初版。

〔註17〕見《詩本義・卷14・本末論》。《通志堂經解》本,收入臺北:漢京公司索引本第十六冊。

〔註18〕見《詩古微・毛詩明義・一》,頁54,據何慎怡點校本,長沙:嶽麓書社,1989年第1版。

作詩者之作詩原只是爲了宣洩一己之情感，只要情感得到適當的流露，原不必計較聞者的反應；或是只歌詠引起詩人哀樂之心的事件而已，也不去深究該事件產生的前因或所導致的後果；又或該詩之作是對執政者或時局有所諷諫，但也仍只是希望在上位者能夠省悟，並沒有移做勸戒他人的打算。因此，總歸來講，詩人之作，確是有所感而作，其樂心感則發而爲誦美之什；其哀心發，則洩而爲譏貶諷諫之詩。就詩人作詩的目的及其預期的效果而言，都只是針對一時一人一事一境而已。此如〈綠衣〉之莊姜傷己，而情可以悟其夫；或如〈柏舟〉之仁人傷己不遇，但其詞卻可諷其上。

　　至於「太師之職」或魏氏所謂的「采詩、編詩者之心」，歐氏解釋說：

> 古者國有采詩之官，得而錄之，以屬太師，播之於樂，於是考其義類而別之。以爲《風》、《雅》、《頌》而比次之，以藏於有司，而用之宗廟，此太師之職也。

魏源則說：

> 至太師采之以貢於天子，則以作者之詞而又以諭乎聞者之志，以即事而詠，而又推其所以致此之由，則一時之賞罰黜陟興焉。至國史編之以備矇誦，垂久遠，則以諷此人之詩而存爲諷人人之詩，以己人之詩而又存爲處此境而詠己、詠人之法，而百世勸懲觀感興焉。……蓋采詩以教一時，而編詩以教萬世。

采詩之事，見《漢書・藝文志》，云：

> 《書》曰：「詩言志，歌言志」，故哀樂之心感，而歌詠之聲發。誦其言謂之詩，詠其聲謂之歌。故古有采詩之官，王者所以觀風俗，知得失，自考正也。

又見《漢書・食貨志》：

> 冬，民既入，……男女有不得其所者，因相與歌詠，各言其傷。……孟春之月，群居者將散，行人振木鐸徇于路，以采詩，獻之大師，比其音律，以聞於天子。

與采詩相關的則是「獻詩」活動，其實況可從《國語》中的記載窺其一班：

> 故天子聽政，使公卿至於列士獻詩，瞽獻曲，史獻書，師箴，瞍賦，矇誦，百工諫，庶人傳語，近臣盡規，親戚補察，瞽、史教誨，耆、艾修之，而後王斟酌焉。〔註19〕

〔註19〕見《國語・卷1・周語上》「邵公諫屬王弭謗」。臺北：漢京公司點校本，頁10，民國72年出版。

又

> 吾聞古之王者，政德既成，又聽於民，於是乎使工誦諫於朝，在列者獻詩
> 使勿兜，風聽臚言於市，辨袄祥於謠，考百事於朝，問謗譽於路，有邪而
> 正之，盡戒之術也。〔註20〕

采詩和獻詩的分別主要在於，前者多是民間流行的歌謠，由采詩官采集起來，上呈給國君，讓國君了解各地風俗、民情隱疾，以做施政參考，所以又有「陳詩觀風」的說法。《禮記‧王制》：

> 歲二月，（天子）東巡守，至於岱宗，柴而望祀山川。觀諸侯，問百年者
> 就見之。命大師陳詩以觀民風。

獻詩則多公卿大夫之作，從以上《國語》的兩則記載來看，據顧頡剛觀察，公卿列士的諷諫是特地做詩獻上，而庶人的批評則是為官吏所聽到而告誦上去。〔註21〕在經過采詩、獻詩的積聚之後，詩篇漸多，最後再由執掌的樂官加以編定整理，於是《三百篇》的面貌始定。

　　魏源以為采詩者將詩獻給國君，旨在反映民情，做施政參考，故須以作者之詞轉為聞者之志，並推究導致該詩所歌詠之事的原由，以興一時賞罰黜陟之意。所以此時的詩意已非原詩人之意，這之間經過了一層的轉移。此如〈汝墳〉、〈漢廣〉、〈桃夭〉、〈摽有梅〉等，原皆男女吟咏情性之詩，而推其止乎禮義，則本於文王風化之盛。又如〈雄雉〉、〈伯兮〉、〈君子于役〉，本室家思其夫，而推其所以怨曠自傷之由，則以為刺衛宣公、刺時、刺平王。（以上皆參《詩古微‧毛詩明義‧一》）

　　編詩又與采詩稍不同，采詩雖將詩意轉移到聞者的勸戒效果上，但僅限於一人一時一境的賞罰黜陟之興，至若國史編詩以教國子，則將原本「於此境，諷此人，教一時」之詩，轉而「存為諷人人之詩」，又「存為處此境而詠己、詠人之法，而百世勸懲觀感興焉」，最終，可達至「垂久遠，教萬世」的巨大效果，於是原本諷諫某君的詩，皆可為百世懲勸的典則，所以魏源說：

> 是故〈凱風〉，七子自責也，編詩者以其可以教孝，而《序》云：「美孝子」；
> 〈伐檀〉，美賢者不素食也，編詩者以其可以風貪，而《序》云：「刺貪」，
> 〈桑中〉、〈氓〉、〈丰〉、〈溱洧〉、〈東門之墠〉、〈東方之日〉，本男女流蕩
> 之詞也，編詩者以其可戒廉恥之防，而《序》云：「刺奔」、「刺亂」、「刺
> 時」；〈羔裘〉本美大夫之正直，〈女曰雞鳴〉本賢夫婦相警，〈鳲鳩〉本美

〔註20〕見《國語‧卷12‧晉語六》「趙文子冠」，引文在頁410。
〔註21〕參顧頡剛〈詩經在春秋戰國間的地位〉，見《古史辨》，第3冊，頁326。臺北：藍燈公司，民國76年初版。

君子用心之均一，而編詩者以其爲亂國所不多見，美此即可以刺彼，則以爲「刺朝」、「刺不說德」、「刺不一」。則道己、道人之詩，試一設身而處境，易地而觸類，而其義不又別乎？（同上）

如此，經過編錄之後的詩篇之意自然又與原詩人之意距離更加遙遠了。

但魏源與歐陽修的說法在這兒有頗大的差異，即歐氏並未認爲采詩之官或負責整理編定的太師有對詩意的型塑發揮積極的作用。在歐氏看來，他們的工作僅只於將繁雜散亂的詩篇，加以「正其名，別其類，或繫於此，或繫於彼」（見《詩本義‧卷十四‧本末論》）。即使太師在編定的過程中曾賦予《三百篇》什麼特殊的用意，但在歐氏看來，對聖經的全體大用而言，也只是「末」業而已。所以即使學詩者於「太師之職有所不知」，又「何害乎學詩也」（同上）。很明顯，歐氏把《三百篇》中美刺勸懲大義的賦予歸於聖人身上，但魏源在有關夫子角色這點上，態度是頗爲含混的，其僅云「國史與夫子先後編詩之意，一揆同符」。在聖人與《三百篇》的關係這點上，歐陽修的說法的確是很明確。他說：

世久而失其傳，亂其雅、頌，亡其次序，又采者積多而無所擇。孔子生於周末，方修禮樂之壞，於是正其雅、頌，刪其繁重，列於《六經》，著其善惡，以爲勸戒，此聖人之志也。

他在《居士外集‧卷二十五‧國學試策三道‧一》中也說道：

夫仲尼述堯舜，刪《詩》、《書》，著爲不刊，以示來葉。

關於孔子與《詩經》的關係，漢人司馬遷有夫子刪詩說，他在〈孔子世家〉中言道：

古者詩三千餘篇，及至孔子去其重，取可施於禮義。上采契、后稷，中述殷、周之盛，至幽、厲之缺，始於袵席。故曰：〈關雎〉之亂，以爲〈風〉始；〈鹿鳴〉爲〈小雅〉始；〈文王〉爲〈大雅〉始；〈清廟〉爲〈頌〉始。三百五篇，孔子皆弦歌之，以求合韶、武、雅、頌之音。禮樂自此可得而述，以備王道成六藝。

此乃孔子刪詩說最早出現的記載。古來學者雖然對刪詩說議論紛紛，[註22]但無論如何，孔子與《詩經》乃至於《六經》的關係卻仍不容否定。在漢人的觀念中，普徧認爲夫子與《六經》必有密切的關係在，如《漢書‧藝文志》：

昔仲尼沒而微言絕，七十子喪而大義乖。

《白虎通‧五經篇》，也說：

（孔子）自衛反魯，自知不用，故追定《五經》，以行其道。

〔註22〕見《經義考‧卷98》。

所以皮錫瑞斬釘截鐵的說：「孔子所定《六經》，皆有微言大義。」〔註23〕因此，經學的成立和經書的完成，皆須通過孔子。經書未經過夫子手定，仍不成為「經」，而經學之所以可能也是因為孔子在其中所賦予的義理可為生民萬世法。不但可做個人立身的準則，更可施於廟堂社稷，而為典章制度。所以漢儒的「刪詩說」其實就是正面的、積極的肯定了孔子與《詩經》的關係，在經學成立的過程中，這種肯定是極為重要的。若非如此，則孔子與《詩經》的關係仍是晦暗不明，而《詩經》之所以為「經」的理由也就不免動搖。

《詩經》既經孔子手定，孔子乃於其中注入了美惡勸戒大義的道德性的意涵，使《三百篇》脫離了單純原始詩歌的面貌，成為可垂範後世，為百代法的聖經大典。經過手定之後的《詩經》自然就不同於原初做為《三百篇》存在的詩篇了，而這也就是《詩經》之所以為「經」而不僅再是歌謠、或一般的詩歌之最關鍵之處。〔註24〕如此，《詩經》方成為可垂範後世，為百代法的聖經大典，也只有聖如孔子者才有資格在經書中「為天下制儀法，垂六藝之統紀於後世」（見〈太史公自序〉）。所以在這個意義上，孔子也可說參與，或云，重新創作了《詩三百》，因此孔子當然也就是「作者」了，而「作者本意」也就是「孔子的本意」，即歐陽修所謂的「聖人之志」。在漢人的觀念中，像孔子這樣，能夠在經書中賦予褒貶美刺大義者才謂之「作」，而也唯有孔子才能「作」。此即《禮記‧樂記》所云：「作者之謂聖，述者之謂明」之「作」的確切涵意。因此，在關於《詩經》美刺大義賦予的這個問題上，歐氏的立場應該比魏氏的看法更得漢人看待孔子和《詩經》之實。

除此之外，又有以站在「用詩」的立場來對《詩經》做各種不同的使用，而這些使用也都對詩意的型塑造成一定的影響。首先是春秋時人的「賦詩」、「引詩」。所謂賦詩，據顧頡剛云，乃：

> 在宴會中，各人揀了一首合意的樂詩叫樂工唱，使得自己對於對方的情意在詩裏表出，對方也是這等的回答。〔註25〕

〔註23〕見《詩經通論》，頁48。

〔註24〕《詩三百》和《詩經》的意義不同，前者只是指稱著做為「中國最早的詩歌總集」的一部著作，除了詩歌的歷史的、文學的意義之外，並無其他特殊含意；後者則除了前一個意義之外，更具有經學的意義，即認為其中包含了聖人經世治國的大章大法，非單純的史料書、文學書。蔣善國《三百篇演論》中的一段話頗具代表性，其云：「我把《詩經》這個名字取消，采取《三百篇》這個名字，使研究他的人一看見這個名字，如同看見《唐詩三百首》一樣，慢慢的就把《三百篇》本來的面目——詩——收復回來；那蒙蔽《三百篇》的觀念——經——漸漸的也就可以歸化於無何有之鄉。」（臺北：臺灣商務印書館，民國69年臺2版，頁2）

〔註25〕見〈詩經在春秋戰國間的地位〉一文，引文見《古史辨》，第3冊，頁328。

但是這種使用卻是任意的，目的只在達到賦詩的人的心志，而不一定切合作詩的人的本意，其方法主要有二：（一）專取比喻；（二）取詩句中片語單詞之意，與原詩無關。〔註26〕所以爲了這個目的，賦詩人可以不顧詩篇的原意或全詩上下文意而隨意割裂使用。當時人早就自覺到這種使用方式的特性，即所謂「斷章取義」。（《左傳·襄二十八年》盧蒲癸曰：「賦詩斷章，余取所求。」）

而引詩與賦詩不同之處，據何定生言，乃（一）賦詩是歌詩，而引詩則是誦詩；（二）賦詩是在正式場合中行之，而引詩則否；（三）賦詩是以詩文代替辭令註解作用，只能說是部分說辭。〔註27〕比較起來，引詩比賦詩更加任意和自由，因爲引詩是做爲辭令的一部分，目的在於用來證明或強調某一意念，所以詩的意義只是居於從屬的地位，而常隨使用者的企圖而轉移，因此，改變或違反原詩意義的情況就不可避免了。雖然二者在使用上有這些差異，然斷章取義，不顧詩歌原意的作風仍是一致的。所以魏源云：「賦詩與引詩者，詩因情及，雖取義微妙，亦止借其詞以證明之，蓋己情爲主而詩從之，所謂興之所之也。」（《詩古微·毛詩明義二》）

至於「說詩」，據魏源云，可上溯夫子刪詩，而又與漢人傳注的產生關係極爲密切，云：

> 自夫子刪詩垂訓，於是齊、魯學者有說詩之學。……故其後爲傳注所自興。
> （《詩古微·毛詩明義二》）

孔子說詩特重啓發，常用比喻引申、觸類旁通的方式來闡述一些哲理，使聽者易於理解，能夠收到「舉一隅而反三隅」的教育效果，如：

> 子夏問曰：「巧笑倩兮，美目盼兮，素以爲絢兮。」何謂也？子曰：「繪事後素。」曰：「禮後乎？」子曰：「起予者商也，始可與言詩也」（《論語·八佾》）

又如：

> 子貢曰：「貧而無諂，富而無驕，何如？」子曰：「可也，未若貧而樂，富而好禮者也。」子貢曰：「《詩》云：『如切如磋，如琢如磨』，其斯之謂與？」
> 子曰：「賜也始可與言《詩》已矣，告諸往而知來者！（《論語·學而》）

孔子不只是單純的在言語方面對詩做些比喻引申、觸類旁通的運用，他還有自覺的將詩賦以道德的、倫理的內涵，〔註28〕如云：

〔註26〕見何定生《詩經今論》，頁14。臺北：臺灣商務印書館，民國58年2版。

〔註27〕同註26，頁26。

〔註28〕關於《詩三百》道德化的解說一事，據施淑〈漢代社會與漢代詩學〉論文中指出，從春秋賦詩斷章到戰國合理化說詩的過程中，《詩三百篇》就一直朝著道德化和觀念化

> 子曰:《詩三百》,一言以蔽之,曰:思無邪。(《論語‧爲政》

所謂「思無邪」,就是由思想感情的誠正無邪的角度來重新看待《詩三百》,故朱子釋之曰:

> 凡《詩》之言,善者可以感發人之善心,惡者可以懲創人之逸志,其用歸於使人得其情性之正而已。

這種說詩的特性,據魏源云:

> 然說詩者意因詩生,即觸類旁通,亦止因本文而引申之,蓋詩爲主而文從之,所謂「以意逆志」也。(同上)

孔子這種對詩的態度對戰國儒者的影響頗大。之後的儒家典籍,從《孟子》、《荀子》,以至漢代的《韓詩外傳》,其說詩方式基本上不離這種形態,故陳澧云:

> 今本《韓詩外傳》有元至正十五年錢惟善序云:「斷章取義,有合於孔門商賜言詩之旨。」澧案:《孟子》云:「憂心悄悄,慍于群小,孔子也。」亦外傳之體。《禮記》〈坊記〉、〈中庸〉、〈表記〉、〈緇衣〉、〈大學〉引詩者尤多似外傳。蓋孔門學詩者皆如此。其於詩義洽熟於心,凡讀古書論古人古事,皆與詩義相觸發,非後儒所能及。(《東塾讀書記‧卷六》)

就詩意的型塑而言,孔子編詩時賦予詩篇美刺大義的方式,其實就與孔門這種比喻引申,觸類旁通,於詩篇中賦予道德性意涵的說詩方式有著極爲密切的關聯,而這套說詩方式又深刻影響了漢人的解詩活動,所以裴普賢說:

> ……但春秋時代已有賦詩斷章取義和引詩摭句爲證的習尚,孔子與弟子論詩,亦偏重於政治的應用,倫理的教訓,品德的修養,而有溫柔敦厚的發展。《毛詩》、《詩序》就是這一發展影響下所成的產品。〔註29〕

漢人的詩學正是承繼戰國以來儒者對《詩》賦予道德性意含的說詩方式,在接收前人對《詩》的觀念意識的基礎上,而有系統、有組織的構築、完成了一整套的觀念體系,即所謂的「詩教」。這種詩教主要表現在兩方面:一是在實際的政治行爲中利用《詩經》去從事或完成具體的政治活動或目的。最常見的就是把詩篇做爲諷諫的工具,希望達到規勸當政者的目的,此即「以三百篇做諫書」,如《漢書‧王式傳》云:

> 臣以《詩》三百五篇朝夕授王,至於忠臣孝子之篇,未嘗不爲王反覆誦之也;至於危亡失道之君,未嘗不流涕爲王深陳之也。臣以三百五篇諫,是以亡諫書。

的解說方向進行著。(《中外文學》10 卷 10 期,民國 71 年 3 月,頁 72)雖然如此,但孔門的說詩活動無疑仍居於關鍵地位。

〔註29〕見氏著《詩經研讀指導》,頁 23,臺北:東大公司,民國 66 年初版。

又如《漢書・昌邑王賀傳》載龔遂諫王之言：

> 臣不敢隱忠，數言危亡之戒，大王不說。夫國之存亡，豈在臣言哉？願王
> 內自揆度。大王誦《詩》三百五篇，人事浹，王道備，王之所行中《詩》
> 一篇何等也？

二是大規模、有系統的對《詩》做全面性的整理和研究。前者主要是表現在對經書面貌的釐定（如分章、斷句、定篇、命題及使口誦的詩篇「竹帛化」），後者則是從事詩篇的注解詮釋活動。

　　無論是「以三百篇做諫書」或對詩篇做注解詮釋，背後皆共同有「詩教」的意識在支撐著。詩教乃是戰國以來儒者對《詩》賦予一套道德性的意涵，並希望藉著對《詩經》的研習與運用，而能將這套道德意涵落實到具體的政治活動和個人生活中。從詩歌本身的立場來看，漢人這種做法固無異於春秋時人的「賦詩斷章，余取所求」的任意用詩態度。但與春秋時人不同的是，他們是有意識的、全面的、系統的去用詩，藉著《詩經》去傳達他們所主張的理念。《詩經》對他們而言，或許真的只是教化的工具而已。從這個觀點來看，不妨可把這種型態的用詩稱做「詩用」，即《詩三百》皆被當做宣達教化的工具，以區別於春秋時人零星的、個別的、摘句式的「用詩」。由此可見，漢人的解詩方式很顯然的就是一種「觀念先導式」解詩方式，亦即先擬構一個先詩篇而存在的道德觀念系統，然後再從詩句中反溯此觀念系統。

　　討論至此，或稍可嘗試解答皮錫瑞所謂的詩之「正義」、「旁義」的問題。就魏源而言，他站在《三家詩》的立場，主張以詩人作詩之意為「正義」，視《毛詩》之主采詩、編詩者之意者為「旁義」；而就歐陽修而言，他認為「若聖人之勸戒者，詩人之美刺是已，知詩人之意則得聖人之志矣」，所以詩人之意和聖人之志都是「正義」，[註30] 而太師之職則為「旁義」。其實所謂「正義」或「旁義」，本難有一定的標準，端視學者如何看待《詩經》。在這個問題上，呂思勉就有段頗具啓發性的話，云：

> 然近人好執其所謂文學眼光尋繹白文，謂得詩人本意，此則又將與朱子之
> 作《集傳》，王柏之作《詩疑》等。夫自今人言之，則據文學以言《詩》，
> 固為天經地義矣。然在朱子、王柏當日，據其所謂義理者以言《詩》，又

〔註30〕歐陽修相信作詩者均為古代的賢人，所以詩人之意是合乎道德的，即使不如此，孔子刪詩時必也會將那些不合道德要求的詩篇刪汰不錄，所以他說：「今此大夫不幸而遭亂世，反深責其先祖以人情不及之事，詩人之意決不如此。就使如此，不可垂訓，聖人刪詩必棄而不錄也」（《詩本義・卷八・四月論》）詳細的討論又可參趙明媛《歐陽修詩本義探究》，桃園：國立中央大學中文研究所民國79年碩士論文。

何嘗非天經地義乎？〔註31〕

就毛鄭《詩經》解經學言，因其站在政教立場論《詩》，故其所謂「正義」乃絕不能僅止於原作詩者之意而已，而必以美刺教化的方式附會詩意。歐陽修、魏源之所謂的「聖人之志」或「采詩者之意」、「編詩之意」，其實況如何，雖未能確考，但毛鄭這套說詩方式卻也是先秦儒家，自孔子以來，為了因應現實政教的需要而逐漸發展出來的，自有其合理的因素在。

〔註31〕見呂氏〈辨梁任公陰陽五行說之來歷〉一文，收入《古史辨》，第5冊，引語在第364頁。

第四章　毛鄭《詩經》解經方法的理論根據及其建構

第一節　解經方法的理論根據

　　毛鄭的解《詩》方法背後皆有一套他們對「詩」的看法，一套對《詩經》所持有的綜合的、系統的以及本質性的觀念，如詩的起源、詩的製作、詩的性質、詩的效用……等，這些對「詩」的認識是他們詮釋《詩經》的基礎和理論依據，直接關乎他們對《詩經》所做的具體詮釋的內容。毛鄭就是在這套觀念系統的主導下，逐一對個別詩篇進行闡發詮釋的工作。為了明瞭他們的解《詩》方法，有必要先對他們這套詩觀展開討論。毛鄭論《詩》的理論基礎建立在對詩的起源的論斷上。〈詩大序〉曰：

> 詩者，志之所之也。在心為志，發言為詩。情動於中而形於言，言之不足，故嗟嘆之；嗟嘆之不足，故永歌之；永歌之不足，不知手之舞之，足之蹈之也。情發於聲，聲成文謂之音。

此就詩的起源而言，〔註1〕即所謂「言志說」，但「言志說」卻是建立在毛鄭對人性的認知的基礎上，《樂記》云：〔註2〕

〔註1〕對詩的起源有歷史的及心理的說明兩種。〈詩譜序〉即曾對詩的起源問題做過歷史的敘述，曰：「詩之興也，諒不於上皇之世。大庭、軒轅，逮於高辛，其時有亡，載籍亦蔑云焉。〈虞書〉曰：『詩言志，歌永言，聲依永，律和聲。』然則詩之道，放於此乎？」起源論的歷史說明皆難有確切的證據，因此多淪於猜測而難以令人遽信。〈詩大序〉是屬心理的說明，較具理論的意義。我們重視的是後者而非前者。

〔註2〕《樂記》的材料來源及思想內容雖頗複雜，但據《漢書・藝文志》記載：「武帝時，河間獻王好儒，與毛生等共采《周官》及諸子言樂事者，以作《樂記》……」指出了《樂記》的編者正是傳《毛詩》的毛公，且〈詩大序〉之語又間有與《樂記》同者，則二者顯然有密切的關係。因此本文在討論毛鄭的詩觀時，借助《樂記》之說

> 凡音之起，由人心生也。人心之動，物使之然也。感於物而動，故形於聲，
> 聲相應，故成變，變成方，謂之音。比音而樂之，及干戚羽旄，謂之樂。
> （〈樂本篇〉）

又：

> 樂者，音之所由生也，其本在人心之感於物也。（同上）

人心感物而情動，情動遂不可自己，必表露宣洩於外，故或言其志於詩；或詠其聲
於樂；或動其容爲舞，三者皆本於人心之感物斯應，此即「物感的人性觀」。

但人心是如何感物？所感的內容又是如何？孔穎達解釋上引〈詩大序〉的話說：

> 此又解作詩所由。詩者，人志意之所之適也。雖有所適，猶未發口，蘊藏
> 在心，謂之爲「志」。發見於言，乃名爲「詩」。言作詩者，所以舒心志憤
> 懣，而卒成於歌詠。故〈虞書〉謂之「詩言志也」。包管萬慮，其名曰「心」；
> 感物而動，乃呼爲「志」。志之所適，萬物感焉。言悅豫之志，則和樂興
> 而頌聲作，憂愁之志，則哀傷起而怨刺生。〈藝文志〉云：「哀樂之情感，
> 歌詠之聲發」，此之謂也。

《漢書‧禮樂志》，也說：

> 自孝武立樂府而採歌謠，於是有代、趙之謳，秦、楚之風，皆感於哀樂，
> 緣事而發。

這就明確的指出人心感物，有哀有樂，詩之作，皆緣事而發。遇樂事則悅豫之志生，
於是和樂興而頌美之聲作；見哀事則憂愁之志起，於是哀傷起而怨刺之詩作，「美刺
說」就從人情感物言志的基礎上建立起來，這是從作者創作的一面立論。

但人心所感的「物」其內涵爲何？它是如何的感動人心？顧易生、蔣凡在其所
著的《先秦兩漢文學批評史》中解釋說：

> 藝術的產生，根源於「人心之感於物」，這裏的「物」，指的是客觀存在的
> 審美對象。是外物的振撼撥動了心弦，激起了感情的波瀾，然後引起了創
> 作的衝動，從而產生了表現情感的藝術。

又說：

> 《樂記》之所謂「物」，不僅指客觀的自然界，更重要的是指客觀存在的
> 社會事物，也即人類的社會生活。〔註3〕

但人生活在社會中，因此對與自己生活休戚相關的社會生活尤其敏感。而在所有人
類事務中，政治事務的影響可說是最大、最直接的了。故所謂「感物而動」者，所

來說明，應不致有不妥之處。

〔註3〕見頁385，上海：上海古籍出版社，1990年第1版。

感的「物」最主要的即是政治事務。〈詩大序〉又云：

> 治世之音安以樂，其政和；亂世之音怨以怒，其政乖；亡國之音哀以思，
> 其民困。

〈大序〉這段話與《樂記‧樂本篇》全同。可見二者都主張政治得失的良窳會影響到詩歌。這種影響不只表現在風格上，也具現在詩的內容上。不同的政治情況有不同的詩歌產生，《樂記》把這種情況解釋爲「聲音之道與政通」。當然，這種情況只關乎詩歌本身的內容，無關於詩歌的藝術評價。所謂「亂世之音」、「亡國之音」固有藝術精妙之作。

以時代盛衰、政治良窳來觀察詩的內容，這種觀點是毛鄭解《詩》主要的理論依據之一，此即所謂「正變觀」。〈詩序〉曰：

> 至于王道衰，禮義廢，政教失，國異政，家殊俗，而「變風」、「變雅」
> 作矣。

鄭玄的〈詩譜序〉更有完整的敘述，曰：

> 周自后稷播種百穀，黎民阻飢，茲時乃粒，自傳於此名也。陶唐之末
> 中葉，公劉亦世脩其業，以明民共財。至於大王、王季，克堪顧天。文、
> 武之德，光熙前緒，以集大命於厥身，遂爲天下父母，使民有政有居。其
> 時詩：《風》有《周南》、《召南》，《雅》有《鹿鳴》、《文王》之屬。及成
> 王、周公致太平，制禮作樂，而有頌聲興焉。盛之至也。本之由此《風》、
> 《雅》而來，故皆錄之，謂之《詩》之正經。

> 後王稍更陵遲，懿王始受譖，亨齊哀公，夷身失禮之後，邶不尊賢。
> 自是而下，厲也、幽也，政教尤衰，周室大壞。〈十月之交〉、〈民勞〉、〈板〉、
> 〈蕩〉，勃爾俱作，眾國紛然，刺怨相尋。五霸之末，上無天子，下無方
> 伯，善者誰賞？惡者誰罰？紀綱絕矣！故孔子錄懿王、夷王時詩，訖於陳
> 靈公淫亂之事，謂之「變風」、「變雅」。

但詩歌除了與時代盛衰、政治良窳有關外，還往往與詩歌產生地的地理背景和風俗狀況有關。《詩譜》承《漢書‧地理志》的影響，對這方面特別重視。班固在《漢書‧地理志》中說：

> 凡民函五常之性，而其剛柔緩急，音聲不同，繫水土之風氣，故謂之「風」；
> 好惡取舍，動靜亡常，隨君上之情欲，故謂之「俗」。

分辨「風」、「俗」二者甚精。以爲「風」者，乃人民原有之天性，而與地理環境有莫大之關係；以爲「俗」者，則取決於爲政者之影響。從此出發，〈地理志〉乃暢論詩歌與風、俗的關係，如言《秦詩》與地理環境的關係（此即「風」者）：

> 天水、隴西，山多林木，民以板爲室屋。及安定、北地、上郡、西河，皆
> 迫近戎狄，修習戰備，高上氣力，以射獵爲先。故《秦詩》曰：「在其板
> 屋」，又曰：「王于興師，修我甲兵，與子偕行。」及〈車鄰〉、〈四載〉、〈小
> 戎〉之篇，皆言車馬田狩之事。

又如言《魏詩》受君主好尚的影響（此即「俗」者）：

> 其民有先王遺教，君子深思，小人儉陋。故《唐詩》〈蟋蟀〉、〈山樞〉、〈葛
> 生〉之篇曰：「今我不樂，日月其邁」；「宛其死矣，它人是媮」；「百歲之
> 後，歸于其居」。皆思奢儉之中，念死生之慮。

鄭玄《詩譜》中於此亦多措意，於《譜》中首揭一國地理之宜，如《齊譜》云：

> 齊者，古少皞之世，爽鳩氏之墟。周武王伐紂，封太師呂望於齊，是謂齊
> 太公。地方百里，都營丘。周公致太平，敷定九畿，復夏禹之舊制。成王
> 用周公之法制，廣大邦國之境，而齊受上公之地，更方五百里。其封域東
> 至于海，西至于河，南至于穆陵，北至于無棣。在〈禹貢〉青州、岱山之
> 陰，濰、淄之野。

復言其國民俗之化者，如《曹譜》云：

> 曹者，……昔堯舜遊成陽，死而喪焉。舜漁於雷澤，民俗始化，其遺風重
> 厚，多君子，務稼穡，薄衣食，以致畜積。夾於魯、衛之間，又寡於患難，
> 末時富而無教，乃更驕侈。

　　詩歌既與時代盛衰、政治良窳以及民情風俗有關，亦即「聲音之道與政通」，則顯然「審樂可以知政」。故上位者可觀詩知政，對當時各地的民情隱疾、政治得失皆有所了解，作己之施政參考，而能隨時調整己之施政措施。此與春秋時的采詩、獻詩的功用是一樣的，如《漢書·藝文志》云：

> 故古有采詩之官，王者所以觀風俗，知得失，自考正也。

又如《禮記·王制》，所云：

> 歲二月，（天子）東巡守，至於岱宗，柴而望祀山川。觀諸侯，問百年者
> 就見之。命大師陳詩以觀民風。

清代崔述對詩歌具有這種「觀詩知政」的功用極重視，在《讀風偶識》中屢陳其重要性，如：

> 十五國《風》，人讀之，皆詩也。余讀之，皆政也。〔註4〕

又如：

〔註4〕見《讀風偶識·卷4·秦風》。收入《叢書集成新編》，第56冊，引文在頁427。臺
　　　北：新文豐出版公司出版。

至於民情之憂喜，風俗之美惡，則詩實備之。故讀〈七月〉而知周之所以
興；讀〈大東〉而知周之所衰。讀〈齊〉、〈唐〉之風而知其立國之強；讀
〈陳〉、〈鄭〉之風而知其享國之促……詩之有益於政大矣！無怪乎季札觀
於周樂而興亡得失遂如指諸掌也。……聖人於誦詩者而望其達於政，其亦
猶此意乎！〔註5〕

而古來王業盛衰興廢之跡，則顯然可做當政者之戒，故〈詩譜序〉說：

以爲勤民恤功、昭事上帝，則受頌聲，弘福如彼；若違而弗用，則被劫殺，
大禍如此。吉凶之所由、憂娛之萌漸，昭昭在斯，足作後王之鑒，於是止
矣！

《孔疏》釋之曰：

違而不用，謂不用詩義；則勤民恤功、昭事上帝，是用詩義也。互言之也，
用詩則吉，不用則凶，吉凶之所由，謂由詩也。詩之規諫，皆防萌杜漸，
用詩則樂，不用則憂，是爲憂娛之萌漸也。

陳澧則評論說：

〈大序〉云：「國史明乎得失之跡」，〈小序〉每篇言美某王某公，刺某王
某公。鄭君本此意以作《譜》，而於《譜序》大放厥辭。此乃《三百篇》
之大義也。此《詩》學所以大有功於世。(《東塾讀書記・卷六》)

這是詩對上位者的警戒作用。但詩的功用又不僅止於上位者的觀風省戒而已，
由於人心之易感，且詩歌感人之效果宏遠廣大而顯著，所以在上位者也可利用詩歌
這一特點來陶冶人心，從而達到移風化俗的目的，此即《樂記》所云：

樂也者，聖人之所樂也，而可以善民心。其感人深，其移風易俗易，故先
王著其教焉。(〈樂施篇〉)

《漢書・地理志》也說：

孔子曰：「移風易俗，莫善於樂。」言聖王在上，統理人倫，必移其本，
而易其末，此混同天下一之虖中和，然後王教成也。

〈詩大序〉則說：

故正得失、動天地、感鬼神，莫近於詩。先王以是經夫婦、成孝敬、厚人
倫、美教化、移風俗。

除了上位者的觀風省戒和教化人民的作用之外，詩歌還有在下位者對上位者諷
諫、頌美的作用。(此即〈大序〉所謂：「上以風化下，下以風刺上」)在下者的諷諫

〔註5〕見同註4，卷4，「通論讀詩」，引文在頁432。

與在上者的警戒是一體兩面的。正是下位者對時政產生不滿，覺得有對上位者提出批評勸戒的必要，而直切執政之蔽。或對時局心存憂慮，或對民瘼同情措意，或出於故國之思等，皆可一發於歌詠。上位者讀到這些直切時蔽的詩歌就應能有所警惕反省，故〈詩大序〉曰：

> 國史明乎得失之跡，傷人倫之廢，哀刑政之苛，吟詠情性以風其上，達於事變，而懷其舊俗者也。

時政到了需要時人去諷諫的地步，就已不復先王政風美善、民心熙樂之境，詩人所作也都是「變風」、「變雅」，故〈詩大序〉又曰：

> 至于王道衰，禮義廢，政教失，國異政，家殊俗，而變風變雅作矣。

詩歌也不只有批評的作用，對政事的美好也可歌頌。諷諫者即為「刺」，而頌美者則為「美」，此即「美刺」，故〈詩譜序〉云：

> 論功頌德，所以將順其美；刺過譏失，所以匡救其惡。各於其黨，則為法者彰顯，為戒者著明。

但值的注意的是，美頌之詩未必真是治世時代的詩篇，「變風」、「變雅」中固也有美詩，《孔疏》就說：

> 至于王道衰，禮義廢而不行，政教施之失所，遂使諸侯國國異政，下民家家殊俗。詩人見善則美，見惡則刺之，而變風變雅作矣。

但這些美詩，未必皆是詩人對當時事蹟的歌頌，有些很可能是詩人藉著對過去美好的政事的歌頌嚮往，來間接的表達出對當前時局的不滿與譏諷，此即《詩序》所云「陳古諷今」。(見《鄭風‧女曰雞鳴‧序》) 在這種意義下，所謂「美詩」其實也就和「刺詩」沒甚麼分別。而通觀〈詩大序〉，於美頌者著墨殊少，其中所透露的訊息或許即是：雖然「美刺」並稱，其實在毛鄭的心目中，「刺」是比「美」更有著積極而現實的意義存在，故所謂「美刺」者，所重仍是諷喻時政的「刺」。

但諷諫也不是件容易的事，一方面因著詩歌本質的要求，所以表達的不能太顯露，以致失於質實，而淪於叫囂或詬罵，必須出之以含蓄委宛的手法，間接的將內心的意思表達出，以便讓讀者有更寬潤的審美想像空間，此即《禮記‧經解》所云的「溫柔敦厚」。﹝註6﹞這是從藝術表達的手法上來考量，此外，在現實政治的險惡環境中，上位者亦不容臣下民人用這種直切刻露的方式來對時政提出批評，所以詩

﹝註6﹞蔡英俊認為《禮記‧經解篇》中「溫柔敦厚」一詞的原始理念應是偏重於文學作品對讀者所具的感染力與效應上，並非《詩序》及《孔疏》所強調的，乃詩人表現手法之運用。蔡先生並認為，後者的說法是因對前者的誤讀所致。見氏著《比興物色與情景交融》一書，頁105-107。臺北：大安出版社，民國79年1版。

人就不得不用種種迂迴宛轉的手法來表達，這種情況誠如章潢所云，乃：「或時所難言，或勢不敢言，每借虛以爲實，託此以形彼」。〔註7〕這種方法就是《詩序》所說的「主文而譎諫」。所謂「譎諫」，《鄭箋》解釋說是「詠歌依違不直諫」。惟有如此，才能收到「言之者無罪，聞之者足以戒」的兩全其美的效果。而所謂「主文而譎諫」正合乎「溫柔敦厚，詩教也」的要求，孔穎達《禮記正義》就是如此解釋的：「詩依違諷諫，不指切事情，故曰『溫柔敦厚，是詩教也』」。在詩歌中能達到「詠歌依違不直諫」的效果的藝術表現方式就是以「譬喻」或「興喻」的手段出之。〔註8〕因此詩人或陳古以諷今，故詩中多托言古事；或託意男女，故詩中多有男女怨慕之事。〔註9〕而其效果則如馬端臨所言：

〔註7〕見方玉潤《詩經原始》引，見「卷首・下」，頁36。臺北：藝文印書館，民國70年3版，總頁碼在頁147。

〔註8〕毛鄭在概念上其實未對「比」、「興」做嚴格的區分。毛公不但未對「比」、「興」做隻字說明，在實際操作上也只獨標興體，未及比體。而鄭玄根本就從表達形式上將二者混言，僅於內容意義上以「美刺」來加以區別。其云：「比，見今之失，不敢斥言，取比類以言之。興，見今之美，嫌於媚諛，取善事以喻勸之。」（《周禮・春官・太師・注》）二者其實都是比喻。在實際操作上，鄭玄也常用「喻」、「猶」來說明興義。而毛公在說明興體時，也常用喻字來解釋興義（如《唐風》〈葛生〉、〈采苓〉、《小雅》〈黃鳥〉等篇），所以毛鄭的「比興」實際上就是「喻」，因此也可以稱做「興喻」，裴普賢就是如此使用的。參氏著〈詩經興義的歷史發展〉一文，頁192，收入《詩經研讀指導》，臺北：東大公司，民國66年初版。

〔註9〕《毛詩正義》說：「《二南》之風實文王之化，而美后妃之德者，以夫婦之性，人倫之重。故夫婦正則父子親，父子親則君臣敬，是以詩者歌其性情，陰陽爲重，所以《詩》之爲體，多序男女之事。」（「關雎后妃之德也」《疏》）此自內容上言《詩》中多序男女情愛之事之由。但有時《詩》中所言男女或許只是純粹出自表現手法的考量，如皮錫瑞所云：「風人多託意男女」（見《詩經通論》，頁61-62）。這種現象，朱鶴齡在箋釋李商隱詩時，體會甚深，其云：「或曰：『義山之詩，半及閨闥，讀者與《玉臺》、《香奩》例稱。荊公以爲善學老杜，何居？』予曰：『男女之情，通於君臣朋友。《國風》之蠕首蛾眉，雲髮瓠齒，其辭甚褻，聖人顧有取焉；《離騷》託芳草以怨王孫，借美人以喻君子，遂爲漢、魏、六朝樂府之祖。古人之不得志於於君臣朋友者，往往寄遙情于婉孌，結類怨於寒修，以序其忠憤無聊纏綿宕往之致。』」（《李義山詩集箋注・序》）葉嘉瑩也說：「以香艷的愛情詩篇來表現另一層『託意』的辦法，原來也是古今中外人心所同然的一種現象」，因爲二者皆「有一點極微妙的相似之處，那就是其中所表現的所謂『愛』的一種共相。人世間之所謂『愛』，當然有多種之不同。……可是當我們欲將之表現於詩歌，而想在其中尋求一種最熱情、最深摯、最具體，而且最容易使人接受和感動的『愛』的意象，則當然莫過於男女之間的情愛。所以歌筵酒席間的男女歡愛之辭，一變而爲君國盛衰的忠愛之感，便也是一件極自然的事。……所以越是香艷的體式，乃越有被用爲託喻的可能。」葉氏所論雖爲詞體，但同樣適用於《詩經》。見氏著《中國古典詩歌評論集》，頁193-194。臺北：源流出版社，民國72年初版。

> 蓋風之爲體，比興之辭多於敘述，風諭之意浮於指斥。蓋有反覆詠歎、聯
> 章累句，而無一言敘作之之意者。〔註10〕

章潢則把這種用興喻手法表達，所達致的特殊藝術效果的情況說得更爲透徹：

> 凡詩人之詠歌，非質言其事也，每託物表志，感物起興。雖假目前之景以
> 發其悲喜之情，而寓意淵微，有非恆情所能億度之者，況其言雖直而意則
> 婉，亦有婉言中而意則直也；或其言若微而意則顯，亦有顯言中而意甚微
> 者。故美言若戲，怨言若慕，誨言若懟，諷言若譽。〔註11〕

《詩經》就是因爲存在著這種性質，所以毛鄭在解《詩》時乃多牽引史實，而史實
中又多言男女，言情婚媾之事。

第二節　解經方法的建構

　　詩意既如此隱微，則顯然詮釋時便不能只根據文辭的表面，必須要深透文辭的
遮蔽，直探作者的言外之意、弦外之音，如此才能算善讀詩、善解詩，所以方玉潤
說：

> 詩辭與文辭迥異。文辭多明白顯易，故即辭可以得志；詩辭多隱約微婉，
> 不肯明言，或寄託以寓意，或甚言而驚人，皆非其志所在。若徒泥辭以求，
> 鮮有不害志者。〔註12〕

針對這種情況，孟子早就提示過一種讀詩、解詩的方法，此即「以意逆志」。《孟子・
萬章篇・上》，云：

> 故說詩者，不以文害辭，不以辭害志。以意逆志，是爲得之。

所謂「志」者，趙歧《注》云：「詩人志所欲之事。」，而「意」則爲「學者之心意
也」。「逆」字之義，據《說文》云，乃「迎也」（二篇下，頁五）。又《周禮・天官・
司會》：「以逆邦國都鄙官府之治」，鄭玄《注》云，「逆受而鉤考之。」又《地官・
鄉師》：「以逆其役事」，鄭《注》亦云：「逆猶鉤考也。」故朱熹說：「當以己意迎取
作者之志，乃可得之。」所以「以意逆志」是讀者以一種逆向、反溯的方式，去探
尋、鉤考，甚至重新體會作者創作意圖「追體驗」的欣賞、詮釋活動。〔註13〕但作
者和讀者的學識思想、生活經驗，乃至歷史背景有時皆不一定相同，又如何保證這

〔註10〕見《經義考・卷99》引。朱彝尊編，京都：中文出版社，1978年出版。
〔註11〕見同註7，「卷首・下」，頁35-36，總頁碼在頁146-147。
〔註12〕見同註7，「卷首・下」，頁4，總頁碼在頁104。
〔註13〕徐復觀語，見《中國文學論集》，頁254。臺北：臺灣學生書局，民國63年再版。

種「追體驗」的活動能夠客觀有效的進行呢？趙歧對這點特有卓識，其云：「人情不遠，以己之意逆詩人之志，是為得其實矣。」若人沒有共同的情感和感受，對事物的理解和判斷沒有共同的理性存在，那麼，不但人與人之間的相互了解是不可能的，更別說是對人情感和理智的表達物—作品—的理解了。「以意逆志」這個觀念，背後其實預設了「普遍的心靈」或「心靈的普遍性」以及「此心靈是可以相互溝通的」的義理肯斷。而這種義理肯斷，在孟子的理路中正是占據著極其核心的地位，如云：

> 惻隱之心人皆有之；羞惡之心人皆有之；恭敬之心人皆有之；是非之心人皆有之；……非由外鑠我也，我固有之也。（〈告子〉）

又說：

> 口之於味也有同耆焉，耳之於聲也有同聽焉；目之於色也有同美焉；至於心，獨無所同然乎？心之所同然者何也？謂理也，義也，聖人先得我心之所同然耳，故理義之悅我心猶芻豢之悅我口。（同上）

「普遍心靈」的存在構成了「以意逆志」成立的客觀基礎，保證了「追體驗」活動的進行。〔註14〕

　　但「以意逆志」還是得從對文辭的訓解進入，此即《毛傳》、《鄭箋》撰作的目的。這種詮釋的過程就是本文第三章所提及的，從字詞的理解達至句章的理解，復由句章的理解通貫至全篇詩旨大義的理解。但詩人的心意難知，且詩作表達手法多端，文辭的詮釋最多只能獲知詩作的「文本意義」，並不能保障隱藏在文辭之外的「作者本意」也能被掘出，那麼又如何去將此作者本意探尋出呢？為了解決這個問題，有必要先對詩歌中「文本意義」和「作者本意」的關係做番理解。二者的關係大略有以下三種情況存在。

　　第一：二者是相一致的。即沒有藏在文辭之外的其他意義，作者的本意就存在文辭之中。這種表達的方式在《詩經》中就是所謂的「賦體」。關於「賦」者，鄭玄在《周禮注》中解釋說：「賦之言鋪，直陳今之政教善惡。」孔穎達解釋的更清楚：「賦者，必直陳其事，無所避諱，故得失俱言。」又說：「賦之言鋪也，鋪陳善惡，則詩文直陳其事不譬喻者，皆賦辭也。」（《毛詩正義・國風・周南》「故詩有六義焉」句《疏》）可知「賦體」的特色，就是直陳其事，不用譬喻的手法表達。如此，顯然作者的本意就直接、完全的在文辭中充分的陳述出，因此並不會產生「文本意義」與「作者本意」不一致的情況。遇到這類作品，毛鄭通常只用循文索意的方法，且這類的詮釋也較不會引起爭議。如《召南・甘棠》、《鄘風・定之方中》通篇賦體，《詩序》說

〔註14〕關於這方面的討論請參黃景進〈孟子詩說的重新估價〉一文。載《孔孟月刊》18卷4期。

前者為人民歌頌召公的德政，後者則述衛人復國，營造宮室的經過。《詩序》的說法連反對漢人《詩》說最力的朱熹也說：「經文明白，故《序》得以不誤。」〔註15〕

第二：作者試圖用比喻的手法將表面文辭和實際創作意圖拉開一段距離，使得文本意義和作者本意不相一致。但這段距離並不是很遙遠，讀者憑常識或經驗即可跨越這段距離，而直達作者之心。雖然如此，這類詩在詮釋時，詮釋者仍常對喻依及喻意有所爭論。如《魏風‧碩鼠》，雖明白可知是刺重斂，但所刺的對象，《詩序》說是國君，但朱熹卻認為未必是國君，只是有司而已。〔註16〕又如《豳風‧鴟鴞》，究竟鴟鴞指的是管蔡、周公，或甚至是成王，皆爭論難定。從這裏就逐漸顯現出詮釋的模糊和不明確性了。

第三：作者刻意的在詩文中隱去本事，或將心意埋藏起來，不讓讀者輕易了解。如此一來，讀者就不可能僅憑表面的文辭的理解就能獲知作者的本意。《詩經》這一類的表達極多，或至少在毛鄭的心目中是如此認定的，所以或在題材內容上「寓情草木，託意男女，以極遊觀之適」，〔註17〕或「陳古諷今」，或在表達語氣上「本婉言也，反直言之；本託言也，反質言之；本微言也，反顯言之。」〔註18〕這麼一來，很顯然在文本意義之外，不但還有一個詩人本意存在，且這個本意才是被判為最真實、最究竟的，是詮釋者的「究竟勝義」。詮釋者須從文本意義的此岸過渡到作者之意的彼岸才算完成了全部的詮釋活動。在毛鄭的想法中，他們認為溝通這兩個意義世界的橋樑就是「興喻」。就詩人而言，他們是用興喻的手法來表達，用興喻來寄託其隱藏的心事；而就詮釋者而言，要從文辭此岸到達詩人心意彼岸也非捨興喻不可。因此，毛鄭的解詩活動就是透過比興的方法，去穿透文辭的表面，而逆溯至作者的心意中。毛鄭這種方式詮釋的結果，就如〈芣苢〉，其詩語不過形容采掇芣苢之情狀而已，但《詩序》卻以為以婦人樂有子，為后妃之美詠〈黍離〉，其詩語不過慨歎禾黍之苗穗而已，其《詩序》卻以為閔周室宮廟之顛覆；又如〈楊之水〉、〈椒聊〉二詩，其詩語則晉人愛桓叔之辭耳，而《詩序》以為刺晉昭。〔註19〕

但對詩旨的理解及詮釋僅靠「以意逆志」仍是不夠，尤其是以比興解《詩》若過度依賴「以意逆志」，則有時不免流於主觀的猜想或穿鑿附會，所以「『以意逆志』

〔註15〕見《詩序辨說》，頁24a。文淵閣《四庫全書》本，臺北：臺灣商務印書館景印，民國72年出版。

〔註16〕見同上，頁39a。

〔註17〕引文見點校本《楚辭集注》，頁2。臺北：文津出版社，民國76年。

〔註18〕方玉潤《詩經原始》引章潢語，見「卷首‧下」，頁36，見同註7，總頁碼在頁147。

〔註19〕見馬端臨〈詩序論〉，同註10。

應該在『知人論世』的客觀分析的基礎上進行，兩者相結合而不可分割。」〔註20〕
在這個情況下，「知人論世」就很重要了。《孟子‧萬章下》云：

> 頌其詩，讀其書，不知其人，可乎？是以論其世也。是尚友也。

正如許多學者所指出的，孟子所謂的「知人論世」原先並非是指一種說詩、解詩的
方法，「頌詩」、「讀書」與「知人論世」三事本平列，都是修身的方法。〔註21〕然
而儘管孟子的本意不在詮釋作品，或提出一套詮解作品的方法，但後人未必就不能
將孟子的原意轉化爲一套詮釋作品的方法。鄭玄製《譜》，所謂「欲知源流清濁之所
處，則循其上下而省之；欲知風化芳臭氣澤之所及，則傍行而觀之，此詩之大綱也。」
顯然就擔負了「論世」的效用。

　　《詩譜》的「知人論世」主要在提供詩作或詩人的時代和有關的外在環境的背
景資料，以助讀者了解詩意或詩人的創作意圖。這種方法頗類似西方文學研究中的
「歷史批評法」。歷史批評法包括「傳記的方法」和「社會學的方法」。所謂「社會
學的方法」，即假定文學或藝術作品與產生它的外在社會之間的關係是有機的、不能
分割的，文藝作品不僅反映其所屬的社會及歷史環境，同時也是社會和歷史環境的
產物。因此這種研究方法的重點便在於作品與社會、歷史環境的關係，或用社會、
歷史背景來幫助說明作品的意涵或作品的產生，或從作品本身來觀察當時外在的種
種。至於「傳記的方法」則是藉著考察作者生平的事蹟及創作動機，研究者從中便
可明白作品的意義及意向。〔註22〕但《詩譜》「知人論世法」的目的和功用卻不僅
止於此，因爲《詩譜》除了進行對作者與作品的創作背景的了解之外，它更用「正
變觀」來觀察時代與作品的關係。將作品做正、變的區分，這種方式不但是一種風
格的描述，甚至更是內容的詮釋與評價，已非單純的對作者與作品歷史背景的客觀
認知。

　　鄭玄認爲文、武、成時之詩爲正，這些時代的詩都是「正風」、「正雅」，能起美
教化的作用，是詩之正經，康、昭以後的詩爲變。《風》之變始於懿王、厲王迄于陳
靈公（東周定王），《雅》之變始于厲、宣、幽。這些時代的詩都是「變風」、「變雅」，

〔註20〕郭紹虞語，見《中國歷代文論選‧上冊》，頁13，臺北：木鐸出版社，民國76年初版。

〔註21〕見朱自清《詩言志辨》，收入《朱自清古典文學論文集‧上冊》，頁213。（臺北：源
　　　　流出版社，民國71年初版）關於這點，又參顏崑陽先生《李商隱詩箋釋方法論》，
　　　　頁107-108。臺北：臺灣學生書局，民國80年出版。

〔註22〕以上關於「歷史批評法」和「傳記研究法」的說明請參溫莉芳《中國文學批評史上的
　　　　歷史批評法》，頁6-7據 K. Beckson 及 A. Ganz 編的 Literary Term —A Dictionary 的
　　　　說明。臺北：臺灣大學中文研究所民國73年碩士論文。

只能以其怨刺作鑒戒，所謂「變之正者」。〔註23〕《風》、《雅》的正變如下：

　　「正風」：《周南》、《召南》——共二十五篇；

　　「變風」：《邶》、《鄘》、《衛》、《王》、《鄭》、《齊》、《魏》、《唐》、《秦》、《陳》、

　　　　　　《檜》、《曹》、《豳》，——共百三十五篇；

　　「正小雅」：〈鹿鳴〉至〈菁莪〉——共三十二篇；

　　「變小雅」：〈六月〉至〈何草不黃〉——共五十八篇；

　　「正大雅」：〈文王〉至〈卷阿〉——共十八篇；

　　「變大變」：〈民勞〉至〈召旻〉——共十三篇。〔註24〕

朱自清說：

> 鄭氏將「風雅正經」和「變風變雅」對立起來，劃期論世，分國作譜，顯
> 明禍福，「作後王之鑒」，所謂風雅正變說，是他的創見。他這樣綜合舊來
> 四義（案：審樂知政、知人論世、美刺、變風變雅）組成他自己的系統的
> 詩論。這詩論的系統可以說是靠「正變說」而完成。〔註25〕

　　到毛鄭手上，孟子「以意逆志」和「知人論世」這兩個觀念就被有組織的綜合
起來，構成了一套完整的解《詩》方法，朱自清又說：

> 孟子說過「論詩者不以文害辭，不以辭害志」，確也說過知人論世。毛公
> 釋「興詩」，似乎根據前者，後來稱為「比興」；鄭玄作《詩譜》，論「正
> 變」，顯然根據後者。這些是方法論，是那兩個綱領的細目，歸結自然都
> 在政教。〔註26〕

毛公作《傳》，以比興釋詩，乃「逆志」一面，《詩序》則言詩旨，牽引史實，已具
「論世」的性格。直至鄭玄出，有《箋》有《譜》，乃綰合二者，而出之以系統的表
達，於是毛鄭這套《詩經》解經方法於焉完成。王國維也說：

> 顧意逆在我，志在古人，果何修而能使我之所意不失古人之志乎？其術孟
> 子亦言之，曰：「誦其詩，讀其書，不知其人可乎？是以論其世也。」是

〔註23〕朱自清指出鄭玄的「風雅正變說」其實是受了漢代六氣正變的分別和天象正變理論的
　　　　影響，尤其是後者。此由《詩譜序》裏歸結到「弘福」、「大禍」、「後王之鑒」，與論
　　　　災變者同一口吻，就可知道。除此之外，朱氏又指出鄭玄的「正變說」與《春秋》
　　　　之「正變」的關係。如司馬遷〈太史公自序〉引董仲舒語：「撥亂世，反之正，莫近
　　　　於《春秋》。」《穀梁傳》亦有「變之正也」之說（僖公五年），范寧《集解》云：「雖
　　　　非禮之正，而合當時之宜。」故「正變」是指據禮而言，「變」就是「非禮之正」。
　　　　參氏著《詩言志辨》，頁 322-326。
〔註24〕以上採自蔣善國《三百篇演論》，頁 189，臺北：臺灣商務印書館，民國 69 年臺 2 版。
〔註25〕見同註21，頁 320。
〔註26〕見同註21，頁 190。

故由其世以知其人，由其人以逆其志，則古人之詩，雖有不能解者，寡矣。
漢人傳《詩》，皆用此法。故《四家詩》皆有「序」。「序」者，序所以為
作者之意也。……及北海鄭君出，乃專用孟子之法以治《詩》。其於《詩》
也，有《譜》有《箋》。《譜》也者，所以論古人之世也：《箋》也者，所
以逆古人之志也。〔註27〕

　　這套方法在實際詮釋運用時，應先在文辭的層次上，細考文詞之義，從詞語至
句章以至全篇大義，循序而進，逐一通貫了解。在這個基礎之上，復以己之意逆探
作者的隱曲心事，深味言外之旨、韻外之致。但這種逆探的方式卻須與知人論世法
互相配合運用，藉史實的考證和對詩人、詩作創作背景的理解，來幫助詮釋者以意
逆志的進行，以保障意逆活動的客觀性。所以這實際是不斷交相返復的理解過程，
構成了一個解釋的循環的圈子。從部分至整體，復由整體回到部分，形成了循環圈。
如此循環反復，這個循環的圈子越來越大，而詮釋者對作品的了解也就越深刻。所
謂部分與整體在這裏有兩個涵意。其一，部分指的是作品的構成單位的意義，如詞
義、句義、章義等；整體則是該作品的整體意義，就毛鄭《詩經》詮釋言，特指作
者本意，部分的理解構成了整體意義理解的基礎，而整體意義的掌握又時可回過頭
來，幫助詮釋者判定作品構成單位的確切涵意。其次，部分指的是作品本身，而整
體則是那產生該作品的外在時空背景。〔註28〕於是，研究者要理解該作品時往往須
藉著對產生該作品的時空背景的理解，包括作者的生平、交遊，以及作者所處的歷
史、地理背景等。但對作品本身的理解有時候又能反過來幫助研究者更深入的認識
這些外在時空背景。當研究者對外在時空背景有更深入的認識之後，若再回頭重新
省視作品，往往又能獲得許多前此未有的深刻體會。於是這也構成了一個循環圈子。
《詩譜》的製作就是在這種解釋的循環中完成的。當然，這個循環的過程不是一次
就能完成，也不是做一次就可一勞永逸，只要理解與詮釋活動仍在進行，解釋的循
環的過程就一直存在，無限的進行下去。〔註29〕

　　毛鄭這套解《詩》方法，尤其是以「比興說詩」在後世產生了極大的影響。這
種說詩方式，首先影響到東漢王逸的注釋《楚辭》。在《楚辭章句·序》中，王逸就
自覺的「依《詩》取興，引類譬論」，建立一套詮釋《楚辭》的「象徵系統」，其云：

〔註27〕見張爾田《玉谿生詩年譜會箋》，頁3，臺北：臺灣中華書局，民國73年臺3版。

〔註28〕其實所謂外在時空背景又可擴大為個人的生活經驗乃至所身處的整個文化傳統。但這
　　　　個問題牽涉太大，非我們能力所及，且也已超出本文討論的範圍，故暫略去。

〔註29〕關於這方面的討論請參顏崑陽先生《李商隱詩箋釋方法論》，第2章第2節及第3章
　　　　第1節，臺北：臺灣學生書局，民國80年出版。又參余英時《陳寅恪晚年詩文釋證》，
　　　　頁168-169。臺北：時報公司，民國75年2版。

> 故善鳥香草，以配忠貞；惡禽臭物，以比讒佞；靈脩美人，以媲於君；宓
> 妃佚女，以譬賢臣；虬龍鸞鳳，以託君子；飄風雲霓，以爲小人。

就在王逸的推波助瀾之下，終於形成了中國詩歌詮釋傳統中影響深遠的「比興託喻」
說，對此，葉嘉瑩評論說：

> 「六義」中之所謂「比」及「興」，實在原來但指詩歌之創作，在開端時，
> 其感發作用所引起之由來及性質而言，並不必然要有什麼言外之美刺諷諭
> 的喻托之意，但是毛鄭之傳注既然都有政教美刺的喻託之意，更加之屈原
> 之《離騷》，其「美人」、「香草」之意象，又莫不有托喻之含意，于是「比
> 興喻托」便也成爲傳統詩評中一項重要的批評術語，而且在寫詩與說詩之
> 際，也形成了一種喜歡追求言外之托意的傳統。〔註30〕

比興託喻說曾在清代激起了極大的反響，常州詞學和陳沆的《詩比興箋》皆是極明
顯的例證。常州詞派的創始人張惠言在其《詞選・序》中就有意的將詞上比於《詩
經》，他說：

> 《傳》曰：「意内而言外謂之詞」。其緣情造端，興於微言，以相感動，極
> 命風謠里巷男女哀樂，以道賢人君子幽約怨悱不能自言之情，低徊要眇以
> 喻其致。蓋詩之比興，變風之義，騷人之歌，則近之矣。〔註31〕

至於陳沆的《詩比興箋》，魏源在替該書作序時也曾明白的指出：

> 《詩比興箋》何爲而作也？蘄水陳太初修撰以箋古詩《三百篇》之法，箋
> 漢、魏、唐之詩，使讀者知比興之所起，即知志之所之也。〔註32〕

朱自清評論說：

> 他的書叫作「箋」，當是上希《鄭箋》的意思。各詩並不分別注明比興，
> 只注重在以史證詩，看來他所謂「比興」是分不開的，其實只是〈詩大序〉
> 的「比」。他的取喻倒真是毛鄭的系統⋯⋯。〔註33〕

　　除了比興說詩之外，在論世知人法方面，鄭玄的《詩譜》則開啓了後世製訂作
者年譜和將作品繫年之先河。後人對專家作品的研究詮釋，首先須做的便是編定一
部翔實的作者年譜，然後再根據年譜，將作品一一加以繫年。這種工作是研究的基
礎，如果沒有對作者和作品做這種基礎的徵實工作，則詮釋者對作者的創作意圖就
無法掌握，如此一來，所詮釋出來的作品意義，其可靠性也就難免要大打折扣。

〔註30〕見《迦陵談詩・二集》，頁141。臺北：東大公司，民國74年初版。
〔註31〕引文見《詞話叢編》，冊2，頁1617。
〔註32〕臺北：世界書局，引文見頁1，民國68年初版。
〔註33〕見同註21，頁180。

　　毛鄭的影響除了在詩歌的領域之內，也擴及到對敘事文學的詮釋方面，《紅樓夢》的詮釋就是其中最典型的例證。索隱派紅學的代表人物蔡元培曾自述其研究方法：

　　　　右所證明，雖不及百之一二，然《石頭記》之為政治小說，決非牽強附會，
　　　　已可概見。觸類旁通，以意逆志，一切怡紅快綠之文，春恨秋悲之跡，皆
　　　　作二百年前因話錄、舊聞記讀可也。〔註34〕

索隱派紅學的作法也是一種「以意逆志」和「知人論世」交互運用的方法。以「以意逆志」法去將小說中的人物及事蹟所「影射」的真實歷史人物及事蹟，索解出來，再根據「知人論世」法去將小說的本事還原出來，還原為曾在歷史中產生過的某一真實事蹟。蔡元培的這種作法，顧頡剛早就敏銳的點出：「是漢以來的經學家給他的」，〔註35〕也就是毛鄭這套說《詩》方法的運用。

　　至於毛鄭這套解《詩》方法在方法學上的意義，誠如顧易生、蔣凡在《先秦兩漢文學批評史》中所評論的：

　　　　鄭玄所謂「詩之大綱」，提倡綱舉目張的研究，從文學研究的方法論來看，
　　　　確是超越前人，啓迪後世，是儒家傳統文論的一個進步。魏晉南北朝後系
　　　　統文論的出現，並非憑空產生。劉勰《文心雕龍‧時序篇》曰：「文變染
　　　　乎世情，興衰繫乎時序。」與鄭玄「循其上下而省之」以及「傍行而觀之」，
　　　　理論彼此相通，發展的軌跡清晰可見。〔註36〕

〔註34〕蔡元培原文未見，轉引自余英時《紅樓夢的兩個世界》，頁7。臺北：聯經公司，民國
　　　　76年第3次印行。
〔註35〕見顧頡剛〈論詩序附會史事的方法書〉，見《古史辨》，第3冊，頁404。臺北：藍燈
　　　　公司，民國76年初版。
〔註36〕見同註3，頁650。

第五章　對毛鄭《詩經》解經學的綜合反省

第一節 對毛鄭解《詩》的質難

　　毛鄭雖然建構了一套系統的解經方法，並大規模的用這套方法去對《詩經》加以詮釋，也因此而取得了一定的成效和極為顯著的影響，所以最終能取代《三家詩》學，獨存下來。雖然如此，這套解經方法本身並非十全十美，毫無問題而不能加以質疑。事實上，從宋代以來，學者們就不斷的從不同角度，對這套解經方法發出了許多批評。這些批評大致集中在兩方面，即對「正變說」的質疑和對毛鄭闡發詩旨大義的解釋方式的反省。以下就針對這兩方面逐一討論。

一、對「正變說」的批評

　　「正變說」是毛鄭知人論世法的主要特點，而使得這種方法迥異於一般的歷史或傳記的研究方法。由於它本身實際上已逾越了提供詩作或詩人的外在創作背景的說明任務，進入作品風格或甚至內容上的規定與評價的層次，所以由此引起了諸多疑慮。最主要的問題就是鄭玄本人並沒能將正變說本身圓滿的完成，以致「變詩」中也存在著「美詩」。當然，解釋者固然可以「陳古刺今」來圓說，但〈鄭譜〉明明就說：

> 武公又作卿士，國人宜之，鄭之「變風」又作。

〈秦譜〉也說：

> 至曾孫秦仲，宣王又命作大夫，始有車馬禮樂侍御之好，國人美之，秦之「變風」始作。

朱自清就曾質疑說：「『宜之』、『美之』自然是美詩了，怎麼也會是『變風』呢？」

〔註1〕所以鄭樵就批評說：

> 《風》有正變，仲尼未嘗言，而他經不載焉，獨出於《詩序》。若以美者
> 爲正，刺者爲變，則《邶》、《鄘》、《衛》之詩，謂之「變風」可也。〈緇
> 衣〉之美武公，〈駟驖〉、〈小戎〉之美襄公，亦可謂之「變風」乎？〔註2〕

《雅》詩也有同樣的情形，〈小、大雅譜〉云：

> 《大雅》〈民勞〉，《小雅》〈六月〉之後，皆謂之「變雅」。美惡各以其時，
> 亦顯善懲過，正之次也。

鄭樵繼續批評說：

> 《小雅》〈節南山〉之刺，《大雅》〈民勞〉之刺，謂之「變雅」可也。〈鴻
> 雁〉、〈庭燎〉之美宣王也，〈崧高〉、〈烝民〉之美宣王，亦可謂之變乎？
> 〔註3〕

但「正變說」其實是根據詩篇的排列次序而展開對具體詩篇的評釋，因此崔述評批
說：

> 《詩序》好拘泥於篇次之先後。篇在前者，不問其詞何如，必以爲盛世之
> 音；篇在後者，亦不問其詞何如，必以爲衰世之音。〔註4〕

民初疑古派的闖將顧頡剛也針對這點，發出了猛烈的炮火：

> 曰：彼以「政治盛衰」、「道德優劣」、「時代早晚」、「篇第先後」之四事納
> 之于一軌。凡詩篇之在先者，其時代必早、其道德必優、其政治必盛。反
> 是，則一切皆反。在善人之朝，不許有一夫之愁苦；在惡人之世，亦不容
> 有一人之歡樂。善與惡之界畫若是乎明且清也。〔註5〕

但《詩經》詩篇的排列，照鄭樵的看法，實在只是單純的依時代先後而順序排列，
未必涉及「正變」之分，所以他斷然主張說：

> 蓋《詩》之次第皆以後先爲序。文、武、成、康其詩最在前，故《二雅》
> 首之；厲王繼成王之後，宣王繼厲王之後，幽王繼宣王之後，故《二雅》
> 皆順其序，《國風》亦然。則無有正變之說，斷斷乎不可易也。〔註6〕

〔註1〕見《詩言志辨》，頁321。
〔註2〕見氏著《六經奧論・卷3・風有正變辨》，見索引本《通志堂經解》，第40冊，頁23165。
臺北：漢京公司印行。
〔註3〕見氏著《六經奧論・卷3・雅非有正變辨》，見同上，頁23166。
〔註4〕見《讀風偶識・卷1・通論詩序》。收入《叢書集成新編》，第56冊，引文在頁411。
臺北：新文豐出版公司，民國73年出版。
〔註5〕見《古史辨》，冊3，頁402。
〔註6〕見同註3。

二、對毛鄭解釋詩旨的方式之批評

　　正變說固然有難以自圓其說的困難，但這尚未構成毛鄭這套方法的根本要害。引起後世論最多的厥在於毛鄭對詩旨的詮釋部分。因爲就毛鄭的詮釋詩旨結果而言，很明顯的在詩文與詩旨（即《詩序》的內容）之間存有一條極大的鴻溝，距離之大，關聯之奇妙，有時實在到了匪夷所思的地步。攻擊《詩序》最力的朱熹就曾對這個現象提出許多深刻的質疑。以下就將藉著朱熹的批評與對比，嘗試的把這中間蘊含的問題展現出來。

　　《周南・卷耳》，《詩序》云：

　　　　〈卷耳〉，后妃之志也。又當輔佐君子，求賢審官，知臣下之勤勞。內有進賢之志，而無險詖私謁之心。朝夕思念，至於憂勤也。

朱熹《詩序辨說》則云：

　　　　此詩之《序》首句得之，餘皆傅會之鑿說。后妃雖知臣下之勤勞而憂之，然曰：「嗟我懷人」，則其言親暱，非后妃之所得施於使臣者矣。且首章之「我」獨爲后妃，而後章之「我」皆爲使臣，首尾衡決不相承應，亦非文字之體。〔註7〕

　　又如《邶風・靜女・序》云：「〈靜女〉，刺時也。衛君無道。」《詩序辨說》則云：「此〈序〉全然不似詩意。」〔註8〕

　　又如《鄘風・桑中》，《詩序》云：

　　　　〈桑中〉，刺奔也。衛之公室淫亂，男女相奔。至于世族在位相竊妻妾，期於幽遠，政散民流而不可止。

《詩序辨說》，則云：

　　　　此詩乃淫奔者所自作，《序》之首句以爲刺奔，誤矣。……夫《詩》之爲刺，固有不加一辭而意自見者，〈清人〉、〈猗嗟〉之屬是也。然嘗試玩之，則其賦之之人，猶在所賦之外，而詞意之間猶有賓主之分也。豈有將欲刺人之惡，乃反自爲彼人之言，以陷其身於所刺之中而不自知也哉？其必不然也，明矣！〔註9〕

　　又如《鄭風・狡童》，《詩序》云：

　　　　〈狡童〉，刺忽也。不能與賢人圖事，權臣擅命也。

〔註7〕見《詩序辨說》，頁8a。文淵閣《四庫全書》本，臺北：臺灣商務印書館景印，民國72年出版。

〔註8〕同註7，頁19b。

〔註9〕同註7，頁20b-21a。

《詩序辨說》則云：

> 昭公嘗爲鄭國之君，而不幸失國，非有大惡，使其民疾之如寇讎也。況方
> 刺其不能與賢人圖事，權臣擅命，則是公猶在位也。豈可忘其君臣之分，
> 而遽以「狡童」目之耶？且昭公之爲人柔懦疏闊，不可謂「狡」；即位之
> 時，年已壯大，不可謂「童」，以是名之，殊不相似。而《序》於〈山有
> 扶蘇〉所謂「狡童」者，方指昭公之所美，至於此篇則遂移以指公之身焉，
> 則其舛又甚，而非詩之本旨，明矣！〔註10〕

又如《唐風‧蟋蟀》，《詩序》云：

> 〈蟋蟀〉，刺晉僖公也。儉不中禮，故作是詩以閔之，欲其及時以禮自虞
> 樂也。此晉也，而謂之唐，本其風俗憂深思遠，儉而用禮，乃有堯之遺
> 風焉。

《詩序辨說》，則云：

> 《序》所謂「儉不中禮」，固當有之。但所謂刺僖公者，蓋特以諡得之，
> 而所謂「欲其及時以禮自娛樂」者，又與詩意正相反耳。〔註11〕

　　朱熹是個眼光極爲敏銳的批評者，他會從情理和修辭及客觀的語言常規等方面
來對《詩序》的詮釋提出懷疑。〈卷耳〉和〈狡童〉二詩之《序》，在他看來，毛病
就是不合情理；〈桑中〉之《序》的問題，則出在與正常的語言常規的使用不相符合；
而〈靜女〉一詩，朱子他根本就讀不出《詩序》的意思，至於〈蟋蟀〉一詩，朱子
甚至認爲《詩序》與詩文的意思正好相反。所以順著朱熹的批評，可以清楚的察覺
到，《詩序》對詩旨的解釋似乎並不完全從詩文本身的語言脈胳中而來，也就是並非
依照著字詞的訓詁、句章的訓釋，以致全篇文義的通貫，才最終獲得詩旨的理解。
而是另有來源，也就是先有一套對《詩經》性質及功用的先在觀念，然後再將這套
觀念植入對《詩經》經文的詮釋。這種方法就是本文在第三章中所提及的「觀念先
導式的釋詩方式」。這麼一來當然會產生文本意義與《詩序》作者所理解的詩意不一
致的現象。毛鄭於是就用「興喻」的方式來將這種不一致的現象，加以彌縫。

　　但興喻也不是漫無目的、毫無章法的運用，毛鄭仍是有特定的使用方法，此即
藉著與「知人論世」法的交替運用，來將詩中的史實本事一一指實出來，然後或美
或刺，復逐一加以點明。然而這種作法常會發生如下的情況：即在某些被《詩序》
指實爲指涉某一特定歷史事實的詩篇中，讀者卻不能從這些詩篇的語言的內涵義
中，讀出有關這些歷史事實的任何訊息，例如《邶風‧柏舟》經文云：

〔註10〕同註7，頁33a-b。
〔註11〕同註7，頁39b。

汎彼柏舟，亦汎其流。耿耿不寐，如有隱憂，微我無酒，以敖以遊。

我心匪鑒，不可以茹。亦有兄弟，不可以據，薄言往愬，逢彼之怒。

我心匪石，不可轉也。我心匪席，不可卷也，威儀棣棣，不可選也。

憂心悄悄，慍于群小。覯閔既多，受侮不少，靜言思之，寤辟有摽。

日居月諸，胡迭而微。心之憂矣，如匪澣衣，靜言思之，不能奮飛。

《詩序》，則云：

〈柏舟〉，言仁而不遇也。衛頃公之時，仁人不遇，小人在側。

照《鄭箋》的解釋，這首詩就是藉著柏舟在水中漂流的意象，來興喻仁人不見用的情況。若只是泛指這一現象，則讀者的疑慮或許不會很多，但是問題就出在：《詩序》何以知道該詩是確指衛頃公時詩？因為如果光從詩文本身，甚至《鄭箋》對該詩興喻的說明，讀者仍是無法讀出「衛頃公不用仁人」這段史實。於是，不禁令人質疑：《詩序》的說法從何而來？《詩序》的作者又何以知道這首詩所指涉的歷史事實？這是令包括朱熹在內，所有懷疑《詩序》的學者一直盈繞在心的大問題，再加上毛鄭好以「美刺正變」的方法說《詩》，更是令人不滿。《詩序》對某些詩篇的史實的指陳或有其根據，或者其來有自，自可令學者信服。但在許多情況之下，《詩序》的做法確實有不無啟人疑竇之處，這就難怪識見敏銳如朱熹者會毫不猶豫的加以攻擊了。如朱熹在藉著辨駁《邶風‧柏舟‧序》之非時，就把《詩序》這種作法稱做「附會書史」，並且嚴加譴責：

詞旨大概可知必為某事，而不可知其的為某時某人者，尚多有之。若為《小序》者，姑以其意推尋探索，依約而言，則雖有所不知，亦不害其為不自欺。雖有未當，人亦當恕其所不及。今乃不然，不知其時者，必強以為某王某公之時：不知其人者，必強以為某甲某乙之事。於是附會書史、依託名諡，鑿空妄語，以誑後人。其所以然者，特以恥其有所不知，而唯恐人之不見信而已。且如〈柏舟〉，不知其出於婦人，而以為男子，不知其不得於夫，而以為不遇於君，此則失矣。然有所不及而不自欺，則亦未至於大害理也，今乃斷然以為衛頃公之時，則其故為欺罔，以誤後人之罪，不可揜矣！蓋其偶見此詩冠於三衛《變風》之首，是以求之春秋之前，而《史記》所書莊、桓以上，衛之諸君事皆無可考者，諡亦無甚惡者。獨頃公有賂王請命之事，其諡又為甄心動懼之名，如漢諸侯王必其嘗以罪謫，然後加以此諡。以是意其必有棄賢用佞之失，而遂以此詩予之。……凡《小序》之失，以此推之，什得八九矣。又其為說，必使《詩》無一篇不為美刺時君國政而作，固已不切於情性之自然，

> 而又拘於時世之先後。……〔註12〕

此外，朱熹亦對《詩序》常持用的「陳古諷今」釋詩方式採保留的態度，如《鄭風·羔裘》，《詩序》云：

> 〈羔裘〉，刺朝也。言古之君子，以風其朝焉。

《詩序辨說》則云：

> 《序》以《變風》不應有美，故以此為言古以刺今之詩。今詳詩意，恐未必然。且當時鄭之大夫如子皮、子產之徒，豈無可當此詩者，但今不可考耳。〔註13〕

在《邶風·柏舟·序》的《辨說》中則云：

> 其或詩傳所載，當此之時，偶無賢君美謚，則雖有詞之美者，亦例以為陳古而刺今。〔註14〕

即使《詩序》之指陳史實，未若朱熹所批評的為「附會史實」，但就「知人論世法」本身而言，其方法的效用和可靠性仍是有一定限度的。韋勒克和華倫早就指出，在「個人生活和作品之間，並不是一種簡單的因果關係」。〔註15〕因為，就創作的角度而言，詩人在現實生活中的遭遇和感觸未必就在作品中，如鏡子映照般的，一五一十的呈現；而就詮釋的角度來看，即使認定作品必然反映了作者的創作意圖，但是若詮釋者對作者或作品歷史背景的看法不同，則往往也會產生對該作品解釋的差異。特別是如《詩序》之好以「美刺」解《詩》者，詮釋者在客觀的理解之外，又加入了「美刺」的主觀的評價，這種解釋的差異性就更不可避免。復次，若歷史知識掌握的不充足，則這種方法的效果也就不得不大打折扣。〔註16〕從漢代以來，恐怕沒有人敢說我們對有關《詩經》的種種歷史知識的掌握，已到了完全令人滿意的程度。

除此之外，《詩經》中尚有不少貌似男女戀歌的詩篇，毛鄭也一律用興喻的方式來解釋這類詩篇。但就是在這點上，毛鄭的作法特別引起了朱子的反感，因而展開了對《詩序》異常猛烈的批評。可以說朱子，乃至宋人及宋以後的學者，對《詩序》的爭辨幾乎就集中在這類朱子所謂「淫詩」的詩篇的詮釋上，而形成了《詩經》學史上有名的「淫詩公案」。〔註17〕如他批評說：

〔註12〕同註7，頁14a-15b。

〔註13〕同註7，頁31a。

〔註14〕同註7，頁15b。

〔註15〕見二氏合著之《文學論》（*Theory of Literature*），頁118。

〔註16〕關於這方面的討論又參龔鵬程《文學批評的視野》，頁184。臺北：大安出版社，民國79年初版。

〔註17〕參李家樹《詩經的歷史公案》，頁83-112。

> 某今看得《鄭詩》自〈叔于田〉等詩之外，如〈狡童〉、〈子衿〉等篇，皆
> 淫亂之詩，而說《詩》者誤以爲刺昭公、刺學校廢耳。《衛詩》尚可，猶
> 是男子戲婦人。《鄭詩》則不然，多是婦人戲男子，所以聖人尤惡鄭聲也。
> 〔註18〕

又如：

> 鄭、衛之樂，皆爲淫聲。然以《詩》考之，《衛詩》三十有九，而淫奔之
> 詩才四之一；《鄭詩》二十有一，而淫奔之詩已不翅七之五。《衛》猶爲男
> 悅女之詞，而《鄭》皆爲女惑男之語。衛人猶多刺譏懲創之意，而鄭人幾
> 於蕩然無復羞愧悔悟之萌。是則鄭聲之淫，有甚於衛矣。〔註19〕

與朱熹同時的呂祖謙對朱熹的說法不表贊同，極力替《詩序》辨護，云：

> 〈桑中〉、〈溱洧〉諸篇，幾於勸矣，夫子取之，何也？曰：「《詩》之體不
> 同，有直刺之者，〈新臺〉之類是也；有微諷之者，〈君子偕老〉之類是也；
> 有鋪陳其事，不加一辭而意自見者，此類是也。……仲尼謂：『《詩》三百，
> 一言以蔽之，曰：「思無邪」』。詩人以無邪之思作之，學者亦以無邪之思
> 觀之，閔惜懲創之意，隱然自見於言外矣。」〔註20〕

對這種論調，朱熹顯然無法接受。他從作品抒寫的口吻和文辭表面所顯露的意涵兩
方面，毫不妥協的的否定了上述答辨。云：

> 〈桑中〉之詩放蕩留連，止是淫者相戲之辭；豈有刺人之惡，而反自陷於
> 流蕩之中！〈子衿〉詞意輕儇，亦豈刺學校之辭！〔註21〕

　　其實就所謂「風人是否託意男女？」的問題，確實是極微妙而不易判定的，特
別是在作者於詩文內外皆沒做過明確指示的情況下，更是如此。作者的創作動機既
然不清楚，從詩作中又找不出任何可能的蛛絲馬跡，那麼詮釋者是否就能遽以認定
該詩有所託意，而從中讀出美善懲戒的訊息呢？男女之情，固然可通於君臣朋友。
但若凡涉及男女者，篇篇皆是託意於君臣，則朱子之「不切於情性之自然」之譏，
恐怕就不是無的放矢了。〔註22〕

　　討論至此，本文的問題應該很明確了，亦即就毛鄭這套探尋作者言外本意的解

〔註18〕見《朱子語類・卷80・詩綱領》，標點本見第六冊，頁2068。臺北：文津出版社，民
　　　　國75年出版。

〔註19〕見朱熹《詩集傳・卷4》「鄭國二十一篇」句下注。臺北：臺灣中華書局，民國78年
　　　　12版。

〔註20〕見氏著《呂氏家塾讀書記・卷5》。臺北：新文豐出版公司，民國73年初版。

〔註21〕同註18，頁2075。

〔註22〕關於這方面的討論又參龔鵬程《文學批評的視野》，頁183。

《詩》方法言，他們並沒有提出一套合理且客觀的詮釋程序，以致使他們的詮釋結果在文本意義和作者本意之間，形成了一道令人難以跨越的理解鴻溝。讀者無法從對詩文的理解進入他們所提供的詮釋內容中去。所以就理論的層次上而言，這套方法其實存在著一極大的理論隙縫，即他們對於「如何確立存在著隱藏於詩文之外的作者本意」以及「如何將之探尋出的過程和方法」這兩個問題，並沒有做任何明確的交代。正是在這個地方，毛鄭的《詩經》解經學潛藏著詮釋的不確定性的危機。

第二節　質難的解消之道及詮釋的客觀性判準

一、質難的解消與經學的性格

　　但上述的質難是否能夠成立？這就牽涉到經學和做為經書的《詩經》的性格。就經學成立的性格而言，經學之所以能夠成立，之所以能具有該門學問所獨具的特質，而能異於其他學問者，厥在於孔子所垂教的內容。正是孔子的主張、理想和觀念，才使得經學能得以成立，能成為一門特殊而具體的學問。但是一門學問總要有具體的典籍文獻來加以表達和論述，孔子是如何將他的理念表述出來呢？就是藉著《六經》。所以司馬遷說：「（夫子）為天下制儀法，垂《六藝》之統紀於後世」（見〈太史公自序〉），皮錫瑞也說：「經學開闢時代，斷自孔子刪定《六經》為始。」〔註23〕孔子以前，經學尚未成立，孔子以後，方有經學。甚至研習經學，不折中於夫子，不以孔子之義理為依歸者，亦未得稱經學。可見經學是有嚴格而具體的內涵，非謂泛泛但執幾部經書、幾本注疏，或但識幾位經師之名者。經學既是孔子藉著對古代流傳下來的幾部典籍的整理刪定，並賦予義理而成立者，則經書的成立也就有其特殊的內涵：即孔子刪定前，不得稱「經」，既經孔子刪定，方始專擅「經」名。孔子刪定前那些古代的典籍，若《春秋》者，不過「斷爛朝報」；若《詩三百》者，不過原始歌謠；若《書》者，不過政府牘案文書；若《易》者，不過卜筮之書而已，又有何聖人之志、玄義奧旨可言！惟經孔子刪定，方成可為天下儀法、後世統紀之「聖經大典」。

　　所以經學和經書皆須依屬於孔子才成立。經書就是記載、表述經學的文獻，欲研習經學，欲識夫子大義，也非透過經書不可。但是問題就出在，光從經書的本文中，學者是無法得窺所謂孔子的義理，因為經書當中，根本就沒有孔子的一言半語

（此指《五經》，《論語》、《孟子》等書，漢人皆不視爲經書）。如此一來，這之間豈非有一極大的矛盾？即經書是記載孔子義理的典籍，也是研治經學的根據，但是其中卻無任何關於孔子義理之記載，那麼，學者又如何研治經學？回到上述《詩經》學的問題，即是「文本意義」和「作者本意」不一致，以及如何確定、求得超出文本之外的「作者本意」的問題。

其實這個問題在經學始推展的漢代就已產生了，而且也不是只存在《詩經》學中。這與孔子的表述和孔門教學、傳授的方式有關。孔子的表述主要是用所謂「微辭」或「微言」的方式；孔門傳經則是藉著「口耳相傳」的方式。而之所以會用「微辭」和「口耳相傳」的方式，除了孔子自謂「述而不作」的態度之外，還與孔子當日的處境有關。司馬遷〈十二諸侯年表序〉云：

> 七十子之徒，口受其傳指，爲有所刺譏褒諱挹損之文辭，不可以書見也。

又〈匈奴列傳・贊〉云：

> 孔氏著《春秋》，隱、桓之閒則章，至定、哀之際則微。爲其切當世之文
> 而罔褒，忌諱之辭也。

可知孔子因爲譏切時諱，故不得隱諱以避患，以包周身之防。因此在表達的時候不得不用「微辭」，而於教學傳授的時候，亦不得不採「口耳相傳」的方式，其中實有不得不然的苦衷。而就《詩經》言，其中也未必有什麼譏刺褒諱挹損之辭，但夫子既然未實際從事著述工作，當然不可能將其義理表露於經書中。經書中既然看不到孔子的義理，然則，孔子的義理又存於何處？此即傳於「傳」、「記」或「說」中（參第一章第一節）。呂思勉就說：

> 大義存於傳，不存於經，試舉一事爲徵。〈堯典〉究有何義？試讀《孟子・
> 萬章》上篇，則禪讓之大義存焉。夷考伏生《書傳》、《史記・五帝本紀》，
> 說皆與孟子同，蓋同用孔門《書》說也。〔註24〕

就《詩經》而言，大義自然就存在諸如《詩序》和《毛傳》之中。而《詩序》和《毛傳》又如何確知孔子之大義？關鍵就在「口耳相傳」的傳授和師承關係。《毛詩》的淵源傳承，據陸璣《毛詩草木鳥獸蟲魚疏》云：

> 孔子刪詩授卜商，商爲之《序》，以授魯人曾申，申授魏人李克，克授魯
> 人孟仲子，孟仲子授根牟子，根牟子授趙人荀卿，荀卿授魯國毛亨，亨作
> 《訓詁傳》，以授趙國毛萇。〔註25〕

〔註24〕見氏著《讀史札記・傳說記條》，頁688。
〔註25〕據丁晏校正，《古經解彙函》本，收入《叢書集成新編》，第43冊。臺北：新文豐出版
　　　　公司，民國73年出版。

馬端臨則說：

> 風之為體，比興之詞多於序述，風喻之意浮於指斥。有聯章累句而無一言
> 序作之之意者，而序者乃曰：「為其事也。」苟非其傳授有源，孰能臆料
> 當時指意之所歸乎？〔註26〕

胡承珙《毛詩後箋》也說：

> 《三百篇》《序》凡有美刺，而指其人其事以實之者，當時必有依據，斷
> 非鑿空肥造。……然詩中大義，則經師授受相承，必有所自，故序者得以
> 推演其說耳。〔註27〕

所謂「傳授有源」、「授受相承，必有所自」不但保證了諸如《詩序》和《毛傳》等
解經之說的來歷確是淵源有自，確為孔子真義，而且也是經學家們檢察眾說、裁判
經義最有力的評判標準。因為有師承相授，就可因此而保證他們詮釋結果的客觀性
（就經學而言）。此所以漢人《儒林傳》之作始重師承傳授淵源，「蓋非此不足以徵
信人」。〔註28〕所以順著經學的性格和表述及傳授的理路來看，毛鄭《詩經》解經
學中所存在的「文本意義」和「作者本意」之間的「斷裂」所引起理論上的困難，
也並非不可解之事。而毛鄭所詮釋者亦並非其嚮壁虛造的東西。因此，對毛鄭提出
所謂「如何確立存在著隱藏於詩文之外的作者本意」以及「如何將之探尋出的過程
和方法」這樣的質難，似乎就成了無的放矢。因為經學解經學的先天性格正在於預
設確實存在著文本之外的作者本意（即聖人之志），而探尋聖人本意的方法就須靠著
經師的口耳授受相傳。這點是經學的絕對預設，對此是不能質疑的，否則經學就不
成其為經學。〔註29〕

上述的解消之道，似理由充足，言辭巧妙，但嚴格來講，只是一種「態度」，
一種信念的肯定而已。就現實而言，所謂「傳授有源」、「授受有自」根本難以去
證驗，所以精博如馬端臨、胡承珙等人也只能用臆測之詞，如所謂「授受相承，『必
有』所自」、「『苟非』其傳授有源，孰能臆料當時指意之所歸乎？」更何況我們還
可以更進一步置疑說：既傳授有源，然何以同是《詩經》，至漢時已有齊、魯、韓、

〔註26〕〈詩序論〉文，《經義考・卷99》引。

〔註27〕引文見重編本《皇清經解續編》，第4冊，頁2868。

〔註28〕參陳寅恪〈論韓愈〉一文，見《金明館叢稿初編》，頁285，收入《陳寅恪先生文集》，
第1冊，臺北：里仁書局，民國70年出版。

〔註29〕但毛鄭的解《詩》雖云是由孔門授受相傳而來，但質諸《論語》，孔子與弟子的說詩
方式卻顯然與毛鄭的解《詩》方式大不相同。其中最顯著的差別即是，毛鄭的那套
「附會書史」解《詩》進路在《論語》中是看不到的。「附會書史」的解《詩》方式
從何時產生？是否為孔門所傳？這些問題都仍有待解決。

毛四家之說，且班固於此亦有「咸非其本義」之歎？既「咸非其本義」、既有四家之異說，則所謂「有源」、「所自」，又何所「源」？又何所「自」？這些是經學本身一直無法解決的問題。對經學而言，除了把孔子刪定賦予大義和經師口耳相傳授受的問題當做一絕對的預設、乃不證自明，也無法證明的絕對眞理之外，別無他法，否則經學成立的基礎就不免動搖不穩。後人往往就是因爲或對此預設不了解，或是根本就不承認這套預設，而對毛鄭多所質難。若質難是因爲不了解，則其質難自然無法成立；若質難乃是基於對這套預設的根本懷疑或否認，則只能說彼此對《詩經》所採取的立場和態度存有根本的差異，最後也只能「仁者見仁，智者見智」了。

二、作者──讀者的互動和作者本意的轉移

就毛鄭《詩經》詮釋活動而言，其終極目標誠然以探尋作者之本意爲依歸；但根據歐陽修和魏源二氏的分析以及本文對漢人「作者觀」的考察可知，毛鄭心目中的作者其實只是特指著孔子；而《詩經》的作者本意也就是聖人的心志。但若照今日的作者觀念來看，孔子實際上仍是「述而不作」，即他本人並沒有眞正地作過一首詩篇。他乃是站在讀者的立場，重新規定了《詩經》的內涵，在其中賦予了一套道德的意涵。而毛鄭所要詮釋的正是這其中的道德意涵，而非詩人原初的情志。這種方式，從本質上而言，實在與常州詞學專以比興寄託說詞的方式無甚不同。只不過前者在漢人的心目中，可專擅「制作」之名，後者則否。這中間展現出的意義就是，在古人的詮釋過程中，作者、讀者（包括詮釋者）之間的界限其實並沒有像我們今日用分析方法所辨別的那麼清楚，其間常有所滑動、轉移。也就是說，作者本意常會有滑轉到讀者個人心志的可能。就孔子與《詩經》的關係而言，最原初他也是站在讀者或研究者的立場，用一種特殊的方式來重新看待那其中或「頗不雅馴」的所謂「原始樂歌」的《詩三百》。這之間的奧妙，在朱子與呂祖謙對諍《詩經》中的「淫詩」問題時，就已不知不覺的觸及到了：

> 孔子之稱「思無邪」也，以爲《詩》三百篇勸善懲惡，雖其要歸，不出於正，然未有若此言之約且盡者耳。非以作詩之人所思皆無邪也。今必曰：「彼以無邪之思鋪陳淫亂之事，而閔惜懲創之意自見於言外」，則曷若曰：「彼雖以有邪之思作之，而我以無邪之思讀之，則彼之自狀其醜者，乃所以爲吾警懼懲創之資邪？」而況曲爲訓說而求其無邪於彼，不若反而得之於我之易也，巧爲辨數而歸其無邪於彼，不若反而責之於我之切

也。〔註30〕

作詩之人、詩人本意雖未必皆若朱子所言那樣不堪；但很明顯的，讀者在欣賞、詮釋的時候，的確是可以較自由的以自己的心志去看待作品，去重新賦予作品一種新的、作者原所未有的意義，或甚至以讀者之心志去替換作者原初之心志。這種情況也就是譚獻所說的：「作者之用心未必然，而讀者之用心何必不然」。如此，讀者在詮釋時自然也能於「無寄託處專求寄託」。這麼一來，作者和讀者的角色就難免混淆難辨了，甚至最後讀者也能獨擅作者制作之名，以作者自居。這種有趣的情況不僅令人聯想到《召南》中的〈鵲巢〉，所謂「維鵲有巢，維鳩居之。」

所以雖說中國的詮釋傳統仍以作者的本意為依歸，但證諸《詩經》和清代常州詞學，所謂「作者本意」，其實並不是想像中那麼的封固。讀者或詮釋者仍常可以己意向作者原初的本意爭取意義的解釋權和賦予權，甚至可「取而代之」，以讀者之心意替換作者原有之心志。雖然，就孔子或常州詞學而言，意義仍是限制在政教的一面。

三、詮釋的客觀性之基礎

上述的質難雖可藉由經學本身的特質來予以消解，但就普遍性的詮釋活動而言，詮釋的客觀性問題仍未解決。對《詩經》來說，詮釋客觀性的基礎自然是建立在對本意的探尋之上，但麻煩就出在本意內涵如何認定的問題。不同的認定標準就有不同的詮釋的結果，當然，也會有不同的客觀標準。漢代四家詩的分歧和朱熹對毛鄭的批評，以及今人好以文學的眼光看待《詩經》，這些現象在在皆顯示著詮釋客觀標準的難以一致及難以建立。然則，又如何處理《詩經》詮釋客觀性的問題？

這個課題顯然已超出我們能力所及，因此本文只能針對毛鄭解《詩》所引發的爭議，反省一些較技術性的問題。毛鄭的主要問題即在於詮釋存在於文本之外的作者本意，即所謂「言外託意」。因此以下就針對這點，參酌朱熹及後人的批評，嘗試整理歸納出幾項詮釋《詩經》客觀性的判準。

關於判斷作品中是否存在著隱藏於語文之外的作者本意的問題，葉嘉瑩曾在檢討常州詞學比興託意說時，提出了判斷一首詞中有無比興寄託之意的三項標準。葉先生所論雖為詞作，但也可適用於《詩經》和其他文學作品，他說：

> 第一當就作者生平之為人來判斷；第二當就作品敘寫口吻及表現之精神來

〔註30〕見《詩傳遺說‧卷2》，引〈文集讀呂氏詩記桑中篇〉，見索引本《通志堂經解》，第17冊，頁10084。臺北：漢京公司印行。

　　作判斷：第三當就作品所產生之環境背景來作判斷。〔註31〕

任二北在《詞學研究法》中也提出類似的三項判準：

　　作者之身世，詞意之全部，詞外之本事。〔註32〕

大體上，我們可透過內部證據和外部證據的區分，來將這三項判準予以概括。前者
指的包括任氏所謂的「詞意之全部」和葉氏所謂的「作品敘寫口吻及表現之精神」，
也就是作品的語言文字所產生的意義。包括語言文字使用時所應遵守的客觀成規、
作者的寫作、修辭手法，以及作者在作品中（包括序跋、題目等）所提供的指示。
外部證據則包括任氏所謂的「作者之身世」、「詞外之本事」及葉氏所謂的「作者生
平之爲人」、「作品所產生之環境背景」。廣泛來說，亦即存在於作品文本之外（序跋、
題目屬於文本之內）的一切資料、證據，而可爲讀者判斷作品有無言外託意之資者，
皆可謂之「外部證據」。但二者在實際運用中卻有先後之分，而在從事證據的驗證、
判別上，二者論證的效果也有輕重、高下之別。大體來說，內部證據無論在運用中
或論證上，其詮釋的效力應該優於外部證據。在判斷一部作品有無言外託意時，或
欲將此託意詮釋出時，內部證據不但在使用時應具優先性，而且也應是詮釋結果的
最主要依據。除非有很明確的外部證據可以有力地將依據內部證據所詮釋出的結果
推翻或否定，否則內部證據的詮釋效力是不容懷疑和否定。外部證據只具有輔助性、
補充性的效用，也就是當內部證據無法充分提供詮釋的資訊時，或外部證據可做爲
內部證據詮釋結果的印證時，詮釋者才可考慮運用外部證據。若詮釋者不遵守內部
證據和外部證據使用的次第和詮釋效力的高下、輕重之別，而逕以外部證據凌躐內
部證據，則詮釋的紛爭和混亂就不可避免了。

　　以下就根據上述所論，再綜合朱熹及前人的意見，略爲整理出幾項詮釋《詩經》
本意的原則，以供論者參考，但這些原則不限於判斷作品中是否存有言外託意的
工作。

甲、內部證據的詮釋原則

　　（一）以作品的文辭意義爲依據。這是最直接、最明顯的依據，朱子就常根據
這點來質難《詩序》，如：《召南‧江有汜》的《序》云：

　　〈江有汜〉，美媵也，勤而無怨。嫡能悔過也。文王之時，江沱之閒，有
　　嫡不以其媵備數，媵遇勞而無怨，嫡亦自悔也。

但朱子就根據詩中的文辭意義來懷疑《詩序》之說，他認爲詩中根本「未見勤勞之

〔註31〕見氏著《中國古典詩歌評論集》，頁176。
〔註32〕轉引自葉文，見同註31。

意」。〔註33〕作品的文辭意義在朱子看來，是極可靠，也極重要的詮釋依據，他在《詩序辨說》的〈柏舟〉條中就有系統的陳述出如下的主張：

> 詩之文意、事類可以思而得，其時世、名氏則不可以強而推。故凡《小序》唯詩文明白直指其事，如〈甘棠〉、〈定中〉、〈南山〉、〈株林〉之屬……決為可無疑者。〔註34〕

在《朱子語類》中，他更明確的主張解《詩》須「考本《詩》上下文意」。〔註35〕

（二）以作品的文理為依據。作品所使用的語言文字皆有客觀的成規在，詮釋者在詮釋時也應顧及到這種成規。朱子在批評《周南·卷耳》的《序》時，就是根據這項原則。他說：

> 且首章之「我」獨為后妃，而後章之「我」皆為使臣，首尾衡決不相承應，亦非文字之體。（見上節引）

同樣一首作品，其中的人稱指示詞在朱子看來，應是前後統一。不應忽為后妃，忽為使臣，違反了語言使用的常規。

（三）以作品的敘述方式為依據。如朱子在討論《鄘風·桑中》詩時，就從作者抒寫的語氣這點來對《詩序》加以辨駁：

> 豈有將欲刺人之惡，乃反自為彼人之言，以陷其身於所刺之中而不自知也哉？其必不然也，明矣！（見上節引）

〈桑中〉有「期我乎桑中，要我乎上宮，送我乎淇之上矣」的文句，這個「我」照理說，應就是作詩者本人，但《詩序》卻說這首是「刺奔」之詩，在朱子看來，若是譏刺或讚美別人的詩，作者應都是站在旁觀的立場，用第三人稱或全知觀點來加以敘述，如〈清人〉和〈猗嗟〉，朱子就認為「其賦之之人猶在所賦之外」。若又用第一稱的敘述方式，又對所敘述的人物、事件加以評論，顯然有違一般的敘述原則。

（四）以情理為依據。詩歌之作不能背離常理常情，詮釋者在詮釋時自然也不能脫離常理常情。朱子在討論《詩序》對〈卷耳〉和〈狡童〉的詮釋時就曾依據這項原則來進行批評。後人受到朱子的啟發，也常從這個角度來對《詩序》的解說加以反省，茲舉崔述對《邶風·終風·序》說的批評為例。《序》云：

> 〈終風〉，衛莊姜傷己也。遭州吁之暴，見侮慢而不能正也。

崔述說：

〔註33〕見同註7，頁12a。
〔註34〕見同註7，頁14a。
〔註35〕見同註18，頁2092。

> 余按州吁，弒君之賊也，莊姜，婦人，不能討則已耳，豈當愛之而復望其
> 愛己，乃曰：「顧我則笑，謔浪笑敖」，此何言也？而可以出之口？曰：「寤
> 言不寐，願言則懷」，此何人也？而可以存此心？莊姜果賦此詩，一何其
> 無恥乎？〔註36〕

如果照《詩序》的解說，則該詩就是莊姜自作，但若是莊姜所作，則詩文中莊姜對
弒君的州吁說出「顧我則笑，謔浪笑敖」、「寤言不寐，願言則懷」這類的話，則顯
然與常情有違。

　　（五）題材類型的限制。《三百篇》的作者既非一人，且其創作的動機和目的也
皆未必相同。《詩經》風、雅、頌之分，朱子就已明白的指出它們彼此的差異，「所
謂風者，多出於里巷歌謠之作，所謂男女相與詠歌，各言其情者也。」而「若夫雅、
頌之篇，則皆成周之世，朝廷郊廟樂歌之辭。」〔註37〕如此一來，對不同題材、不
同類型的詩篇也就應有相應的不同對待方式，實不可能「篇篇皆是譏刺人」、「無一
篇不爲美刺」。尤其是那「所謂男女相與詠歌」的「里巷歌謠之作」，詩人原初也不
過「感物道情、吟詠情性」罷了，若一律持同樣的態度，用一成不變的方式去詮釋，
其結果就只如朱子所批評的：「將詩人意思盡穿鑿壞了。」〔註38〕所以在詮釋時，
應先將詩歌的題材類型做一歸納整理，再針對不同的題材類型而做出與此類型獨具
的特質相應的詮釋，並且避免用同一的模式去施用到所有的類型的詩作。如此或可
免於穿鑿之病。

　　（六）比興的客觀標準。比興是毛鄭解《詩》的重要方法，但毛鄭無論在概念
的層次上或實際的操作上，都沒有對比、興二者加以區分，因此給後人造成了許多
困擾。所以判別比興的客觀標準的建立實亦爲當務之急。顏崑陽先生在檢討傳統李
商隱詩的箋釋方式時，就曾對這點做過深刻的反省，他說：

> 一首詩是否爲爲比興體，這是語言形式的問題，應該有客觀性的判準。我
> 們要求箋釋者在觀念上，讓「比興」由「比體」的狹窄範疇中解放出來，
> 然後區分「比」與「興」不同的性質，在實際運作中，則就一首詩中賦句、
> 比句、興句的疊合印證，獲致比較客觀性的判斷。〔註39〕

乙、外部證據的詮釋原則

　　就《詩經》而言，因爲非一人所作，且關於作者和作品產生的相關史實皆極欠

〔註36〕見同註4，引文在頁418。
〔註37〕見《詩集傳·序》。
〔註38〕見同註18，頁2076。
〔註39〕見顏崑陽先生《李商隱詩箋釋方法論》，頁218。

缺，不像後世的作者，常有豐富的文獻資料流存下來，可爲研究者資取運用。所以很難用任、葉二氏所謂的「以作者之生平身世爲依據」及「以作品所產生之環境背景爲依據」，來判斷《詩經》中的言外託意問題，因此這兩點就暫略過不論，只單就《詩經》詮釋來討論。前面既提到，所謂外部證據乃泛指存在於文本之外的一切資料、證據，而可爲讀者判斷作品有無言外託意之資者。所以，對《詩經》詮釋來說，那些與《詩經》時代相同，或與《詩經》時代較接近的其他可靠的相關典籍之記載，就是外部證據。以下就以這些典籍的記載來做外部證據運用的討論。

　　就外部證據而言，朱子認爲，當那些與《詩經》同時或時代較接近的典籍，尤其是如《左傳》等書籍的記載，若有對詩意或詩人作詩旨趣做明確記載時，則這些資料往往極具說服力。如果這些資料所說與《詩序》相合，則朱子就不會再對《詩序》加以懷疑，如在《詩序辨說》的〈柏舟〉條中就說：

> 若證驗的切見於書史，如〈載馳〉、〈碩人〉、〈清人〉、〈黃鳥〉之類，決爲可無疑者。〔註40〕

所以對這類詩，朱子往往抱持稱許的態度，如〈載馳〉的《辨說》云：

> 此亦《經》明白而《序》不誤者，又有《春秋傳》可證。〔註41〕

若《詩序》所說與書史印驗皆不相合，則朱子往往就對《詩序》採取保留的態度，如云：

> 〈抑〉非刺厲王，只是自警。嘗考武王生於宣王末年，安得有刺厲王之詩！據《國語》，只是自警。詩中辭氣，若作自警，甚有理；若作刺厲王，全然不順。〔註42〕

　　但經由外部證據驗證的結果，《詩序》所詮釋者究竟有那些是較爲可靠的呢？姚際恆在《詩經通論》的〈自序〉中給了我們較明確的答案，云：

> 〈鴟鴞〉之爲周公貽王，見于《書》；〈載馳〉之爲許穆夫人，〈碩人〉之爲美莊姜，〈清人〉之爲惡〈高克〉，〈黃鳥〉之爲殉秦穆，見于《左傳》；〈時邁〉、〈思文〉之爲周公作，見於《國語》。若此者眞《詩》之序也，惜其他不盡然。〔註43〕

〔註40〕見同註7，頁 14a。
〔註41〕見同註7，頁 24a。
〔註42〕見同註18，頁 2134。
〔註43〕見《詩經通論·自序》，頁 12。臺北：廣文書局，民國 77 年 3 版。

第六章　結　論

第一節　毛鄭《詩經》解經學的性格的釐清

陳澧曾對《鄭箋》做過如下的觀察：

> 《鄭箋》有感傷時事之語：〈桑扈〉：「不戢不難，受福不那」，《箋》云，「王
> 者位至尊，天所子也。然而不自斂以先王之法，不自難以亡國之戒，則其
> 受福祿亦不多也。」此蓋歎息于桓、靈也。〈小宛〉：「螟蛉有子，蜾蠃負
> 之」，《箋》云：「喻有萬民不能治，則能治者將得之。」此蓋痛漢室將亡，
> 而曹氏將得之也。又「戰戰兢兢，如履薄冰。」《箋》云：「衰亂之世，賢
> 人君子雖無罪，猶恐懼。」此蓋黨錮之禍也。〈雨無正〉：「維曰于仕，孔
> 棘且殆」，《箋》云：「居今衰亂之世，云往仕乎，甚急迮且危。」此鄭君
> 所以屢被征而不仕乎。鄭君居衰亂之世，其感傷之語，有自然流露者，但
> 箋注體例謹嚴，不溢出于經文之外耳。（《東塾讀書記・卷六》）

陳澧的觀察極具啟發性，使我們思考到：一部經籍、一種注釋活動，乃至於一套研究古典的學問如解經學者，其性質、功能和價值究竟何在的問題。毛鄭的《詩經》解經學，以今天的眼光來看，其中雖充滿政治教化的意味，但畢竟仍只是一套對古代儒家經書做注解研究的學問，用今人的話說，就是所謂「在故紙堆中討生活」而已，可說是極純粹的書齋中的學問。但這種認識正不正確、相不相應毛鄭這套學問，這恐怕仍有待商確。

在一般經學史的觀念中，皆將毛鄭一系的《毛詩》學歸爲古文學派，以將之與齊、魯、韓《三家詩》學的今文學派區別開來。周予同在《經古文學》一書中曾對今、古文學的異同做過系統而簡明的區分，其中包括：今文學崇奉孔子，尊孔子爲

受命之素王，並且孔子藉著作《六經》以達到實際政治目的，所以孔子又是哲學家、政治家和教育家。古文學則不然，崇奉周公，只視孔子為「先師」。《六經》原為古代史料，孔子信而好古，述而不作，只是拿來教人而已，所以孔子為史學家。〔註1〕兩派的研究宗旨也絕不相同，一般說來，今文學專言微言大義，有政治實踐的傾向；古文學則著重在對經典的研究和詮釋，較不富政治行動的企圖。就經學的成立而言，若以時代先後來看，則今文學派無疑是初起的，至少在漢初時即已成立，古文學派則遲至西漢中末葉才逐漸產生。而對經學本身的特質和任務，今文學派也有較古文學派更明晰、更系統的觀念。今文經學往往有比古文經學更強烈的政治實踐的意圖，這最明顯的表現在《春秋公羊》學的主張中，所謂「以為天下儀表，貶天子，退諸侯，討大夫，以達王事而已矣」、所謂「上明三王之道，下辨人事之紀，別嫌疑，明是非，定猶豫，善善惡惡，賢賢賤不肖，存亡國，繼絕世，補敝起廢，王道之大者也」、所謂「撥亂世反之正」（〈太史公自序〉引董仲舒語）等皆是，也就是藉著經學主張的實踐而達到建立合理的、理想的政治秩序的目的，因此公羊學可說是今文經學最核心的部分。就《詩經》學而言，雖未若《春秋公羊》學，有如許積極而系統的主張，所謂「禮義之大宗也」。但既是孔門設教之一科，且又在「經書」之列，而孔門設教以及在初期經學的發展中，又特別富有實踐的傾向。那麼發展至漢代的《詩經》學，其中也就必然蘊含了相當程度的政治實踐的意圖。屬今文《三家詩》學的王式、龔遂以「《三百篇》做諫書」固無論矣，即以歸屬古文學派的《詩序》和《毛傳》而言，解詩雖稱平實，但其中也時有微露這方面的企圖。朱自清在《詩言志辨》一書中已指出毛鄭的以正變說詩，實際上是《春秋》學的影響，〔註2〕而以美刺解詩也明顯與《春秋》學的褒貶大義有極密切的關係。此外，更具體的說，我們在第四章第一節中曾提及《詩序》的解詩有「陳古諷今」說。但這個說法其實蘊含了兩層含意：對詩人而言，他作詩時藉著稱頌或貶刺古人古事，以表達對時局的不滿或對當局的諷諫時，這固然可說是「陳古諷今」——這時是在創作或表達方式的層次上來說「陳古諷今」。但就詮釋者如《詩序》作者而言，當他在某一特定的時機或場合，對這首詩有意的作如是的詮釋時（也許該詩根本就沒有陳古諷今的意圖），則也可說他是在「陳古諷今」——藉著詮釋活動而表露他對時政的不滿或對當局的批判，這是在詮釋或甚至使用的層次（如春秋時人的賦詩、引詩）上來說「陳古諷今」。鄭玄在《箋》中的感傷時事之語，態度上雖然比較平和而消極，但對政治關懷的傾向仍不可謂不濃烈。因此，運用語言文字所進行的政治實踐或對政治的主張有時並不

〔註1〕見氏著《經今古文學》，頁12-13。臺北：臺灣商務印書館，民國56年臺1版。
〔註2〕見第4章註23。

一定需從創作的層面來達致，如詩人寫作一首詩上達執政以達到抗諫的目的。往往詮釋活動本身也就蘊含了一定的行動意圖，或更肯定的說：詮釋就是一種主張、甚至一種行動，一種政治實踐的主張和行動。

　　經過這樣的反省之後，我們或許可對毛鄭的這套解經學的性質有一更深入而別緻的認識。即對毛鄭而言，他們這套學問絕不僅是向「古紙堆中討生活」而已；他們所從事的也絕不僅是躲在書齋中而無補於天下蒼生的「餖飣考據」之業而已。而是積極的、自覺的將他們這套學問施用於政治教化的事業中。在學術與政治之間，古人從來不會，也沒必要去對二者做截然清楚的區畫，毛鄭《詩經》解經學就是一個明顯的例子。從這個角度去理解毛鄭的《詩經》解經學，或許更能對其學問本身的性格有更深刻的體認，並且對他們的做法和觀念預設，也較能有相應的了解。

第二節　回顧與展望

一、本文的回顧

　　討論至此，我們可對本文的論述做一全面的的回顧。論文的第一章曾對漢代解經的型態做過區分，而歸結出三種主要的型態，即「詁訓」、「章句」和「傳記」，分別對應著詞義、句章義和篇義三個層次。在毛鄭的解經活動中，也有分別對應這些層次的各種著作。《詩序》和《詩譜》以詩旨篇義的闡發為主，《毛傳》和《鄭箋》則從字詞的訓詁入手，逐步擴及至句章之義和全篇大義的詮釋。雖然《毛傳》和《鄭箋》也偶有在句章和全篇的層次上進行釋義工作，但二者基本上仍是以字詞的訓詁為主。在第二章中，就針對毛鄭的這些解《詩》著作，就其體例和特點，做了一番概略的理解。但因為本文的重點是放在解經方法的運作上，所以並沒有對毛鄭解經的具體結果做深入的檢討，更沒有依照第一章所提供的區分，對毛鄭就詩意義的各層次的解《詩》活動，做一比對逆溯的工作，以了解詩意義獲致的過程。這是本文不足之處。

　　本文對毛鄭的詮釋詩意的探討，關心的是毛鄭對詩的整體意義，即全詩旨意的詮釋的一面。因為一首詩的意義往往極複雜，因此在第三章中就著手解決毛鄭解詩的終極目標何在的問題。除了從理論的方面入手，確定毛鄭所詮釋的詩意究竟是在詩意義那個層次上之外，更須對詩意義在歷史中的發展、演變經過做通盤的了解，因為詩意義是經由歷史中人們長時期的對《詩三百》的使用和研究所逐漸型塑出的，因而這種的追蹤工作就不可或缺。在理論的層次中，本文確定了毛鄭的解詩是以隱

藏在語言文字之外的「作者本意」為詮釋目標，而此「作者本意」的實質內涵則是經過孔門的說詩活動，才獲得具體的規定。也就是說，在孔門說詩之前，詩歌的本意仍是開放的，不限於原作詩者個人的心志情意。但孔門說詩時，卻有意識的賦予《詩三百》道德性的意涵。並且隨著經學的成立以及《詩三百》獲得「經書」的地位之後，詩歌的本意從此就有了明確的內涵，也就是所謂的「聖人之志」。毛鄭的詮釋活動最終就是要將此聖人之志闡揚出來。

在第四章中，就正式進入毛鄭的解詩系統之內，企圖了解這套方法的構造為何。我們發現，毛鄭這套方法主要是從兩方面入手。其一，是以意逆志法的使用。藉著文辭的訓解（此即《毛傳》和《鄭箋》的主要任務）而逐步的將詩意詮釋出來。但既云毛鄭的解詩目標以隱藏在文本之外的作者心意為主，然則從文辭的訓解著手，又如何能達成這個目標？毛鄭主要是採「興喻」的方式去解詩。藉著所興喻的意象的關聯，文本意義和作者的本意就可以連接起來。當然他們做法未必符合詩人本意，很可能是受了孔門觸類旁通、比喻引申的說詩方式的影響。其次，則是論世知人法的運用。藉著對詩人及詩作的外在環境背景的認識（此即《詩序》和《詩譜》的工作），而能對詩人創作的動機及目的有所理解。毛鄭就是藉著以意逆志和論世知人這兩個方法的疊合交互運用，而達致對整體詩意理解的詮釋目標。

但毛鄭經由這種方式所詮釋出的結果，很明顯的造成與詩歌的表面文辭的意義無法相一致，有時甚至有相衝突的情況發生。因此引起了後人許多的質難，朱熹是主要的代表人物。所以在第五章中我們就透過朱子的質難所做的對比，來將毛鄭解《詩》可能存在的困難揭示出來。但對毛鄭而言，這些來自後人的質難未必站得住腳。這之間最關鍵的地方就在於毛鄭對《詩經》和所謂「作者本意」的看法和後世並不完全相同。亦即毛鄭因為是站在經學的立場，相信《詩三百》是經過孔子編錄整理過的，並在其中賦予深奧的義理，在經過孔子手定之後，《詩三百》也因此成為《詩經》。在這個情形之下，孔子才是《詩經》的作者，孔子的心意才是《詩經》的「作者本意」。原先《詩三百》的詩人為何、其作詩之意為何，不是毛鄭措意留心的問題。而毛鄭的詮釋也都有傳授的依據，不是他們自己虛構出的。經由這樣的論述，我們就可替後人對毛鄭的質難所導致的理論上的困難，做一解消，此即「經學的解消」。但就客觀意義來說，後人的批評也非全無價值，由此可使我們進一步的反省到詮釋的客觀性的問題。所以在第五章第二節中，我們就暫拋開毛鄭，單就《詩經》詮釋而言，綜合朱子及後人的批評意見，嘗試的歸納出幾項詮釋的原則，以為論者參考。

二、解經學論題的開拓

經過本文對毛鄭《詩經》解經學做過一番總體的考察之後，我們發現，在《詩經》解經學或經學解經學的領域內，除了仍可對毛鄭的實際解經成果做更深入、更細膩的探究之外，在研究領域的開拓方面，至少還有以下四個論題值得研究者繼續發展。其一為關於解經學或文獻解釋學理論建構的問題。解經學是門既古老而又年輕的學問，所謂古老，是指解經或注釋這種活動在中國學術傳統中，不但源遠流長，而且材料豐富；所謂年輕，則是意謂前人雖存留著豐富的解經成果，而且其中也蘊含著許多理論的資源，但並未形成一套系統的、理論的學問。我們今天的工作就是可以站在後設的立場，用超然的態度，來將前人的注釋成果中所蘊含的理論資源盡量挖掘出來，並用理論的語言，系統的加以陳述出來。

其二是關於詮釋的語言問題。詮釋皆須從語言文字入手，但前人的表達手法多端，因此詮釋者首先就須掌握所詮釋典籍的語言特色，設法去尋求妥當的詮釋之道。在經學領域內，就存有文本意義和作者原意不一致的現象（參第五章第二節），正如呂思勉所指出的，大義存於傳中，而不存於經中。在這種情況之下，研究者就可思考諸如：經書存在的實質價值為何？這種獨特的解經方式是如何產生的？其意義又為何？研究者如何針對個別經書，就每部經書的語言表達和解經方法做一具體的分析？……等問題。相信這些都是極具研究價值的論題。

其三則是關於解經或注解體例的問題。在第一章中本文曾分析了幾種解經的型態，但都僅限於漢代，而且也沒有就毛鄭的解《詩》成果進行詳細而具體的比對驗證。因此關於這方面論題的開展，我們建議可循以下兩條途徑入手。第一是對解經的體例做橫剖面的結構的分析，並參驗實際的解經成果，以對其獲得意義的過程有所了解，並評估其效果和所達至的界限。第二則可採歷史發展的眼光，對歷史上各時代的解經體例的產生和演變做一縱剖面的追縱。例如六朝經注有義疏之體，論者或謂乃受佛教經疏的影響，但戴君仁卻將義疏體制上溯至漢人的解經活動。〔註 3〕像這類的探討就屬於對解經體例做歷史的考察工作。

最後則為關於注釋工作中的規範問題。皮錫瑞在《經學歷史》中曾提到：

> 案：注書之例，注不駁經，疏不駁注；不取異義，專宗一家，曲徇注文，未足為病。〔註 4〕

其中明確的指出了「注不駁經，疏不駁注」和「專宗一家」兩件事。皮錫瑞在此文脈中是替《孔疏》辯護，因為正是許多人指責《孔疏》有過度曲徇注文，並且只墨

〔註 3〕見氏著〈經疏的衍成〉一文。見《梅園論學續集》，頁 93-117，臺北：藝文印書館，民國 63 年出版。
〔註 4〕引文見頁 201，臺北：漢京公司，民國 72 年初版。

守一家之注的蔽病。由《孔疏》的實際解經工作及皮氏的辯護來看，可知「注不駁經，疏不駁注」和「專宗一家」其實就是注家在從事注釋活動時所應遵守的「解經規範」或「注釋規範」。

就歷史上的實際情況來看，所謂「專宗一家」這項規範早在鄭玄箋《詩》時就已開其先河，亦即《六藝論》所說的：「註《詩》宗毛爲主」。但鄭玄顯然並沒有「疏不駁注」，或云「注不破傳」，因爲他自己就說：「如有不同，即下己意。」比較明確提到這項規範的是遲至唐代的孔穎達，在《禮記正義・序》中他曾批評皇侃的《禮記義疏》說：

> 皇氏雖章句詳正，微稍繁廣，又既遵鄭氏，乃時乖鄭義，此是木落不歸其本，狐死不首其丘。此皆二家之弊，未爲得也。

我們認爲「疏不駁注」和「專宗一家」這兩項規範是極具研究價值的論題，研究者一方面可從前人（尤其是孔穎達的《正義》之學）的實際解經工作中，仔細的比對這兩項規範爲注家遵守的程度，從而檢討這兩項規範形成及提出的歷史背景及學術內部的原因。此外，研究者更可就理論的層面，深入挖掘這兩項規範的理論意義，甚至可對「解經規範」本身做種種的反省。這種工作相信能爲經學、經學史及解經學的研究帶來不少新的刺激及啓發。

參考書目

一、論文參考書目

（一）經　學

詩　經

1. 《毛詩鄭箋》，毛公傳、鄭玄箋，《四部備要》本，臺北：臺灣中華書局，民國 72 年臺 4 版。

2. 《毛詩鄭箋》，毛公傳、鄭玄箋，和刻本，京都：中文出版社出版。

3. 《毛詩正義》，孔穎達撰，南昌府學本，臺北：藍燈公司印行。

4. 《毛詩正義》，孔穎達撰，《四部備要本》，臺北：臺灣中華書局，民國 71 年臺 2 版。

5. 《毛詩草木鳥獸蟲魚疏》，陸璣撰、丁晏校正，《古經解彙函》本，收入《叢書集成新編》第 43 冊，臺北：新文豐出版公司，民國 73 年出版。

6. 《詩本義》，歐陽修撰，收入索引本《通志堂經解》第 16 冊，臺北：漢京公司出版。

7. 《詩集傳》，朱熹撰，臺北：臺灣中華書局，民國 78 年 12 版。

8. 《詩序辨說》，朱熹撰，文淵閣《四庫全書》本，臺北：臺灣商務印書館景印，民國 72 年出版。

9. 《詩傳遺說》，朱鑑編，收入索引本《通志堂經解》第 17 冊，臺北：漢京公司出版。

10. 《呂氏家塾讀書記》，呂祖謙撰，臺北：新文豐出版公司，民國 73 年初版。

11. 《詩毛氏傳疏》，陳奐撰，臺北：臺灣學生書局，民國 75 年 7 刷。

12. 《毛詩後箋》，胡承珙撰，收入重編本《皇清經解續編》第 4 冊，臺北：漢京公司出版。

13. 《毛詩傳箋通釋》，馬瑞辰撰、陳金生點校，北京：中華書局，1989 年第 1 版。

14. 《詩經通論》，姚際恆撰，臺北：廣文書局，民國 77 年 3 版。

15. 《讀風偶識》，崔述撰，收入《叢書集成新編》第 56 冊，臺北：新文豐出版公司，民國 73 年出版。

16. 《詩經原始》，方玉潤撰，臺北：藝文印書館，民國 70 年 3 版。

17. 《詩古微》，魏源撰、何慎怡點校，長沙：嶽麓書社，1989 年第 1 版。

18. 《齊詩遺說考》，陳喬樅撰，收入重編本《皇清經解續編》第 6 冊，臺北：漢京公司出版。

19. 《詩三家義集疏》，王先謙撰、吳恪點校，臺北：明文書局，民國 77 年初版。

20. 《詩經通論》，皮錫瑞撰，收入《經學通論》，臺北：臺灣商務印書館，民國 78 年臺 5 版。

21. 《三百篇演論》，蔣善國撰，臺北：臺灣商務印書館，民國 69 年臺 2 版。

22. 《鄭玄の詩經學》，大川節尚撰，東京：關書院，昭和 12 年發行。

23. 《毛詩鄭氏箋釋例》，賴炎元撰，《師大國研所集刊》第 3 號，民國 48 年 6 月。

24. 《詩經今論》，何定生撰，臺北：臺灣商務印書館，民國 58 年。

25. 《詩經詮釋》，屈萬里撰，臺北：聯經公司，民國 79 年第 6 次印行。

26. 《詩經通釋》，王靜芝撰，臺北：輔仁大學文學院，民國 67 年 7 版。

27. 《詩經今注》，高亨撰，臺北：漢京公司，民國 73 年初版。

28. 《詩三百篇探故》，朱東潤撰，與《詩經今注》合刊。

29. 《詩經毛傳譯解》，傅棣樸撰，臺北：臺灣商務印書館，民國 74 年初版。

30. 《詩經研讀指導》，裴普賢撰，臺北：東大公司，民國 66 年初版。

31. 《詩經比較研究與欣賞》，裴普賢撰，臺北：臺灣學生書局，民國 72 年初版。

32. 《歐陽修詩本義研究》，裴普賢撰，臺北：東大公司，民國 70 年初版。

33. 《詩經名著評介》，趙制陽撰，臺北：臺灣學生書局，民國 72 年初版。

34. 《詩經研究論集》，林慶彰編，臺北：臺灣學生書局，民國 72 年出版。

35. 《詩經毛傳鄭箋辨異》，文幸福撰，臺北：文史哲出版社，民國 78 七年初版。

36. 《詩經的歷史公案》，李家樹撰，臺北：大安出版社，1990 年出版。

37. 《毛詩訓詁研究》，馮浩菲撰，武昌：華中師範大學出版社，1988 年出版。

38. 《詩補傳與戴震解經方法》，岑溢成撰，臺北：文津出版社，民國 81 年出版。

39. 《歐陽修詩本義探究》，趙明媛撰，桃園：中央大學中文研究所民國 79 年碩士論文。

他　經

1. 《禮記正義》，鄭玄注、孔穎達撰，南昌府學本，臺北：藍燈公司印行。

2. 《周禮注疏》，鄭玄注、賈公彥疏，南昌府學本，臺北：藍燈公司印行。

3. 《論語注疏》，何晏注、邢昺疏，南昌府學本，臺北：藍燈公司印行。

4. 《孟子注疏》，趙岐注、孫奭疏，南昌府學本，臺北：藍燈公司印行。

群經總義、經學史

1. 《白虎通疏證》，班固撰、陳立疏證，《中國子學名著集成》據光緒元年淮南書局刊本影印，中國子學名著集成編印基金會，民國 67 年初版。
2. 《經義考》，朱彝尊編，京都：中文出版社，1978 年出版。
3. 《經義述聞》，王引之撰，收入重編本《皇清經解》第 18 至 19 冊，臺北：漢京公司。
4. 《經學通論》，王靜芝撰，臺北：國立編譯館，民國 71 年再版。
5. 《章句論》，呂思勉撰，臺北：臺灣商務印書館，民國 66 年臺 1 版。
6. 《兩漢三國學案》，唐晏撰、吳東民點校，臺北：華世出版社，民國 76 年臺 1 版。
7. 《經學歷史》，皮錫瑞撰，臺北：漢京公司，民國 72 年初版。
8. 《中國經學史》，馬宗霍撰，臺北：學海出版社翻印，未詳出版年月。
9. 《經今古文學》，周予同撰，臺北：臺灣商務印書館，民國 56 年臺 1 版。
10. 《中國經學史的基礎》，徐復觀撰，臺北：臺灣學生書局，民國 79 年初版。
11. 《中國經學發展史論》，李威熊撰，臺北：文史哲出版社，民國 77 年初版。
12. 《宋代經學之研究》，汪惠敏撰，臺北：師大書苑，民國 78 年初版。

鄭　學（包括單篇論文）

1. 《鄭學錄》，清・鄭珍撰。
2. 《北海三攷》，清・胡元儀撰。《安徽叢書》本。
3. 〈鄭學辨〉，張爾田撰，《中國學報》（洪憲）第一冊，民國 5 年 1 月出版。
4. 〈鄭康成著述考〉王利器、楊永廉撰，《圖書季刊》新 2 卷 3 期，民國 29 年 9 月出版。
5. 《鄭康成年譜》，王利器撰，濟南：齊魯書社，1983 年 1 版。
6. 《鄭學叢著》，張舜徽撰，濟南：齊魯書社，1984 年 1 版。
7. 〈鄭康成遺書考〉，李雲光撰，《聯合書院學報》第 1 期。
8. 〈鄭玄詩譜考正〉，于維杰撰，《大陸雜誌》28 卷 9 期，民國 53 年 5 月。
9. 〈鄭康成毛詩譜探析〉，江乾益撰，收入林慶彰編《詩經研究論集・二》，臺北：臺灣學生書局，民國 72 年出版。
10. 〈論鄭玄詩譜的貢獻〉，王淵明撰，收入《中國古典文學論叢》第 4 輯，北京：人民文學出版社，1986 年 10 月。
11. 〈論鄭玄通學產生的歷史原因〉，楊廣偉撰，《復旦學報》（社會科學版）1982 年第 5 期，1982 年 9 月。
12. 〈兩漢經學和鄭康成〉，李建國撰，《文史雜誌》1986 年 11 期。

（二）小　學

1. 《說文解字約注》，張舜徽撰，洛陽：中州書畫社，1983 年第 1 版。

2. 《訓詁學概論》，齊佩瑢撰，臺北：漢京公司，民國 74 年初版。

3. 《訓詁學簡論》，陸宗達撰，臺北：新文豐出版公司，民國 73 年初版。

4. 《訓詁學與清儒訓詁方法》，岑溢成撰，香港：新亞研究所，民國 73 年博士論文。

5. 《中國古代史籍校讀法》，張舜徽撰，臺北：臺灣學生書局，民國 80 年出版。

（三）史部、書目

1. 《國語》，左丘明撰，韋昭注，臺北：漢京公司出版，民國 72 年出版。

2. 《史記會注考證》，司馬遷撰、瀧川龜太郎考證，臺北：漢京公司，民國 72 年出版。

3. 《漢書集注》，班固撰、顏師古注，臺北：鼎文書局，民國 73 年出版。

4. 《新校本後漢書》，范曄撰、李賢注，臺北：鼎文書局，民國 73 年出版。

5. 《古史辨》，顧頡剛等撰，臺北：藍燈公司，民國 76 年初版。

6. 《讀史札記》，呂思勉撰，臺北：木鐸出版社，民國 72 年初版。

7. 《四庫全書總目》，永瑢等編，臺北：藝文印書館，民國 68 年出版。

（四）文集、筆記、語類

1. 《戴東原先生全集》，戴震撰，臺北：大化書局據《安徽叢書》景印，民國 67 年初版。

2. 《陳寅恪先生文集》，陳寅恪撰，臺北：里仁書局，民國 70 年出版。

3. 《戴靜山先生全集》，戴君仁撰，臺北：藝文印書館，民國 63 年出版。

4. 《蛾術編》，王鳴盛撰，京都：中文出版社據世楷堂原刻本排印，1979 年出版。

5. 《東塾讀書記》，陳澧撰，收入重編本《皇清經解續編》第 20 冊，臺北：漢京公司出版。

6. 《朱子語類》，黎靖德編，點校本，臺北：文津出版社，民國 75 年出版。

（五）文學研究

1. 《楚辭集注》，屈原等撰、朱熹集注，點校本，臺北：文津出版社，民國 76 年出版。

2. 《詩比興箋》，陳沆撰，臺北：世界書局，民國 68 年初版。

3. 《玉谿生年譜會箋》，張爾田撰，臺北：臺灣中華書局，民國 73 年臺 3 版。

4. 《詞話叢編·冊二》，唐圭璋編，臺北：新文豐出版公司，民國 77 年臺 1 版。

5. 《詩論》，朱光潛撰，臺北：正中書局，民國 74 年初版。

6. 《詩言志辨》，朱自清撰，收入《朱自清古典文學論文集·上冊》，臺北：源流出版社，民國 71 年初版。

7. 《中國歷代文論選》，郭紹虞編，臺北：木鐸出版社，民國 76 年出版。

8. 《中國古典詩歌評論集》，葉嘉瑩撰，臺北：源流出版社，民國 72 年初版。

9. 《迦陵談詩‧二集》，葉嘉瑩撰，臺北：東大公司，民國 74 年初版。

10. 《中國文學論集》，徐復觀撰，臺北：臺灣學生書局，民國 63 年再版。

11. 《紅樓夢的兩個世界》，余英時撰，臺北：聯經公司，民國 76 年第 3 次印行。

12. 《陳寅恪晚年詩文釋證》，余英時撰，臺北：時報公司，民國 75 年 2 版。

13. 《比興物色與情景交融》，蔡英俊撰，臺北：大安出版社，民國 79 年 1 版。

14. 《文學批評的視野》，龔鵬程撰，臺北：大安出版社，民國 79 年初版。

15. 《李商隱詩箋釋方法論》，顏崑陽撰，臺北：臺灣學生書局，民國 80 年出版。

16. 《先秦兩漢文學批評史》，顧易生、蔣凡撰，上海：上海古籍出版社，1990 年第 1 版。

17. 《中國文學批評史上的歷史批評法》，溫莉芳撰，臺北：臺灣大學中文研究所民國 73 年碩士論文。

18. 《文學論》(*Theory of Literature*)，韋勒克 (R. Wellek)、華倫 (P. Warren) 合著，中譯本由王夢鷗、許國衡合譯，臺北：志文出版社，民國 68 年再版。

19. 《新批評》，史亮編，成都：四川文藝出版社，1989 年第 1 版。

（六）其他單篇論文

1. 〈經疏的衍成〉，戴君仁撰，收入《梅園論學續集》，臺北：藝文印書館，民國 63 年出版。

2. 〈毛詩小序的重估價〉，戴君仁撰，同上。

3. 〈毛詩序傳違異考〉，魏佩蘭撰，《大陸雜誌》33 卷 8 期。

4. 〈孟子詩說的重新估價〉，黃景進撰，《孔孟月刊》18 卷 4 期。

5. 〈漢代社會與漢代詩學〉，施淑撰，《中外文學》10 卷 10 期。

6. 〈李商隱詩箋釋方法之檢討〉，顏崑陽撰，《中國學術年刊》第 11 期，民國 79 年 3 月。

7. 〈魏源詩古微評介〉，趙制陽撰，《孔孟學報》第 49 期，民國 74 年 4 月。

二、鄭學書目

　　鄭玄本人及後人研究鄭玄學術的作品皆極繁富，檢索不易。本書目僅擇與論文有關者，簡略介紹，與論文無關者，暫不涉及。以下分成三類，參照各家書目（鄭珍《鄭學書目》、胡元儀《北海三攷‧注述攷》、王利器《鄭康成年譜》及李雲光〈鄭康成遺書考〉），略為整理編定。

（一）鄭玄著述目錄

經　類

1. 《周易注》（附〈易贊〉）
2. 《尚書注》（附〈書贊〉）
3. 《尚書義問》
4. 《尚書大傳注》
5. 《書論》
6. 《尚書音》
7. 《尚書釋問注》
8. 《毛詩箋》
9. 《毛詩譜》
10. 《毛詩音》
11. 《周官禮注》
12. 《周官音》
13. 《答臨孝存周禮難》
14. 《儀禮注》
15. 《儀禮音》
16. 《喪服經傳注》
17. 《喪服變除注》
18. 《喪服譜注》
19. 《喪服紀注》
20. 《禮記注》
21. 《大戴禮記注》
22. 《禮記音》
23. 《三禮目錄》
24. 《三禮圖》（附〈五宗圖〉）
25. 《禮議》
26. 《魯禮禘祫議》
27. 《左傳注》（未成，授服虔）
28. 《春秋左氏傳分野》
29. 《春秋十二公名》
30. 《左傳音》
31. 《鍼左氏膏肓》
32. 《釋穀梁廢疾》

33. 《發公羊墨守》
34. 《駁何氏春秋漢議》（附〈駁何氏春秋漢議序〉）
35. 《答何休》（見本傳）
36. 《孝經注》
37. 《論語注》
38. 《論語釋義注》
39. 《論語孔子弟子目錄》
40. 《論語音》
41. 《古文論語注》（存疑）
42. 《孟子注》
43. 《爾雅注》
44. 《六藝論》
45. 《駁許慎五經異義》
46. 《答甄子然書》

緯　類

1. 《易緯注》
2. 《尚書緯注》
3. 《尚書中候注》
4. 《雒書靈準聽注》
5. 《詩緯注》
6. 《禮緯注》
7. 《禮記默房注》
8. 《樂緯注》
9. 《春秋緯注》
10. 《孝經緯注》
11. 《河圖洛書注》

其　他

1. 《漢律章句》
2. 《乾象歷注》
3. 《日月交會圖注》
4. 《天文七政論》
5. 《九宮經注》
6. 《九宮行碁經注》

7. 《九旗飛變》

8. 《自序》

9. 《鄭司農集》

10. 《鄭志》

11. 《鄭記》

12. 《周髀二難》

13. 《漢宮香方注》

14. 《老子注》（存疑）

（二）《詩譜》輯本

1. 《鄭氏詩譜》，歐陽修補亡，收入歐陽修《詩本義》（《通志堂經解》本）

2. 《毛詩譜》，清・胡元儀輯，《皇清經解續編》本，收入漢京公司重編本第 8 冊。

3. 《詩譜攷正》，清・丁晏重編，《皇清經解續編》本，收入漢京公司重編本第 8 冊。

4. 《毛詩譜》，歐陽修補亡，清・馬驌重補，《繹史》本。

5. 《鄭康成詩國風譜》，清・王謨輯，《漢魏遺書鈔》本、《漢晉遺書鈔》本、《漢唐地理書鈔》本。

6. 《考正詩譜》，清・戴震輯，木瀆周氏刻本、《戴氏遺書》本。

7. 《詩譜補亡後訂》1 卷，歐陽修補亡、清・吳騫重訂，《拜經樓叢書》本，收入《叢書集成新編》第 56 冊。

8. 《詩譜》3 卷，清・袁鈞輯，《鄭氏佚書》本。

9. 《毛詩譜》1 卷，清・孔廣林輯，《通德遺書所見錄》本、《經學彙函》本。

10. 《鄭氏詩譜考正》，清・林伯桐輯，《修本堂叢書》本。

11. 《毛詩譜》，清・黃奭輯，《高密遺書》本，收入《叢書集成・三編》，臺北：藝文印書館印行。

12. 《毛詩異義附詩譜》，清・江龍撰，《叢書集成續編》據《安徽叢書》第 1 期影印，收入《叢書集成續編》第 110 冊，臺北：新文豐出版公司出版。

（三）年譜及傳記

1. 《鄭康成年譜》，清・王鳴盛撰，收入《蛾術編・卷 58》

2. 《鄭康成年譜》，清・沈可培撰，《昭代叢書》本

3. 《鄭君紀年》，清・陳鱣撰、袁鈞訂正，《鄭氏佚書》本

4. 《鄭司農年譜》，清・孫星衍撰、阮元參訂，《高密遺書》本，收入《叢書集成・3 編》，臺北：藝文印書館印行。

5. 《漢鄭君年譜》，清・丁晏撰，《頤志齋叢書》本，收入《叢書集成・3 編》，臺北：藝文印書館印行。

6. 《年譜》，清・鄭珍撰，收入《鄭學錄》中。

7. 《後漢書鄭玄傳注》，清・鄭珍撰，收入《鄭學錄》中。

8. 《事蹟考》，清・胡元儀撰，收入《北海三攷・卷1至卷2》。

9. 《鄭玄別傳》1卷，清・洪頤煊輯，《經典集林》本，收入《叢書集成・初編》，臺北：藝文印書館印行。

10. 《鄭玄年譜》，大川節尚撰，見《鄭玄の詩經學・附錄第二》。

11. 《鄭康成年譜》，王利器撰，濟南：齊魯書社，1983年出版。

董仲舒《春秋》解經方法探究

王淑蕙　著

作者簡介

王淑蕙，1969 生。曾榮獲第 9 屆（1992）中興湖文學獎・文學評論組首獎。第 12 屆（1993）金筆獎・小說組・第三名。中華民國教育部 82 年全國文藝創作獎・小說組・佳作。自（2001）以「關於〈植有木瓜樹的小鎮〉中「屈從而傾斜」論點的再省思」論文，榮獲第七屆府城文學獎・貳獎後，開始從事台灣文學研究。2003 年以「從白先勇的〈花橋榮記〉看台灣文學中的族群記憶──兼論呂赫若的〈冬夜〉」，於香港大學主辦之《白先勇與二十世紀華文文學》會，榮獲第三名論文獎。目前任教南台科技大學・通識中心。

提　　要

　　一個時代的氛圍往往是當代學者研究的風向球，從不同時代學者的研究總能嗅出歷史的痕跡。因此近從現代遠至東漢，對於曾經活躍於西漢學術舞台的大儒董仲舒，不同的學者們總是有著相去甚遠的結論。筆者於中央大學在學期間，抱著對孔老夫子的儒慕之情，因此在充滿松濤的季節，著手從事董仲舒相關解經研究，用意在還原這位生於公元前 179 年的漢代學術家，對於《春秋經》、《公羊傳》的傳承問題。並以結論來解釋不同時代的學者的極端觀點，期望經學的研究也能解決哲學的問題。

第一章　導　論 ……………………………………………… 1
　第一節　問題的提出 …………………………………………… 1
　第二節　董仲舒《春秋》解經方法提出之意義 …………… 9
　第三節　研究方法及論述程序 ……………………………… 14
第二章　董仲舒《春秋》解經方法的資料檢別 ………… 19
　第一節　資料檢別的方向 …………………………………… 19
　第二節　略論《春秋繁露》的真偽問題 …………………… 22
　第三節　「董仲舒《春秋》解經方法」資料的檢別 …… 33
第三章　董仲舒《春秋》解經方法 ………………………… 39
　第一節　本章資料的限定與說明 …………………………… 39
　第二節　疑「董生無傳而著，啟棄傳研經之門」說 …… 40
　第三節　解經形式大略的比較 ……………………………… 41
　第四節　董仲舒《春秋》解經學的方法 ………………… 45
　第五節　小　結 ……………………………………………… 50
第四章　董仲舒《春秋》解經的效果（上） …………… 53
　第一節　第一組方法「合而通之」與「緣而求之」的解
　　　　　經方法 ……………………………………………… 54
　第二節　第二組「偶其類、覽其緒、屠其贅」的解經方法56
　第三節　其它解經方式 ……………………………………… 60
　第四節　小　結 ……………………………………………… 69
第五章　董仲舒《春秋》解經的效果（下） …………… 71
　第一節　前　言 ……………………………………………… 71
　第二節　災異解經的類別 …………………………………… 73
　第三節　小　結 ……………………………………………… 93
第六章　董仲舒《春秋》解經效果的檢討 ……………… 95
　第一節　內部解經的一致性 ………………………………… 95
　第二節　內部解經的合理性 ……………………………… 107
　第三節　師承的觀念薄弱 ………………………………… 113
　第四節　小　結 …………………………………………… 115
第七章　結　論 …………………………………………… 117
　第一節　董氏《春秋》解經的特色 …………………… 117
　第二節　研究方法的反省 ………………………………… 125
　第三節　尾　聲 …………………………………………… 135

目

錄

附　錄

一：火災（殿廟災）類⋯⋯⋯⋯⋯⋯⋯⋯⋯⋯⋯⋯⋯⋯⋯ 137

二：大　水⋯⋯⋯⋯⋯⋯⋯⋯⋯⋯⋯⋯⋯⋯⋯⋯⋯⋯⋯⋯ 140

三：星　象⋯⋯⋯⋯⋯⋯⋯⋯⋯⋯⋯⋯⋯⋯⋯⋯⋯⋯⋯⋯ 141

　（一）日　食⋯⋯⋯⋯⋯⋯⋯⋯⋯⋯⋯⋯⋯⋯⋯⋯⋯ 141

　（二）流　星⋯⋯⋯⋯⋯⋯⋯⋯⋯⋯⋯⋯⋯⋯⋯⋯⋯ 145

　（三）慧　星⋯⋯⋯⋯⋯⋯⋯⋯⋯⋯⋯⋯⋯⋯⋯⋯⋯ 146

　（四）殞　石⋯⋯⋯⋯⋯⋯⋯⋯⋯⋯⋯⋯⋯⋯⋯⋯⋯ 146

四：大　旱⋯⋯⋯⋯⋯⋯⋯⋯⋯⋯⋯⋯⋯⋯⋯⋯⋯⋯⋯⋯ 146

五：無　冰⋯⋯⋯⋯⋯⋯⋯⋯⋯⋯⋯⋯⋯⋯⋯⋯⋯⋯⋯⋯ 147

六：獸異、草妖、蟲災⋯⋯⋯⋯⋯⋯⋯⋯⋯⋯⋯⋯⋯⋯⋯ 147

七：雷、雪⋯⋯⋯⋯⋯⋯⋯⋯⋯⋯⋯⋯⋯⋯⋯⋯⋯⋯⋯⋯ 148

參考書目⋯⋯⋯⋯⋯⋯⋯⋯⋯⋯⋯⋯⋯⋯⋯⋯⋯⋯⋯⋯⋯ 149

第一章 導 論

第一節 問題的提出

　　本論文的主題是「董仲舒《春秋》解經方法探究」，此論題提出爲嘗試解決「評價董仲舒高低落差」的問題。然而不論傳統學者、近現代學者，依據《春秋繁露》的內容或董氏其它學說，評價的結果或高或低。不論是思想家或是經學家，都無法否認董仲舒在西漢初年所居的重要地位。因爲不論以何種角度來研究漢代學術思想，董仲舒都是舉足輕重。因此「董仲舒《春秋》解經」的研究將更富意義。

一、董仲舒其人

　　據《史記‧儒林傳》：

　　　　董仲舒，廣川人也。以治《春秋》，孝景時爲博士。下帷講誦，弟子傳以久次相受業，或莫見其面，蓋三年董仲舒不觀於舍園，其精如此。進退容止，非禮不行，學士皆師尊之……董仲舒爲人廉直。……至卒，終不治產業，以脩學著書爲事。故漢興至于五世之閒，唯董仲舒名爲明於《春秋》，其傳公羊氏也。……仲舒弟子遂者……於諸侯擅專斷，不報；以《春秋》之義正之，天子皆以爲是。弟子通者，至於命大夫；爲郎、謁者、掌故者以百數。而董仲舒子及孫皆以學至大官。〔註1〕

由上述之引文可以得如下的事實：

　　1、董氏治學嚴僅，爲人廉直、進退容止非禮不行。

〔註1〕漢‧司馬遷撰，宋‧裴駰等注《新校史記三家注》（臺北：鼎文書局，民國76年11月九版），頁3127～3129。

2、董氏弟子極多，成就大，在當時為一顯赫的學術團體。

3、董氏因弟子及子孫在朝的影響力極大，因此自漢興「董氏公羊學」獨步五世之久。

因此董氏學說影響之深遠於史籍的記載可得印證。

二、傳統學者評價董氏

「評價董仲舒高低落差的原因」，即傳統與近現代學者觀點的不同，當然以時代因素為評價的分野並非絕對。因為傳統學者對於董氏雖多為高評價，但亦有深惡痛絕者。至於近現代學者雖多低評價，但稱頌董氏者亦大有人在，因此傳統與當代的分野只能說是大致的分法。首將傳統學者以東漢班固於《漢書・董仲舒傳》中所言：

> 仲舒遭漢於秦滅學之後，六經離析，下惟發憤，潛心大業，令後學者有所壹統，為群儒首。（頁 2526）

故董氏的影響自西漢望重一時，至東漢史學大家班固仍以仲舒為「六經離析」後的「群儒首」。所以就民國前之種種史料所見（亦即傳統派的學者），對於董氏之評價皆極高，依時代先後條列如下：

> 王充《論衡・案書篇》二十九卷：仲舒之書，不違儒家，不及孔子，其言煩亂孔子之書者非也。（頁 4）

王充《論衡・超奇篇》十三卷：

> 孔子曰：「文王既沒，文不在茲乎？」文王之文在孔子，孔子之文在仲舒。（頁 10）

程子於《二程全書・遺書・端伯傳師說》：

> 漢儒如毛萇、董仲舒最得聖賢之意，然見道不甚分明〔註2〕。

朱子於《朱子語類》中云：

〔註2〕王充於《論衡・超奇篇》中言，「文王之文在孔子，孔子之文在仲舒。」可能是因襲班固於《漢書・董仲舒》中「仲舒遭漢於秦滅學之後，六經離析，下惟發憤，潛心大業，令後學者有所壹統，為群儒首。」這是就仲舒在當時時代影響力所言。其次是內容上考量，仲舒當時的著作：《漢書・藝文志》所錄《公羊董仲舒治獄》十六篇、《董仲舒》百二十三篇。及《史記・儒林傳》中，著《災異之記》等三篇董氏的著作，王充認為這三篇足以承繼孔子的思想，故有此言。至於王充對於董仲舒有如此的評價，除了時代的因素外，只能說仲舒在漢代的學術環境中闡揚了孔子的《春秋》經一系的公羊思想，而不能說是完全的承繼孔子思想，至於是與非之間，留待第六章「董仲舒《春秋》解經效果的檢討」再來討論。王充撰《論衡》明刻本（臺北：臺灣中華書局，四部備要，子部，民國 59 年 6 月二版），頁 60。

仲舒本領純正。如說「正心以正朝廷」，與「命者天之令也」以下諸
語，皆善。班固所謂「純儒」極是。（頁 3260）

董仲舒資質純良。（頁 3262）

及《朱子大全》中之〈答沈晦叔〉云：

近日一派流入江西，蹂踏董仲舒而推尊管仲、王猛。

又答〈陳正己〉云：

董仲舒所立甚高，恐未易以世儒詆之。

又云：

仲舒本領純正，如說正心以正朝廷，與命者天之令也。以下諸語皆善。

班固所謂純儒，極是。〔註3〕

樓鑰〈春秋繁露跋〉：

漢承秦敝，旁求儒雅，士以經學專門者甚眾，獨仲舒以純儒稱。〔註4〕

黃震《黃氏日鈔》：

漢世之儒，惟仲舒《仁義三策》，炳炳萬世，曾謂仲舒之繁露而有是乎？
歐陽公讀繁露不言其非真，而譏其不能高論以明聖人之道，且有惜哉！惜
哉之歎。夫仲舒純儒歐公文人此又學者所宜審也。……自孟子後，學聖人
之學者惟仲舒。其天資純美，用意肫篤，漢唐諸儒，鮮其比者。〔註5〕

馬端臨《文獻通考》：

仲舒通經醇儒。〔註6〕

朱一新於《無邪堂答問》中云：

良由漢學家瑣碎而鮮心得，高明者亦悟其非，而又炫於時尚宋儒義理
之義，深所諱言，於是求之後儒，惟董生之言最精。〔註7〕

魏源於《董子春秋發微・序》中云：

其書三科，九旨燦然大備，且弘通精淼，內聖而外王，蟠天而際地，
遠在胡母生，何邵公《章句》之上。……故挾經之心，執聖之權，冒天下

〔註3〕朱熹撰《朱子語類》（臺北：華世出版社，1987年元月），頁3260。朱熹撰《朱子大
全》明刻本（臺北：臺灣中華書局，四部備要，子部，民國59年6月二版），頁3262。
卷五十四，〈答朱叔晦〉，頁18。卷五十三，〈答陳正己〉，頁34。

〔註4〕宋・樓鑰撰《攻媿集・跋春秋繁露》卷七十七（臺北：臺灣商務印書館，民國68年
11月台一版），頁706。

〔註5〕黃震撰《黃氏日鈔》（臺北：大化書局，民國73年12月再版），頁660。

〔註6〕馬端臨撰《文獻通考・卷一八二・經籍九》（臺北：新興書局，民國52年10月初版
印行），頁1567。

〔註7〕朱一新撰《無邪堂答問》（臺北：廣文書局，民國58年1月初版），頁25。

之道者，莫如董生。〔註8〕

王充認爲董氏承繼孔子以下的儒學思想，甚至王先謙在蘇輿的《春秋繁露義證》序有如：「余讀《鍾離意別傳》，意爲魯相，發孔子教授堂下床下首懸甕中素書曰：『後世修吾書董仲舒。』」的神話記載，並深信不疑地認爲：「則仲舒修書，預知之數百年前，此聖人在天之靈所昭鑒也。」（頁 525～526）可見董氏的學術地位在傳統學者心中佔有相當大的份量〔註9〕。

三、近現代學者評價董氏

　　另外有一極端的觀點爲近現代學者就整個漢代思想史的總體評價：並不高。反而「漢代經學」的學術地位超出「漢代思想」許多。而學者對於董氏的研究一直將其歸爲「思想界」，並以董氏爲「漢代思想界」的代表。所以學者們面對「漢代思想」的討論時，焦點多在董氏身上：

　　　　漢儒昧於心靈之自覺義，只在一粗陋宇宙論架構中，處理哲學問題；
　　　　故心性論問題在漢儒手中遂裂爲兩問題，而各有一極爲可笑之處理。心性
　　　　論所涉及之價值問題，在漢儒學說中，化爲「天人相應」之問題。持此說
　　　　者，固以董仲舒爲主要代表……。〔註10〕

〔註8〕魏源撰《魏源集》（臺北：鼎文書局，民國67年1月初版），頁135。
〔註9〕傳統學者對於董仲舒《春秋》學的評價極高，而有趣的是：對於《春秋繁露》眞僞問題的討論卻也比現代學者來得多。而傳統學者雖然未視《春秋繁露》爲僞書而棄之不讀，但是也多以今本的《春秋繁露》非董仲舒原本，故有「古《春秋繁露》」之稱（詳見「第二章董仲舒《春秋》解經方法的資料檢別」、「第二節・二、《春秋繁露》眞僞問題在傳統中的論述」）。傳統學者雖以《春秋繁露》非董仲舒之原本，但對於董氏之評價並不低，如樓鑰〈跋〉：「……遂以爲非董氏本書。且以其名，謂必類小說家。後自爲一編，記雜事，名《演繁露》，行於世。……漢承秦敝，旁求儒雅，士以經學專門者甚眾，獨仲舒以純儒稱。」（註同上）反而近現代學者對於《春秋繁露》不重其考證，而直接稱引對於董仲舒的評價相對的比傳統學者低許多，這兩種爲學方式是一個有趣的對比。
〔註10〕勞思光撰《新編中國哲學史》第二冊（臺北：三民書局，民國79年9月），頁10。對於董仲舒《春秋公羊》學的評價，當然不能僅以勞思光的說法爲主，而民國以來對於中國學術的處理方式主要分爲：經學的處理方式，表現的方式是以小學結合經典原文或是以歸納式地簡略介紹其內在思想。另一種則是義理的處理方式，以思想史爲表現形態，關於這部份，可引中央研究院中國文哲研究所出版的〈中國文哲研究通訊〉第二卷・第一期〈秦漢思想史要籍評介〉：「秦漢思想史，在中國哲學思想發展史上，不僅有著上結先秦諸子、下啓魏晉玄學的關聯地位，更奠立了往後中國近二千年政治、歷史與文化發展之基礎。然而，國內學術界有關秦漢之斷代哲學思想史專著並不多見。」（頁88）可見學界已知是「專著並不多見」，即使有也是以董氏的「氣化宇宙論」爲主要討論核心，而這一點正是近現代學者所垢病者。至於另一種處理的角度從事經學研究學者也會接觸到的，事實上漢代的經學，一般的焦點

　　大約自民國以來批評董氏最烈的除了勞思光之外，就屬民國著名的思想家方東美先生：

> 漢武帝時，漢代已遭呂后之亂，武帝亦知自己立即得天下卻不能立即治天下，乃訪求學者，提出許多大問題，但是他遇到董仲舒這個俗儒，無法回答許多問題，只知迎合御旨，把先秦留下的許多顯學，以政治力量的壓迫，使之定於一尊。由此可知董仲舒為儒家之罪人。〔註11〕

> 就儒家思想的本原來說，董仲舒就很有問題了……董仲舒對尚書是外行，周易是外行，就是對整個中國古代哲學思想演進的大勢也全然是外行；充其量，他對古代神秘主義的宗教轉變到理性支持的哲學，在轉變過程的樞紐方面，他只看出前面的一部份——宗教方面所烘托的精神領域的永恒性。……既無「才」，又無「識」，也無「學」的歷史學家，由董仲舒這樣的歷史學家來講歷史，也祇有打著「公羊家歷史哲學」的招牌大談所謂「災異」了。〔註12〕

除了徐氏、方氏、勞氏之外，對於董氏低評價的還有錢穆先生，錢氏言：

> 思想走上調和折衷的路，已經是思想的衰象，顯示沒有別開生面的氣魄了。但中國古代思想真實的衰象，應該從漢武帝時代的仲舒開始……其實仲舒思想的主要淵源，只是戰國晚年的陰陽家鄒衍，更使仲舒思想，由附會而轉入怪異，遂使此後的思想界中毒更深。〔註13〕

胡適在論及王充的《論衡》一文中說：

> 漢代是一個騙子時代。

而徐復觀接著胡適的話說了：

> 董氏應當是騙子頭兒了。〔註14〕

雖則如此，但徐氏對仲舒個人亦有持平之論：

都在「兩漢的今古文」之爭上。於是雖然我們不暇細舉，民國各家哲學、經學對此問題的處理。雖然「兩漢」是經學的「興盛期」不可能忽視，但對於董仲舒時代經學的模糊亦是事實。

〔註11〕方東美著《原始儒家道家哲學》（臺北：黎明文化事公司印行，民國76年11月三版），頁53。

〔註12〕方東美著《新儒家哲學十八講》（臺北：黎明文化事公司印行，民國78年4月三版），頁8～9。

〔註13〕錢穆著《中國思想史》（臺北：臺灣學生書局印行，民國77年10月第六次印刷），頁110～111。

〔註14〕見徐復觀撰《兩漢思想史》卷二（臺北：臺灣學生書局，民國65五年6月初版），頁430。

董仲舒是一位嚴肅方正的人。他在漢代學術上的崇高地位,和他的崇
高人格有密切的關係。〔註15〕

但他面臨漢代思想的整體史觀與董氏的影響時,不免也有「歪曲」之歎:

先秦經學,實至仲舒而一大歪曲;儒家思想,亦至仲舒而一大轉折:
許多中國思維之方式,常在合理中混入不合理的因素,以致自律性的演
進,停滯不前,仲舒實是一關鍵性人物。〔註16〕

但總的來說,近現代學者對於以董氏為「龍頭」的「漢代思想」的特性,與先
秦思想對比之下,評價確實不佳。但同中有異,在近現代學者中,仍有對於董氏有
高評價者,如韋政通認為:

董仲舒即使沒有另創思想系統,僅憑他的《春秋》學,也能在中國學
術思想史上佔一席相當獨特的地位。〔註17〕

綜上所論,勞氏言董氏為儒學的歧出;傳統學者們對董仲舒「純儒」甚至視之
為繼孔、孟之後「大儒」的高評價?當我們面對這樣的差異時,是不是有一種可能
的假設?由於持這兩種論點的學者所關注的焦點、採行的研究方法不同,其結論便
不同。我們可以說近現代學者經由反省中國思想史後,發現先秦儒學以內在心性修
養為主旨的切入點,而至漢代,則為「粗陋宇宙論」所取代,漢代學術的代表者是
董仲舒,又董氏在《春秋繁露》中遺有為數可觀的陰陽五行學說,又日後兩漢學術
未往心性開展,自然而然敏銳地近現代學者查覺此種演變,即責求董氏必須負起「歷
史責任」。

於是我們便發現問題的主要癥結點在:在秦火之後的董仲舒,帶領著整個經學
研究的起步、身為漢初學術發展的主要人物,如此傑出學術地位與政治上的影響力
的學者與政治家。他是否能精確掌握住春秋學,及儒家的內在精神?基於董氏在漢
代學術的起步俱有著領導的作用,對於當時以及後代學者都有相當大影響的前題
下,若因資料取捨的問題〔註18〕,使研究董仲舒相關的問題上有所歧出,而形成負
面的結果,則是相當遺憾的事。

〔註15〕註同上,頁300。
〔註16〕註同上,頁358。
〔註17〕韋政通著《董仲舒》(臺北:東大圖書公司,民國75年7月初版),頁33。
〔註18〕所謂資料的取捨,亦即是「錯誤資料的取捨」。何以言之?現在對於董仲舒的研究多
是以其《春秋繁露》為主,但是一方面董仲舒的著作流傳至今者,最主要有《董膠
西集》、《春秋繁露》和一些零星輯佚的《春秋決獄》,〈賢良對策〉就在《董膠西集》
中,而〈賢良對策〉在資料的可靠上比《春秋繁露》是有過之而無不及,至於詳細
的討論,請參見第二章「二、《春秋繁露》真偽問題在傳統中的論述」。

四、小　結

　　如前述近現代學者中勞思光先生將董氏歸為兩漢思想中「氣化宇宙論」的代言人，這個說法若要成立，則應是指《漢書‧五行志》所錄：董氏解《春秋》災異七十二事，並引董仲舒「陰陽五行」解春秋時期所發生的災異現象。但是今觀勞思光所著的《新編中國哲學史》，顯然的勞氏所取的「原始資料」，僅僅是《漢書‧董仲舒傳》、〈天人三策〉以及《春秋繁露》中〈深察名號〉、〈實性〉二篇，以這些並非董仲舒《春秋》學的核心資料。以此談論董氏以「氣化宇宙論」解釋《春秋》經中的災異原本就不夠充分，如同本論文第二章第四節「董仲舒《春秋》學資料的檢別」中所言，現存七十九篇《春秋繁露》（按：原八十二篇扣除亡佚的三篇為七十九篇），而其《春秋》學據賴炎元的說法是集中在前十七篇，而徐復觀則再加上〈三代改制質文〉第廿三、〈爵國〉第廿八、〈仁義法〉二十九、〈必仁且智〉第三十、〈觀德〉第三十三、〈奉本〉第三十四等共二十三篇。至於勞思光所引的〈深察名號〉是第三十五篇，〈實性〉則是第三十六篇，雖然這這兩篇中都分別談到了「《春秋》」：

> 春秋辨物之理，以正其名，名物如其真，不失秋毫之末，故名鶂石，則後其五，言退鶂，則先其六。聖人之謹於正名如此。君子於其言，無所苟而已，五石、六鶂之辭是也。
> 春秋之辭，內事之待外者，從外言之。
> ⋯⋯此世長者之所誤出也，非春秋為辭之術也。
> 春秋大元，故謹於正名，名非所始，如之何謂未善已善也。〈深察名號〉
> 春秋別物之理，以正其名，名物必各因其真，真其義也。〈實性〉〔註19〕

如同徐復觀先生所言的：

> 〈深察名號〉第三十五，〈實性〉第三十六，其中涉及《春秋》與陰陽觀念，而皆不重要。〔註20〕

今見〈深察名號〉、〈實性〉篇，皆偏重在《春秋》經之「正名」，而「正名」並非《春秋》學，只是《春秋》學其中一部份而已，與專論《春秋》經義不同。由於因採取的資料內容不同，間接影響研究切入點的選擇，並直接決定論證的結果。而前述近現代學者韋氏對於董氏採高評價，然而對於董仲舒書中的研究方法，並不能解決上述兩派學者對於董仲舒評價的差異，因為韋氏該書的主要內容是以「董仲舒思想概論」為研究對象，如從該書的章節配置即可見知：

〔註19〕勞思光著《新編‧中國哲學史》（臺北：三民書局出版，民國 79 年 9 月增訂五版），頁 22～29。
〔註20〕見徐復觀著《兩漢思想史‧卷二》，注釋第十四，頁 430。

第一章 生平與著作　　　　　　　第六章 董仲舒的倫理思想

第二章 董仲舒與先秦各家　　　　第七章 董仲舒的政治思想

第三章 董仲舒的《春秋學》　　　第八章 董仲舒的歷史思想

第四章 天人感應的理論結構　　　第九章 尊儒運動的背景、眞相及其影響

第五章 董仲舒的人性論　　　　　第十章 董仲舒處理儒家與專制關係的理論

其次我們可以看看韋氏如何研究董氏核心的學術問題，他在第三章董氏《春秋》學中，分別以六個部份來談：

一、《春秋》學的傳承　　　　　　四、理解《春秋》的三個層次

二、《春秋》學的共同原則：奉天法古　五、論證的準則

三、《春秋》學的方法　　　　　　六、《春秋》學的結局

韋氏所論者都是以「《春秋》學」的名義。此六部份的「《春秋》學」研究，其中第三項「《春秋》學的方法」並非董氏的「《春秋》學的方法」，而是從《公羊傳》對《春秋》的解經方式（問答體）對後世（兩漢）解經的影響，以及董氏個人的《春秋》學是「在比歷史更高的層次上對《春秋》做哲學方法論的反省」（頁46）。不論韋氏認爲仲舒對於《春秋公羊》採何種研究方法，經由董氏《春秋》學這一套已成形的系統理論（《春秋》學）爲「原始資料」，並對此理論從事後設反省研究，如此並不會令人較容易瞭解董氏眞正對於《春秋》經的理解，因此還需回歸董氏對於《春秋》經的詮釋上。

其實董氏的學術思想奠基在《春秋》學〔註21〕，其它思想皆由《春秋》學鋪陳而來，因此在評價前是否應針對其學術根源如何形成，也就是《春秋》解經的角度研究？如此客觀的呈顯可使本文所嘗試突破的「董仲舒《春秋》學評價差落」的問題單純化。

由上述可知，從漢朝當代角度來看董氏《春秋》學，其評價爲純儒；反而以民國學者的角度看，則是儒學心性的墜落與儒學自先秦以下的歧出，其間的差距，可謂有天地之別。因著這樣的問題，可以說給予董氏高評價者，以董氏之學上承孔、孟；反之則以董氏本身理解的問題，導致整個漢代思想無法如先秦一樣開出燦爛的學風。而勞氏原始資料的角度與方法顯然是有問題的，因此本文從「董氏《春秋》學評價落差」的現象，提出「董仲舒《春秋》解經學」的研究方法，希望在董氏的

〔註21〕韋氏本人也認爲：仲舒的思想與先秦諸子雖有不同程度的關係，對他思想的形成也佔一定重要的地位，但就《春秋繁露》來看，《春秋》及公羊家言，對他知性的發展，最具有決定性的作用，學術的基礎也奠定於此，對儒家仁義、仁智、義利、禮、質文等主要論題的討論，大半也是被視爲《春秋》大義才加以論述。註同17。

高低評價之間有可衡量的客觀研究。

第二節　董仲舒《春秋》解經方法提出之意義

本文主旨爲董仲舒「《春秋》解經方法」而非「《春秋繁露》解經方法」，因爲《春秋繁露》雖爲董氏《春秋》學的重要資料，但只是董氏《春秋》學的部份資料而非全部資料。有關董氏《春秋》學資料的限定，請參看第二章「『董仲舒《春秋》解經方法』的資料檢別」，於此不多贅言。

上一節已明言「董仲舒《春秋》學」論題之提出，乃爲「《春秋繁露》評價差落」的問題提出客觀地研究方法，但這樣的說明尚不能凸顯「董仲舒《春秋》學」論題提出的內在意義。本節將再就此，分成三個角度來談。首先：

1、漢代經學中何以選擇「春秋公羊學」？

2、漢代「春秋公羊學」諸「經師」中，何以選擇「董仲舒」爲研究對象？

3、董氏如此廣的思想範圍，何以將研究的焦點放在「春秋公羊學」？

本節將以上述這三個角度突顯「董仲舒《春秋》解經方法」的意義及價值。

一、漢代經學選擇《公羊》學之因

以五經本身的特色來說，《春秋》原較其它各經更具批判性。如《詩經》十五國風的諷喻及批判，主要爲人民對國政並以隱喻的方式表達之；《尚書》則是政府的文書檔案，不以諷喻見長；《禮經》則是對於諸種行於世的禮節敘述分析，當以客觀，非以主觀地批判；而《易經》則偏向人生哲理的闡述。所以如孟子形容孔子筆削《春秋》「貶天子，退諸侯，討大夫」的特色看來，不但可明確地知道《春秋》所喻之微言大義，同時亦說明《春秋》經在儒學中所具之批判性非它經所能比擬的。

《春秋》經是否爲孔子所作歷來有極大的爭議，最早明白無誤肯定孔子作《春秋》者爲孟子〔註22〕，而最早否定孔子作《春秋》的是晉人杜預〔註23〕。本文討論

〔註22〕見《孟子・滕文公下》：「世衰道微，邪說暴行有作，臣殺其君者有之，子殺其父者有之。孔子懼，作《春，秋》。《春秋》，天子之事也。是故孔子曰：『知我者其惟《春秋》乎！罪我者其惟《春秋》乎！』」（頁117）「昔者禹抑洪水而天下平，周公兼夷狄，驅猛獸而百姓寧，孔子成《春秋》而亂臣、賊子懼。」（頁118）《孟子・離婁下》：「王者之跡熄而詩亡，詩亡然後《春秋》作。晉之《乘》，楚之《檮杌》，魯之春秋》，一也。其事則齊桓、晉文，其文則史，孔子曰：『其義則丘竊取之矣。』」（頁146）《孟子正義》十三經注疏本（臺北：藝文印書館印行，民國78年1月十一版）。

〔註23〕見呂紹綱著〈孟子論《春秋》〉收錄於林師慶彰編著《中國經學史論文選集》上冊，（臺北：文史哲出版社，民國81年10月初版），頁108～117。

的核心並不在此，故不多做討論，然本文的立場以孔子筆削《春秋》無誤。至於《春秋》共有三傳，何以選擇《公羊傳》？三《傳》中因《左傳》雖言北平侯張蒼所傳，但畢竟《左傳》方盛於東漢，而本文之研究時代爲漢初也就是高祖至於武帝，《穀梁》於宣帝時方立爲學官，所以在學術的先後上選擇《公羊》。且就《三傳》的性質而言，《左傳》是史書，但畢竟在著作形式上與解經距離較遠。《公羊》與《穀梁》二傳，則在《春秋》經的解釋類型相似，但《公羊》不但參與了漢代的政治舞台，同時對後世影響久遠皆非《穀梁》所能比擬的，況且本文的主角董仲舒師承《公羊》，故選擇《公羊》，乃爲當然。

二、《公羊》經師中選擇董仲舒之因

就一般學術思想的流衍，當朝的學術思想多承繼前朝。而漢代學術理當承繼先秦學風，但經過秦朝的焚經書、坑術士後，學術命脈元氣大傷，加上漢初典制多襲秦制，到了漢惠帝方才除去挾書之令〔註24〕，於是在整個國家社會一方面休養生息，二方面因經書之殘缺而不堪研究等情形之下，漢初的學術思想自然不能與先秦相提並論，所以初步只能在經書的復原上下功夫，而無法進一步的開展。

董仲舒於景帝時立爲博士，若要了解董氏在漢初的學術有無特殊之處，則須自高祖至景帝時的學術活動做一省察：在經書的傳授方面，自高祖時《易》、《禮》、《左氏傳》等經書〔註25〕，除了儒家經典之外，同時還有「黃老之學」的講授〔註26〕。至於私人著作風氣則始自陸賈於高祖十二年，獻《新語》一書。雖陸賈著書獻於高

〔註24〕《漢書·惠帝紀第二》：「3月甲子，皇帝冠，赦天下。省法令妨吏民者：除挾書律。」，（頁90）。

〔註25〕田何傳易之事，《漢書·高帝本紀》：「後9月，徒諸侯子關中。」而據劉汝霖於《漢晉學術編年》的考證，「至是漢徒諸侯王子關中，何以齊田徒杜陵，號杜田生。授東武王子中同，維陽周王孫，丁寬，齊服生，皆著易數篇。

高堂伯以禮教於魯之事。《漢書·儒林傳》：「漢興，魯高堂生傳《士禮》十七篇。」劉汝霖於《漢晉學術編年》的考證，其時爲漢王六年庚子（西元前210年）。

張蒼傳左氏傳事，「北平侯張蒼……修《春秋左氏傳》。」據《漢書·張周趙任申屠傳》所載，蒼因「以代相從攻荼有功」，故於漢王六年封爲北平侯，故其修《春秋左氏傳》，大約亦是在高祖之時。又據劉汝霖於《漢晉學術編年》的考證，其時爲漢王六年庚子（西元210年）。

以上劉說俱見劉汝霖著《漢晉學術編年》（北京：中華書局出版）1987年12月初版），頁5～22。

〔註26〕《漢書·蕭何曹參傳》云：「孝惠元年，除諸侯相國法，更以參爲齊丞相。參之相齊，……聞膠西有蓋公，善治黃老言，……既見蓋公，蓋公爲言治道貴清靜而民自定，推此類具言之。」（頁2018）由上述可知：曹參於孝惠元年就教於蓋公，而蓋公之傳「黃老」必在此之前，故知高祖呂后之時，已有黃老之學的傳授。

祖，但《新語》之作實爲高帝所要求〔註27〕，而非陸賈自覺之作。惠帝時則有「除挾書律」及顏氏獻孝經〔註28〕之事。文帝時立賈誼爲博士〔註29〕，著作有賈山上《至言》〔註30〕。景帝時立胡母生、董仲舒爲博士〔註31〕。

由此，經學的發展在高祖至景帝之間，可以得到一個大概的印象。雖已有經書的傳授，但是有關經學的著作畢竟仍未出現〔註32〕，所以我們無法從流傳後世的著作中精確地省察當時的經學，只能在史書的記載上得到一點模糊的印象。至於私人著作，雖有《新語》及《至言》之作，而且都可以在《漢書》中見到大略，其内容皆言儒家治道之書，但所說仍是泛泛而談，並無深入儒家經典，或許與在位者的喜好與當時整體學術環有極大的關係。

所以到了武帝時代至竇太后駕崩後，武帝時的丞相田蚡「紬黃老、刑名百家之言，延文學儒者數百人」，之後董仲舒提出「獨尊儒術」之議，立五經博士〔註33〕。

〔註27〕陸賈上《新語》之書，見於《漢書》中「漢十二年」之後。至於「《新語》之作實爲高帝所要求」之說，可見「高帝謂賈曰：『試爲我著秦所以失天下，吾所以得之者，及古成敗之國。』賈凡著十二篇。每秦一篇，高帝未嘗不稱善，左右呼萬歲，稱其書曰《新語》」，（頁2113）。

〔註28〕據《孝經・正義》所載：「至漢氏尊學，初除挾書之律，有河間人顏貞出其父芝所藏，凡一十八章，以相傳授。」唐・玄宗御注，宋・邢昺疏《孝經正義》十三經疏本（臺北：藝文印書館印行，民國78年1月十一版），頁7。

〔註29〕據《漢書・賈誼傳》：「賈誼……文帝召以爲博士。是時，誼年二十餘，最爲少。」，（頁2221）。

〔註30〕據《漢書・賈鄒枚路傳》：「賈山，……孝文時，言治亂之道，借秦爲諭，名曰《至言》。」，（頁2327）。

〔註31〕據《漢書・董仲舒傳》：「董仲舒，廣川人也。少治《春秋》，孝景時爲博士。」（頁2495）。及《漢書・儒林傳》：「胡母生字子都，齊人也。治《公羊春秋》，爲景帝博士。」，（頁3615）。

〔註32〕今就《漢書・藝文志・諸子略》中所引《董仲舒》百二十三篇之前，所錄之書有：
《賈山》八篇。
《太常蓼侯孔臧》十篇。
《賈誼》五十八篇。
河間獻王《對上下三雍宮》三篇。（頁1726）
其中除了《賈山》之作可能爲「言治亂之道，借秦爲諭」，以及河間獻王《對上下三雍宮》之作，若以名稱上看來類似對策。而《賈誼》之文其内容以政策綜論的性質見長，而經的意味較薄。至於《太常蓼侯孔臧》十篇則不知所指。

〔註33〕據《漢書・武帝紀》：「五年……置《五經》博士。」（頁159）。據劉汝霖著《漢晉學術編年》考證：「武帝之立博士，與文景時有大異者。蓋文、景，當提倡學術伊始，無論經子，皆使博士講習，各博士職務相同，非有專責也。……轅固、韓嬰、董仲舒皆在景帝時爲博士，不過以其學爲進身之階而已，……至武帝時，積書既多，須分工治理，於是罷黜百家，專立五經，使博士各掌其經，不復相亂，自是始有專責矣。然當時亦只有經而已，非有各家之學也。……文、景時之博士固不止有五經。

董仲舒所著之《春秋繁露》，雖然《史記·儒林傳》及《漢書·藝文志》並沒有《春秋繁露》的記載。但是從後人所集結的《春秋繁露》中，仍可看到董氏治經的特色。從《春秋繁露》中的《春秋》學可見董氏是以《公羊春秋》為思想根底，並博通各經，同時能與施政的理念並行。所以董氏與其它漢初學者，最大的不同及其最大的殊勝處，在於博通它經之後「明確地」將五經中擇（《春秋》）提出，並與施政合一而應用之，非只泛泛地談儒學而已。同時著作《春秋決獄》，所以董氏不但「通經致用」且是漢初經師中，自覺著作之人。除此之外，東漢班固仍言董氏為「令後學者有所壹統，為群儒首。」可見董仲舒於漢代尚有首開風氣之功，對漢代經學的影響不可謂不大。基於上述理由，是本文何以於兩漢經師中，擇董氏為研究對象。

又當時《公羊》經師除了董氏之外，自劉汝霖之〈公羊氏春秋傳授表〉可見：

> 子夏—公羊高—公羊平—公羊地—公羊敢—公羊壽—胡母子都—胡母子
> 郁—公孫弘。〔註34〕

至於或有以為董氏之學承自公孫弘，然而卻無法自史籍得到應證，因此可知當時的《公羊》經師，除了董氏之外仍有公孫弘，而此二人學問之高低，可見《史記·儒林傳》中所言：

> 公孫弘治《春秋》不如董仲舒，而弘希世用事，位至公卿。（頁3128）

再加上董氏後學在當時形成極大的政治勢力，及學說的流傳，而公孫弘無。因此董氏《春秋》學對於後代的影響自然較公孫弘大許多，而於當時《公羊》經師的選擇，除了董氏不作第二人想。

三、董氏學術中撰擇《公羊》學之因

董仲舒於西漢雖以治《春秋》著名，但其學則涉獵頗廣。在經學方面，據《漢書·儒林傳》：

> 仲舒通《五經》，能持論，善屬文。（頁3617）

及陳邦福《馬季長年譜》：

> 漢儒通經，至融而稱盛極，通一經者，樊光、李巡；通二經者，申培、
> 孟卿；通三經，后倉、江公；通四經者，孔安國、夏侯勝；通五經者，董
> 仲舒、劉向；通六經者，歆、何休；通七經者，荀爽、張寬；通八經者，
> 孫炎；通九經者，王肅；通十經者，鄭玄；通十一經者，僅馬融一人而已。

然博士雖同，而性質則與武帝時大異也。」，頁6～7。

〔註34〕註同25，頁65～66。

〔註35〕

雖然《漢書・儒林傳》及陳邦福的《馬季長年譜》皆明言董仲舒「通五經」。但從董氏《春秋繁露》中對於《春秋》學討論時所引的經書看來，除了《春秋》本經《公羊》本傳當然引用之外，另加上《詩經》、《書經》、《大戴禮記》、《易經》等四經及《論語》、「古書」、「俗語」的引文，可見其學之廣博。這在一般西漢經學的特質中是極爲特殊的：

> 西漢初年因經學初興，經書的流行不廣，一般經師多守一經，很少能兼通者，像申培兼通《詩》、《春秋》，韓嬰兼通《詩》、《易》，孟卿兼通《禮》、《春秋》者，只不過寥寥數人。能通五經的，僅夏后始昌一人。〔註36〕

但此處言「能通五經的僅夏后始昌」的說法是有問題的，今察《漢書・眭兩夏侯京翼李傳》：

> 夏侯始昌，魯人也。通《五經》，以《齊詩》、《尚書》教授。自董仲舒、韓嬰死後，武帝得始昌，甚重之。（頁3154）

本段引文有兩個意指，一、夏侯始昌是武帝時人。二、明確指其時代在董氏之後。以上述這幾段資料相比對之下，可以得到一個結果，即是漢初通五經者，至少有董仲舒、夏侯始昌兩人。

除了經學廣博的涉獵之外，於《漢書・藝文志》中所列董氏之作尚有：

> 《公羊董仲舒治獄》十六篇。
>
> 《董仲舒》百二十三篇。（頁1714～1727）

及《史記・儒林傳》：

> 董仲舒，廣川人也。以治《春秋》，孝景時爲博士。……今上即位，爲江都相。……中廢爲中大夫，居舍，著《災異之記》。

可見董氏之學由《春秋》，而引伸出對律法的精通。其次因時代的因素，董仲舒對於「陰陽」、「五行」之說亦有涉獵。《史記・儒林傳》：

> 董仲舒，……以《春秋》災異之變推陰陽所以錯行，故求雨閉諸陽，其止雨反是。（頁3128）

〔註35〕陳說見李威熊著《中國經學發展史論》（臺北：文史哲出版社，民國77年12月初版），頁155所引。另董仲舒於《春秋繁露・玉杯》篇中概論六經：君子知在位者之不能以惡服人也，是故簡六藝以贍養之。《詩》《書》序其志，《禮》《樂》純其美，易《春秋》明其知。六學皆大，而各有所長。《詩》道志，故長於質。《禮》制節，故長於文。《樂》詠德，故長於風。《書》著功，故長於事。《易》本天地，故長於數。《春秋》正是非，故長於治人。（《春秋繁露義證》，頁35～36）。

〔註36〕註同上，頁154。

「五行」則見於《春秋繁露》中集有：〈五行對〉、〈五行之義〉、〈五行相生〉、〈五行相勝〉、〈五行順逆〉、〈治水五行〉、〈治亂五行〉、〈五行變救〉、〈五行五事〉等篇〔註37〕。以及文學性的作品，如〈士不遇賦〉（見《文選》）。

所以就上述董仲舒所涉獵之廣博看來，我們何以獨取《春秋公羊》學？除了應世之效外，最主要是《春秋公羊》學在董仲舒的思想中是最精粹的部份，如徐復觀先生所言：「董氏是『爲儒者宗』的儒家，討論他的學術淵源時，首先應注意到他的《春秋公羊學》。」〔註38〕。而從《春秋繁露》中《春秋》學的相關部份，也可以看到董仲舒從《春秋公羊》學的基礎上，發展出他個人對於「仁義」（見《仁義法》）、「史觀」（見《楚莊王》）、「教化」（見《玉杯》言教之「體」；《精華》言教之「用」）、「禮法」（見《玉英》）等學說。故從《春秋繁露》的閱讀中，可見董氏以群經爲輔、《春秋公羊》學爲核心，而漸次延展出各種豐富的思想層面，這樣的開展並非僅由「陰陽」或「五行」所能達到的。

第三節　研究方法及論述程序

在「研究方法及論述程序」展開之前，應先對於論題中「董仲舒《春秋》『解經』」之名詞解釋義之。

一、「解經」名詞解釋

凡因年代久遠歷史遞變，產生語言文字的隔閡，由於所使用語言文字的「語義」，已非我們目前一般約定俗成的定義。因而產生閱讀時理解的障礙，這時各種「解釋方式」即應運而生。這在中國名曰：「訓詁」〔註39〕，在西方則名曰：「Hermeneutics」。

〔註37〕本文的第二章對於「董仲舒《春秋》學」的議題做了資料上的界定，因之排除「五行」等篇章，有關這方面的論述請參見第二章董仲舒《春秋》學的資料檢別。但本文若採已排除的資料做爲引證，恐怕引起不必要的爭議，所以就檢別後選取內的資料來看，而以《十指》篇爲代表：「舉事變見有重焉，一指也。……承周文而反之質，一指也。木生火，火爲夏，天之端，一指也。」（頁145）又「魏源及徐復觀先生等以《盟會要》、《正貫》和《十指》等篇是總《春秋》大義的大綱。」所以《十指》篇在董氏《春秋》學中的代表性無疑。故這「十指」的內容很明顯的，最後一指：「木生火，火爲夏，天之端，一指也。」是受到五行相生的影響。註中所引魏說及徐說見於：劉德漢著〈春秋公羊傳對西漢政治的影響〉《書目季刊》十一卷·一期，頁40～41。

〔註38〕見徐復觀著《兩漢思想史》（台灣：學生書局印行，民國82年九初版第五次印刷），頁317。

〔註39〕此處的「訓詁」是當專有名詞用。

　　今日我們所處理的是中國漢初的問題，何以提出西方「Hermeneutics」之名？因本文的主題「董仲舒《春秋》解經方法探究」使用了「解經」這個名詞，爲了避免與「Hermeneutics」的其它中文翻譯「詮釋學」、「解釋學」的用義有所模糊，所以必須略述「解經學」之名詞。而原來「解經學」之本義爲「研究基督教聖經經文及其文義的考訂及疏解的方式和原則」〔註40〕因此與中國的「訓詁學」相類似。「訓詁學」的產生，原始於漢儒解釋秦火後遺留的經典，所用的各種方法，試舉張舜徽先生之說：

> 漢儒解經之書，名目繁夥，大別之約有二體。有但疏通其文義者，其原出於《爾雅》，其書則謂之故，或謂之訓。《漢書‧藝文志》載三家諸說各有故數十卷，字亦作詁，蓋可兩行。高誘注《淮南》即命之曰訓，故與訓義例略同。有徵引史實以發明經義，其原出於《春秋傳》，其書復有內傳、外傳之分，惟毛公說《詩》，疏通文義與徵引史實二者兼之，故其書合三字以爲稱，名曰「詁訓傳」。其書雖多徵引古書逸典，而究以詁訓爲重，故以此二字冠傳之上。〔註41〕

以及清人黃以周於《讀漢藝文志一》中云：

> 漢儒注經，各守義例，故訓傳說，體裁不同。……故訓者，疏通其文義也；傳說者，徵引其事實也。故訓之體，取法《爾雅》；傳說之體，取法《春秋傳》。〔註42〕

由張氏對於「訓」、「詁」的解釋以及黃氏對於漢儒「訓詁」方法的列舉，可知中國對於經典的訓釋與「Hermeneutics」的最大相同點是：對象皆以「經典」爲主。不過「Hermeneutics」應是致力於經典語義的理解，與中國「訓詁學」因「經典」本身的殘缺，及因時代遞變所造成語言文字理解的隔閡，所產生文字上的疑義，故須有考訂與疏解的技術與方法，比起「Hermeneutics」，可能意義上又更加的不同。

　　至於本文何以不直接以「訓詁學」名之？因「訓詁」原是後代對漢儒解經方法的便稱，演變至今，「訓詁」已成爲解讀古書的一種專有名詞。但「訓詁」之名畢竟源於兩漢，而今本文處理的時代是西漢初年，董氏是在「訓詁」治經未盛之前，所以若以「訓詁」代替本文原有的「解經」，可能在字面意思上，使讀者誤以爲董氏的

〔註40〕見岑師溢成撰〈釋經學、詮釋學、闡釋學、解釋學〉（鵝湖月刊，民國76年6月），頁49。

〔註41〕以上張氏引文見張舜徽《説文解字約注》「詁」字釋義。（臺北：木鐸出版社，民國70年7月初版），頁623。

〔註42〕黃以周著《儆季雜著》（清‧光緒20年南菁書院刊本），頁16。

「春秋學」是一種「訓詁」的解讀方式。更何況「訓詁」的方式是「解經」的一種，但絕非西漢解經方法的全部。如蘇輿於《春秋繁露義證》中云：

> 西漢書有兩體：一、今所傳《毛公詩傳》，爲注經體。朱子答張敬夫書云：「漢儒可謂善說經者，不過只說訓詁。」又《語類》云：「漢初諸儒，專治訓詁。」是也。一，說經體，如此書（按：指《春秋繁露》）及《韓詩外傳》是也。然韓詩述事以證經，此書依經以敷義，尤爲精切。今所云漢學，但是注體，故遂與義理分途。……又《尚書大傳》及《說苑》、《列女傳》等書，皆於說經體爲近。〔註43〕

所以董氏詮《春秋》經的方式並非注經體，即非「訓」亦非「詁」。於是，若以「訓詁」標名，則容易產生理解上的誤會與混淆，且以後來的「訓詁」方法，來要求董氏《春秋》學的「解經」形式，如此則不免不類。

其次「Hermeneutics」雖可譯爲「解經學」，但「解經」此一詞語，在台灣的學術界並非因「Hermeneutics」的出現才如此翻譯。早在《漢書‧楚元王傳》中：

> 及歆治左氏，引傳文以解經，由是章句義理備焉。（頁 1967）

即已出現。至於《四庫全書總目》卷二十九《經部‧春秋類‧附錄》中亦有「經解」之詞：

> 《春秋繁露》雖頗本《春秋》以立論，而無關經義者多，實《尚書大傳》、《詩外傳》之類，向來列之經解中，非其實也，今亦置之於附錄。〔註44〕

所以「解經」最晚在西漢哀帝時已出現，並且一直到清‧乾隆都有「經解」或「解經」之詞。從文義上看來，「解經」在《漢書‧楚元王傳》中不一定如現今一般學術上的專有名詞，可能只是一般通用的語詞。但是到了《四庫全書總目》就已是經學類的其中一類了。因此本文以「《春秋》解經方法」爲題，表面上似乎參考了「Hermeneutics」其它中文譯名後選擇「解經學」，但是這其實在中國經學上自是其來有自。因此彼「解經」雖與本論文的「解經」同名，但非同一所指。

所以「解經」之名是中國本已有之，但目前台灣所言之「解經學」、「詮釋學」、「解釋學」、「闡釋學」與《漢書‧楚元王傳》及《四庫全書總目》中所言的「解經」與「經解」不同。至於「董氏《春秋》『解經』方法」之名詞解釋，即言董氏如何思考與詮釋《春秋》經的一門特定學科，稱爲「董仲舒《春秋》解經學研究」。

〔註43〕見蘇輿撰《春秋繁露義證》例言部份（北京‧中華書局，1992 年 12 月）。
〔註44〕見《四庫全書總目》卷二十九《經部‧春秋類‧附錄》（台灣商務印書館發行，民國75 年 3 月初版），頁 603。

　　至於「解經」如何運用於《春秋》經？孔子晚年據魯史爲之筆削，而完成不到兩萬字的《春秋》經，記載二百四十二年間事。以如此精簡的文字去記載縱橫兩百年的歷史，當然文字的精簡度非常之高了。再加上時代的隔閡，使得《春秋》經的閱讀更加的困難，所以當時的《公羊傳》與《穀梁傳》，即因應《春秋》經的閱讀困難而出現。於是就順序上來說，孔子筆削《春秋》爲原始資料初步完成，接著《公羊傳》與《穀梁傳》是第一代的「解經」之作，至於第二代解經，爲董氏《春秋》學，不論其解經之成果如何，因此而有了東漢何休著《公羊解詁》第三代的「解經」。

二、研究方法

　　本文論題爲「董仲舒《春秋》解經方法探究」，故首先檢別所有董氏《春秋》學的原始資料，取出符合者，次將其解經方法與原始資料應證之。然非從「系統性論述」的期待與角度，因爲當時的學術環境與治學方式，董氏之前並無自覺的著作，更何況是自覺的解經著作？因此雖可見得董氏《春秋》學的「解經立場」與「解經角度」但與「構成連貫而一致的解經系統，而所謂連貫就是前後互相關聯；一致則謂前後不互相矛盾。」〔註45〕的距離當遠，因此本文在「董仲舒《春秋》解經學探究」論題上完全不考慮「詮經系統」，亦無此企圖。

　　同時本文所處理者乃屬於斷代、專家的「董仲舒《春秋》解經方法」，所以並不與其它各家比較，屬於第一層的後設研究，如與「詩經研究」或「紅樓夢研究」相同。但在歷代《春秋》學史上，學者對於《春秋》學的解經與用經後設的注解、詮釋和論述，這些歷代的研究論著已成爲一門專屬於「《春秋》解經學與用經學」的學科，形成一門有特定研究對象和系統性的「《春秋》解經學與用經學」，在這層意涵中，如同「詩經學研究」和「紅學研究」一樣，屬於後設的後設研究，與本論文僅止於第一層的意涵不同。

　　綜上所述，我們對於「董仲舒《春秋》解經方法探究」的基本研究方法已有大概的說明與釐清，接著我們要說明的是本文的論述程序與資料處理。

三、本文的論述程序

　　首章第一節爲問題的提出，探討「評價董仲舒思想落差」現象所呈顯的問題，接著第二節以「董仲舒《春秋》解經方法提出之意義」，期能解決「評價董仲舒思想

〔註45〕見陳蘭行著《易傳之解釋學研究》，（中壢市：國立中央大學中文研究所碩士論文，民國 83 年），頁 27。

落差」的問題，並對於本文論題提出的內含分三個角度說明之。第三節為研究方法及論述程序，並說明「『解經』名詞解釋」。

第二章「董仲舒《春秋》解經方法的資料檢別」分為三節：第一節為「資料檢別的方向」說明檢別的角度與意義及價值，即將本章的藍圖構出。第二節是「略論《春秋繁露》的真偽問題」分三點論述，將董氏《春秋》學重要的資料中，有真偽爭議的《春秋繁露》論述之。第三節「『董仲舒《春秋》解經方法』資料的檢別」檢別出本文研究的核心資料。

第三章「董仲舒《春秋》解經方法」，首先本章的資料限定在：第二章第三節所檢別出的解經資料，其次將董氏與「棄傳研經」的研究方法做一分別。第三節進入解經形式之比較首先以《春秋繁露》、《漢書‧五行志》分別比較縱向的師承：《公羊傳》；次與橫向的兩漢經師解經略做比較。第四節將董氏個人解經方法列出，以期與董仲舒解經實例應證之。

第四、五兩章為董氏解經方法與實例之應證。第四章以錄出《春秋繁露》十二事為原始資料，有兩組解經方法，並以符合解經方法與否分三節論述，最後以小結結束本章。至於第五章之原始資料為《漢書‧五行志》七十二事為基礎，分節非如第四章以符合解經方法與否分之，因為〈五行志〉的解經理論較為薄弱不全，同時〈五行志〉中分有十類災異，分別以七項討論之。因此同類災異之論述可以研究董氏對於各別災異之間是否具有一致性，以及是否符合董氏先前的預設。至於各別災異之間分別以師承《公羊》與否分之，其中「星象」一類未以師承與否分之，主因為該類全然未師承《公羊》之說。

第六章為檢討董氏《春秋》解經方法與實例應證之後的效果問題。共分「內部解經的一致性」、「內部解經的合理性」、「師承觀念的薄弱」等三個角度研究之，最後小結董氏《春秋》解經效果。第七章為結論，除了分四點論述董氏《春秋》解經的特色之外，並對於研究董氏《春秋》學的方法反省之。反省的對象包含導論所提出的傳統學者與近現代學者、及傳統學者中之低評價與近現代學者之高評價者，至於本文為當然反省之列。

第二章　董仲舒《春秋》解經方法的資料檢別

第一節　資料檢別的方向

　　本文第一章第一節對於董仲舒《春秋》學評價落差的原因，因以學者們的研究角度、方法不同，導致不同結果。同時由於董氏在漢代學術的起步俱有著領導的作用，若因資料的取捨，而使董仲舒相關的研究有所歧出，而形成負面的結果，則是相當遺憾的事。因此本文在研究董氏《春秋》解經方法之前，將董氏《春秋》學的原始資料檢別之。同時此檢別工作並不因研究對象（董仲舒）在學術史上的重要地位，而是基於論文作者本身面對學術的嚴謹性，資料檢別的手續都是必要的。

　　因原始資料的不同，使得董氏學術成就呈現極端的評價，孫長祥曾提出下列觀點：

　　一般哲學史由於所採取的方法、資料取捨及解釋觀點的差異，導致對兩漢最重要思想家董仲舒的評價相當不同。大體而論董仲舒的，可簡略的歸為三類：

　　一、因見董子著作中包含相當分量的陰陽五行說，遂以為董子是將儒學雜家化、宗教化，致使純粹儒學步向庸俗與墜落之途。

　　二、認為董子抉發公羊春秋中的微言大義，以正名分行仁義，制定三綱五常之說，目的在為君王專制體制尋求合法化的理論解釋系統，幫助帝王籠絡天下。

　　三、以為董子首倡「罷黜百家，獨尊儒術」，直接促成儒家六藝經典化或經學法典化的實現；董子只是總結其前期思想，予以雜揉折中後，做了系統化的轉折與變形，而具時代特性而已。〔註1〕

〔註1〕孫長祥著〈董仲舒春秋學方法論試探—春秋繁露中的哲學問題與知識方法的辨析（臺

因此，面對現今諸研究方法：

> 不難發現一般哲學史的評價往往只將矛頭指向董子部分的著作，似乎
> 皆有所不足。〔註2〕

因此論文的撰定過程中若能全觀董氏資料，並通過「資料檢別」的手續。不但在論文進行時，有一明確的範圍，使整部論文的論述程序能夠在限定的範圍內完成；同時完成後的結論，尚可排除許多不必要的爭議，如此為「資料檢別」最大的意義與價值。

至於所檢別的資料內容有那些？首先我們可以先看看董仲舒現存的著作目錄。就史籍及其它古籍所載董仲舒的著作有：

《公羊董仲舒治獄》十六篇　見《漢書藝文志》

《董仲舒》百二十三篇　見《漢書藝文志》

《災異之記》　見《史記・儒林傳》

《春秋決事》十卷　見《隋書經籍志》

《春秋繁露》十七卷　見《隋書經籍志》

〈五行志〉六十九事　見《漢書・五行志》

〈士不遇賦〉　見《文選》

〈賢良對策〉　見《漢書》

〈郊事對〉　見《古文苑》（〈郊事對〉文亦見《春秋繁露》十五卷七十一篇）

〈說武帝使關中民種麥〉　見《漢書・食貨志》

〈限民名田〉　見《漢書・食貨志》

〈廟殿水災對〉　見《漢書・五行志》

〈雨雹對〉　見《古文苑》

〈粵有三仁對〉　見《漢書・董仲舒傳》

〈奏江都王求雨〉　見《續漢書・禮儀志》

〈請雨書〉　見《御覽》

〈詣丞相公孫弘記室書〉、〈秋以桐九枚〉　見《古文苑》

〈論禦匈奴〉　見《漢書・匈奴傳贊》

〈山川頌〉　見《古文苑》〔註3〕

北：華岡文科學報，第十七期，民國78年12月出版），頁1。

〔註2〕註同1，頁2。

〔註3〕現存董仲舒著作，經後人再整理集結者有：

　　1. 《公羊治獄》（嚴一萍選輯，黃氏逸書考，原刻景印），藝文印行。

　　由董仲舒所遺留下的原始資料目錄看來，除了《春秋繁露》、《漢書·五行志》還傳世之外，其它多已亡佚了，只能從後人的輯佚中想見其原貌。然而諷刺的是：《春秋繁露》又是自北宋以來的學者，對該書眞僞的問題，爭議不休，至於本文對於《春秋繁露》眞僞的態度，則留至第二節二、「董仲舒《春秋繁露》眞僞問題在傳統觀念中的論述」。至於《漢書·五行志》的眞實性則不容懷疑。

　　雖然董氏《春秋》學多呈現在《春秋繁露》書中，但因《春秋繁露》本身眞僞的爭議、再加上《春秋繁露》內容的駁雜，若以「董仲舒《春秋繁露》」的相關研究爲題，一來要能肯定全本《春秋繁露》爲董仲舒所著。其中若有一篇爲僞，本論題亦無法成立；二來因《春秋繁露》本身內容駁雜、體例不一，除了相關《春秋》學外，其它諸如災異及五行陰陽之說，都必將是本文的研究範圍，不免大題小作。此爲本文以「董仲舒《春秋》解經方法」爲題，在資料取捨上，董氏現存全部的著作都必將在「《春秋》學」的審視範圍之內。

　　資料檢別既有個大方向後，接著是落實的工作：

　　一、是《春秋繁露》在眞僞問題的論述。

　　二、包含《春秋繁露》在內董仲舒的著作中，如何檢別出董仲舒《春秋》學的內容。

　　傳統學者們對於經書眞僞問題的說法，大約可分爲「僞書有較『寬泛』與較『狹義』兩種」。而在「狹義」這一方，又可以屈萬里先生在《先秦文史資料考辨》中的說法，認爲「冒名頂替」的書才是僞書的代表：

　　　　其實，許多被稱爲僞書的古籍，是很冤枉的。因爲先秦的古籍，很多是由後人編集成書的；編集者常常是取了某家的原著，而加以後人和原著有關的作品，彙輯成書的。由於那時人沒有著作權的觀念，所以編者既不署名，而某篇或某部分是何人的作品，編者也不予以說明。……其實，它們並不是「冒名頂替」的作品，怎麼能說它們是僞書呢？〔註4〕

於是就屈萬里的想法裏，除了「冒名頂替」也就是有意爲僞者之外，都不能算做是

2.《春秋決書》（嚴一萍選輯，漢魏遺書鈔，原刻景印），藝文印行。

3.《春秋繁露》有多種版本。

4.《董仲舒集》一卷，明刻本，南港中央研究院，傅斯年圖書館珍藏。《董子文集》（畿輔叢書第二三九冊。）

5.《董仲舒文集》二卷（嚴可均校輯）。

文中所引，自〈士不遇賦〉以下爲嚴可均校輯《全上古三代秦漢三國六朝文》第23冊（臺北：世界書局出版，民國52年5月二版），頁1～10。

〔註4〕屈萬里撰《先秦文史資料考辨》（臺北：聯經出版社再版，中華民國72年），頁305。

偽書，如此就將許多「偽的半成品」〔註5〕以其許多原因複雜的「偽書」所忽略了。

至於主張較寬泛意義偽書的學者，在過去佔了大多數。他們將具有作者辨識的相關問題的書籍都稱作偽書。但若如鄭良樹在《古籍辨偽學‧自序》中所言：

> 所謂真，是指古籍與作者或成書時代相符；所謂偽，是指其傳聞者和
> 它確實的作者、成書時代相乖，甚至有附益的篇章和文字。〔註6〕

則「偽書」的界定免有過於單純化之嫌。在古籍「真」與「偽」之間的區分，應很寬泛，如張心澂在《偽書通考‧例言》部分論及該書收錄偽書的原則為：

（1）凡一書的全部份或一部份是偽造的，和發生過偽造之疑問者，都列入。

（2）凡書本非偽，因誤認撰人或時代，照所誤認的撰人或時代論，即成偽書者，故亦列入。

（3）已佚亡之書、合於前兩項者，亦列入。

（4）已列入之書，它的來源和辨偽有關者，也列入。

後兩項之含義其實可以與前兩項並觀，而根據前兩項，《偽書通考》所認定的就是寬泛意義的偽書。

上述對於古籍真偽的問題，在過去大多數學者們的看法中，以寬泛意義為主。本文對於古籍真偽的標準亦是以「寬泛」為主，同時意味著，對於有所謂「真」與「偽」之間的疑問時，除非有充足的證據足以形成明確地「真」與「偽」，否則不可能斷定為全真或全偽。但《春秋繁露》的真偽問題在宋代《崇文總目》及《宋史藝文志》正式被提出〔註7〕，所以與《偽書通考‧例言》中的第一項的「(1)、發生過偽造之疑問者，都列入。」相合，所以我們有必要嚴肅的看待「董仲舒《春秋繁露》真偽問題」的討論。

第二節　略論《春秋繁露》的真偽問題

《春秋繁露》真偽的問題。自北宋以來懷疑其非真本，然而董氏其它著作亡佚不少，因此若要研究董氏，還是得透過它。因此即使僅有「偽」的可能，學者們在面對此問題時，因無突破性的資料，使得辨偽學者們無法對《春秋繁露》的真偽問

〔註5〕所謂的「偽的半成品」乃指界乎於「全真」與「全偽」之間的「偽書」，這類的「偽書」在張心澂的《偽書通考》中都有談論到。見張心澂著《偽書通考》（香港：友聯出版社有限公司，出版時間不詳），頁17。

〔註6〕鄭良樹撰《古籍辨偽學‧自序》（臺北：臺灣學生書局，1986年8月初版），頁1。

〔註7〕徐復觀先生於《兩漢思想史》卷二中言：「最先認《春秋繁露》為偽而影響最大的是宋程大昌的〈春秋繁露書後〉。」（頁312）。

題做成最後結論。因此《春秋繁露》的眞僞問題與「董氏評價」皆成兩極，有異曲同工之妙。於是學者們要研究董氏，只得取今本《春秋繁露》。同時爲了避開這個問題，對於《春秋繁露》眞僞的問題多避而不談。至於如何面對「古籍辨僞是檢別所欲研究書籍的眞僞的工作，經過這個對書籍初步的判定步驟，將不可信的『僞書』汰除。當學者面對被判定爲『僞書』的書籍，在引用上就會特別小心。」等處理學術問題時，本應具備的負責態度。所以本文在處理董氏《春秋》學時，必須對於董氏《春秋》學等重要資料：《春秋繁露》眞僞問題的論述，提出本文對於這個問題的立場。而達到對於董仲舒《春秋》學資料檢別的目地。

　　進入本節「略論《春秋繁露》的眞僞問題」之前，首先要說明的是，在本論文對於「僞書」的定義，是依上一節以「寬泛」爲主要立場。若依此，則《春秋繁露》是符合「僞書」討論標準的。因以張心澂的《僞書通考》，在「僞的程度」第八項：

　　　　書不僞而書名爲僞的：《春秋繁露》胡應麟認爲，是以董仲舒的作品
　　湊集起來的……而題這書名，也就變了僞品。〔註8〕

胡氏認爲《春秋繁露》均爲董氏之作，但因書名，故爲僞書。何以會有此說，因董氏作《春秋繁露》，典籍最早的記載是《隋書・經籍志・春秋類》，反而《史》、《漢》二書都無著錄。除此之外，仍有諸多爭議點。今綜合諸家學者對於《春秋繁露》眞僞問題的討論，主要有以下五個癥結點：

　　第一點：因《春秋繁露》書名出現的時代，足以證明爲僞。

　　第二點：《繁露》（按：指《春秋繁露》）在《漢志》中，其實只是所提及董仲舒著作中的一篇，故其書名爲僞。

　　第三點：《春秋繁露》爲它書所引用，而查爲古本《春秋繁露》語，爲今本所無，故足以證明爲僞。

　　第四點：《春秋繁露》版本混亂，足以證明爲僞。

　　第五點：《春秋繁露》該書內容的淺薄問題，足以證明爲僞。

以上五點，將分別於下論述之：

一、《春秋繁露》名稱出現的年代

　　據張心澂《僞書通考》的記載：

　　　　《隋書經籍志・春秋類》始有董仲舒《春秋繁露》十七卷，……《舊
　　唐書經籍志・春秋類》有《春秋繁露》十七卷，董仲舒撰。

　　　　宋代有董仲舒《春秋繁露》十七卷。（《崇文總目》及《宋史藝文志》）

〔註8〕　見張心澂著《僞書通考》（臺北：宏業書局，1970年），頁17。

（頁 47）

由上述可知《春秋繁露》最早出現的史籍是《隋志》，與董氏同時的司馬遷著作《史記》〔註9〕，則未記載。主因爲《春秋繁露》書名在當時還未出現，因此《史》、《漢》二書都無著錄，這一點引起了學者對於《春秋繁露》眞僞的懷疑。經比較《史》、《漢》二書後，《漢書》至少還著錄了董仲舒的相關著作，至於《史記·儒林傳》則僅著錄董仲舒著《災異之記》。

司馬遷除了與董氏同時外，還曾受教於董仲舒〔註10〕，則何以《史記》中並未登錄董氏的著作？《史記·儒林傳》中言：

> 董仲舒……疾免居家。至卒，終不治產業，以脩學著書爲事。故漢興
> 至于五世之間，唯董仲舒名爲明於《春秋》，其傳公羊氏也。（頁3128）

在董氏致仕居家那段期間，明言以「脩學著書爲事」，若說董仲舒未以《春秋》學相關的著作流傳，何以能「漢興至于五世之間，唯董仲舒名爲明於《春秋》，其傳公羊氏也。」〔註11〕？所以董仲舒在《春秋》學方面確有著書，只是同時代的太史公未著錄之，但是不論其《春秋》學的內容是否與今本《春秋繁露》相同，其《春秋繁露》之名在當時必定還未出現。

就辨僞的態度來說，我們不能以現代的著作習慣要求古人。司馬遷在《史記》

〔註9〕 司馬遷與董仲舒時代相同，可見：蘇輿〈董子年表〉收錄於《春秋繁露義證》，其年表起於文帝元年終於武帝太初元年，以董子之年爲逾六十。而施之勉先生於〈董子年表訂誤〉中考訂之爲「仲舒當生於考惠高合時，卒於武帝元鼎中，年七十餘。」至於司馬遷的生卒年學術界分歧很大，而大陸學者蕭黎考證爲「約生於漢景帝中元五年（前145年），卒於漢武帝征和三年（西元前90年）左右」若以施之勉先生考訂出來的結果，則兩人的卒年相距二十六年。若以蘇輿原〈董子年表〉的記載則僅相距十四年，而不論是二十六年或是十四年，都可以說是同時代的人。著《春秋繁露義證》（北京：中華書局出版，1992年12月第一版），頁475～487。施之勉著（見〈東方雜誌〉，第四十一卷第二十四號），頁50。蕭黎著《中國古代史學人物》（臺北：國文天地雜誌社，民國78年12月初版），頁11。

〔註10〕 董仲舒作爲司馬遷的老師這一點，歷來學者幾無異議。而自《史記》本身的印證，可見《史記·太史公自序》：「余聞董生曰：『周道衰廢，孔子爲魯司寇，諸侯害之，大夫壅之。孔子知言之不用，道之不行也，是非二百四十二年之中，以爲天下儀表，貶天子，退諸侯，討大夫，以達王事而已矣。』子曰：『我欲載之空言，不如見之於行事之深切著明也。』」（頁3297）另見於《春秋繁露·俞序篇》中：「史記十二公之間，皆衰世之事，故閔人惑。孔子曰：『吾因其行事而加乎王心焉。』以爲見之空言，不如行事博深切明。」（頁159）所謂「董生」即是董仲舒，而上述《史記》所引之文明顯的取自《春秋繁露·俞序篇》，於此更可證明董仲舒爲司馬遷之師。

〔註11〕 王充著《論衡》卷五〈程材〉篇云：「夫五經亦漢家之所立，儒生善政大義，皆出其中，董仲舒表《春秋》之義，稽合於律，無乖異者。」（頁5）其中「稽合於律，無乖異者」可見董氏著作流傳至東漢，爲王充所閱讀的明證。

中雖有〈儒林傳〉但並沒有鉅細靡遺地廣錄當時著作的習慣，所以班固在《漢書》中除了〈儒林傳〉外，才須再另增《藝文志》，記錄著作以彌補《史記》的不足。此亦大概何以直至班固的《漢書‧藝文志》中，才將董仲舒「完整」的著作列出。

　　至於《春秋繁露》名稱出現在什麼年代？並非在西漢董仲舒其時或稍後，而是在東漢班固《漢書‧董仲舒傳》中所提的篇名之一，這一點亦是最為學者所垢病，如陳振孫《書錄解題》中：

　　　　其最可疑者，本傳載所著書百餘篇，《清明》、《竹林》、《繁露》、《玉
　　　　杯》之屬，今總名曰《繁露》，而《玉杯》、《竹林》則皆非其篇名，此決
　　　　非其本眞。況《通典》、《御覽》所引，皆今書所無者，尤可疑也。〔註12〕

樓鑰〈跋春秋繁露〉：

　　　　竊疑〈竹林〉、〈玉杯〉等名，與其書不相關。後見《尚書》程公跋語，
　　　　亦以篇名為疑。〔註13〕

《崇文總目》：

　　　　原釋其書盡八十二篇……其間篇第亡舛，無以是正，又即用《玉杯》、
　　　　《竹林》題篇，疑後人取而附著云。〔註14〕

然而《春秋繁露》之名究竟是出現在何時呢？

　　前引張心澂《偽書通考》中的記載：「《隋書經籍志‧春秋類》始有董仲舒《春秋繁露》十七卷。」，所以我們很容易以為《春秋繁露》之名是在《隋志》成書時才有的，其實就徐復觀的考證：

　　　　我推測《春秋繁露》十七卷，是在東漢明德馬后以後，《西京雜記》
　　　　成書以前，有人刪繁輯要，重新編定而成。《西京雜記》：「董仲舒夢蛟龍
　　　　入懷，乃作《春秋繁露》詞」，是葛洪成此書時，《春秋繁露》之名早已出
　　　　現。〔註15〕

另外張心澂於《偽書通考》中亦有新說：

　　　　《西京雜記》經盧文弨的考究，不是葛洪也不是吳均著的，他說的不
　　　　錯。我又經考究，是劉歆未成的漢史稿。那末董仲舒作《春秋繁露》的話，
　　　　就是劉歆說的。但他既說這話，為什麼班固的《藝文志》根據他的《七略》

〔註12〕見陳振孫著《書錄解題》（臺北：廣文書局，民國68年5月再版），頁136～137。
〔註13〕宋‧樓鑰撰《攻媿集‧跋春秋繁露》卷七十七（臺北：臺灣商務印書館，民國68年
　　　　11月初版），頁706。
〔註14〕宋‧歐陽修等撰《崇文總目輯釋》（上）（臺北：廣文書局，民國57年3月初版），頁
　　　　82。
〔註15〕見徐復觀著《兩漢思想史》卷二（臺北：台灣學生書局，民國65年6月初版），頁309。

的，又不用這個名稱呢？可見還是指《繁露》那一篇。單獨說到這篇時，有《春秋》二字，在董仲舒本傳內說他『說《春秋》事得失』列舉幾篇的名稱，其中有《蕃露》，就不須逐篇加「春秋」二字了。這是董氏著作的一篇，所以《七略》內也不用這名稱爲全書的名稱。以後不知是什麼時候什麼人用了這個名稱做全書的名稱，可能是隋代牛宏購書時，所以唐初撰《隋志》，就列這名稱了。〔註16〕

張心澂的這一段話說明了他個人對於《春秋繁露》名稱出現時期是在隋代、以及《春秋繁露》名稱來由是因爲「誤會」。也就是《繁露》原只是其中董氏著作的一篇，後來單獨說到這篇時有《春秋》二字，因而產生了《春秋繁露》之名，而以後不知是什麼時候什麼人用了這個名稱做書名。由張氏之結論可知書名雖僞，但並非特定作僞心態所僞造者。因此不論《春秋繁露》之名是否如張氏考證之結果，然《春秋繁露》之名至少是出現在《西京雜記》成書時才有的。

二、《春秋繁露》眞僞問題在傳統中的論述

前述言：《春秋繁露》書名的出現，必定是在《西京雜記》完成之後。對於《春秋繁露》該書的懷疑，可以說是從疑經風氣極盛的宋代開始。除因宋代的疑經風氣的時代環境因素見諸史籍，《春秋繁露》在宋代時版本紛亂，最初爲北宋景祐年間六一先生《歐陽永叔書》：

> 董生之書，流散而不全矣。（景祐四年四月四日書）〔註17〕

四年後，王堯臣等仿《開元四部錄》之體，並於慶曆元年成書的《崇文總目》：

> 原釋其書盡八十二篇，義引宏博，非出近世；然其間篇第亡舛，無以是正，又即用《玉杯》、《竹林》題篇，疑後人取而附著云。〔註18〕

這些情形到了南宋以後，對於《春秋繁露》仍是持懷疑的態度。如程大昌於〈春秋繁露·書後〉所言：

> 繁露十七卷，紹興閒董某所進。臣觀其書，辭意淺薄，閒掇取董仲舒策語雜置其中，輒不相倫比，臣固疑非董氏本書。又班固記其說《春秋》凡數十篇，《玉杯》、《繁露》、《清明》、《竹林》各爲之名，似非一書。今

〔註16〕註同8，頁479～480。

〔註17〕徐復觀先生於《兩漢思想史》卷二認爲：

最先認《春秋繁露》爲僞而影響最大的是宋程大昌的《春秋繁露書後》。（頁312）
但事實上程大昌係南宋之人，而歐楊修是北宋人，所以最先認《春秋繁露》爲僞者應是歐陽修，然程大昌確是影響最大的者。

〔註18〕註同14。

董某進本，通以《繁露》冠書，而《玉杯》、《清明》、《竹林》特各居其篇
卷之一，愈益可疑。他日讀《太平寰宇記》及杜佑《通典》頗見所引《繁
露》語言，顧今書皆無之……且其體致全不相似，臣然後敢言今書之非本
真也。〔註19〕

朱熹於《朱子語錄》中言：

尤延之以書爲僞，某看來，不似董子書。〔註20〕

陳振孫《書錄解題》中亦云：

潘景憲本卷篇皆與前《志》合，然亦非當時本書也。先儒疑辨詳矣。
其最可疑者，本《傳》載所著書百餘篇，《清明》、《竹林》、《蕃露》、《玉
杯》之屬。今總名曰：《蕃露》，而《玉杯》、《竹林》則皆其篇名，此決非
其本真。況《通典》、《御覽》所引，皆今書所無者，尤可疑也。〔註21〕

上述諸家皆持當時所見之《春秋繁露》版本，非爲董仲舒原本。反之亦有持肯定態
度者，如樓鑰於所著的〈春秋繁露跋〉中云：

凡程公所引三書之言，皆在書中，則知程公所見者未廣。……《春秋
會解》一書，仲方摭其引《繁露》十三條，今皆具在。余又據《說文解字》
王字下引董仲舒曰：「古之造文者，三畫而連其中，謂之王。三者，天地
人也；而參通之者，王也。」……今所引在《王道通三》第四十四篇中。
其餘傳中對越三仁之問，朝廷有大議，使使者及廷尉張湯就其家問之。……
三策中……今皆在其書中，則其爲仲舒所著無疑，且其文詞亦非後世所能
到也。〔註22〕

至於蘇輿《春秋繁露義證》卷一：

疑是後人雜採董書，綴緝成卷，以篇名總全書耳。〔註23〕

言其書爲雜採董氏遺書成卷，因此內容仍是董氏書，只是篇名以及編集的內容不是
出自董氏所輯，因此除了樓大防肯定《春秋繁露》爲真本外，蘇輿亦肯定《春秋繁
露》內容的真實性。

自歐陽修言董書流散不全的事實，王堯臣言《春秋繁露》篇第已舛，疑後人附
之（按：後人附之的部份，就是僞的部份）。至於程大昌之說主要有三：

〔註19〕新安‧程大昌泰之書省祕書省〈繁露書後〉收入《國學基本叢書四百種》（臺北：臺
灣商務印書館，民國57年3月），頁9～10。
〔註20〕見朱熹著《朱子語錄》（臺北：華世出版社，1987年元月），頁2174。
〔註21〕註同12。
〔註22〕註同13。
〔註23〕見蘇輿《春秋繁露義證》卷一（北京：中華書局，1992年12初版），頁1。

（1）《春秋繁露》內容：辭意淺薄，間掇取董仲舒策語雜置其中，輒不相倫比，疑非董氏本書。

（2）《漢志》中《玉杯》、《蕃露》、《清明》、《竹林》各爲之名非一書。今董本，通以《繁露》冠書，而《玉杯》、《清明》、《竹林》特各居其篇卷之一，愈見其可疑。

（3）讀《太平寰宇記》及杜佑《通典》頗見所引《繁露》語言，顧今書皆無之，且其體致全不相似。盛讚董氏的朱子亦言「某看來，不似董子書」。

陳振孫言其可疑有二：

（1）《漢書‧董仲舒傳》載所著書百餘篇，《清明》、《竹林》、《蕃露》、《玉杯》之屬。今總名曰：《蕃露》，而《玉杯》、《竹林》則皆其篇名。

（2）《通典》、《御覽》所引，皆今書所無者，尤可疑也。

因此綜合上述可知，學者們認爲《春秋繁露》爲僞的最主要有三個理由：

（1）是內容淺薄。（程大昌、朱子）

（2）書名採自篇名或篇章已舛。（程大昌、陳振孫、王堯臣）

（3）他書中所引自《繁露》，察閱時本《春秋繁露》無之。（程大昌、陳振孫）

至於第一點內容淺薄之說，王堯臣並不贊同，而且到底內容淺薄與否很難判定，至於第二點書名採自篇名則在上一部份「一、《春秋繁露》名稱出現的年代」已論述之了。第三點則樓大防已反駁之。所以總此部份「《春秋繁露》真僞問題在傳統中的論述」並無確切斷定《春秋繁露》僞書的結果。

三、《春秋繁露》的版本問題

綜上所述都未能提到《春秋繁露》的版本問題。除了程大昌曾言版本而未討論之外，其它學者只就《春秋繁露》大概的真僞做討論。其實《春秋繁露》在南宋時，已有四種不同的版本。如，

樓鑰〈春秋繁露跋〉：

《繁露》一書，凡得四本。（南宋‧嘉定三年）〔註24〕

《四庫全書總目》卷二十九《經部‧春秋類‧附錄》：

是書宋代已有四本，多寡不同，至樓鑰所校，乃爲定本。〔註25〕

若我們深究之，則可能會發現《春秋繁露》多種版本之說，始自北宋已有多種版本

〔註24〕註同13，頁454。

〔註25〕見《文淵閣四庫全書總目》卷二十九《經部‧春秋類‧附錄》（臺北：臺灣商務印書館，民國75年3月初版），頁602。

的問題，而甚至同個時代中，還不止四種版本的情形。

以《春秋繁露》版本的討論來看，歐陽修於北宋景祐年間〈書《春秋繁露》後〉，其版本之異，已有三種：

> 《漢書・董仲舒傳》載仲舒所著書百餘篇……今其書纔四十篇，又總名《春秋繁露》者，失其眞也。予在館中校勘群書，見有八十餘篇，然多錯亂重復。又有民間應募獻書者，獻三十餘篇，其間數篇，在八十篇外。
>
> 乃知董生之書，流散而不全矣。（景祐四年四月四日書）〔註26〕

第一種爲「今其書纔四十篇」、第二種爲「予在館中校勘群書，見有八十餘篇，然多錯亂重復」、第三種爲「又有民應募獻書者，獻三十餘篇，其間數篇，在八十篇外」。無怪乎歐陽修在文末，會以「乃知董生之書，流散而不全矣。」做爲全文總結，而景祐年接近北宋中期。那時《春秋繁露》的版本不但不一，且歐陽修出入「館中校勘群書」，並發現竟連皇室的藏書都「錯亂重復」，可見《春秋繁露》的版本是如何的混亂了。

北宋滅亡，到了南宋初年宋高宗時，程大昌於《春秋繁露》書後曾云：「《繁露》十七卷，紹興間董某所進。臣觀其書……」可見程大昌當時所見十七卷的本子是紹興年間（南宋高宗時）董某所進的。但在程大昌之後，南宋的宋寧宗・嘉定三年，樓大防所見的版本是「然止於三十七篇，終不合《崇文總目》及歐陽文忠公所藏八十二篇之數。……聞婺女潘叔度景憲多收異書，屬其子弟訪之，始得此本，果有八十二篇，是萍鄉本猶未及半也。」可見自程大昌至樓大防，約五十年間，十七卷，八十二篇之數並不是常見的版本，而流傳的一般版本相反是殘本。

接著自北宋景祐約兩百年，到南宋嘉定年間，其版本竟增至五種。如嘉定三年樓鑰〈春秋繁露跋〉：

> 《繁露》一書，凡得四本……亟傳而讀之，舛誤至多，恨無他本可校。
>
> 已而得京師印本，以爲必佳，而相去殊不遠。（南宋・嘉定三年跋）〔註27〕

由樓鑰所見的四本，再加上後得京師印本，所以共有五種。而如此煩雜的版本，一直到了黃震《黃氏日鈔》第五十六中所說的：

> 近世胡尚書榘爲萍鄉宰日，刊之縣齋，僅三十七篇而已。其後得攻媿樓參政校定本，十七卷八十二篇之舊復全。其兄胡槻既之江東漕司，其後

〔註26〕歐陽修〈書《春秋繁露》後〉收入《文淵閣四庫全書・文忠集》卷七十三（臺北　臺灣商務印書館，民國 75 年 3 月初版），頁 573。

〔註27〕註同 13。

—29—

岳尚書珂復刊之嘉禾郡齋，世遂以爲定本。〔註28〕

以及陳振孫《書錄解題》：

> 《館閣書目》止十卷。萍鄉所刻，亦財三十七篇，今乃樓攻媿得潘
> 景憲本，卷篇皆與前志合，然亦非當時本書也，先儒疑辨詳矣。……又
> 有寫本作十八卷，而但有七十九篇……但前本〈楚莊王〉在第一卷首，
> 而此本仍在卷末，別爲一卷。前本雖八十二篇，而闕文者三，實七十九
> 篇也。〔註29〕

直到《春秋繁露》的定本「樓鑰本」出現的同時，《春秋繁露》的版本問題，也還有
三種（萍鄉本、潘景憲本、寫本）。不過樓鑰本出現後，學術界到是給于一致的肯定
如胡仲方跋：

> 從攻媿先生大參樓公得善本，凡八十二篇，爲十七卷。視《隋》、《唐
> 志》、《崇文總目》諸家所紀，篇卷皆同，惟三篇亡耳。先生又手自讎校，
> 是正訛舛，今遂爲全書。（嘉定辛未四月初吉）〔註30〕

黃震《黃氏日鈔》第五十六：

> 近世胡尚書矩爲萍鄉宰日，刊之縣齋，僅三十七篇而已。其後得攻媿
> 樓參政校定本，十七卷八十二篇之舊後全。其兄胡槻既之江東漕司，其後
> 岳尚書珂復刊之嘉禾郡齋，世遂以爲定本。〔註31〕

《四庫全書總目》卷二十九《經部・春秋類・附錄》：

> 是書……至樓鑰所校，乃爲定本。〔註32〕

至此《春秋繁露》的版本問題算是大抵初定。〔註33〕

〔註28〕黃震著《黃氏日鈔》（臺北：大化書局，民國73年12月再版），頁660。

〔註29〕同註13。

〔註30〕胡仲方〈跋〉收入《國學基本叢書》四百種（臺北：臺灣商務印書館，民國57年3月），頁13。

〔註31〕註同28。

〔註32〕註同25。

〔註33〕關於《春秋繁露》自北宋至清初的版本源流，賴炎元氏曾做過大致的考證：
《春秋繁露》的版本，最早見於著錄的是宋仁宗慶曆七年太原王氏刻本。又有羅氏
蘭臺本，南宋寧宗開禧三年，胡矩（仲方）根據蘭臺本，加以考證，重刻於萍鄉縣
庠，止存十卷、三十七篇。寧宗嘉定三年樓鑰得潘景憲（叔度）所藏本，凡十七卷，
八十二篇，與《隋》《唐》志及《崇文總目》著錄相同，其中缺三篇，實七十九篇，
樓氏以此本爲底本，跟他以前所得寫本、京師印本和胡矩刻本，互相讎校，乃爲定
本，胡矩屬其兄刻於江右漕臺，明《永樂大典》本、蘭雪堂活字本、王道焜刊，疑
皆據此本刊刻。清乾隆三十八年，四庫館臣根據《永樂大典》所存樓鑰本，詳加校
勘刊刻，世稱聚珍本，後來盧文弨以聚珍本爲主，又取明嘉靖蜀中刻本，《漢魏叢書》
程榮本及何允中本互校，當時參與校勘工作的有趙曦明……十二人，刻於《抱經堂

　　《春秋繁露》一書幾經版本的流傳雖然保留到後世，因爲在流傳、散亡、編纂、流傳、散亡、編纂……反覆之間，使其僞的可能逐漸增加，如黃震《黃氏日鈔》於第五十六所描寫的情形：

> 攷媿謂爲仲舒所著無疑，而取〈楚莊王〉篇第一，謂爲潘氏本有之。
>
> 至於〈調均〉一篇，萍鄉本列置第三十五，及攷媿再定本，乃不及此篇，
>
> 則不知何説也。〔註34〕

編纂的過程中，總會如上所言的，有某些篇章流失，如此仍要堅持今本的《春秋繁露》爲董仲舒原本，是不必要的。

　　然而雖《春秋繁露》的版本引起爭議，但是仍有學者嘗試著推測《春秋繁露》實存的時間，如黃震於《黃氏日鈔》第五十六中云：

> 本朝《崇文總目》「《繁露》十七卷，八十二篇」，與《隋》、《唐志》
> 卷目同。……乃《中興館閣書目》止十卷，三十七篇。新安程大昌讀《太
> 平寰宇記》及杜佑《通典》，見所引《繁露》語言，今書皆無之，因知今
> 書之非本眞。又讀《太平御覽》，古《繁露》語特多。《御覽》，太平興國
> 間編葺，此時《繁露》尚存，今遂逸不傳。合此三説觀之，是隋、唐、國
> 初《繁露》已未必皆董仲舒之舊，中興後《繁露》又非隋、唐、國初之《繁
> 露》矣。（頁660）

於上所見，則黃震的推測也未免語焉不詳。若言北宋初太平興國八年（即黃震所言之「國初」）編《太平御覽》時《春秋繁露》尚存，則又何言「是隋、唐、國初《繁露》已未必皆董仲舒之舊」？大概黃震所言尚存，應是指「《繁露》十七卷，八十二篇」的那一本《春秋繁露》尚存，而所存的「那一本」雖在卷目上符合《隋》、《唐志》，但也未必皆爲董仲舒的原本了（因爲黃氏曾有：「隋、唐、國初《繁露》已未必皆董仲舒之舊」之言）。因爲若以「那一本」《春秋繁露》當時仍存在，而經過了五十餘年，到了歐陽修在景佑四年，在館中所見的卻變成了「錯亂重復」的《春秋繁露》，則有些可疑。

　　因爲，從宋眞宗到仁宗的景祐四年，天下太平。而且歐陽修所見的仍是存放在宮中的書，頂多遭蠹蟲之災，不可能有太大的出入。所以極有可能《太平御覽》所引用的「那一本」就是歐陽修所見「錯亂重復」的那一本，而所引用者乃一書之片段，又加上後來亡佚了某些篇章，故形成了《太平御覽》中見到許多「古繁露」特

　　叢書》中，這是最好的校本。見賴炎元著〈《春秋繁露》探述〉（《中國學術年刊》第
　　三期，民國68年6月），頁158～159。

〔註34〕註同28。

多的情形，所以黃震以爲《太平御覽》所引的書是董仲舒的原著，而至於事實上則未必如黃震所想。所以黃震的推斷，事實上無益眞本《春秋繁露》的考證工作。不過倒可見黃氏對於《春秋繁露》名稱來由的看法。

四、小 結

本文前述部份曾提出綜合學者們對於《春秋繁露》僞書事實的五點可能，經由論述之後，可得以下小結。

第一點：因《春秋繁露》書名出現的時代，在董氏之後，故以其書爲僞。粗淺的說，是在隋、唐之後，也可說是在《西京雜記》完成左右，而由張心澂先生考證《西京雜記》爲漢劉歆漢史稿的遺稿，於是原只記有《繁露》，至於何時何人再增「春秋」而成《春秋繁露》之名？若順著張心澂先生的考證，綜合諸家之說，以張氏說爲代表，只因劉歆在遺稿中同時有：《春秋》、《繁露》，而編撰《西京雜記》的編者將其合而爲一成爲「春秋繁露」之名。

第二點：《繁露》（按：指《春秋繁露》）在《漢志》中，僅爲董氏著作中的其中一篇，故其書名爲僞。而由第一點亦可同時解決第二點，前引張心澂於《僞書通考》中言，原來「春秋繁露」之名，僅是劉歆在《七略》中所提董仲舒作著的其中一篇，而「以後不知是什麼時候什麼人用了這個名稱做全書的名稱，可能是隋代牛宏購書時，所以唐初撰《隋志》，就列這名稱了。」以上論述俱可見「一、《春秋繁露》名稱出現的年代」部份。

第三點：《春秋繁露》爲它書引用，查爲古本《春秋繁露》語，爲今本所無，故足以證明爲僞。此點在《春秋繁露》爲僞書這一點並不成立，且樓大枋已有所反駁所論俱見「《春秋繁露》眞僞問題在傳統觀念中的論述」。而眞正構成《春秋繁露》符合寬泛定義僞書者，是第四點：《春秋繁露》版本混亂。此亦可詳見「三、《春秋繁露》的版本問題」。

至於第五點：《春秋繁露》該書內容的淺薄問題。則是比較棘手，面對王堯臣言「義引宏博，非出近世」與程大昌言「辭意淺薄……不相倫比」，以一個後生小輩實在不知如何能決斷。尤其如果程氏所言淺薄指的是《春秋繁露》中所處理的《春秋》學部份；或是陰陽雜說。若無法確知則又何以針對問題處理問題？因此董氏是否「義引宏博」或是「辭意淺薄」於此無法論斷，但本文處理董氏「《春秋》解經學」，將就董氏如何思考、面對、詮釋的問題研究之，屆時對於董氏之解是「義引宏博」或是「辭意淺薄」將有所論述。但是本文所研究的董仲舒《春秋》學，範圍並不僅限定在《春秋繁露》，而是就現存董氏所有遺留《春秋》學的資料省察之，所以其結果

並不僅限於《春秋繁露》的內容是否「義引宏博」或「辭意淺薄」。

綜上所見，一般對於《春秋繁露》為董仲舒所作並沒有太大的反對意見，只是《春秋繁露》是否為董仲舒的原著？則抱持懷疑甚至否定的看法，如《四庫全書總目》卷二十九《經部·春秋類·附錄》：

> 崇文總目頗疑之，而程大昌攻之尤力，今觀其文雖未必全出仲舒，然
> 中多根極理要之言，非後人所能依託也。（頁 602）

因此紀昀於《四庫全書總目》之立場亦以《春秋繁露》該書「未必全出仲舒」，至於多「根極理要之言」，當然從內容上判斷一本書的真偽並不容易。同時若僅以書本身的「偽」而棄之不讀，至使該書的價值遭受影響，則亦是莫大的損失。

如《孔子家語》一書，經學者考證後已知是王肅為其鞏固其學術地位所偽造的假書，但偽書的價值仍相當高。從《孔子家語》中可以看到王肅參考許多儒家經典中孔子及其弟子的問答的痕跡，此乃王肅身為經學大師，所以在從事偽書的過程中，善用諸經典與孔子相關的記載並有融合的能力，如此更能提高這本偽書的價值，所以一如「《偽古文尚書》」，是將舊有的篇章離析而為一百多篇完成，所以我們一方面也不能完全的否認「偽《古文尚書》」本身的價值，因為確實有偽的事實，但亦有真實的部份。所以除了有偽書的事實外，還應以其它價值來衡量。同時《孔子家語》、《偽古文尚書》、《春秋繁露》三書的「情形」不同，也無法相提並論。學者們對於《孔子家語》、《偽古文尚書》雖有偽的事實，然以學術價值的立場對二書仍極重視。至於《春秋繁露》被視為「偽書」，乃因時代因素自然形成，並非人為有意為之，所以今人面對《春秋繁露》時，亦應視之為董氏《春秋》學重要資料。

第三節　「董仲舒《春秋》解經方法」資料的檢別

上一節《春秋繁露》真偽的討論將其定位為「寬泛」定義的偽書。但其「偽書」的產生並非有意為之。張心澂於《偽書通考》中曾將偽書產生的原因分為九項：「用古人的姓名、用古書的舊名、假借古人的事替他做一部書、牽連古人的事偽造古書、利用古人的文以造古書、偷竊他人的作品、本沒有撰人而偽託、撰人名亡失了而偽題撰人名、誤認撰人。」〔註35〕。雖然上一節討論的結果，類似上述「用古書的舊名、利用古人的文以造古書」，但一般而言《春秋繁露》是後人在編集董仲舒之遺稿，再加上「學派的衰弱」及「歷史的流傳」兩個原因〔註36〕造成。所以其偽書的事實，

〔註35〕見張心澂撰《偽書通考》，頁18～19。
〔註36〕「學派的衰弱」所表示者為清儒蘇輿於《春秋繁露義證·例言》中言「蓋東漢古學盛

是一種客觀的形成，非主觀特定的某人有意爲之的。因此《春秋繁露》迄今仍爲我們研究董氏《春秋》學最重要的資料。

一、《春秋繁露》的內容

因前述曾言本文的資料範圍限定在董仲舒的《春秋》學，因此首先我們要面對的是《春秋繁露》本身內容的駁雜問題。《春秋繁露》之所以名爲《「春秋」繁露》，其內容應以「春秋」各方面的論述爲主，但從今本《春秋繁露》看來，卻不是那麼回事，其書的「零亂、冗重、混雜等……《春秋繁露》就體例來說，是很不純醇的，它身上的確有後人某些整理的痕跡。」〔註37〕以及清儒蘇輿於《春秋繁露義證》例言中：

而今學微，故董書與之散佚。」（頁1）以爲於西漢末年，古文經學盛行，因而使屬於今文經學派的董氏著作不被重視而散佚。甚至在《隋書‧經籍志》裏反應出來：「晉時……谷梁范寧注，公羊何休注，左氏服虔、杜預注。俱立國學，然公羊，谷梁但試讀文，而不能通其義，後學三傳通講，而左氏唯傳服義，至隋，杜氏盛行，服義及公羊、谷梁浸微，今殆無師說。」

但是據大陸學者馬勇所言：「在整個東漢時代，今文經學並沒有因古文經學的崛起而中斷。相反。由於古文經學的挑戰，董仲舒一系的嚴、顏學派予以積極的回應……不僅明帝馬皇后『尤善』董仲舒書（《後漢書皇后紀》）而且有應劭等人仿董仲舒著書體例作《決事比例》及《春秋斷獄》等（《後漢書應劭傳》）。因此，董仲舒的著作在東漢以還並沒有失傳，只是不被古文經學家重視而已。」所以說公羊學派乃至董仲舒的著作不被重視，應在《隋書‧經籍志》裏反應出來。而「學派的衰弱」確是《春秋繁露》眞僞論爭的主要原因之一。「歷史的流傳」除了上述原因外，著作保存不易，再加上改朝換代時書籍的失散，亡佚的機會就更爲加倍了。」

珍倣宋版印行《隋書‧經籍志》三十二卷（臺北：台灣中華書局，民國55年3月），頁15。

馬勇撰《漢代春秋學研究》（大陸：四川人民出版社出版，1992年9月初版），頁247。

〔註37〕見黃朴民撰《董仲舒與新儒學》（臺北：文津出版社，民國81年7月初版），頁67。從《春秋繁露》中，可見輯佚後的痕跡，如：篇名與內容完全無關者，有〈玉杯〉、〈竹林〉、〈玉英〉、〈精華〉、〈滅國下〉、〈隨本消息〉、〈俞序〉、〈奉本〉。而《春秋繁露》二十三篇，各篇間全文段落之間亦無關連。甚至段落本身的敘述邏輯都不完整，如〈重政〉：「能說鳥獸之類者，非聖人所欲說也。聖人所欲說，在於說仁義而理之，知其分科條別，貫所附，明其義之所審，勿使嫌疑，是乃聖人之所貴而已矣。不然，傳於眾辭，觀於眾物，說不急之言而以惑後進者，君子之所甚惡也。奚以爲哉？聖人思慮不厭，晝日繼之以夜，然後萬物察者，仁義矣。由此言之，尚自爲得之哉。故曰：於乎！爲人師者，可無慎邪！夫義出於經，經傳，大本也。棄營勞心也，苦志盡情，頭白齒落，尚不合自錄也哉？（見《春秋繁露義證》，頁147～149）」從鳥獸的類別非聖人所關心的問題、聖人如何解說仁義、聖人如何思慮、爲師之道、爲學之道……。可見董氏行文的邏輯並不完整，若要了解董氏的行文，可從〈天人三策〉、〈遼東高廟災〉中《漢書》所錄董氏的文章，見行文邏輯推演之嚴密與〈重政〉篇此段比較，可知若果眞爲董氏行文，應不致如此。

《繁露》非完書也。而其說《春秋》者，又不過十之五六。（頁1）

又胡應麟曾云曰：

> 今讀其書，爲《春秋》者僅十之四五，其餘〈王道〉、〈天道〉、〈天容〉、〈天辨〉等章率泛論性術，治體，至其它陰陽五行之譚尤眾，皆與《春秋》不相蒙。〔註38〕

《四庫全書總目》卷二十九《經部·春秋類·附錄》：

> 《春秋繁露》雖頗本《春秋》以立論，而無關經義者多，實《尚書大傳》、《詩外傳》之類，向來列之經解中，非其實也，今亦置之於附錄。（頁603）

所以我們說《春秋繁露》是後人整理董仲舒的作品而成的，但是從董仲舒所流傳的那麼多作品看來，《春秋繁露》是董仲舒的那些作品集結而來的呢？

見諸古籍，董仲舒的著作目錄有：

> 《公羊董仲舒治獄》十六篇　見《漢書藝文志》（即《春秋決事》十卷見《隋書經籍志》）

> 《董仲舒》百二十三篇　見《漢書藝文志》；

> 《災異之記》　見《史記·儒林傳》；

> 上述爲已亡佚，但爲董仲舒最早見諸史籍的目錄。又從《漢書·董仲舒列傳》中所見：

> 仲舒所著，皆明經術之意，及上疏條教，凡百二十三篇。而說《春秋》事得失，〈聞舉〉、〈玉杯〉、〈蕃露〉、〈清明〉、〈竹林〉之屬，復數十篇，十餘萬言，皆傳於後世。〔註39〕

可見《春秋繁露》該書可能是原來後人爲了集結董仲舒所論著「而說《春秋》事得失」，至於原本《漢書藝文志》所說的〈聞舉〉、〈玉杯〉、〈蕃露〉、〈清明〉、〈竹林〉諸篇僅餘〈玉杯〉、〈蕃露〉、〈竹林〉三篇，而取第一篇〈蕃露〉與「春秋」爲《春秋繁露》的總名，因此原「繁露」只好以該篇的前三個字爲篇名〔註40〕。但是後人

〔註38〕胡應麟說見張心澂編撰《僞書通考》，頁477。

〔註39〕頁2525～2526。

〔註40〕持相同看法者有蘇輿《春秋繁露義證》於〈楚莊王〉篇名下注云：「此取篇首字爲名，獨異他篇。疑本名《繁露》，後人以避總書，改今篇名。因《漢書·董仲舒》傳中云：說《春秋》事得失，〈聞舉〉、〈玉杯〉、〈蕃露〉、〈清明〉、〈竹林〉之屬，復數十篇。」（頁2525～2526）而今看第一篇〈楚莊王〉其實與其它前十七篇，都是有關「說《春秋》事得失」的部份，所以這種說法的可能性相當的大。

　　至於持它種說法者有徐復觀氏：「《春秋繁露》以「〈楚莊王〉」爲篇名第一，雖未必出於董生原著的次第；但董生之推重楚莊，則實本於《公羊傳》。」但今見《公

見董仲舒的著作實在太散亂了，於是全部都編入了《春秋繁露》，也使它成了大雜彙。
梁啓超於《諸子略考釋》中云：

> 今《春秋繁露》中有〈玉杯〉、〈蕃露〉、〈竹林〉三篇，據本傳文似即
> 所謂「說《春秋》事」之數十篇，在百二十三篇之外。然《漢志》不應不
> 著錄其書，而其所著錄者百二十三篇亦不應一字不傳於後。疑今本《繁露》
> 之八十二篇即在此百二十三篇中也。〔註41〕

其實將董仲舒的遺稿編入《春秋繁露》中的，應不止《董仲舒》百二十三篇，包括
《史記·儒林傳》中的《災異之記》（然大多數的《災異之記》應都在《漢書·五行
志》內））而《春秋決事》皆應在今本《春秋繁露》中。當然更有為數不知多少的部
份是後人著作所加入的，其中可能也包括董仲舒的學生，同一學派的思想，而後代
編纂的人無法分辨，而或有意或無意地收編進去。因此面對繁雜的內容，近現代學
者將《春秋繁露》的內容做一簡單區分的，有徐、賴兩位先生。

徐復觀的《兩漢思想史》卷二將《春秋繁露》八十二篇分為三大類。分別是：

（1）推春秋、明經術的董氏《春秋》學。

（2）以天道陰陽四時五行為基礎解釋一切問題。

（3）由尊天推及郊天，與漢代當時朝廷禮制有關的祭祀之禮。

另一位賴炎元的《春秋繁露》探述則分為四大類，分別是：

（1）發揮《春秋》大義。

（2）論君王治理國家的原則和方法（正名、人性、禮樂、制度）。

（3）論天地陰陽五行的運轉，災異的發生和消除，闡發天人相應的道理。

（4）論述祭祀天地、宗廟、以及求雨、止雨的儀式和意義，發揮尊天敬祖的道
　　　理。

若以徐氏的分法，則《春秋繁露》書中與《春秋》有關的共有：〈楚莊王〉第一
至〈俞序〉第十七，再加上〈三代改制質文〉第廿三、〈爵國〉第廿八、〈仁義法〉
二十九、〈必仁且智〉第三十、〈觀德〉第三十三、奉本第三十四等共二十三篇。至
於賴氏的分法則僅有從〈楚莊王〉第一到〈俞序〉第十七篇，共十七篇〔註42〕。由

羊傳》宣公十一年之文，實不見其有推重楚莊之處，故本文從前說。

〔註41〕見梁啓超撰《梁啓超學術論叢·通論類（二）》（臺北：南嶽出版社印行，民國67年
　　　3月初版），頁1278。

〔註42〕徐復觀的分法見《兩漢思想史》卷二（臺北：臺灣學生書局，民國82年9月初版），
　　　頁309～311。賴炎元的分法見〈春秋繁露探述〉《中國學術年刊》第三期（民國68
　　　年6月），頁160。

　　　董仲舒《春秋》學集中在前十七篇之說，除了賴炎元之外，尚有韋政通：「董氏

上述徐賴二氏之說可知，董氏《春秋》學的資料僅佔《春秋繁露》中的三分之一強，因此經檢別之後只以這三分之一爲董氏《春秋》學的資料，一方面或可以純粹的就董仲舒詮解《春秋》的方式見其《春秋》學的理論架構，而不致於因後世學者之引伸，使我們討論的主題無法集中〔註43〕。

二、董氏《春秋》學資料的檢別

現存董仲舒的著作，另有後人補充如下：

> 計《漢書》本傳〈賢良對策〉，〈食貨志〉所記前引兩端，〈匈奴傳〉一端，《春秋決獄》輯佚共十三條。《漢書‧五行志》中「董仲舒曰」者一；「董仲舒以爲」者三十四；「皆從仲舒說也」者二；「董仲舒指略同」者七；「董仲舒說略同」者二；「董仲舒、劉向以爲」者三十；「仲舒、劉歆以爲」者一。凡董仲舒專言災異的約七十七事〔註44〕。

> 董仲舒《春秋決獄》二百三十二事及《公羊治獄》十六篇，據王應麟氏之考證是在宋朝南渡時散佚的，今已不傳。現在文獻中僅存六事，亦即杜佑氏《通典》、《白氏六帖》及李昉等修纂的《太平御覽》中，有記錄者各二事，而玉函山房所輯的「佚事」，則收有《春秋決獄》八事，除前述六事，另有二事。〔註45〕

由上述可知《史記‧儒林傳》及《漢書‧藝文志》，所載之《災異之記》及《公羊董仲舒治獄》雖已亡佚，但我們仍能透過上述徐氏在《漢書》中的輯佚，使我們對董仲舒災異問題有所了解，除了《春秋繁露》裏對於災異的文章之外。其餘經檢別之後，《漢書‧五行志》中有大量董氏運用「陰陽」、「五行」的觀念解釋《春秋》經，

《春秋》學散見於《春秋繁露》各篇，主要的義則集中在前十七篇之中。」
韋政通撰《董仲舒》（臺北：東大圖書公司，民國75年7月初版），頁37。

〔註43〕本文所限制的材料，排除了「以天道陰陽四時五行爲基礎解釋一切問題。」和「論天地陰陽五行的運轉，災異的發生和消除，闡發天人相應的道理。」並不是否定了董仲舒在漢代思想史、經學史上的貢獻。其實漢代儒者參合陰陽家之說，與先秦原始儒家已有不同。此點乃人皆盡知的，尤以《漢書‧藝文志‧諸子略》謂儒家者流：「助人君，順陰陽，明教化者也。」故董仲之《春秋繁露》中，言陰陽災異不少或是必然。而本文的著重點爲董氏對於《春秋》經的詮解角度，故應以《春秋繁露》與《春秋》經的交集點爲主。至於不論董仲舒是否據《春秋》或《公羊傳》而引伸出的陰陽、五行、災異及其內容，則非討論範圍，無非不是希望能扣緊《春秋》學的主題。

〔註44〕見徐復觀撰《兩漢思想史》卷二（臺北：臺灣學生書局，民國82年9月初版第五次印刷），頁308。

〔註45〕見黃源盛撰〈董仲舒春秋折獄案例研究〉《臺大法學論叢》第二十一卷二期（民國81年8月，）頁32～33頁。

大概是班固在參考董氏當時災異之作而搜集合成的，經檢閱過後，約有七十二事可供我們作為董仲舒《春秋》學研究之用。另第二章第一節條列了董氏之文參考價值最高者仍有〈賢良對策〉。至於解《春秋》經義者較少，而用經的成份較大者，有：〈郊事對〉、〈說武帝使關中民種麥〉、〈廟殿水災對〉、〈詣丞相公孫弘記室書〉亦稍可見。

所以我們對於董仲舒《春秋》學資料檢別的成果，有如下的成果：

一、《春秋繁露》部份與《春秋》學有關的資料。

二、〈賢良對策〉（即〈天人三策〉）。

三、《漢書・五行志》中七十二事。

四、〈郊事對〉、〈說武帝使關中民種麥〉、〈廟殿水災對〉、〈詣丞相公孫弘記室書〉。

三、「董氏《春秋》解經方法」資料的檢別

經由層層撥檢之後，董氏目前所流傳的資料依其內容檢別出董仲舒《春秋》學資料，而現在「董仲舒《春秋》解經學資料的檢別」的部份，則是從董氏《春秋》學資料中再檢別出董氏《春秋》解經學的資料。因為「《春秋》學的資料」畢竟與「《春秋》解經學的資料」有所差異。簡單的說，其差異為「《春秋》解經學」僅是「《春秋》學」研究領域中的一部份而已，而「《春秋》解經學」的研究領域是在「《春秋》學」所籠罩下的。因此從「《春秋》學」的資料中我們可再以其解經的層次解讀之：

一、《春秋》經事：《春秋繁露》五篇十二解經條例。

二、〈賢良對策〉（即〈天人三策〉）。

三、《春秋》災異：《漢書・五行志》中七十二解經條例。

四、〈郊事對〉、〈說武帝使關中民種麥〉、〈廟殿水災對〉、〈詣丞相公孫弘記室書〉。

可知除了《春秋繁露》五篇十二事與《漢書・五行志》七十二事為董氏面對《春秋》經典本身的詮釋實例之外，其餘都是董氏對於《春秋》經詮釋、引申後，所形成的《春秋》學，因此非就《春秋》經事的討論，而用經的成份會比較大。因此檢別董氏《春秋》解經學資料之後，僅以《春秋繁露》五篇十二事與《漢書・五行志》七十二事為研究「董仲舒《春秋》解經學」的資料。

第三章　董仲舒《春秋》解經方法

　　本章將直接取董氏《春秋繁露》、〈天人三策〉中所提的解經方法,做為第四、五章應證時的準則。第一節說明「董氏《春秋》解經學方法」採取的原始資料;第二節將董氏的解經方法與盧全絕棄三傳的方法釐清;第三節說明董氏的解經形式與師說、當時解經方式的大略差異;第四節論述董氏所提出的解經方法。

第一節　本章資料的限定與說明

　　本文第二章中,我們已將董氏《春秋》學資料檢別成果的四個部份,再檢別為兩部份。其原始資料的取捨僅有(1)、《春秋》經事:《春秋繁露》五篇十二事;及(2)、《春秋》災異:《漢書‧五行志》中七十二事。符合本章需要,因為本節是就董仲舒「《春秋》學」關於「解經」的研究,其它屬董氏《春秋》學用經的部份,於此並不討論。

　　董氏《春秋》學的相關資料,最主要集中在《春秋繁露》中,所以研究資料的劃分,只是從一個二十三篇的董氏《春秋》學資料中再檢別出前五篇董氏《春秋》解經學的資料而已。《春秋繁露》二十三篇大部分是董氏的用經,而解經則是散落在前五篇中,份量比重多少不等。而「解經」與「用經」之間,所關連的原始資料並不相同,「解經」與「《春秋》經文」的關係是直接的,而「用經」則是與「解經」之後所形成的「《春秋》學」的關係是直接的,若無「解經」過程所形成的結果,就不可能有「用經」的運用。在這裏我們可以見出董氏《春秋》學的一個特殊性,許多經學家可能只有「解經」的過程,而沒有「用經」的機會,或許與《春秋》經本身的經世性強有關。而董氏則巧妙結合這兩者。雖然本文並不討論董氏的用經,但《漢書‧五行志》的資料中,有一筆〈遼東高廟災〉,即是董氏「用經」的運用,有

助實際情形的瞭解。

第二節　疑「董生無傳而著，啓棄傳研經之門」〔註1〕說

　　以今日對於史書的標準看《春秋》經，因行文簡略。若非三傳的輔助，要了解聖人的微言大義，幾乎是不可能。但由《春秋》學史的研究方式中，唐時《春秋》學者有捨三傳而直解《春秋》的盧仝。今據朱彝尊《經義考》引晁公武曰：

> 盧仝《春秋摘微》四卷，其解經不用傳，然旨意甚疏，韓愈謂：「春秋三傳束高閣，獨抱遺經究終始」。蓋實錄也。（頁911）

李燾曰：

> 仝治《春秋》不以《傳》害經，最爲韓愈所稱。今觀其書，亦未能度越諸子，不知韓愈所稱果何等義也。（頁911）

顯然盧仝《春秋摘微》四卷，解《春秋》不取三《傳》。因此韓愈寫了這首詩寄給盧氏。前兩句「《春秋》三傳束高閣，獨抱遺經究終始。」表示盧氏的解經方法，後面還有「往年弄筆嘲同異，怪辭驚眾謗不已。」兩句〔註2〕，由詩中「嘲同異」與「怪辭驚眾謗不已」，可見當時學界引起的反應。但這樣勇於突破傳統的研究方式畢竟對於當時的學術界，有著極大的吸引力。所以「稍後，啖助、趙匡、陸淳等復揚其緒。」〔註3〕。

　　雖然繼盧仝之後仍有學者採相同的研究方式，但是絕棄三傳而獨就《春秋》經經文的研究，因所言無憑，必然會引起當時學術界「怪辭」的批評。不過宋鼎宗氏在談到盧仝棄傳治經的學術特色時，以爲《春秋》學史中，董氏首開「棄傳治經」的研究方法，並引《春秋繁露‧竹林》篇爲證：

> 《春秋》記天下之得失，而見所以然之故，甚幽而明，無傳而著，不可不察也。夫泰山之爲大，弗察弗見，而況微渺者乎！故案《春秋》而適往事，窮其端而視其故，得志之君子，有喜之人，不可不慎也。（頁56）

但所謂的「甚幽而明，無傳而著」，清儒蘇輿與宋氏看法分歧，關鍵點在於「傳」字的解釋，蘇氏解爲「傳，猶說也。」〔註4〕指的是《春秋》本身文約字簡，有微言

大義的特色。因此此段的解釋在於因文約字簡，所以大義更「不可不察」。至於宋氏釋之爲三《傳》之《傳》字，所以依照宋氏的解釋，則「甚幽而明，無傳而著」理所當然爲：即使無三《傳》的輔助，聖人的微言大義亦甚明。所以宋氏云「董子以爲《春秋》之義雖幽，其實甚明；故雖無《傳》，其義自著」〔註5〕，使董氏成爲「春秋三傳束高閣，獨抱遺經究終始。」的理論先趨。

　　如此董氏亦非漢代《春秋公羊》的大儒，反是《董氏春秋》的掌門人、棄傳研究的祖師了。當然此與我們對於史籍中所認識的董仲舒不同。董氏本身爲《公羊》學派大儒是事實，因其思想核心源自《春秋公羊》，所以盧氏絕棄三傳的思想實無可能承自董氏。

第三節　解經形式大略的比較

　　討論「董仲舒《春秋》解經方法」之前，略論解經形式的比較，便於析論「董仲舒《春秋》解經學方法」時，使讀者對於所要研究的原始資料：《春秋繁露》與《漢書·五行志》的解經形式有大致的背景瞭解。

一、《公羊傳》與《春秋繁露》之比較

　　董氏《春秋》學既是承續《公羊傳》思想，則董氏《春秋》學的解經形式與《公羊傳》間有否承襲？

　　若先以董氏《春秋》學資料以《春秋繁露》二十三篇來說，其基本上是以散文體構成無疑，但簡言之又可區分爲兩種文體。分別是：

問答體：〈楚莊王〉、〈玉杯〉、〈竹林〉、〈玉英〉、〈精華〉。

申論體：〈王道〉、〈滅國上·下〉、〈隨本消息〉、〈盟會要〉、〈正貫〉、〈十指〉、〈重政〉、〈服制像〉、〈二端〉、〈符瑞〉、〈俞序〉、〈三代改制質文〉、〈爵國〉、〈仁義法〉、〈必仁且智〉、〈觀德〉、〈奉本〉。

　　所以對於上述的資料，若以「解經」的形式來要求，其「解經」的效果，則必須經過研究者的剪裁之後方能凸顯，當然這個部份將於以下「董仲舒《春秋》解經學的方法」中詳述之。現比較《公羊傳》與《春秋繁露》之間的解經形式於下：

《春秋》：夏六月乙卯，晉荀林父帥師及楚子戰于邲，晉師敗績。

《公羊》：大夫不敵君，此其稱名氏以敵楚子何？不與晉而與楚子爲禮也。

【董氏】：《春秋》之常辭也，不予夷狄而予中國爲禮，至邲之戰，偏然反之，何

也？曰：《春秋》無通辭，從變而移。今晉變而爲夷狄，楚變而爲君子，
故移其辭以從其事。夫莊王之舍鄭，有可貴之美，晉人不知其善，而欲
擊之。所救已解，如挑與之戰，此善善之心，而輕救民之意也，而不使
得與賢者爲禮。（竹林）

基本上《公羊傳》是一本專爲解經而成的著作。始於《春秋・隱公》「元年，春王正
月。」至《春秋・哀公》「十有四年，《春秋》西狩獲麟。」爲止，對於《春秋》經
有完整地解釋及解經方法。比較之下，董氏的《春秋繁露》，既非解經完整的著作，
而在解經方法上實不自成「系統」。不過若要說《春秋繁露》與《公羊傳》之間解經
方式的關連，即是「問答」的方式。

　　問答的形式最早見於儒家經典中的《尙書》之外〔註 6〕，還是自戰國以來極爲
流行的文體。文學作品諸如《楚辭》中的〈漁父〉等，都是問答體。這樣的問答體
延伸至漢賦時期還極爲流行。就現存所見可信的先秦經典看來：早自《論語》中師
生對答語錄、《孟子》中孟子與君王或弟子冗長的對答，不但是《論語》書中偶有對
答的延伸，而且內容上亦是初具單篇論辯形式的雛形，《莊子》亦是。然《春秋繁露》
五篇十二事「難者」的問答與《論》、《孟》諸書不同。詰難者提出經文與《春秋》
大義或筆法矛盾之處，以「問答」的方式的確能就問題，處理問題。但以解經形式
而言，《春秋》經文與史實的討論，是散文體《春秋繁露》唯一具備的「解經形式」。
由作者所設問的問答形式，其實亦視爲《公羊傳》的特色。因爲《公羊傳》全書都
是由問答開始。而《春秋繁露》五篇十二事的問答形式，倒不一定承繼《公羊傳》
的筆法，因爲其形式遠自《尙書》已然存在。而《春秋繁露》的問答形式，雖在這
一點與《公羊傳》的解經形式交集，但是董氏《春秋繁露》五篇只能就其中的矛盾
點提出質疑，而不能如《公羊傳》般巨細靡遺的解經，是兩者最主要的差距。

　　但若以根源性來研究這個問題，則三傳中《公羊傳》與《穀梁傳》之所以出現
問答的形式，原來出於《春秋》筆削的作者──孔子，如《漢書・藝文志》中：

　　　仲尼思存前聖之業，……有所褒諱貶損，不可書見，口授弟子，弟子
　　退而異言。……及末世口說流行，故有《公羊》、《穀梁》、《鄒》、《夾》之
　　傳。〔註 7〕

所以在《春秋》學的源流中，問答形式起於孔子筆削《春秋》之後，其中「有所褒諱

〔註 6〕如《尙書・堯典》：「帝曰：『疇咨若予采？』驩兜曰：『都！共工方鳩僝功。』帝曰：
　　　『吁！靜言庸違，象恭、滔天。』見《十三經注疏本》（臺北：藝文印書館，民國 78
　　　年 1 月十一版），頁 26。
〔註 7〕見《漢書・藝文志》（臺北：鼎文書局印行，民國 80 年 9 月七版），頁 1715。

貶損，不可書見」（按：由此亦可知孔子是刻意保持《春秋》經文的文簡意賅。）的部份，不能湮滅不傳。先由孔子「口授弟子」，由此弟子們退而傳授于再傳弟子，「異言」也就產生了（於此埋下了《三傳》的伏筆。）。至於「末世」時，「口說流行」傳於世。其口傳的痕跡保留在《公羊傳》中〔註8〕，如《公羊傳》全部以發問爲開端，即使在《疏》的部份也採問答形式。另外《春秋繁露·俞序》篇中引有孔子各弟子論《春秋》的言論〔註9〕，可見當時孔子口授弟子，及弟子們退而異言的情形。

二、與《漢書·五行志》七十二事之比較

除了上述所說的《春秋繁露》之外，本節所需要的原始資料還有《漢書·五行志》。這兩項資料在研究「解經的形式」上，都有它們的限制。《春秋繁露》的限制在於上述所言的散文表達方式，與解經的形式稍有距離。而〈五行志的〉限制在於，雖有解經形式，但是經《漢書》整理而成，所以解經的形式是否全出自董氏的安排？無法確知。如：

> 僖公十五年「九月己卯晦，震夷伯之廟」。
>
> 董仲舒以爲夷伯，季氏之孚也，陪臣不當有廟。震者雷也，晦暝，雷

〔註8〕有關於《公羊傳》中問答的部份隨處可見，今謹舉一例爲證：

隱公三年

【經文】：春王二月己巳，日有食之。

【傳文】：何以書？記異也。日食，則曷爲或日或不日？或言朔或不言朔？日某月某日朔，日有食之者，食正朔也。其或日或不日，或失之前，或失之後。失之前者，朔在前也；失之後者，朔在後也。

可以見到《公羊傳》傳文中首先對於何以書「日有食之」提出疑問，以及說明。以及各種不同的寫法代表著災異的不同，都有詳細的說明。同時以這種反覆的問答，使問題的提出更能獲得深刻地討論。

《穀梁傳》中亦有，但是這裏討論的是《春秋繁露》與《公羊傳》的比較，所以關於《穀梁傳》的部份就略過不談。

〔註9〕關於孔子弟子對於《春秋》的討論見於《春秋繁露·俞序》篇：

一、故子貢、閔子、公肩子，言其切而爲國家資也。

二、故衛子夏言：「有國家者不可不學《春秋》，不學《春秋》，則無以見前後旁側之危，則不知國之大柄，君之重任也。故或脅窮失國，揜殺於位，一朝至爾。苟能述《春秋》之法，致行其道，豈徒除禍哉，乃堯舜之德也。

三、故世子曰：「功及子孫，光輝百世，聖人之德，莫美於恕。」故子先言《春秋》詳己而略人，因其國而容天下。

四、《春秋》之道，大得之則以王，小得之則以霸。故曾子、子石盛美齊侯安諸侯，尊天子。

五、故子夏言：「《春秋》重人，或奢侈使人憤怨，或暴虐賊害人，終皆禍及身。」

六、子池言：「魯莊築臺，丹楹刻桷，晉屬之刑刻意者，皆不得以壽終。」

註同4，頁159～163。

擊其廟，明當絕去僭差之類也。(《漢書・五行志》，頁 1445) 〔註10〕
此種形式與《公羊傳》大致相同，然《漢書》是東漢初完成之史書，距董仲舒的年代約有兩百年，而今《五行志》中所謂的「董仲舒以爲」，到底與董仲舒原本之著作差異有多少？實不得而知。而「經文」與「董仲舒以爲」的形式，亦無法確知是董氏原本所爲？或是《漢書》作者〔註11〕「特意」整理形成的解經形式？如《春秋》三傳本皆各自獨立於經文之外，由後世的研究者割裂原傳文後附於經文下，而現在所見的《春秋》三傳。而這樣的過程很可能也出現在〈五行志〉中。即使此「形式」是經由《漢書》作者所組的形式，但內容並無增損，只是對於我們研究董氏整體解經方法稍有影響〔註12〕。因此目前所見的形式若爲原貌，則更有助於董氏《春秋》解經方法的研究。

三、與兩漢經師解經之比較

戴君仁氏於〈經疏的衍成〉一文中，將《漢志・六藝略》漢儒說經的著作歸納爲：

> 故、傳、說、記、章句五種：大別之，則是解故和章句兩種。(故和傳當是一類，說和記當與章句同類。)
>
> 章句不是──或不僅是──零星的詞和字的解釋，而是整段逐句的文義解釋。至於解詁，現存漢人經注，有《毛詩故訓傳》，和何休的《公羊傳解詁》。
>
> 《毛詩故訓傳》多爲單詞隻字的解釋，而沒有逐句文義的說明。何氏《解詁》也不逐句解釋，只是微言大義的申發。〔註13〕

〔註10〕釐公即僖公。如《漢書・五行志》中唐・顏師古注曰：「釐讀曰僖，後皆類此。」(頁 1323)

〔註11〕因爲《漢書》的作者共有：班彪、班固、班昭、馬融四位。不過因爲班昭續作〈八表〉、馬融續作〈天文志〉，所以〈五行志〉的部份可能是班彪、或班固寫成，因爲本文並不在於考證〈五行志〉的作者是誰，所以一方面不詳細考證；二方面不明指班彪或班固，僅以「《漢書》的作者」表示之。

〔註12〕如果董仲舒的《春秋》學是承繼《春秋》經及《公羊傳》一系下來的解釋系統的話，則他在承繼「傳統」的解經方法之外是還有所突破？所謂承繼「傳統」的解經方法，也就是承繼《公羊傳》對於《春秋》經的解經方法，如果《漢書・五行志》中論災異的七十二事的解經方式，是出自於董仲舒，而被《漢書》作者所直接引用，則董仲舒的解經方法就是除了承繼「傳統」《公羊傳》的解經方法之外，還能以更活潑的方式解經與用經，而更活潑的方式就是《春秋繁露》中的解經。

〔註13〕見戴君仁撰〈經疏的衍成〉《孔孟學報》第十九期，(民國 59 年 4 月 12 日)，頁 80 ～81。

所以上述中一再提及董氏《春秋》學的解經方法並不具備一般的解經形式。也就是說：以經文而言，不論是零星的詞和字的解釋；或是整段逐句的文義解釋，對經文的解釋而言，都容易形成片面。所以解故和章句兩者的結合，剛好彌補這個問題。今見《公羊傳》隱公元年的解經：

【經文】：春王正月。

【傳文】：元年者何？君之始年也。春者何？歲之始也。王者孰謂？謂文王也。曷爲
　　　　先言王而後言正月？王正月也。何言乎王正月？大一統也。公何以不言
　　　　即位？成公意也……。（《公羊傳》十三經注疏本，頁8—10）

其實《公羊傳》的解經方式，爲文字的訓釋和文句論述的結合。如右述引文可知，包含了單字的排例順序、訓解，及文義的解釋。此外，《漢志》中可見《公羊章句》三十八篇〔註14〕的記載，既然兩漢經師在《春秋公羊傳》一系已有章句、訓詁的解經方法。因此董氏大可不必拘泥當時的解經方式，而直接從《公羊傳》的解經基礎，進入經義的討論。

第四節　董仲舒《春秋》解經學的方法

上述《春秋繁露》五篇十二事、〈五行志〉七十二事大略的解經形式已約略說明之。接著將本章的主題，董氏《春秋》的解經方法說明於下：

一、《春秋繁露》中之解經方法

董仲舒曾在《春秋繁露》中提到如何研究《春秋》的方法：

　　　是故論《春秋》者，合而通之，緣而求之，五其比，偶其類，覽其緒，
　　屠其贅。（〈玉杯〉，頁33）

清儒・蘇輿於《春秋繁露義證》中言「此董子示後世治《春秋》之法」（頁33）。而蘇氏雖以此爲董子示後世學者治《春秋》之法，但其實亦是董氏解《春秋》之法，析論如下。

（一）合而通之

據蘇輿在《春秋繁露義證》書中對於此句的解釋「合全書以會其通，如傳聞、所聞，所見異辭之類是也。」（頁33）蘇氏之意是以董氏合《春秋》全書之後，所提出的諸多結論，而「傳聞、所聞，所見異辭」爲其中一種。然而蘇氏此處所舉的例子不佳，因爲「所見異辭，所聞異辭，所傳聞異辭」三句，正是《春秋》魯哀公

十四年《經》:「西狩獲麟。」之後的《傳》文。所以若採蘇氏的解釋則變成了《公羊傳》的作者「合全書以會其通」,而非董仲舒。因為「所見異辭,所聞異辭,所傳聞異辭」的提出,是《公羊傳》而非董仲舒。因此「合而通之」為董氏綜合《春秋》二百四十二年記載,貫通義理後,轉化出《春秋繁露》書中常見的:《春秋》之道、《春秋》之義、《春秋》之法等〔註15〕。而諸大義或為難者所用,或為董氏答難者所用,皆在於解《春秋》事義。

(二)緣而求之

蘇氏解「緣而求之」為「謂緣此以例彼,如不與諸侯專封例貶,而殺慶封稱楚子知為侯伯之類是也。」(頁33)。對於「緣而求之」的解釋與「合而通之」有所連貫的話,應本著上述《春秋》經文「合而通之」後,所貫通的《春秋》大義,以此探究其它事理。所謂其它事理,可指為《春秋》經文,也可視為《春秋》大義;亦可視為漢代史實,如遼東高廟災事件,即為董氏解《春秋》學的心得,運用在西漢政治舞台的成果。

(三)五其比、偶其類

蘇氏將「五其比、偶其類」合釋為「有類可推者也。」賴炎元氏釋為「五,通伍,參伍。比:條例。」〔註16〕所以兩者之解可合釋為:歸納條例。條例化的研究

〔註15〕「魏源及徐復觀先生等均以《盟會要》、《正貫》和《十指》等篇是總《春秋》大義的大綱。」劉德漢撰〈春秋公羊傳對西漢政治的影響〉,《書目季刊》第十一卷一期(民國66年6月16日出版),頁41。

至於有關《春秋》之道、《春秋》之法可見如下:

「《春秋》之道,奉天而法古。」(〈楚莊王〉,頁14)。

「《春秋》之法,以人隨君,以君隨天……《春秋》之道,視人所惑,為立說以大明之。」(〈玉杯〉,頁31、43)。

「《春秋》之法,卿不憂諸侯……《春秋》之道,固有常有變……《春秋》之辭,有所謂賤者……。」(〈竹林〉,頁52、53、55)。

「《春秋》之道,以元之深正天之端……《春秋》之法,君立不宜立,不書……《春秋》之法,大夫不得用地」(〈玉英〉,頁71、81、82)。

「《春秋》之法,大夫無遂事……《春秋》之法,未踰年之君稱子。」(〈精華〉,頁88)。

「《春秋》立義,天子祭天地。……《春秋》之義,臣不討賊,非臣也。」(〈王道〉,頁112、頁117)。

「《春秋》,大義之所本耶!」(〈正貫〉,頁143)。

「絕亂塞害於將然而未形之時,《春秋》之志也。」(〈仁義法〉,頁252)。

「《春秋》之法,上變古易常,應是而有天災者,謂幸國。」(〈必仁且智〉,頁260)。

「《春秋》之義,貴信而賤詐。」(〈對膠西王越大夫不得為仁〉,頁268)。

〔註16〕見賴炎元撰《春秋繁露今註今譯》(臺北:台灣商務印書館,民國73年5月初版),頁23。

方式正是《春秋公羊》的特色，在《春秋繁露》中如有：

> 《春秋》二百四十二年之文，天下之大，事變之博，無不有也。雖然，大略之要有十指。（〈十指〉，頁 145）

> 《春秋》，大義之所本耶？六者之科，六者之指之謂也。（〈正貫〉，頁 143）

> 《春秋》至意有二端，不本二端之所從起，亦未可與論災異也，小大微著之分也。〈二端〉（頁 155）

皆爲條例化的研究成果，而《春秋》筆法也是條例化研究的方式之一。

（四）偶其類

雖然蘇氏將「偶其類」與「五其比」放在一起解釋，但是「偶其類」與「五其比」，仍可分別表示不同的意義。因爲「偶其類」是一種研究的方式與程序，而「五其比」則爲「條例」，即研究成果。

（五）覽其緒、屠其贅

蘇氏將兩句同解爲「餘義待伸也」，「贅、餘也。」但兩句是否能同解爲「餘義待伸」是有問題的。因若無「覽其緒」的前置作業，怎會有「屠其贅」的可能？餘義的解讀將以何爲依準呢？依何者「緣而求之」呢？所以個人對於這兩句的解釋，主張以「餘義待伸也」爲「屠其贅」解；而「覽其緒」則解爲「求其緒端」，兩者間應是有所關連的。

綜上述所論，「合而通之」與「緣而求之」可視爲一組，而「偶其類」、「覽其緒」、「屠其贅」，又可視爲另一組。這兩組的方法雖然類似，但若仔細看來則其論說程序有些不同，第一組：

（1）「合而」是第一個步驟，綜合《春秋》二百四十二年間經文的記載。

（2）「通之」就二百四十二年的記載，貫通其義理，是第二個步驟。

（3）並「緣」上述所貫通之義理，也就是《春秋》的諸大義。探「求」《春秋》其它的問題，是最後步驟。

第二組的程序爲：

（1）「偶其類」與前一組的「合而」類似，「偶」合同類，與前一組「合」僅是春秋二百四十二年間之史實，至於所合者是否爲同類則不知也。此第一步驟只是聚合同類，屬於資料匯集。

（2）「覽其緒」，尋其端「緒」。

（3）「屠其贅」，最後則是以第二步驟的端緒，探求《春秋》未盡的餘意。

至於「五其比」，即歸納條例，表面看來皆可歸入上述任何一組。因以第二組之程序，足以歸納出所謂的「義例」與「春秋筆法」。至於第一組「合」春秋二百四十二年之史實，則其結果是春秋大義的穫得。因此將「五其比」歸入第二組。

至於第一組的解經性質，可視爲董氏以經義解經義的一種方式。至於第二組即董氏之《春秋》經另一種開創性的解釋，因爲所謂探求《春秋》未盡餘意，也可能是《公羊傳》未盡的餘意。所以「合而通之、緣而求之、五其比、偶其類、覽其緒、屠其贅」只是短短六句話，但足以歸納董氏《春秋》學所有的研究方式。

至於董氏在《春秋繁露》中還曾提有「常辭」、「通辭」、「達辭」、「婉辭」……，雖然這些都可視爲解經方法之一，但我們從董氏解經的角度（見第四、五章）可知，其著重在《春秋》筆法與《春秋》大義矛盾點的討論。其中「常辭」、「通辭」、「達辭」、「婉辭」等解經方法，爲《春秋》經文中文字呈顯的方式。此研究角度與本文研究核心爲董氏解「《春秋》經的方法」，有所差距，故不予討論。

二、《漢書‧五行志》中之解經方法

董氏在《春秋繁露》中有明確的解經理論與方法。但〈五行志〉中論災異七十二事都是具體的解經實例，並無解經理論。而其中所錄董氏解經的實例，也只是《漢書》收錄「陰陽五行」在〈五行志〉中應用的其中一部份。至於〈五行志〉將西漢陰陽五行之用，以類似序言的方式述之於下：

> 漢興，承秦滅學之後，景、武之世，董仲舒治《公羊春秋》，始推陰陽，爲儒者宗。宣、元之後，劉向治《穀梁春秋》，數其禍福，傳以洪範，與仲舒錯。至向子歆治《左氏傳》，其《春秋》意亦已乖矣；言《五行傳》，又頗不同。是以攬仲舒，別向、歆，傳載眭孟，夏侯勝、京房、谷永、李尋之徒所陳行事，訖於王莽，舉十二世，以傳《春秋》，著於篇。（頁 1317）

自董氏始，以至於西漢末年王莽之間學者們，對於「陰陽五行」運用成果的記載。而關於春秋時期災異的討論，散見於《春秋繁露》〈玉英〉、〈精華〉、〈王道〉、〈二端〉、〈奉本〉各篇中。

董氏於〈五行志〉中就春秋時期之災異，分別提出解釋，共有：（1）火災（殿廟災）；（2）大水；（3）星象；（4）大旱；（5）無冰；（6）獸異、草妖、蟲災；（7）雪、雷等七類。然因〈五行志〉乃就春秋時期災異條例的記載，因此關於「災異」解經之程序還得在《春秋繁露》中尋找：

> 是故星墜謂之隕，螽墜謂之雨，其所發之處不同，或降於天，或發於地，其辭不可同也。（〈玉英第四〉，頁 76）

大旱者，陽滅陰也。陽滅陰者，尊厭卑也，固其義也，拜請之而已，敢有加也。大水者，陰滅陽也。陰滅陽者，卑勝尊也，日食亦然，皆下犯上、以賤傷貴者……此亦《春秋》之不畏強禦也。故變天地之位，正陰陽之序，直行其道而不忘其難，義之至也。（〈精華〉，頁86）

《春秋》以爲戒，曰：「蒲社災。」周衰，天子微弱，諸侯力政，大夫專國，士專邑，不能行度制法文之禮。諸侯背叛，莫修貢聘，奉獻天子。臣弒其君，子弒其父，孽殺其宗，不能統理，更相伐銼以廣地。以強相脅，不能制屬。強奄弱，眾暴寡，富使貧，并兼無已。臣下上僭，不能禁止。日爲之食，星霣如雨，雨螽，沙鹿崩。夏大雨水，冬大雨雪，霣石于宋五，六鶂退飛。霣霜不殺草，李梅實。正月不雨，至於秋七月。地震，梁山崩，壅河，三日不流。晝晦。彗星見于東方，孛于大辰。鸜鵒來巢，春秋異之。以此見悖亂之徵。（〈王道第六〉，頁107至108）

故書日蝕、星隕、有蜮、山崩、地震、夏大雨水。冬大雨電、隕霜不殺草、自正月不雨至於秋七月、有鸜鵒來巢，春秋異之，以此見悖亂之徵。是小者不得大，微者不得著，雖甚末，亦一端。孔子以此效之，吾所以貴微重始是也。因惡夫推災異之象於前，然後圖安危禍亂於後者，非《春秋》之所甚貴也。（〈二端第十五〉，頁156）

日月食，並告凶，不以其行，有星茀于東方，于大辰，入北斗，常星不見，地震，梁山沙鹿崩，宋、衛、陳、鄭災，王公大夫篡弒者，《春秋》皆書以爲大異。（〈奉本第三十四〉，頁278）

由上述所引〈玉英〉、〈精華〉、〈王道〉、〈二端〉、〈奉本〉等四篇，對於災異的種類，與發生的原因都有詳述，從中我們亦可以歸納出董氏面對災異的態度。

（一）語言文字──筆法

因災異所發之處方式及種類的不同，所以文辭的記載也不同，如〈玉英〉篇中所言：

《春秋》理百物，辨品類，別嫌微。修本末者也。是故星墜謂之隕，蜮墜謂之雨，其所發之處不同，或降於天，或發於地，其辭不可同也，而其所發亦不同。或發於男，或發於女，其辭不可同也。是或達於常，或達於變也。（頁76）

所以《春秋》對於災異的記載，非對災害本身奇異現象的興趣爲記載〔註17〕，而是

〔註17〕如《春秋繁露‧重政》篇中言：「能說鳥獸之類者，非聖人所欲說也。聖人所欲說，

因該國不行常道而致災異一事，才是《春秋》所重視的。如〈奉本〉篇中上天「告凶」（即發生災異）的主因，是該國不以常行，所以《春秋》以「大異」的態度書之。

（二）解經方法——「失道」與「引起災異現象」的必然關連

其次是國家發生種種亂象，必出現災異。《春秋》的作者對於這類事件的巧合感到奇異，因為由一國之災異，竟可見出「悖亂之徵」（皆見〈王道〉篇）。而董氏亦於〈賢良對策〉中言：

> 臣謹案《春秋》之中，視前世已行之事，以觀天人相與之際，甚可畏也。國家將有失道之敗，而天迺先出災害以譴告之，不知自省，又出怪異以警懼之。尚不知變，而傷敗乃至。〔註18〕

所以董氏研究《春秋》災異的結論是：所謂災異與國政必然相關，也就是將有失道之敗，方有災異。

由「失道」與「災異」的必然關連，身為一個思想家，並且在國政上有一定參與度的董氏，在〈二端〉篇中接著談到：災異的出現，可見出「悖亂之徵」。於是《春秋》的作者，將這樣的「經驗」（即「貴微重始」）推到災異發生前刺譏之，因「圖安危禍亂於後者，非《春秋》之所甚貴」。如此的反省層次，董氏在〈五行志〉中大量地加強這種觀念。而發生災異的國家因不知「貴微重始」，故必然導致災異的發生，由此更強固了「失道」與「引起災異現象」之間必然的關連。因此由上述總結《春秋繁露》中，曾提及的災異方法看來，所謂的「筆法」就是：「其所發之處不同……其辭不可同也」，這是最基本的記事方式，所以也未見有何獨見處。至於「失道」與「引起災異現象」之間必然關連的省察，則在第五章「董仲舒《春秋》解經的效果（下）」中將做一印證，並在第六章「董仲舒《春秋》解經效果的檢討」反省之。

第五節　小　結

前述曾一再提到董氏的解經方法，並不具備嚴格的解經形式。但對於施萊爾馬赫，這個「近代所謂浪漫派解釋學原則的奠基人」〔註19〕來說，這樣的解釋方法是完全可以被接受的：

> 對於施萊爾馬赫而言，「理解」並不單純地可歸結為這種或那種「原文」

在於說仁義而理之。」註同4，頁147～148。

〔註18〕註同7，頁2498。

〔註19〕高宣揚撰《解釋學簡論》（臺北：遠流出版公司，1991年7月16日初版三刷），頁13。

（text）的「語法上的認識」；而是「構成一個總體」。換句話說，「理解」
是一個「總體」，一種「包含一切」的事實或過程。因此，「理解」不只是
一種「解釋的技術」（eine Technik der Interpretation）；而且是同人的整個意
識活動及其本質聯繫在一起的極其複雜的過程。解釋學的原則和方法只有
同人的意識活動總體相適應，才真正稱得上是一種理論體系。〔註20〕

如果我們以董仲舒這樣的「解經形式」來與西漢經師尊從家法、師法的解經形式相
比較，則西漢經師的解釋形式可能產生類似施萊爾馬赫的「解釋的技術」的缺點。
因此董氏《春秋》的解經方法，在形式上並不只是一種「解釋的技術」。但是董氏若
不在一定「解釋的技術」範疇下解《春秋》，則是否仍能保有其水準之上的「解經」
效果？則是令人拭目以待的。

〔註20〕註同上，頁 15

第四章　董仲舒《春秋》解經的效果（上）

　　董氏之解經方法能否與其實際解經的實例相合？有否差距？還是其解經方法只是一種理想？本章將以第三章之解經方法，與實例做一印證。第三章董氏解經方法的原始資料是採《春秋繁露》中五篇問答體：〈楚莊王〉第一、〈玉杯〉第二、〈竹林〉第三、〈玉英〉第四、〈精華〉第五〔註1〕；及〈五行志〉中董氏論災異七十二事為主。而本章檢證實例的部份，亦是以上述兩部份資料為主。然因兩者性質與方法皆不同，因此在印證時還得將此兩部份分開，本章處理的是《春秋繁露》五篇的解經效果。

　　《春秋繁露》五篇採散文的形式，為了研究方便起見，將資料排列的形式做些改變。首先檢別出其中關於《春秋》經文答問的部份。並以《春秋》經文、《公羊傳》文、及董氏之解為本節研究董仲舒《春秋》解經學基本的排列方式。

　　為了方便下述檢證董仲舒《春秋》學解經的效果，將略述上一章董氏在《春秋繁露・玉杯篇》中，曾提及如何研究《春秋》的方法：

　　　　是故論《春秋》者，合而通之，緣而求之，五其比，偶其類，覽其緒、
　　屠其贅。〈玉杯〉（頁33）

又可分為兩組，第一組是「合而通之」與「緣而求之」即以《春秋》大義來解經；第二組是「偶其類、覽其緒、屠其贅」透過類似史實的不同筆法，經比較後，尋出問題，也就是《春秋繁露》文中的「問者曰」（亦即是「覽其緒」的「緒」），並針對

〔註1〕《春秋繁露》（不限五篇）中的設問並非所有的問答體都是解經，以〈楚莊王〉為例，其中有兩條即非解經，如：「曰：古苟可循先王之道，何莫相因？世迷是聞，以疑正道而信邪言，甚可患也。答之曰：人有聞諸侯之君射《狸首》之樂者……。〈楚莊王〉問者曰：「物改而天授顯矣，其必更作樂，何也？」（楚莊王）（見《春秋繁露義證》，頁17～19）。由上述在《春秋繁露》五篇之內或之外的問答體中，有些並非針對《春秋》經文者，即不列入討論。

此而申論出《春秋》筆法外的微言大意。另外「五其比」，則偏向《春秋》筆法，故可歸入第二組。

從《春秋繁露》五篇中，我們錄出的問答體，大約可見出十二項，這十二項中又可分三類。其中兩類是董氏以他個人所提出的第一組與第二組的解經，第三類則是自絕於這兩組方法之外的解經。

第一節　第一組方法「合而通之」與「緣而求之」的解經方法

一、

昭公十二年

【經文】：晉伐鮮虞。

【公羊】：無。

【穀梁】：其曰晉，狄之也。其狄之何也？不正其與夷狄交伐中國。故狄稱之也。

【董氏】：《春秋》曰：「晉伐鮮虞」奚惡乎晉而同夷狄也？

> 曰：《春秋》尊禮而重信。信重於地，禮尊於身。何以知其然也？宋伯姬疑禮而死於火，齊桓公疑信而虧其地，《春秋》賢而舉之，以為天下法，曰禮而信。禮無不答，施無不報，天之數也。今我君臣同姓適女，女無良心，禮以不答。有恐畏我，何其不夷狄也。公子慶父之亂，魯危殆亡，而齊侯安之。於彼無親，尚來憂我，如何與同姓而賤賊遇我。《詩》云：「宛彼鳴鳩，翰飛戾天。我心憂傷，念彼先人。明發不昧，有懷二人。」人皆有此心也。今晉不以同姓憂我，而強大厭我，我心望焉。故言之不好。謂晉而已，婉辭也。〈楚莊王〉

因為《公羊》無傳，比較《左傳》與《穀梁》二傳後，明顯可見董氏此條解經的基礎是建立在《穀梁傳》。如此可知，董氏雖為《春秋公羊》學者，但並非棄它《傳》不觀。合理的解釋下，亦採它傳之說。

董氏此條解經，取其解經方法第一組「合而通之」、「緣而求之」：

（1）「合而」是第一個步驟，即董氏綜合《春秋》二百四十二年間經文記載。

（2）「通之」就二百四十二年，而貫通其義理，是第二個步驟。

（3）「緣」上述所貫通之義理，即《春秋》諸大義。以此探「求」《春秋》其它問題，是最後的一個步驟。

面對「惡乎晉而同夷狄也？」這個問題，董氏首先提出「合而通之」的成果：「《春秋》尊禮而重信」。並以此成果「緣而求之」相類的《春秋》經事，其「緣而求之」的過程爲：首先引《春秋》經事證之；接著再借鮮虞人之口，訴說晉之夷狄行，其中並引《詩經》爲之述說，最後說明《春秋》經文單言「晉」，只是《春秋》筆法中的婉辭。故知董氏此條以第一組「合而通之」與「緣而求之」的方式爲解經方法。

二、

文公二年

【經文】：公子遂如齊納幣。

【公羊】：納幣不書，此何以書！譏。何譏爾？譏喪娶也。娶在三年之外，則何譏乎喪娶？三年之內不圖婚。吉禘于莊公譏，然則曷爲不於祭焉譏？三年之恩疾矣，非虛加之也，以人心爲皆有之。以人心爲皆有之，則曷爲獨於娶焉譏？娶者大吉也，非常吉也，其爲吉者主於己，以爲有人心爲者則宜於此焉變矣。

【董氏】：《春秋》譏文公以喪取。難者曰：「三年之喪，二十五月。今按經，文公乃四十一月方取。取時無喪，出其去也久矣。何以謂之喪取。」曰：《春秋》之論事，莫重於志。今取必納幣，納幣之月在喪分，故謂之喪取也。且文公以秋祫祭，以冬納幣，皆失於太蚤。《春秋》不譏其前，而顧譏其後，必以三年之喪，肌膚之情也。雖從俗而不能終，猶宜未平於心。今全無悼遠之志，反思念取事，是《春秋》之所甚疾也。故譏不出三年於首而已，譏以喪取也。……亦宜曰：「喪云喪云，衣服云乎哉？」（〈玉杯〉）

董氏此條在經義上取《公羊》，所以解經之重點除將「《春秋》之論事，莫重於志。」點出外，並無特出處。方法上以第一組「合而通之」的成果「《春秋》之論事，莫重於志。」爲此解的展開點。依此爲解經的核心「緣而求之」，探求譏文公喪取之因。其次筆法上將《論語》中「禮云禮云，玉帛云乎哉！」變化而爲「喪云喪云，衣服云乎哉？」以此論喪禮的本質。

雖然董氏此條在經義上無出《公羊》傳，但可見董氏用辭之活潑，竟至變化經文。與後來師法、家法之嚴守，差異頗大。但是董氏以文公因喪期間下聘之事，竟推論至後來政權旁落至臣子手中「孔子曰：『政逮於大夫四世矣。』蓋自文公以來之謂也。」（〈玉杯〉），由此可見「《春秋》之好微貴志」（〈玉杯〉）的筆法，照見《春秋》二百四十二年之細惡於無形。

至於「《春秋》之貴志」，源自莊公三十二年《公羊傳》：「君親無將，將而誅。」

而來，這個理念對董氏影響頗大。如在《春秋繁露義證‧玉英篇》中，亦有記載：「桓之志無王，故不書王。其志欲立，故書即位。」（頁76）及〈精華〉篇中「《春秋》之聽獄也，必本其事而原其志」（頁92）等。其後「《春秋》之貴志」董氏這樣的理念大量運用於解經上，但是「解經」是否合理，則將於各條經解中將詳述之。

第二節　第二組「偶其類、覽其緒、屠其贅」的解經方法

一、

宣公十一年

【經文】：楚人殺陳夏徵舒。

【公羊】：此楚子也，其稱人何？貶。曷爲貶？不與外討也。不與外討者，因其討乎外而不與也，雖內討亦不與也。曷爲不與？實與而文不與。文曷爲不與？諸侯之義，不得專討也。諸侯之義不得專討，則其曰實與之何？上無天子，下無方伯，天下諸侯有爲無道者，臣弒君，子弒父，力能討之，則討之可也。

昭公四年

【經文】：執齊慶封殺之。

【公羊】：此伐吳也，其言執齊慶封何？爲齊誅也。其爲齊誅奈何？慶封走之吳，吳封之於防，然則曷爲不言伐防？不與諸侯專封也。慶封之罪何？脅齊君而亂齊國也。

【董氏】：楚莊王殺陳夏徵舒，《春秋》貶其文，不予專討也。靈王殺齊慶封，而直稱楚子，何也？

曰：莊王之行賢，而徵舒之罪重。以賢君討重罪，其於人心善。若不貶，孰知其非正經。《春秋》常於其嫌得者見其不得也。是故齊桓不予專地而封，晉文不予王而朝，楚莊弗予專殺而討。三者不得，則諸侯之得，殆此矣。此楚靈之所以稱子而討也。《春秋》之辭，多所況，是文約而法明也。（〈楚莊王〉）

這是董氏《春秋》解經的典型，解經主要沿襲《公羊傳》的有兩點：

（1）形式上，《公羊傳》都是以「問者」爲起的解經形式，而董氏以問者將問題表面的矛盾凸顯出來，這一點與《公羊傳》相同。

（2）其次董氏所有解經的依據如兩筆史實，皆是從《公羊傳》而來，如貶楚莊

王而非楚靈王。

若以董仲舒自己解經的方法論證，也就是第二組「偶其類」、「覽其緒」、「屠其贅」的程序，則發現完全相合。

第二組的程序為：

(1)「偶其類」，「偶」合同類。但非如「合」春秋二百四十二年之史實，貫通其春秋大義。所以第一個步驟只是聚合同類，屬於資料的匯集。

(2)「覽其緒」，接著的步驟就是尋其端「緒」。

(3)「屠其贅」，最後則是以這個端緒求《春秋》未盡的餘意。

首先是「偶其類」：將相同的史實合觀，皆為楚子殺它國之亂臣。並得到了「五其比」：即《公羊傳》在兩筆《春秋》經資料中歸納出「諸侯之義不得專討」的條例。其次是「覽其緒」：即問者的疑難，何以「莊王貶其文，而靈王直稱楚子」？將此疑問，及《春秋》與《公羊傳》未盡之餘意，以「屠其贅」的方法說明之：「以賢君討重罪，其於人心善。若不貶，孰知其非正經」。最後終結以「《春秋》常於其嫌得者見其不得也」。

董氏在此條解經程序中，還加上《春秋》其它經文之輔助說明。並由此發展其《春秋》學：「《春秋》之辭，多所況，是文約而法明也。」由此可見董氏《春秋》學是從其《春秋》解經學的過程中累積而成的。

昭公十三年

【經文】：蔡侯廬歸于蔡，陳侯吳歸于陳。

【公羊】：此皆滅國也，其言歸何？不與諸侯專封也。

【董氏】：問者曰：不予諸侯之專封，復見於陳蔡之滅。不予諸侯之專討，獨不復見於慶封之殺，何也？

　　日：《春秋》之用辭，已明者去之，未明者著之。今諸侯之不得專討，固已明矣。而慶封之罪未有所見也，故稱楚子以伯討之，著其罪之宜死，以為天下大禁。曰：人臣之行貶主之位，其罪皆宜死，比於此其云爾也。

〈楚莊王〉

可以得見此條非獨立解經，而是前條解經的延續。前條以莊王殺陳夏徵舒為主，所以問者就「不予諸侯專討」接著發問。以彌補前條解經中，未就「不予諸侯專討」此問題解說之不足處。因此解經上並非延襲《公羊傳》對於《春秋》經的解釋，亦可說是「屠其贅」的應用。而董氏以「不予諸侯專討」，發展出「《春秋》之用辭，已明者去之，未明者著之。」之個人對於《春秋》筆法的見解。

二、

宣公十二年

【經文】：夏六月乙卯，晉荀林父帥師及楚子戰于邲，晉師敗績。

【公羊】：大夫不敵君，此其稱名氏以敵楚子何？不與晉而與楚子為禮也。

【董氏】：《春秋》之常辭也，不予夷狄而予中國為禮，至邲之戰，偏然反之，何也？

　　　　曰：《春秋》無通辭，從變而移。今晉變而為夷狄，楚變而為君子，故移其辭以從其事。夫莊王之舍鄭，有可貴之美，晉人不知其善，而欲擊之。所救已解，如挑與之戰，此善善之心，而輕救民之意也，而不使得與賢者為禮。（〈竹林〉）

董氏此條解經，採第二組「偶其類」、「覽其緒」、「屠其贅」為解經方法。故以「偶其類」得「《春秋》無通辭，從變而移。」的成果，並以此《春秋》無通辭的筆法，探求晉何以變而為夷狄的端緒。

　　所以本條除在方法上符合董氏第二組解經方式外，其次問者與答者都以《春秋》大義為問答的首要訴求點。其次解釋何以能「從變而移」，並依此結果，對於《春秋》中其它類似經：「秦穆侮蹇叔而大敗。鄭文輕眾而喪師。《春秋》之敬賢重民如是。」加以探討，其成果有助氏原先解經的效果。

　　經三筆資料排比之後，可見本條解經頗佳。以《春秋》－《公羊》－董氏一系《春秋》解經方式而言，《公羊》解《春秋》未明之意，董氏解《公羊》未盡之辭，原本就是最理想的解經方式。因此董氏解《公羊》未盡之辭就是「屠其贅」。董氏更將《公羊》中，易引起解釋矛盾處，引《春秋》筆法「《春秋》無通辭」解《春秋》筆法「《春秋》之常辭」。如此不但達到層次的解釋效果，同時使其解經精神，仍在《春秋公羊》的範圍內。一方面使《公羊》未盡之餘意說明清楚，達到解經的效果；同時在義理上因不出《公羊》，所以並非董氏個人創造性的解法，故為《春秋》－《公羊》－董氏三者完美的組合。

三、

成公二年

【經文】：秋七月，齊侯使國佐如師，己酉，及國佐盟于袁婁。

【傳文】：君不使乎大夫，此其行使乎大夫，此其行使乎大夫何？佚獲也。……逢丑父者，……面見與頃公相似……代頃公當左，……於是斮逢丑父。

桓公十一年

【經文】：九月，宋人執鄭祭仲。

【傳文】：祭仲者何？鄭相也。何以不名？賢也。何賢乎祭仲？以爲知難也。其爲知權奈何？……古人之有權者，祭仲之權是也。權者何？權者，反於經然後有善者也。權之所設，舍死亡無所設。行權有道，自貶損以行權，不害人以行權。

【董氏】：逢丑父殺其身以生其君，何以不得謂知權？丑父欺晉，祭仲許宋，俱枉正以存其君。然而丑父之所爲，難於祭仲，祭仲見賢而丑猶見非，何也？曰：是非難別者在此……祭仲措其君於人所甚貴以生其君，故《春秋》以爲知權而賢之。丑父措其君於人所甚賤以生其君，《春秋》以爲不知權而簡之。其俱枉正以存君，相似也；其使君榮之與使君辱，不同理。故凡人之有爲也，前枉而後義者，謂之中權，雖不能成，《春秋》善之，魯隱公、鄭祭仲是也。前正而後有枉者，謂之邪道，雖能成之，《春秋》不愛，齊頃公、逢丑父是也。……。若非君，則丑父何權矣。故欺三軍爲大罪於晉，其免頃公爲辱宗廟於齊，是以雖難而《春秋》不愛。……由法論之則丑父欺而不中權，忠而不中義，以爲不然？復察《春秋》。《春秋》之序辭也，置王於春正之間，非曰上奉天施而下正人，然後可以爲王也云爾。（〈竹林〉）

董氏針對難者的發問，以六百二十七個字的篇幅解釋，因爲所言甚多，所以剪裁之後，將其重點錄出。此條依解經第二組的方法：偶合相同的史實（逢丑父與祭仲）。求其端緒：一者，知權而稱賢（祭仲）；一者，雖殺身存君（逢丑父），因不中權，仍然不與賢。所以依此兩類似的結果（存君），不同的過程，以解釋《公羊》對此未盡的餘意。何以說是《公羊》未盡的餘意，而非《春秋》未盡的餘意？顯然《春秋》經文在記載鄭祭仲與逢丑父的方式並不相同，因爲比較「宋人執鄭祭仲」與「秋七月，齊侯使國佐如師，己酉，及國佐盟于袁婁。」前者還可見出《公羊》將《春秋》筆削大義表現出，後者則是戰敗後齊侯脫逃與戰後的盟約，並沒有提及逢丑父。但即使在《公羊》傳中，其實我們可以看出成公二年與桓公十一年的傳文並無關連。而董氏合觀此兩筆類似的史實，就知權與否提出解釋，因此《公羊》只言祭仲知權，至於逢丑父則只如實地述其史實，未加評論。所以有關逢丑父知權與否的問題，其實是董氏所提出的。董氏就兩者之間矛盾處點出，並加以討論，這是董氏此解貢獻。然董氏此解若我們與僖公十年荀息之事的合觀，則有標準浮動的問題。

董氏此解因篇幅過長，在結構上略顯鬆散，但方法上仍符合他自己第二組的解經理論。至於內容的含意，則以《公羊》傳義爲主。

第三節　其它解經方式

一、

宣公十五年

【經文】：夏五月，宋人與楚人平。

【公羊】：外平不書，此何以書？大其平乎己也。何大乎其平乎己！莊王圍宋，軍有
　　　　七日之糧爾……（按：宋）易子而食之，析骸而炊之。（按：楚）引師而
　　　　去之。故君子大其平乎己也。此皆大夫也，其稱人何？貶。曷為貶？平
　　　　者在下也。

【董氏】：司馬子反為其君使。廢君命，與敵情，從其所請，與宋平。是內專政而外
　　　　擅名也。專政則輕君，擅名則不臣，而《春秋》大之，奚由哉？曰：為
　　　　其有慘怛之恩，不忍餓一國之民，使之相食。推恩者遠之而大，為仁者
　　　　自然而美。今子反出己之心，矜宋之民，無計其閒，故大之也。

問者以「廢君命，與敵情，從其所請，與宋平。是內專政而外擅名也。專政則輕君，
擅名則不臣。」為主詰難司馬子反。但是董氏顯然只答以「為仁」，並未就問者對於
「專政」與「擅名」的疑點回答，所以此條經解並不成功，但後者就未答全的問題，
接著發問。

【董氏】：難者曰：《春秋》之法，卿不憂諸侯，政不在大夫。子反為楚臣而恤宋民，
　　　　是憂諸侯也；不復其君而與敵平，是政在大夫也。澶梁之盟，信在大夫，
　　　　而諸侯刺之，為其奪君尊也。平在大夫，亦奪尊君，而《春秋》大之，
　　　　此所聞也。且《春秋》之義，臣有惡，擅名美。故忠臣不顯諫，欲其由
　　　　君出也。《書》曰：「爾有嘉猷，入告爾君于內，爾乃順之於外，曰：『此
　　　　謀此猷，惟我君之德。』」此為人臣之法也。古之良大夫，其事君皆若是。
　　　　今子反去居近而不復，莊王可見而不告，皆以其解二國之難為不得已也。
　　　　奈其奪君名美何？此所惑也。

　　　　曰：《春秋》之道，固有常有變，變用於變，常用於常，各止其科，非相
　　　　妨也。今諸子所稱，皆天下之常，雷同之義也。子反之行，一曲之變。
　　　　獨修之意也。夫目驚而體失其容，心驚而事有所忘，人之情也。通於驚
　　　　之情者，取其一美，不盡其失。詩云：「采葑采菲，無以下體。」此之謂
　　　　也。今子反往視宋，聞人相食，大驚而哀之，不意之至於此也，是以心
　　　　駭目動而違常禮。禮者，庶於仁、文，質而成體者也。今使人相食，大
　　　　失其仁，安著其禮？方救其質，奚恤其文？故曰：「當仁不讓」，此之謂

也。《春秋》之辭，有所謂賤者，有賤乎賤者。夫有賤乎賤者，則亦有貴乎貴者矣。今讓者《春秋》之所貴。雖然見人相食，驚人相饟，救之忘其讓，君子之道有貴於讓者也。故說《春秋》者，無以平定之常義，疑變故之大則，義幾可諭矣。〈竹林〉

難者再次發問極爲精彩，仍以上述除了「專政」與「擅名」的疑點之外，並以《春秋》之法、《春秋》之義凸顯《公羊》解經矛盾之處，再加上《尙書》經文的質難，使得質疑之人更有理據。

而董氏於此正式提出解答，先言《春秋》之道、人情，並引《詩經》、《論語》支持司馬子反的行爲。最後以《春秋》之辭與《春秋》之所貴者，釐清這個原本看似矛盾的問題。但是此條解經未引董氏二種解經方法的其中一種，因文中曾提及「子反之行，一曲之變。獨脩之意也。」，「《春秋》之道，固有常有變，變用於變，常用於常，各止其科，非相妨也。」之後提出獨脩之意，可見這在《春秋》大義中是獨樹一格的。因此既無法以「合而通之」解經，亦無法「偶其類」，所以這條經解是獨立於董氏《春秋》解經方法之外。

若以第三章引近代浪漫派解釋學原則的奠基人：施萊爾馬赫，以爲「理解」並不只是一種「解釋的技術」。則可將董氏偶有與自己解經方法理論相違背的解經條例，視其偶有的歧出正是活潑的解經方式。但若解釋學角度而言，我們如何正視這樣的歧出？而此歧出有否特定的標準？因以「《春秋》之道，固有常有變，變用於變，常用於常，各止其科，非相妨也。」而言，所謂的「變用於變，常用於常……非相妨也。」其被認可的「變」，與「用於變」的標準何在？若無一定的標準，僅以道德價值義橫量之，如：「心驚而事有所忘，人之情也。」，在解釋上是否產生，因一味迎合《春秋》經文的解釋，而造成解釋標準的浮動，乃至無解釋的標準？這是一個可以深思的問題。

二、

昭公二年

【經文】：冬，公如晉，至河及復，季孫宿如晉。

【公羊】：其言至河乃復何？不敢進也。

【穀梁】：恥如晉，故著有疾也，公如晉而不得入，季孫宿如晉而得入，晉而得入，惡季孫宿也。

【董氏】：問者曰：晉惡而不可親，公往而不敢至，乃人情耳。君子何恥而稱公有疾也？

曰：惡無故自來。君子不恥，內省不疚，何憂於志，是已矣。今《春秋》
恥之者，昭公有以取之也。臣陵其君，始於文而甚於昭。公受亂陵夷，而
無懼惕之心，囂囂然輕計妄討，接不義而重自輕也。人之言曰：「國家治，
則四鄰賀；國家亂，則四鄰散。」是故季孫專其位，而大國莫之正。出走
八年，死乃得歸。困之至也。君子不恥其困，而恥其所以窮。昭公雖逢此
時，苟不取同姓，詎至於是，雖取同姓，能用孔子自輔，亦不至如是。時
難而治簡，行枉而無救，是其所以窮也。〈楚莊王〉

由上述《公羊》未言「恥」而《穀梁》言「恥」比較得知，董氏此條是以《穀梁》
義為主。前一條昭公十二年，董氏取《穀梁》義，仍因《公羊》無傳。而昭公二年，
不但《公羊》傳，且董氏在〈楚莊王〉中言「《春秋》恥之者」明顯承自《穀梁傳》
言「恥如晉」。因此，即以《春秋》之名代《穀梁》，則董氏《公羊》的立場不免受
到質疑。如果《穀梁》之義長於《公羊》，則董氏取《穀梁》義亦無不當，但是以經
文而言，並無「著有疾」之意。因此董氏僅取《公羊》之義，即可明白，不必言昭
公不敢如晉託稱疾，這樣繞著一圈的講法。

董氏由昭公恥如晉，接著將文公、昭公兩世皆受強臣壓迫；昭公十年娶同姓女；
及昭公二十五年出走八年，死乃得歸……等公諸於世。這種「恥如晉」與其後因違
禮與悲慘的命運相連，必然推測的解經方式，類似於災異的解經方法。因為後面悲
慘的命運若與「恥如晉」的事件無關，則不須在本條解經中說明；若有關，則這種
必然的推斷與〈五行志〉中，國君失道與國家災異發生的必然性，是類似的。所以
此條不但與《春秋繁露》中的解經方法完全無涉，反而與〈五行志〉中的解法類似。
然以災異的方式解《春秋》經事，則本身就是非常失敗的解經條例。

三、

成公三年

【經文】：鄭伐許。

【公羊】：無傳。

【董氏】：《春秋》曰：「鄭伐許。」奚惡於鄭而夷狄之也？

曰：衛侯遫卒，鄭師侵之，是伐喪也。鄭與諸侯盟於蜀，以盟而歸，諸
侯於是伐許，是叛盟也。伐喪無義，叛盟無信，無信無義，故大惡之。〈竹
林〉）

此條在沒有《公羊》傳解經的基礎下，董氏以他個人對於《公羊傳》的研究心得來
解經：首先《春秋》因惡鄭而視之為夷狄，故以《春秋》筆法，稱國（鄭）不稱爵

（鄭伯），爲難者的發問。其次指出鄭伯堅的夷狄行「伐喪無義，叛盟無信」，所以此條並不符合他個人的解經理論，反而類似《公羊傳》的解經方式，因《公羊傳》的解經特色在於問答，而董氏個人的解經理論，以兩筆相似的經義所產生的解經疑問。因此此條董氏的解經其實偏向《公羊傳》的方式，可彌補《公羊傳》的不足。

成公四年

【經文】：三月壬申，鄭伯堅卒。冬，鄭伯伐許。

【公羊】：無傳。

【董氏】：問者曰：是君死，其子未踰年，有稱伯不子，法辭其罪何？

> 曰：先王之制，有大喪者，三年不呼其門，順其志之不在事也。《書》云：「高宗諒闇，三年不言。」居喪之義也。今縱不能如是，奈何其父卒未踰年即以喪舉兵也。《春秋》以薄恩，且施失其子心，故不復得稱子，謂之鄭伯，以辱之也……父伐人喪，子以喪伐人……孔子曰：「道千乘之國，敬事而信。」……今鄭伯既無子恩，又不熟計，一舉兵不當，被患不窮，自取之也。是以生不得稱子，去其義也；死不得書葬，見其窮也，有國者視此。（〈竹林〉）

董氏此解與上一解在內容上有所延續，基本形式上亦與上一解相同，都是在《公羊》無傳的情形下。所以問者所問，在於指出《春秋》經文的矛盾處，如〈精華〉篇：「《春秋》之法，未踰年之君稱子，蓋人心之正也。」中《春秋》筆法與《春秋》經文記載矛盾的地方，因爲成公四年三月鄭伯堅卒，而不到一年，還在服喪期的兒子就攻伐許國，這時《春秋》經文的記載，故君未死一年，新君稱子乃是禮法上所應當的，董氏以「何以鄭伯稱之？」爲切入點。

其次董氏基本上認爲孔子著六經，自然也包含《春秋》。所以董氏常以「引經解經」爲其解經特色之一。引經解經，意味著六經經義能貫通之故，因此此條解經，首以「先王之制，有大喪者，三年不呼其門，順其志之不在事也。」，後引《尚書》爲證，如此可見董氏在五經經義的融合上亦有他個人的心得，而將此心得運用在他個人解經的方法之中。

至於董氏以鄭國新君悼公以喪伐人，與他日後的命運（「一舉兵不當，被患不窮……是以生不得稱子……死不得書葬」），結合在一起，也是董氏在解經「《春秋》貴志」貫用的筆法之一。如：「昭公二年，公如晉」解經的條例上，因昭公二年如晉的歷史，見出受強臣壓迫的事實，又因此與昭公十年娶同姓，及昭公二十五年出走八年，身亡異鄉的結果，完全在這條解經中表達出來。其實昭公二年，所發生的事，是否與十年娶同姓及二十五年出走他鄉，有直接的關係？若無，則此解

是對未來歷史事件的預測。而這樣的預測與「災異」的發生爲未來的災禍的示警效果是一樣的，只是此處的「災異」換成「公如晉」的事實而已，如此的解經方式不免令人覺得謬誤。

上述爲董氏此條解經的方法，董氏此解與成公三年的解法類似。因此解未有《公羊傳》配合的關係。故董氏此解仍舊扮演著《公羊傳》第一層解《春秋》經的角色。與「莊公三年」同樣爲董氏個人提出的兩組解經方法無關，爲獨立於兩組解經方式之外的方法。但獨立於個人解經理論之外的方法，提出「《春秋》貴志」類似「災異」的解經方式，卻產生令人覺得謬誤的解釋方式。

四、

隱公五年。

【經文】：春，公觀魚于棠。

【公羊】：何以書？譏。何譏爾？遠也。公曷爲遠而觀魚？登來之也。百金之魚，公張之。登來之者何？美大之之辭也。棠者何？濟上之邑也。

【董氏】：公觀魚于棠，何惡也？

　　凡人之性，莫不善義，然而不能義者，利敗之也。故君子終日言不及利，欲以勿言愧之而已，愧之以塞其源也。夫處位動風化者，徒言利之名爾，猶惡之，況求利乎？故天王使人求賻求金，皆爲大惡而書。今非宜使人也，親自求之，是爲甚惡。譏何故言觀魚？猶言觀社也，皆諱大惡之辭也。（〈玉英〉）

隱公五年這段記載，只是很簡單的描述魯國國君與民爭利的史實，未有前面幾筆經解。因有《春秋》經文與《春秋》筆法的矛盾，並透過《春秋》大義的疏解配合它經解之。所以相較之下，隱公五年觀魚事件，第一層《公羊》傳文解《春秋》經義，已非常明白。因此董氏第二層的解釋，對此解經的貢獻只有「譏何故言觀魚？猶言觀社也，皆諱大惡之辭也。」，將魯隱公到棠這個地方，用網「捕捉」貴重的魚的事實隱瞞爲「觀」魚。在解經上，爲求難者能瞭解這是《春秋》貫用的筆法，僅將魯莊公二十三年雖到齊國看剛訂婚妻子，但在筆法上，掩飾爲「觀社」；與隱公觀魚實爲捕魯，兩者相爲避諱筆法，這一點提出而已。

此條解經，非關董氏解經理論。同時以難者所提出問題的性質看來，亦不須那兩組之解經理論來回答。因《公羊》傳文已經說的非常明白，雖然未直接說惡，但是已明言《春秋》記載這段經文的用意」，因此此筆經解之必要性並不大。

五、

隱公三年

【經文】：葬宋繆公。

【公羊】：莊公馮弒與夷，故君子大居正，宋之禍，宣公爲之也。

　　　　　桓公二年

【經文】：春王正月戊申，宋督弒其君與夷及其大夫孔父。

【公羊】：及者何？累也。……（《公羊》所言與此事無關，因此省略不錄。）

【董氏】：經曰：「宋督弒其君與夷。」傳言：「莊公馮殺之。」不可及於經，何也？
　　　　　曰：非不可及於經，其及之端眇，不足以類鉤，故難知也。傳曰：「臧孫
　　　　　許與晉郤克同時而聘乎齊。」按《經》無有，豈不微哉。不書其往而有
　　　　　避也。今此傳言莊公馮，而於經不書，亦以有避也。是以不書聘乎齊，
　　　　　避所羞也。不書莊公馮殺，避所善也。是故讓者《春秋》之所善。宣公
　　　　　不與其子而與其弟，其弟亦不與子而反之兄子，雖不中法，皆有讓高，
　　　　　不可棄也，故君子爲之諱。不居正之謂避，其後也亂。移之宋督以存善
　　　　　志。此亦《春秋》之義，善無遺也。若宜書其篡，則宣繆之高減，而善
　　　　　之無所見矣。（〈玉英〉）

董氏將經、傳相距十年的兩個不同時代合解。即隱公三年的傳與桓公二年的經文，這在《春秋》中是很奇怪的記載方式。首須知道宋殤公與夷卒於何年？與夷卒於桓公二年，而傳文在隱公三年葬宣、繆二公時，已將宋莊公弒與夷的事實寫出，表示莊公馮爲其父繆公逐時，已有弒殤公的心意（亦是「《春秋》貴志」之用），但又爲了表彰棄宣公與繆公兄弟相讓的謙德，「皆有讓高，不可棄也，故君子爲之諱」。故將與夷被弒事實發生的桓公二年，經文諱之以「宋督弒其君與夷」。《公羊》爲求不滅事實，故於隱公三年，將莊公已有弒與夷之心明言於傳。

如此曲折的筆法，董氏以「類鉤」偶合同類的史事探求。即第二組「偶其類」的研究方法，如成公二年「《公羊》傳曰：『臧孫許與晉郤克同時而聘乎齊。』按《經》無有，豈不微哉。」此與殤公被弒，二者之間只有「微哉」這一點的相同。故以第二組方法而言，接著應是「覽其緒、屠其贅」。但以董氏之解來看，並非二者同步比較，只單論殤公被弒之事，因此此解未合董氏之解經方法。

若以〈王道〉篇所論齊桓、晉文霸業而言，雖不中法。但《春秋》的處理態度爲「內心予之行，法絕而不予。」（〈王道〉篇）；反之宣、繆二公兄弟相讓「雖不中法」，然謙德卻「不可棄也，故君子爲之諱。」與《春秋》的意思相同。都是「內心予之行」與「不可棄也」。但何以兩者的表達方式，一個是「法絕而不予」避諱，另

一個是「故君子爲之諱。」，則宣、繆二公與齊桓、晉文之間的差別何在？董氏或許以此爲難者所問，將可探討筆法的問題。

【董氏】：難者曰：爲賢者諱，皆言之，爲宣繆諱，獨弗言，何也？

　　　　曰：不成於賢也。其爲善不法，不可取，亦不可棄。棄之則棄善棄志也，取之則害王法。故不棄亦不載，以意見之而已。苟志於仁無惡，此之謂也。（〈玉英〉）

針對上述宣、繆二公之間相讓，引起莊公弒殤公的事實。《春秋》爲之諱，但並未說明問題，這裏的「獨弗言」，應指的是《公羊》傳。董氏對於難者所問再做解釋。董氏此解主要的內容是：

（1）宣繆二公並非賢者。

（2）其爲善不法，不可取法，亦不可棄。

然《春秋》爲賢者諱，亦爲尊者諱（如魯隱公觀魚於棠）。所以宣繆二公即非賢者，亦爲尊者無疑。又司馬子反、齊桓、晉文等「賢者」，爲善亦不法，《公羊》皆爲之諱，而宣、繆二公何以不成賢？賢的標準何在？董氏似應對此深入說明。且〈玉英〉篇中「《春秋》之書事時，詭其實以有避也。其書人時易其名以有諱也。」《公羊傳》書人易名，已是避諱。所以《公羊傳》將《春秋》的立場，應已表達的很清楚了。且《公羊》傳盡到解釋之責，與董氏言之不成於賢應是沒有關係的，因此難者此問並不高明。

六、

莊公三年

【經文】：秋，紀季以酅入于齊。

【公羊】：紀季者何？紀侯之弟也。何以不名？賢也。何賢乎紀季？服罪也。其服罪奈何？魯子曰：請後五廟，以存姑姊妹。

【董氏】：難紀季曰：《春秋》之法，大夫不得用地。又曰：公子無去國之義。又曰：君子不避外難。紀季犯此三者，何以爲賢？賢臣故盜地以下敵，棄君以避難乎？曰：賢者不爲是。是故託賢於紀季，以見季之弗爲也。紀季弗爲而紀侯使之可知矣。《春秋》之書事時，詭其實以有避也。其書人時易其名以有諱也。故詭晉文得志之實，以代諱避致王也。詭莒子號謂之人，避隱公也。易慶父之名謂之仲孫，變盛謂之成，諱大惡也。然則說《春秋》者，入則詭辭，隨其委曲而後得之。今紀季受命乎君而經書專，無善一名而文見賢，此皆詭辭，不可不察。《春秋》之於所賢也，固順其志

而一其辭，章其義而襃其美。今紀侯《春秋》之所貴也，是以聽其入齊
之志，而詭其服罪之辭也，移之紀季。故告糴於齊者，實莊公爲之，而
《春秋》詭其辭，以多臧孫辰。以酅入於齊者，實紀侯爲之，而《春秋》
詭其辭，以與紀季。所以詭之不同，其實一也。（〈玉英〉）

表面看來紀季的確犯了難者所言的《春秋》通則，但《公羊》的解釋使得紀季之賢，
以及《春秋》避諱筆法得以彰顯。雖董氏對此《春秋》經義的解釋未能超越《公羊
傳》，但董氏此解的精彩處在於比較《春秋》隱諱筆法後，提出「詭辭」之說。並藉
由「詭辭」說，表現出《春秋》筆法的不同。

　　衡量董氏此條解經成果，與兩組解經方法無關。並以所謂「詭辭」，爲解經主線。
其實由《公羊傳》文，即可回答難者質疑紀季的三個問題。至於難者所問，只再凸
顯問題本身。董氏此解未以《春秋》大義，僅以詭辭答之。故若難者以不同隱諱筆
法，提出疑問，則此條之問答方能符合。否則以《春秋》中大夫不得用地、公子無
去國之義、君子不避外難質疑，而竟得到筆法的回應，顯然未能針對問題解達問題。
因此董氏此條解經非佳作。

【董氏】：難者曰：有國家者，人欲立之，固盡不聽，國滅君死之，正也，何賢乎
　　　　紀侯？
　　　　曰：齊將復讎，紀侯自知力不加而志距之，故謂其弟曰：「我宗廟之主，
　　　　不可以不死也。汝以酅往，服罪於齊，請以立五廟，使我先君歲時有所
　　　　依歸。」率一國之眾，以衛九世之主。襄公逐之不去，求之弗多，上下
　　　　同心而俱死之。故謂之大去。《春秋》賢死義，且得眾心也，故爲諱滅。
　　　　以爲之諱，見其賢之也。以其賢之也，見其中仁義也。（〈玉英〉）

紀侯大去其國，何以賢之？在上一解已可得到解答。因紀季何以稱賢，一如紀侯之
稱賢。因爲紀季的一切作爲都是紀侯授予，所以《公羊》傳中「魯子曰：請後五廟，
以存姑姊妹。」即言紀侯之意。難者言「國滅君死之，正也。」，如此隨正而行，不
就是賢了嗎？所以此條的解經效果既不符董氏自己的方法，而在解經的含意亦無超
過上一條《公羊傳》的傳文。同時以解經的重要性言本條可說是前條的附屬，故重
要性不強。

七、

僖公十年

【經文】：晉里克弒其君卓子，及其大夫荀息。

【公羊】：及者何？累也。弒君多矣，舍此無累者乎？曰有孔父仇牧皆累也。舍孔

父仇牧無累者乎？曰：有。有則此何以書？賢也。何賢乎荀息？荀息可謂不食其言矣⋯⋯。

【董氏】：難晉事者曰：《春秋》之法，未踰年之君稱子，蓋人心之正也。至里克殺奚齊，避此正辭而稱君之子，何也？

曰：⋯⋯《春秋》無達辭⋯⋯晉，《春秋》之同姓也。驪姬一謀而三君死之，天下之所共痛也。⋯⋯《春秋》疾其所蔽，故去其正辭，徒言君之子而已。若謂奚齊曰：嘻嘻！為大國君之子，富貴足矣，何必以兄之位為欲居之，以至此乎云爾。⋯⋯無罪而受其死者，申生、奚齊、卓子是也。惡中有惡者，己立之，己殺之，不得如他臣之殺君者，齊公子商人是也。故晉禍痛而齊禍重。《春秋》傷痛而敦重，是以奪晉子繼位之辭與齊子成君之號，詳見之也。（〈精華〉）

《春秋》經文記載之史實，為晉國臣子弒殺新君卓子。而《公羊傳》僅將歷史交代之，且就荀息不食其言褒之為賢。故若僅以《公羊傳》與《春秋》經間的解經關係，則疑點在於《公羊傳》中。里克謂荀息：「君殺正，而立不正，廢長而立幼」，可見奚齊與卓子在繼承君位的合法性，令人質疑。獻公臨終時託荀息立卓子為君（卓子在里克看來正是，「立不正，廢長而立幼」者），最後荀息因此殉身。但因非法繼承人而亡，是否為賢？亦令人懷疑。因〈玉英〉篇中「為善不法，不可取」，荀息應屬此然《公羊傳》竟稱其賢。若荀息因重君諾而稱賢，則以為董氏鼓勵臣以君命為主，倒也未必。因為「逢丑父殺其身以生其君」如此大的犧牲，在董氏卻以為：「丑父宜言於頃公曰：『君慢侮而怒諸侯，是失禮大矣；今被大辱而弗能死，是無恥也；而復重罪，請俱死，無辱宗廟，無羞社稷。』」所以「逢丑父」事件，董氏都不認為逢丑父殺身生君是對的，應與君俱死。由此可知荀息實無稱賢的理由。

故董氏應以逢丑父何以稱賢，而荀息何以未能稱賢的討論為解經的重點。可惜董氏以「《春秋》之法，未踰年之君稱子，蓋人心之正也⋯⋯避此正辭而稱君之子，何也？」為切入點。一方面「晉里克弒其君卓子」，與「趙盾弒其君」的差別，只在君王名字的有無而已，故董氏將「其君卓子」誤以為「稱君之子」。《公羊傳》中「奚齊、卓子者，驪姬之子也。」可見《公羊傳》中卓子是人名，非國君之子之意。因此此條董氏以他個人對於《春秋》經文斷句之新解，而未能從「逢丑父」與「荀息」的角度比較，相當可惜。

第四節　小　結

　　綜前述《春秋繁露》五篇與董氏解經方法驗證後，可知董氏雖提出解《春秋》經的方法。但亦有經由個人籍由解經，發展出個人的《春秋》學。同時從十二筆解經中可知除了少數幾筆符合他個人的解經方法之外，至於如何解經？如何發展系統性的解經方法學，都不是董氏的重點。因此董氏雖自覺地解經，但以解經方法看來，雖有兩組解經方法提出，但解經之後的《春秋》學成果，才是董氏所在意的。

第五章　董仲舒《春秋》解經的效果（下）

第一節　前　言

　　前一章將《春秋繁露》中解經實例與方法應證之。五篇十二事的解經範圍，小至偶合類似的《春秋》筆法，大至探討《春秋》大義、或援引經解經、引經疑經。相對於〈五行志〉，《春秋繁露》五篇在解經方法遠較廣闊。因〈五行志〉中收錄各家災異的解法，多以陰陽五行的理論，所以原始資料亦限定為《春秋》災異。

　　〈五行志〉中所錄者，多因陰陽五行不諧而產生的差異，而《春秋繁露》亦有諸多探討陰陽五行的篇章，如：

> 　　自〈離合根〉第十八起，至〈治水五行〉第六十一，凡四十四篇，內
> 除言《春秋》者五篇：論人性者二篇。闕文三篇，剩下的共三十四篇：再
> 加上〈順命〉，〈循天之道〉，〈天地之行〉，〈威德所生〉，〈如天之行〉，〈天
> 地陰陽〉，〈天道施〉，總共四十一篇，皆以天道的陰陽四時五行，作一切
> 問題的解釋、判斷的依據，而僅偶及於《春秋》。〔註1〕

若董氏以陰陽五行為解經方法，則本文應提出《春秋繁露》中相關陰陽五行四十一篇之陰陽五行理論。以檢證是否為解《春秋》災異的方法，但從〈五行志〉中所錄董氏解災異七十二事看來，陰陽的解法極少〔註2〕，惶論五行〔註3〕。

─────────────

〔註1〕見徐復觀著《兩漢思想史》卷二（臺北：臺灣學生書局，民國82年9月初版），頁
310～311。

〔註2〕〈五行志〉七十二事中，以陰陽的消長關係為解經的方式只有十二事，佔全部0.14%。
分別為：桓公八年（頁1423）、桓公十五年（頁1407）、莊公十一年（頁1343）、僖
公二十一年（頁1386）、成公元年（頁1407）、成公五年（頁1345）、襄公二十四年
（頁1345）、襄公二十四年（頁1491）、襄公三十年（頁1326）、昭公四年（頁1423）、

《漢書‧五行志》中云：

> 漢興，承秦滅學之後，景、武之世，董仲舒治《公羊春秋》，始推陰
> 陽，爲儒者宗。〔頁 1317〕

可見《漢書》認爲董氏當時「始」推「陰陽」的研究方法，運用在《公羊春秋》的研究史上，並以此爲儒者宗。因此〈五行志〉中治《春秋》既是「始」推「陰陽」，則運用技巧及理論架構皆不可能嫻熟。因此〈五行志〉七十二事中，以「陰陽」爲解經方法僅佔 0.14%，並未發現有以五行爲解經方法者。其後儒者：劉向、劉歆則對於陰陽五行之用，較董氏更爲嫻熟。因此，董氏雖以陰陽解經，但也只是單純的陰陽消長而已，因此文不必以《春秋繁露》中陰陽五行之說，研究其理論與方法〔註4〕。

《漢書》整理董氏《春秋》災異解經，在〈五行志〉這部份資料的呈顯以四種表達方式：

1、「董仲舒以爲……」共有四十條；

2、「董仲舒、劉向以爲……」共有三十二條；

3、「劉向以爲……劉歆以爲……董仲舒指略同」有五條、「……董仲舒說略同」兩條、「……皆從董仲舒說也」三條；

4、「……董仲舒對曰」一條。〔註5〕

昭公九年（頁 1327）、昭公十八年（頁 1329）。見楊家駱先生主編　新校本漢書并附編二種一《漢書》（臺北：鼎文書局印行，民國 80 年 9 月七版），頁詳見上。

〔註 3〕就這七十二事中，當然有以五行爲解釋《春秋》災異的方法，但是都出現在：「劉向以爲……劉歆以爲……董仲舒指略同」中，如：「昭公二十五年「夏，有鸜鵒來巢。」劉歆以爲羽蟲之孽，其色黑，又黑祥也，視不明聽不聰之罰也。劉向以爲有蜚有蜮不言來者，氣所生，所謂眚也；鸜鵒言來者，氣所致，所謂祥也。鸜鵒，夷狄穴藏之禽，來至中國，不穴而巢，陰居陽位，象季氏將逐昭公，去宮室而居外野也。鵒白羽，旱之祥也；穴居而好水，黑色，爲主急之應也。天戒若曰，既失眾，不可急暴，陰將持節陽以逐爾，去宮室而居外野矣。昭不寤，而舉兵圍季氏，爲季氏所敗，出犇于齊，遂死于外野，董仲舒指略同。」（《漢書‧五行志》，頁 1414）

　　以陰陽五行解經，但所有的敘述內容，都以劉歆、劉向、天戒若三人所述，董氏只在最後「出現」時。以「略同」模糊的總結，如此自然不可能以上述所有的解經都出於董氏。若董氏以五行解經，則〈五行志〉七十二事中應有所見，今若無，可知董氏未以「五行」解經明矣！

〔註 4〕《春秋繁露》中的陰陽五行與〈五行志〉災異的比較看來，則董氏在〈五行志〉中陰陽的運用還不構成理論體系。因此《春秋繁露》中論陰陽四時五行，是否爲董氏之作亦是可疑。又因董氏在〈五行志〉中的運用還不成體系，即使以《春秋繁露》所形成的理論來檢證〈五行志〉，則其結論恐怕也只是：董氏在〈五行志〉中的運用還不成體系而已。

〔註 5〕徐復觀先生於《兩漢思想史》卷二中，對於董仲舒在《漢書‧五行志》中專言災異共集有七十七事，分別爲：

　　基本上以「董仲舒以爲……」最接近董氏原作精神；而「董仲舒、劉向以爲……」則是《漢書》將董、劉二氏的意見融合，故此類董氏原意的代表性又次之。其次「劉向以爲……劉歆以爲……董仲舒指略同」、「……董仲舒說略同」、「……皆從董仲舒說也」，爲劉氏父子採董氏之說，然只見劉氏父子之高論而未見董氏之說辭，因此這類資料並不予以討論。而「……董仲舒對曰」一條，〈遼東高廟災〉爲董氏上陳武帝之文，此條資料異於其它各條。因爲其它皆爲董氏解《春秋》經所出現的災異，獨此條爲發生於漢武帝當代的災異，爲董氏之用經。由〈五行志〉七十二事中可見，《春秋》災異的解釋僅是一種類別的歸納，然〈遼東高廟災〉爲歸納結果後，一種創造性的解釋方式。因此，董氏解經在〈五行志〉中之資料豐富。計有「董仲舒以爲……」四十條、「董仲舒、劉向以爲……」三十二條，共七十二條。

　　其次〈五行志〉中有：（1）莊公作嚴公（楚莊王作嚴王）；（2）僖公作釐公；（3）若時代相同則只寫某年，而不寫某公。凡如前述兩種情形，俱改爲莊、僖〔註6〕二公；而凡如第三種情形，原本〈五行志〉的排列順序因依災異類別，故偶將前面代表魯君的諡名去掉。但因本文在選取資料時已序順已有所變動，因此〈五行志〉中未標名某公者皆依原時代魯君諡名標上。

　　至於研究方法，以第三章中：國家若發生種種亂象，必出現災異的必然關連。爲本節研究之主軸，視察因種種陰陽失序所產生的亂象，與所致生災異之間是否吻合？論述的次序將依《漢書・五行志》中災異的事類爲順序。

第二節　災異解經的類別

　　本文進行的方式以災異的類別爲安排，除了可對同類型災異的研究較便利之

　　　　「董仲舒曰」者一：

　　　　「董仲舒以爲」者三十四：

　　　　「皆從董仲舒說也」者二：

　　　　「董仲舒指略同」者七：

　　　　「董仲舒說略同」者二：

　　　　「董仲舒、劉向以爲」者三十：

　　　　「仲舒、劉向以爲」者一。（頁309）

　　　　〈五行志〉中記載董氏言災異的部份，經扣除代表性不強的「董仲舒指略同」者七；「董仲舒說略同」者二，重新計算過後，所得之結果與徐氏不同，僅有七十二事，見〈附錄一〉至〈附錄七〉。

〔註6〕「莊公」之所以在《漢書》改爲「嚴公」。《漢書》唐・顏師古注有：「嚴公，謂莊公也，避明帝諱，故改曰嚴。凡《漢書》載諡姓爲嚴者，皆類此。」見《漢書》（頁1322）至於釐公，顏師古注爲：「釐讀曰僖。後皆類此。」見《漢書》（頁1323）。

外，亦可見出董氏在相同災異的解法間，有否共通性？此類災異共分爲七類，今分述如下：

一、火災（殿廟災）

此類災異共有十一事，（按：十一事原文參見附錄一。）而可發現其「起火的原因」有多種：百姓怨咎、姊妹未嫁、不當立、天子不能誅亂臣、失子道、伯姬幽居積陰生陽、臣子恨甚極陰生陽、陽失節則火災出、不能誅權臣、亡國之社以之爲戒。除不當立的原因有二例外，其它因各別原因所引起的火災（殿廟災）竟有如此多。其中有三條以陰陽相對消長作爲解釋何以爲災的方法。但仔細看來實在沒什麼道理，因爲同樣極陰生陽分別是宋伯姬幽居守節、陳臣子毒恨夏徵舒殺君，楚莊王欲託討賊，關門之後滅陳，故極陰生陽，致生火災；宋、衛、陳、鄭之君陽失節而火災生。三種完全不同的情況爲何皆爲極陰生陽？董氏在此並未加以比較使我們明白。然相類的災異如大旱，在《春秋繁露・精華》篇中也只有簡單的「大旱者，陽滅陰也」說法。因此就同類的十一事災異中，並沒有共通性的解法。此十一事災異條例中，依師承與否可分爲四類，分述於下：

（一）承《公羊傳》義者

此類解釋中，董氏承《公羊》義爲解釋者共有四例，分別是莊公二十年「夏，齊大災」與宣公十六年「夏，成周宣謝火」，以及哀公三年「五月辛卯，桓、僖宮災」與哀公四年「六月辛丑，亳社災」。

莊公二十年魯莊公夫人淫於齊，《公羊》傳文：「外災不書，此何以書？及我也。」因此齊大災的主因爲魯莊公夫人淫於齊，與《公羊傳》「及我也」有相承關係。至於宣公十六年成周宣榭火，董氏解爲：「十五年王札子殺召伯、毛伯，天子不能誅」。《公羊》傳言：「外災不書，此何以書？新周也。」新周即是新興之周國，今新周爲西周之後，故《春秋》經援例循王者之後記災，可見此解義承《公羊》。

哀公三年「五月辛卯，桓、僖宮災」與哀公四年「六月辛丑，亳社災」。四年《公羊》解爲「蒲社者何？亡國之社也」，董、劉二氏之解亦爲「亡國之社，所以爲戒也。」。其次三年《公羊》解爲「此皆毀廟也，其言災何？」所謂的毀廟，毀其原本不當立者，何必言災？董、劉二氏解此爲「此二宮不當立，違禮者也。」因此由上述四條看來，董氏之解在經意上，都是承繼《公羊傳》的。

（二）承《公羊傳》義，而其義更高者

昭公八年「冬十月壬午，楚師滅陳」。然昭公九年「夏四月，陳火」，表示陳國仍存。《公羊》云：「陳已滅矣，其言陳火何？存陳也。曰存陳悕矣。曷爲存陳？滅

人之國，執人之罪人，殺人之賊，葬人之君，若是，則陳存悕。」可知，楚國於魯昭公八年滅陳，昭公九年故陳國發生火災，而《春秋》記「陳火」。以筆法表示陳國存在的事實，《公羊》對於楚師雖能執陳國罪人、殺其賊人、葬陳君，但滅人之國也是事實，因此《公羊》竟以楚師如此行徑言陳國名存。即《春秋》因楚師存陳之志而書陳存，似乎不是個好理由。

至於董氏解為：「陳夏徵舒殺君，楚莊王託欲為陳討賊，陳國關門而待之，至因滅陳。陳臣子尤毒恨甚，極陰生陽，故致火災。」將火災發生之因，以及楚師明討賊實滅人國的事實表露無疑，可說將「《春秋》貴志」發揮極至。所以雖然董氏此解比《公羊傳》的災異色彩更濃，但實際情理衡量下，比《公羊傳》更佳。

（三）未承《公羊傳》義者

除上述承《公羊傳》義解經者外，亦有未承《公羊傳》意的，如成公三年「甲子新宮災，三日哭」。董氏解為「成居喪亡哀戚心，數興兵戰伐，故天災其父廟。」《公羊》解為「新宮者何？宣公之宮也。宣公，則曷為謂之新宮？不忍言也。」，至於傅隸樸氏於《春秋三傳比義》中言：「宣公為成公之父，故此宮也就是宣宮。《公羊》以為經不稱宣宮，而稱新宮，是成公哀其父，不忍稱宣宮。」〔註7〕若依傅說，則董說與《公羊》義完全不合，至於成公是否有四處戰伐的事實呢？從成公即位至災異發生以來，魯國國內所發生的戰役有：

> 二年春，齊侯伐我北鄙。
>
> 六月癸酉，季孫行父、臧孫許、叔孫許、叔孫僑如、公孫嬰、帥師，
>
> 會晉郤克、衛孫良夫、曹公子手，及齊侯戰于鞍，齊師敗績。
>
> 三年春，王正月，公會晉侯、宋公、衛侯、曹伯伐鄭。
>
> 二月，公至自伐鄭。

因此三年喪期內，魯國有兩次戰爭。第一次在二年春，由齊侯主動興起的戰役，非由魯。不過第二次伐鄭，確由魯成公主動，可能是報負的戰役。所以魯成公並無董氏所言「數興兵戰伐」的事實；其次成公伐鄭不論有無正當理由，《春秋繁露·竹林》篇中言：「以喪伐人」故然是「施失恩於親」，但齊侯「伐人之喪……加不義於人」亦是事實。故「施失恩於親」得到「新宮災」的報應，那麼「加不義於人」為何無災異呢？或許董氏應對此研究研究。

（四）有所疑義者

襄公三十年「五月甲午，宋災」（《公羊》無傳）。宋伯姬守節一事，在《春秋繁

〔註7〕見傅隸樸著《春秋三傳比義》（臺北：臺灣商務印書館，民國72年5月初版），頁638。

露・王道》篇中記載：

> 觀乎宋伯姬，知貞婦之信。（頁130）

若以「貞婦之信」形容伯姬，雖言憂傷國家之患，然亦有「幽」居之意。因此伯姬守節三十餘年，以董氏看來，因非出於至誠，才會「積」陰生陽，由此並產生「宋災」。如此對宋國而言，宋伯姬究竟是吉？或不詳？

因守節而引起「宋災」，如此還可以「貞婦」形容之？若以《春秋繁露》中言「《春秋》重志」，則伯姬難以「貞婦」名之。其次《春秋繁露・楚莊王》篇中：

> 《春秋》尊禮而重信……禮尊於身……宋伯姬疑禮而死於火。……《春秋》賢而舉之，以為天下法。（頁6）

董氏言「宋伯姬疑禮而死於火」，因此「疑禮」為宋伯姬死於火的主因，因此董氏在〈楚莊王〉篇中對於伯姬與大火間並無災異關連的說明。何以董氏在〈五行志〉中卻引伯姬之事解襄公三十年宋災異？可見相同的史實有解釋上的差異，至於原因為何？則不得而知。

桓公十四年秋八月「御廩災」，董氏以「四國共伐魯，大破之於龍門。」之歷史事實做為：百姓怨咨未復君臣俱惰，不能保守宗廟終其天年，進而產生天災御廩的原因。其疑點有：

（1）四國共伐魯，在《春秋》桓公年間的經文並無記載。

（2）龍門的地名在戰國年間才出現〔註8〕。

（3）如果前兩個因素都成立，則桓公十四年春夏之間所產生的「無冰」災異做何解釋？

同時在昭公十八年「五月壬午，宋、衛、陳、鄭災」董氏以「象王室將亂，天下莫救，故災四國，言亡四方也。」以及四國之君「不恤國政，與周室同行。陽失節則火災出，是同日災也。」，因此董氏以「陽失節則火災出」為五處火災的主因。然昭、定、哀三世短短六十一年，已是《春秋》末年。若「陽失節」與「火災出」間的關係為必然，則以當時淘淘亂世，恐怕世界已成一片火海。因此以如此「象王室將亂，天下莫救」的普遍性亂象，推斷當時四國俱生火災的原因，恐怕並不妥當。

〔註8〕見譚其驤主編《中國歷史地圖集・原始社會・夏・商・西周・春秋・戰國時期》（上海：地圖出版社出版，1985年10月第二次印刷），頁35～36。及程發軔著《春秋要領・春秋地名檢查表》（臺北：東大圖書公司出版，民國78年4月），頁338～340。「龍」字十六劃，經查十六劃頁338～340，則「龍門」這個地名並沒有出現在《春秋要領・春秋地名檢查表》。

定公二年「雉門兩觀災」此為董、劉二人共解。言此為定公奢僭過度，及季氏逐定公之父昭公，昭公死于外。定公即位後，既不能誅季氏，又用其邪說，淫女樂、退孔子。故二人以此為「雉門兩觀災」的主因，然「雉門、兩觀」是何處？據傅隸樸氏所言：「雉門是魯宮的南門，觀是門旁的兩闕，是懸法令，以供民觀覽之處。」〔註9〕。董、劉二氏所言昭公及定公之諸事，確是事實。但是所焚之「雉門、兩觀」與季氏之惡、定公之無能若無關連，則董氏似應詳解之。因為「雉門、兩觀」與民眾的密切性大於季氏、定公。因此災異所生之處代表上天所欲處罰者，若上天降災非在季氏、定公，反而在民眾，則與董氏之「天心之仁愛人君而欲止其亂也」有違。

(五)影響何休者

僖公二十年「五月乙巳，西宮災」董氏解以僖公原娶楚女為夫人，而齊女為妾。因齊君脅魯僖公立齊女為夫人，所生災異。解經之義未承《公羊》。因此「西宮者，夫人之居也。妾何為此宮！誅去之意也。以天災之。」所以董氏以〈王道篇〉中「春秋立義……立夫人以適不以妾」，即齊女不當居西宮，以「正名」為主因，故西宮災。至於何休的注解顯然以「人為」的因素，為災異發生的主因：「是時僖公為齊所脅，以齊媵為嫡，楚女廢居西宮而不見恤，悲愁怨曠之所生也。」〔註10〕，因此何休與董氏解宋伯姬積陰生陽之意相同，雖然傅隸樸痛陳何休此解「真是妖妄之言」〔註11〕，然董氏《春秋》學亦確實影響何休之《春秋》學思想。

(六)用經者

武帝建元六年六月丁酉，遼東高廟災；四月壬子，高園便殿火。這在西漢是一件很有名的歷史事件，董仲舒還為此文〈遼東高廟災〉下獄，若非武帝下詔赦免，原當論死〔註12〕，從此仲舒不敢復言災異。因此董氏若未曾私底偷偷地再寫災異類文章的話，此文即為董氏論災異的最後一篇，亦為其災異論中最成熟的作品。同時此文之作還有特殊含義，即董氏將解《春秋》災異的理論應用在當代所發生的歷史事實（災異）上。亦為董氏如何用經之明證。

〈遼東高廟災〉一文大致的重點是：首先以「《春秋》之道舉往以明來。」起論魯昭、定、哀公時季氏專權，而孔聖盛於魯、定、哀三世，雖季氏為惡久矣。但無賢聖臣出，因此欲去季氏而不能，故天下降災。殆孔子（賢聖之臣）出，而哀公三年五月，始降災於桓、僖二宮。此二事同時（指二宮災與孔子出），乃為天意。又因

〔註9〕註同7，頁1038。
〔註10〕見《公羊傳》十三經注疏本（臺北：藝文印書館，民國78年1月十一版），頁142。
〔註11〕註同7，頁362。
〔註12〕註同2〈董仲舒傳〉，頁2524。

哀公仍「執迷不悟」，因此上天於四年六月，再降蒲社災〔註13〕。次論高廟不當居遼東，高園殿不當居陵旁，於禮亦不當立，與魯災同。且其不當立久矣，故此災於武帝亦是其時可也。除此，漢承秦繼亡周之敝，無以化之。故天降災，若天語武帝曰：

　　　當今之世，雖敝而重難，非以太平至公，不能治也。視親戚貴屬在諸
　　侯遠正最甚者，忍而誅之，如吾燔遼東高廟乃可；視近臣在國中處旁仄及
　　貴而不正者，忍而誅之，如吾燔高園殿乃可。

董氏採《春秋》之法以魯哀公兩觀、桓宮、僖宮、蒲社災四者不當立，以影射高廟之不當立。至於《公羊》所謂「毀廟」之意，因為通常始祖諸廟不立，只存親近先王。然董氏所舉諸例，只應舉桓、僖二宮，因為兩觀是懸法令供民眾閱讀之所；至於蒲社是商舊都，應不當立。但董氏於〈五行志〉言「亡國之社，所以為戒也」，因此對於蒲社立與不立，董氏分持兩種不同的態度。以此看董氏所舉，在性質上應以與漢高祖廟相同之桓、僖二宮為佳。

　　以原文看來，董氏所要表達者為：漢承二敝；將武帝身旁之佞臣、不正之諸侯忍而誅之。所謂遼東高廟災的事件看來，也只是藉題發揮而已。倒是後來發生了淮南王劉安叛變之事，使武帝思及仲舒言〈遼東高廟災〉一文。故遣仲舒弟子呂步舒治獄，此案誅殺萬人，因此使得當時董氏之《春秋》學的影響力更是如日中天。

二、大　水

　　前引董氏對於發生大水的原因言：「大水者，陰滅陽也……，卑勝尊也」（〈精華篇〉），因此大水災異的發生，主因為強臣專權之意，但若以下述董氏解此類八條（按：原文參見附錄二。）看來，則分別包含有三種原因：

　　1、因戰爭造成百姓的怨恨：桓公元年、莊公十一年、宣公十年、襄公二十四
　　　　年。

　　2、因魯夫人與其兄（齊侯）綺戀而造成：莊公七年、莊公二十四年、莊公二十
　　　　八年。

　　3、強臣專國：成公五年。

　　然被董氏視為主因的「強臣專國」只有一條，而「因戰爭的發生而造成百姓的怨恨」成為主因。

　　若以右述三種原因看來，首先因戰爭而傷及無辜百姓，由百姓的怨恨而產生大

〔註13〕《公羊傳》作蒲社，《穀梁傳》作亳社。〈五行志〉中收錄〈遼東高廟災〉一文，董氏作亳社。因本節前引已從《公羊傳》用蒲社，故此處亦從《公羊》之說。

水。果眞如此，則人民的生活不啻更爲雪上加霜嗎？其次兩代魯夫人都與其兄（齊侯）或夫弟產生畸戀，並產生大水危害全國人民。而董氏亦言災異爲「國家將有失道之敗，而天先出災害以譴告之，不知自省，又出怪異以警懼之，尚不知變，而傷敗乃至。以此見天心之仁愛人君而欲止其亂也。」〔註14〕。既是上天譴告人間的一種方式，並由此見得「天心之仁愛人君而欲止其亂」的用心，則上天何以採用此種傷害廣大人民的方式？何況董氏自言「罪在外者天災外，罪在內者天災內」〔註15〕魯夫人失節，則應是魯王室的家務事，災異自應在內。若果災異爲天之用心，何以以「大水」此種方式解決王室的家務事呢？以傷害百姓爲求魯王室有所改變，賭注也未免太大。其次「強臣專國」的問題是在於「那位強臣」，而若以大水解決之則受害者也只是無辜的百姓而已。

除此之外，此類解經承襲《公羊傳》與否，可發現壁壘分明。董氏承《公羊》之解者只有一條，其餘皆非。當然亦可檢證未承《公羊傳》義之其它七條解經，其獨立的解經內容是否合理。

（一）承《公羊傳》義者

在莊公十一年「秋，宋大水。」中，《公羊傳》以「外災不書，此何以書？及我也。」而董氏之解爲當時魯、宋於比年戰爭，所以百姓愁怨，陰氣盛，二國俱水。而據此段歷史的考察可知：

> 莊公十年春二月，公侵宋。
>
> 夏六月，齊師、宋師次于郎。公敗宋師於乘丘。
>
> 莊公十一年春，夏五月戊寅，公敗宋師于鄑。
>
> 秋，宋大水。

由此可見魯宋一年間有三起戰爭。接著「秋，宋大水。」董氏引此條經文爲魯、宋兩國比年戰爭，上天所譴告的災異。既是二國俱水，則受災面積不可能太小，因此這個災異或許對於二國間，三場戰爭的無辜民眾而言，不啻是雪上加霜。因此以這個原因爲解災異，則在「合理性」上，不免應該考量。

（二）未承《公羊傳》義者

接著成公五年、莊公二十四年、襄公二十四年《公羊》均無傳。桓公元年、宣公十年、莊公七年、莊公二十八年，董氏解經均與《公羊》傳文無關，詳見附錄二。今《公羊傳》面對上述所發生災異的年份，多以「何以書？記異也」的記載，但董

〔註14〕註同 2，頁 2498。
〔註15〕見附錄一、〈遼東高廟災〉一文。

氏對於《公羊》僅以「何以書？記異也」，並不滿意。因爲董氏面對《春秋》災異的心態爲「臣謹案《春秋》之中，視前世已行之事，以觀天人相與之際，甚可畏也。」〔註16〕，因此《春秋》中的任何災異，都是上天的示警，董氏這樣的心態，甚至影響到他在西漢所見的任何災異，如「遼東高廟災」。特別《春秋》經文中的「災異」，董氏皆視之有特別含意，不可輕忽。因此若孔子弟子傳《春秋》經災異中，有所未全的部份（如三傳言日食未明的部份）、或《公羊傳》無傳（在《春秋》經諸多災異，如日食等部份《公羊》常無傳）、或《公羊傳》並無對於災異的原因說明的部份，董氏都企圖以孔子代言人的身份，大大地發揮。

但董氏發揮他個人對於災異發生之原因的推斷過程中，我們在比對史實後，發現董氏對於國家失道必然導致災異的結果過度自信，導致過度推論災異的必然發生，因此其中有些「不合理」處，是董氏此類解經的最大缺點。

桓公元年「秋，大水。」董、劉二氏皆以爲乃魯桓公弒其兄魯隱公，民臣痛之，故生大水。之後宋督弒其君，諸侯將討，桓受宋賂歸又背宋。諸侯因共伐魯，交兵結讎，伏尸流血，百姓愈怨。董氏以此爲桓公十三年夏復大水發生的原因。以董氏之前述及的解經模式來看，由民怨而生大水，則元年與十三年的大水都符合董氏之解，但這十三年間，仍有其它災異，分別是：

三年秋七月壬辰朔，日有食之，既。

五年大雩。

螽。

八年冬十月，雨雪。

以日食、大雩、螽、雨雪四項災異中，前兩項日食、雨雪，董氏分別就何以產生的原因說明之。但「大雩」與「螽」兩項災異，卻未交待。至於《公羊傳》對於上述災異，都視之以「記異」或「記災」。而董氏之解卻將春秋亂世中特定問題都歸結在特定的災異上。如此的解經可能只流於偏執，而未見其中智慧之虞。

宣公十年「秋大水，飢。」，在「秋大水」與「飢」之間仍有三條經文記載，但董氏卻將「秋大水，飢。」合解。若此排比方式出於董氏，則董氏解經之餘，亦曾割裂經文，或許割裂經文是西漢初年所有解《春秋》經的方式〔註17〕。其次《公羊》

〔註16〕註同2，頁2498。

〔註17〕《公羊傳》與《穀梁傳》雖皆爲解經之作，但原本皆獨立於《春秋》經文外。不知何時割裂附於經文後，然一般對於二傳之著成年代，多以西漢初期。若宣公十年「秋大水，飢。」爲董氏合兩條經文爲一條解釋，則可能董氏生當其時，不免受其時代背景的影響。

於「秋大水」後無傳，而董氏以「宣公伐邾取邑，亦見報復，兵讎連結，百姓愁怨」為大水災異之因。然閱《春秋》經文，「秋大水」前之記載是「公孫歸父帥師伐邾婁，取繹。」因此，未見有報復之記載，不知董氏言「報復」從何而來？

莊公七年「秋，大水，亡麥苗。」此條，董氏之解主因有二，一是莊公母文姜與兄齊襄公淫，共殺桓公；二是莊公釋齊襄公讎，復取齊女。而今查《春秋》經文，有一疑慮：為何此災異的產生非在文姜與兄齊襄公畸戀，而是發生在桓公死後七年？而這七年間，尚有莊公六年「螟」的災異。而「螟」此條災異據董氏所言，原因為魯莊公受賂、貪利之應。然所謂的「莊公受賂」在《春秋》經中並無記載。與魯桓公弒殺穩公，比較當年桓公元年即產生大水災異，則莊公七年此條災異，董氏解為莊公母文姜與其兄齊襄公淫，共殺桓公，未必合理。

次因為莊公二十四年時娶仇人之女，災異發生的時間卻在十七年前，十七年間來推算實在太離譜。《春秋繁露‧玉杯》曾譏文公喪娶，文公雖在三年之喪後娶，但是下聘卻在三年之喪內，因此董氏對此評以「《春秋》貴微重志」。但這災異卻發生在十七年前，總不能說魯莊公娶齊女之心已在十七年前蘊釀吧！如果硬要這麼說，則這十七年間仍有：莊公十七年的「多麋」；秋，有「蜮」兩條災異。董氏如何解釋？經查〈五行志〉董氏對於十七年的「多麋」；秋，有「蜮」並無解。因此以董氏以右述兩個原因解釋莊公七年「秋，大水，亡麥苗。」難令人信服。

因此董氏若以莊公娶仇人女後馬上產生「大水」災異，則董氏應以魯莊公夫人姜氏自二十四年嫁入魯國後，馬上出現「大水」的災異之例最為適合。但董氏對於二十四年此條災異，以「夫人哀姜淫亂不婦，陰氣盛也」為原因。《史記‧魯世家》中云：

> 先時慶父與哀姜私通。……閔公二年，慶父與哀姜通益甚。哀姜與慶
> 父謀殺閔公而立慶父。〔註18〕

哀姜不守婦道必發生在嫁入魯國之後，則天降災異在哀姜入魯國之際，也未免太快、太神奇了。即使老天有眼，早已預知哀姜必然不守婦道，但是若以「天心之仁愛」這觀點來看，則也應給予哀姜機會，或許「她不會呢？」。因此董氏立意雖好，但以此解經，不免有「宿命」的嫌疑。

至於《史記‧魯周公世家》並未記載哀姜與莊公弟慶父私通的大約時間，因此四年後，莊公二十八年發生「冬，築微。大（水）無麥禾。」董氏解為夫人哀姜淫亂所產生的大水。《公羊傳》之解與董氏的致災原因完全不同：「冬既見無麥禾矣，

〔註18〕見楊家駱先生主編，新校本史記三家注并附編二種《史記‧魯周公世家》第三（臺北：鼎文書局印行，民國 76 年 11 月九版），頁 1533。

曷爲先言築微，而後言無麥禾？譏以凶年造邑也。」倒很合理，「麥熟在夏，禾收在秋」〔註19〕而築微在冬，因此在夏秋已可見災情，爲何夏秋的災情到了冬天築微時《春秋》經才書「無麥」？因爲政府在百姓凶年之時，竟然還造邑。因此間接地說，造邑使百姓凶年的生活更加雪上加霜。亦即凶年的程度，原是政府可減輕，政府卻沒有這麼作。由此可見董氏比《公羊傳》更好言災異。

　　成公五年「秋，大水」《公羊》無傳，董氏以此災異的主因爲成公幼弱，政在大夫，陰勝陽故生「大水」。然今於《春秋》經文查董氏兩個主因，爲：一、成公幼弱；二、政在大夫。都不成立。「大水」災異發生在成公五年，五年之間，成公勤奔於晉及與它國相盟：

　　　　成公二年，十有一月，公會楚公子嬰齊于蜀。

　　　　　　丙申，公及楚人、秦人、宋人、陳人、衛人、鄭人、齊人、曹人、邾人、薛人、鄫人盟于蜀。

　　　　三年春王正月，公會晉侯、宋公、衛侯、曹伯伐鄭。

　　　　夏公如晉。公自至晉。

　　　　四年公如晉。公自晉。

上述記載都是《春秋》經文言董氏成公幼弱的範圍之內，因此可知成公幼弱的事實並不成立。然而即使成公不幼弱，亦並不代表政在成公，所以就董氏所言之政在大夫來省察：

　　　　成公二年春，齊侯伐我北鄙。

　　　　　　二年六月癸酉，季孫行父、臧孫許、叔孫僑如、公孫嬰齊帥師會晉郤克、衛孫良夫、曹公子首及齊侯戰于鞍，齊師敗績。

　　　　三年秋叔孫僑如帥師圍棘。

由上述可見成公五年之前，由臣子帥師的記載只有兩筆。其中一筆是齊侯伐我，故而抵禦外侮，至於其它外交活動皆由成公參加，因此若言成公幼弱政在大夫，皆無法自《春秋》經文中見出，如此則推翻董氏所言的兩項主要原因。

（三）董氏的世界觀

　　襄公二十四年「秋，大水。」董氏以發生在魯襄公二十三年「齊伐晉，魯救晉，後侵齊，國小兵弱，百姓愁怨」推論出「陰氣盛故生大水」。然在襄公二十四年「秋，大水」前，還記載有襄公二十四年「八月癸巳朔，日有食之」。但董氏面對該日食災異，其解釋卻非以魯國內政的原因，竟以整個華夷問題：「董仲舒以爲比食又既，象

陽將絕，夷狄主上國之象也」。如此相鄰的災異而解釋角度卻有如此的差異。如此則董氏在面對災異發生的性質、地點，解法似有區別。因〈遼東高廟災〉中言「罪在外者天災外，罪在內者天災內」，國內發生的災異以國內事解之，而如星象這等昭示天下的災異，即應以天下觀點（如華夷問題）解釋之。由此條災異可知董氏思想中，整個「世界觀」與各別國家地域關念的區分極為清楚。

　　因董氏對於星象類災異的解釋，而推衍出「世界觀」與各別國家地域關念的不同，相關的理論可見於〈王道篇〉中：「內其國而外諸夏，內諸夏而外夷狄」。可見董氏華夷之別的理論，與董氏此條災異的研究，有互通之處。但董氏如此的理念並不能全然貫徹於所有星象的解釋，關於此可詳見下。至於襄公二十四年大水的災異從《春秋》經文中都可以得見董氏所列舉的原因：

　　　　（二十有三年）秋齊侯伐衛，遂伐晉。

　　　　八月，叔孫豹帥師救晉，次于雍榆。

　　　　（二十有四年）仲孫羯帥師侵齊。

因此襄公二十四年董氏此解符合他個人的解經理論。

三、星　象

　　〈五行志〉中關於星象災異的解說共有三十八筆（原文見附錄3）。以這三十八筆看來，非所有的星象災異都能符合前述「內其國而外諸夏，內諸夏而外夷狄」「世界觀」的理念。若以董氏對於星象災異發生的性質是以昭示天下，則面對災異的出現時，〈五行志〉中，卻只有少數兩筆符合原先所預期「世界觀」的理念。就這三十八筆記載的內容看來，大類「日食」約有三十四筆；小類「流星」有一筆、「慧星」三筆、「殞石」一筆。就所有三十八筆的解經方式看來，完全與《公羊傳》的解經無關，並且無任何承繼關係（詳見附錄3），可說是董氏個人創造性的解釋。今以董氏分析這三十八筆的解經性質後，可區分為三類：

（一）符合前述董氏「世界觀」之說

　　此類只有兩筆，分別是襄公二十四年「八月癸巳朔，日有食之」及襄公二十七年「十二月乙亥朔，日有食之」。《公羊》均無傳。前者董仲舒以為比食又既，象陽將絕，夷狄主上國之象。後者，董氏以為禮義將大滅絕之。並以日後發生夷狄主上國及禮義將大滅絕之象的歷史事實交代之。

（二）以星象的方位，限定災異的地域

　　此類共有十二筆，以星象災異的方位，判斷該災異所指的地域。而星象方位以「宿在某」為表現方式，十二筆中，唯有莊公二十五年「六月辛未朔，日有食之，

鼓，用牲于社。」董氏解「以爲宿在畢，主邊兵夷狄象也。後狄滅邢、衛。」，符合以星象方位，限定災異地域。至於《公羊》以「日食，則曷爲鼓用牲于社？」的角度切入，故此解非承《公羊》〔註20〕。餘十一筆，《公羊》皆無傳。

董氏此解所用之筆法多以「宿在某，某象也。後果……」的公式。但最難理解的是：災異發生後，將所有國內問題歸於此災異之示警，即以「後果……」的方式完全蓋括，卻不管其合理與否。如此自然是有問題的，如：莊公十八年「三月，日有食之」董氏「以爲宿在東壁，魯象也。後公子慶父、叔牙果通於夫人以劫公。」災異發生於莊公十八年，而夫人姜氏卻自莊公二十四年夏方才迎入，而且夫人姜氏何時與公子慶父、叔牙私通？《史記・魯周公世家》：

> 先時慶父與哀姜私通，欲立哀姜娣子開。……閔公二年，慶父與哀姜通益甚。哀姜與慶父謀殺閔公而立慶父。〔註21〕

並沒有詳載某年，從《史記・魯周公世家》看來，至少是在確立國家繼承人時左右。從齊姜嫁入魯國開始有繼承君位問題時，又不知有多少年了。然若回歸董氏對於此條災異所指的事件，則「後公子慶父、叔牙果通於夫人以劫公。」這個公，自然指的是閔公。閔公立了二年八個月〔註22〕，就被慶父與哀姜弑殺。因此從災異發生至姜氏嫁入魯國間隔六年，又嫁入魯國八年後莊公薨，加上閔公二年薨，前後共有十六年。以災異發生去推斷十六年後的事故，如此則災異的產生與解釋間實無一定的準則，容易產生附會。至於姜氏嫁入二年後，也曾發生日食的災異：莊公二十六年「十二月癸亥朔，日有食之」。董氏解爲「宿在心，心在明堂，文武之道廢，中國不絕若線之象也。」當然董氏以什麼標準來看「宿在心，心在明堂」，我們並不知道，但是由此可見董氏解災異時，常發生與自己原來的解經理想有所差距，終至有附會之憾。

如董氏於〈遼東高廟災〉一文中言：

> 按《春秋》魯定公、哀公時，季氏之惡已孰，而孔子之聖方盛，夫以盛聖而易孰惡，季孫雖重，魯君雖輕，其勢可成也。故定公二年五月兩觀災。……今高廟不當居遼東，高園殿不當居陵旁，於禮亦不當立，與魯所災同。其不當立久矣，至於陛下時天乃災之者，殆亦其時可也。

〔註20〕今見〈精華篇〉中：「日食亦然，皆下犯上，以賤傷貴者，逆節也，故鳴鼓而攻之，朱絲而脅之。」(《春秋繁露義證》，頁86)而若以董氏在《精華》篇所言，則與《公羊》相合，因此董氏何以在〈五行志〉中的解法與此完全不同？而此兩種資料中該取信那一種？其間的差距很可以討論的。

〔註21〕註同18。

〔註22〕見《春秋》經文：「閔公二年秋八月辛丑，公薨。」

因此董氏的理想是以該災異的發生是在「其勢可成」、「殆亦其時可也」，但若以莊公十八年發生的災異去警示十六年後的問題，則是否有「其勢可成」、「殆亦其時可也」的效果，這樣的說詞能否成立都是一大問題。因此這十二筆中：昭公十七年「六月甲戌朔，日有食之」，董氏解為「……日比再食，其事在《春秋》後，故不載於經。」竟連《春秋》後的問題都可移至昭公十七年的災異解釋，不但不令人覺得神通廣大，只覺得匪夷所思。同時災異為果而失道之政為因，如此因未出而果已顯，似乎亦不合邏輯。

所以以莊公十八年及二十六年的災異說明上述董氏此類解經公式的疑問，並將其疏漏處指出，至於此類災異仍有七筆，略列之如下：襄公二十年「十月庚辰朔，日有食之」；昭公二十二年「十二月癸酉朔，日有食之」；昭公二十四年「五月乙未朔，日有食之」；昭公三十一年「十二月辛亥朔，日有食之」；定公十五年「八月庚辰朔，日有食之」；莊公七年「四月辛卯夜，恆星不見，夜中星隕如雨」；哀公十三年「冬十一月，有星孛于東方」，其解法均類同。

（三）其　它

若董氏以地域的觀念，作為星象災異與它類災異的區別，則此類二十四筆的記載未能符合董氏「世界觀」的理想，因董氏完全以各別國家為災異的對象，與之前「世界觀」的理念差距頗大。

以現代科學的角度，推算《春秋》經文記載日食的年代，其結果是一種自然界的循環。如胡寧：「《春秋》日食三十六，精曆算者得之幾盡，其有常度審矣，謂之異，非也。」〔註23〕因此這二十四筆資料中，除隱公三年與桓公三年《公羊》有傳外，餘皆無傳。如：

隱公三年「二月己巳，日有食之」

《公羊傳》：「何以書？記異也。日食，則曷為或日或不日？或言朔或不言朔？曰某月某日朔，日有食之者，食正朔也。期或日或不日，或失之前，或失之後。失之前者，朔在前也；失之後者，朔在後也。」

《公羊》之解釋仍為使後世學者對於當時所呈現的自然現象有所瞭解，反之董氏之解為「其後戎執天子之使，鄭獲魯隱，滅戴，衛、魯、宋咸殺君。」與《公羊》完全不同。因此《公羊》既以日食為自然現象，則隱公三年已說明之，則其後再有日食出現時，《公羊》即無傳。另一筆為：

〔註23〕胡寧先生之說，見傅隸樸撰《春秋三傳比義》上冊（臺北：臺灣商務印書館，民國72年5月初版），頁26。

桓公三年「七月壬辰朔，日有食之，既」

《公羊傳》：「既者何！盡也。」

而董氏解爲「前事已大，後事將至者又大，則既。」實不知所指爲何。反之董氏將日後所發生的既定歷史事實，盡付該災異，如：

莊公三十年「九月庚午朔，日有食之」。

《公羊》無傳。

董仲舒、劉向以爲後魯二君弒，夫人誅，兩弟死，狄滅邢，徐取舒，晉殺世子，楚滅弦。

於理實難服人。至於諸多星象災異中，罕見的慧星有一筆，文公十四年「七月，有星孛入于北斗」據《公羊》解釋：「孛者何？慧星也。其言入于北斗何？北斗有中也。何以書？記異也。」即使難得一見的慧星，在《公羊》看來僅以「記異」視之，然在董氏難免以災異視之（詳見附錄3）。因此由《公羊》與董氏不同的解經態度看來，《公羊》對於星象的解法傾向於自然現象與董氏以爲因個人行爲疏失所產生者不同。

日食的災異其餘尚有：桓公十七年「十月朔，日有食之」；莊公三十年「九月庚午朔，日有食之。」；僖公五年「九月戊申朔，日有食之。」；僖公十二年「三月庚午，日有食之」；僖公十五年「五月，日有食之。」；文公元年「二月癸亥朔，日有食之。」；宣公八年「七月甲子，日有食之，既」；文公十五年「六月辛丑朔，日有食之」；宣公十年「四月丙辰，日有食之」；宣公十七年「六月癸卯，日有食之」；成公十六年「六月丙寅朔，日有食之」；成公十七年「十二月丁巳朔，日有食之」；襄公十四年「二月乙未朔，日有食之」；襄公十五年「八月丁巳（朔），日有食之。」；襄公二十年「十月丙辰朔，日有食之」；襄公二十一年「九月庚戌朔，日有食之」；襄公二十三年「二月癸酉朔，日有食之」；昭公七年「四月甲辰朔，日有食之」；昭公二十一年「七月壬午朔，日有食之」；定公五年「三月辛亥朔，日有食之」；定公十二年「十一月丙寅朔，日有食之」二十一筆。

至於董仲舒於〈精華篇〉篇中，對於何以會發生日食的災異曾言：

陰滅陽者，卑勝尊也，日食亦然，皆下犯上、以賤傷貴者。（《春秋繁露義證》，頁86—87）

但以僖公五年「九月戊申朔，日有食之。」「董仲舒、劉向以爲先是齊桓行伯道……再會諸侯，召天王而朝之，此其效也。」；僖公十五年「五月，日有食之。」「劉向以爲象晉文公將行伯道。」；昭公十七年「六月甲戌朔，日有食之」「晉厲公誅四大夫，失眾心，以弒死。」三例可見董氏所言之「日食」皆以下犯上、以賤傷貴也未必然。

其次在《春秋》僖公十六年「正月戊申朔，隕石于宋，五，是月六鷁退飛過宋都」。《公羊傳》的解釋僅有「六鷁退飛，記見也。視之則六，察之則鷁，徐而察之則退飛。五石六鷁何以書？記異也。」（《公羊傳》十三經注疏本，頁 139）至於董氏在《漢書・五行志》中以「象宋襄公欲行伯道將自敗之戒也」解之。但除《公羊》曾贊揚宋公與楚人戰于泓的表現外，董氏也曾在〈俞序篇〉中持正面立場肯定襄公泓戰的表現：

> 宋公及楚人期戰于泓之陽……有司復曰：請迨其未畢陳而擊之。宋公曰：「不可。吾聞之也，君子不鼓不成列。」已陳，然後襄公鼓之，宋師大敗，故君子大其不鼓不成列，臨大事而忘大禮，有君而無臣，以爲雖文王之敗亦不過如此也。（《公羊傳》十三經注疏本，頁 148）

> 故善宋襄公不厄人，不由其道而勝，不如由其道而敗，《春秋》貴之，將以變習俗，而成王化也。（《春秋繁露義證》，頁 162）

由右述可知，董氏除了個人「善宋襄公不厄人，不由其道而勝，不如由其道而敗」之外。「《春秋》貴之」更加肯定宋襄公。此其次言隕石五、六鷁退飛之事：

> 實石于宋于五，六鷁退飛……《春秋》異之，以此見悖亂之徵。（《春秋繁露義證・王道篇》，頁 108）

> 隕石於宋五，六鷁退飛，耳聞而記，目見而書，或徐或察，皆以其先接於我者序之。（《春秋繁露義證・觀德篇》，頁 274）

不論宋襄公有否行伯道，僅以隕石與六鷁是否爲災異，在《春秋繁露》中顯然就有兩種不同的看法。〈王道篇〉視之爲災異，並以之爲悖亂之徵，與〈五行志〉中的態度是比較一致的。但若以〈觀德篇〉中的「耳聞而記，目見而書……皆以其先接於我者序之」，則與《公羊》的解法相同。因此董氏面對這個問題時，立場並不一致。

其次宋襄公「不厄人」與「欲行伯道」，在《史記・宋微子世家》中有較詳實的描述：

> 十二年春，宋襄公爲鹿上之盟，以求諸侯於楚，楚人許之。公子目夷諫曰：「小國爭盟，禍也。」不聽。（頁 1626）

由上述可見宋襄公欲行伯道是事實。但是最後與楚之戰，司馬法評曰：「文王之戰不過此，不以成敗論也。」〔註 24〕及司馬遷於《史記・宋微子世家贊》亦云：「襄公之時，修行仁義，欲爲盟主。其大夫正考父美之，……作《商頌》。襄公既敗於泓，……傷中國缺禮義，褒之也。」（頁 1633）及《韓非子・外儲說左上》卷十一：

〔註24〕司馬法之說轉引自蘇輿撰《春秋繁露義證》（北京：中華書局，1992 年 12 月第一次印刷），頁 162。

> 宋襄公與楚人戰於涿谷上，宋人既成列矣，楚人未及濟，右司馬購強
> 趨而諫曰：「楚人眾，而宋人寡，請使楚人半涉，未成列而擊之必敗。」
> 襄公曰：「寡人聞君子曰：『不重傷，不擒二毛，不推人於阨、不迫人於阨，
> 不鼓不成列。今楚未濟而擊之，害義。』」……宋人大敗，公傷股三日而
> 死，此乃慕自親仁義之禍。〔註25〕

依司馬遷的說法，則宋襄公即使欲為盟主，也是建立在修行仁義上。但從韓非所言「此乃慕自親仁義之禍」，明顯從法家的立場評斷宋襄公「慕自親仁義之禍」，並歸為儒家一流，因此宋襄公是仁或霸已明。所以董氏此解或許採行的正是《春秋繁露·王道篇》中「桓公存邢衛杞，不見《春秋》，內心予之行，法絕而不予，止亂之道也，非諸侯所當為也」。此亦為董氏所言的《春秋》筆法：其實內心雖然贊同宋襄公的美意，但因與《春秋》之法相悖，所以董氏在文辭上予以譴責之。

四、大　旱

僖公二十一年「夏，大旱。」《公羊》：「何以書？記災也。」，董氏解為：

> 齊（桓）既死，諸侯從楚，僖尤得楚心。楚來獻捷，釋宋之執。外倚
> 彊楚，炕陽失眾，又作南門，勞民興役。諸雩旱不雨，略皆同說。

至於董氏於〈精華篇〉中對於大旱災異，乃因陰陽失序所引起：

> 大旱者，陽滅陰也。陽滅陰者，尊厭卑也，固其義也，拜請之而已，
> 敢有加也。（頁86）

由此可見，所謂大旱災異的發生主因應為「尊厭卑」，即在位者欺壓百姓。但董氏在〈五行志〉中有諸多原因。其中除作南門、勞民興役之外，餘則與「尊厭卑」無關。其原文為「又作南門」，而「又作」是一種附加條件，因此氏此解中「尊厭卑」並非主因。顯然與〈精華篇〉中所言稍有差距，此解在〈五行志〉中實為董、劉二人共解，因此到底董氏全意有多少，難知。倒是此解在〈五行志〉中，屬少見符合歷史事實亦稍合他個人解經本意之解。

五、無　冰

此類共有兩條，分別是桓公十四年與成公元年。桓公十四年「春，亡冰。」《公羊》照例對此災異的看法為「何以書？記異也。」至於董氏之解「象夫人不正，陰失節也。」然姜氏自魯桓公三年九月方嫁入魯國，至桓公十四年災異發生以來，其間有十多年未再見到齊侯（至少《春秋》經文中沒有記載），故而十四年「無冰」董

〔註25〕韓非子撰《韓非子集解》王先慎注（臺北：華正書局，民國80年10月初版），頁235。

氏言夫人姜氏不正，則指的是十八年桓公與夫人姜氏如齊時，經桓公發現夫人姜氏與其兄齊侯的畸戀，齊侯惱羞成怒「使公子彭生抱魯桓公，因命彭生搚其脅，公死于車」〔註26〕的事實而產生的災異。

因此若只為四年後眞正的「不正」，而致生災異，則實無道理。何況，桓公十四年「亡冰」之前桓公十三年的「夏，大水」，將又做何解釋呢？〈精華篇〉言：「大水者，陰滅陽也。」至於「亡冰」，董氏之解亦為「陰失節」。因此大水與亡冰這兩項災異是一種對立同質的災異。因此若董氏對這兩相鄰的同質災異有顧此失彼的解釋，則董氏此條解法的合理性還須檢討。

至於亡冰的第二筆資料為成公元年「二月，無冰」。《公羊》無傳，而董氏以為方有宣公之喪，君臣無悲哀之心。今閱《春秋》經文及《史記·魯周公世家》並無相關記載，則不知董氏此解所取者為何？

六、獸異、草妖、蟲災

此類中，獸異一筆：

成公七年「正月，鼷鼠食郊牛角；改卜牛，又食其角」董氏解為「鼷食郊牛，皆養牲不謹也。」即是鼠類咬食準備祭祀的牛角。董氏以為養牲不謹，《公羊》無傳。因此此筆可謂董氏未視之以災異，此與《公羊傳》傳文並沒有太大的出入。

草妖一筆：

僖公三十三年「十二月，李梅實」《公羊》：「何以書？記異也。何異爾？不時也。」董氏解為李梅實，臣下彊也。今察《春秋》僖公三十三年之間的經文，是否董氏言臣下彊為事實，今以僖公三十三年以來的經文為主：

(1) 僖公會盟國：元年八月、四年、五年、六年夏、七年秋七月、八年春、九年夏、十年春、十三年、十五年三月、十六年二月、二十五年十多十二月、二十六年春、二十七年甲戌、二十八年多。

〔註26〕註同18，頁1530。

魯桓公夫人姜氏與齊侯之事，亦見於《詩經·國風·南山篇》。

〈小序〉：

〈南山〉刺襄公也，鳥獸之行，淫乎其妹，大夫遇是惡作詩而去之。

南山崔崔，雄狐綏綏。魯道有蕩，齊小由歸，既曰歸止，曷又懷止。

葛屨五兩，冠緌雙止。魯道有蕩，齊子庸止，既曰庸止，曷又從止。

蓺麻如之何？從其畝。取妻如之何？必告父母。

既曰：告止曷又鞠止。析薪如之何？匪斧不克。

取妻如之何？匪媒不得。既曰：得止曷又極止。

見《詩經》十三經注疏本（臺北：藝文印書館，民國78年1月十一版），頁196～197。

　　（2）出使他國：十年春、十五年春、十五年九月、二十八年五月、二十八年冬、二十九年春、三十三年冬。

　　（3）伐他國：元年九月、六年冬、二十二年春、二十六年冬、二十六夏、三十三年。

　　（4）出現之臣子：五年（公孫茲如牟）、七年（公子友如齊）、十三年（公子友如齊）、二十八年秋（公子遂如齊）、三十年冬（公子遂如京師；如晉）、三十一年春（公子遂如晉）、三十三年（公子遂帥師伐邾）。

　　可見自僖公即位三十三年以來，政權多集中在魯僖公手上，甚至在近僖公三十三年時，政權亦無旁落跡象的記載。更何況在僖公二十八年時《春秋》經文尚有：「公子買戍衛，不卒戍。刺之。」誅殺不從命的公子買，因此所謂「臣下彊」的問題，應不存在。

　　蟲災四筆，其中三筆蟲災之所起，都緣於君王貪利所生。因此在董氏災異的解釋中，為少見一致解釋。其中一筆承《公羊傳》解釋，這在董氏災異解經中，亦不多見（按：原文詳見附錄六）。

（一）承《公羊傳》義者

　　宣公十五年「冬，蝝生。」《公羊傳》：「上變古易常，應是而有天災，其諸則宜於此焉變矣。」董、劉二氏之解以為「宣是時初稅畝。稅畝，就民田畝擇美者稅其什一，亂先王制而為貪利，故應是而蝝生。」因此在「冬，蝝生。」之前的《春秋》經文是「初稅畝」。《公羊傳》對於稅收的看法，除了十（什）一之古稅制外，餘皆視為變古易常。董氏於〈楚莊王〉篇中言「《春秋》之道，奉天而法古……《春秋》之於世事也，善復古，譏易常，欲其法先王也。」因此董氏對於蝝生的解釋以「亂先王制而為貪利，故應是而蝝生。」不但承《公羊》，而且與他個人在《春秋繁露》中所言的「善復古，譏易常」之理論亦合。

（二）未承《公羊傳》義者

　　餘以蟲災為貪利之應者，還有隱公五年「秋，螟」與莊公六年「秋，螟」兩條災異。第一條《公羊》言「何以書？記災也。」；第二條《公羊》無傳。至於董、劉解隱公五年為「時公觀漁于棠，貪利之應也。」公觀漁于棠是在五年春，至秋則發生螟的災異。此解情理俱合，即使董氏未承《公羊》，但董氏之解尚稱合理。其次莊公六年「秋，螟」，董、劉二氏以為「……齊人歸衛寶，魯受之，貪利應也。」然《春秋》經中相關的記載，未有魯收受衛寶的記載：

　　　莊公四年冬，公會齊人、宋人、陳人、蔡人伐衛。

六年春，王正月，王人子突救衛。

夏六月，衛侯朔入于衛。

秋，公至自伐衛。

螟。

經查《史記‧魯周公世家》亦無，不知董氏所引自何？

文公三年「秋，雨螽于宋。」《公羊傳》的解釋是「外異不書，此何以書？為王者之後記異也。」董氏「以為宋三世內取，大夫專恣，殺生不中，故螽先死而至。」這件發生在宋國境內的災異，董氏認為最主要的原因有二：一是宋三世內取；二是大夫專恣。所謂三世，據唐‧顏師古所言：「三世，謂襄公、成公、昭公也。內取於國之大夫也。」〔註27〕。而今察《史記‧宋微子世家》：「襄公夫人欲通於公子鮑……」，而服虔《集解》：「襄公夫人，周襄王之姊王姬也。」（頁1628）可見所謂宋三世內取，並不成立。

至於大夫是否專恣，則《春秋》經文並無記載，查《史記‧宋微子世家》若以顏師古所言三世為襄公、成公、昭公看來，則襄公十二年春：

> 宋襄公為鹿上之盟，以求諸侯於楚，楚人許之。公子目夷諫曰：「小
> 國爭盟，禍也。」不聽。（頁1626）

昭公九年：

> 昭公無道，國人不附。……昭公出獵，夫人王姬使衛伯攻殺昭公杵臼。
>
> （頁1628）

文公二年：

> 昭公子因文公母弟須與武、繆、戴、莊、桓之族為亂，文公盡誅之，
>
> 出武、繆之族。（頁1629）

除了昭公為臣子所弒殺外，餘則襄公與文公之時代未發生大夫專恣的事件。因此董氏所說的兩個原因，未能成為使人信服的證據。

七、雪災、雷災

（一）承《公羊傳》義者

僖公十年「冬，大雨雪」。《公羊》解為「記異也。」而董氏以為「公脅於齊桓公，立妾為夫人……故專壹之象見諸雹，皆為有所漸脅也，行專壹之政。」故董氏此解與僖公二十年乙巳西宮災相同（見前述一、火災的部份）。然針對董氏所言，原應立妾的齊女今為夫人，反而原為夫人的楚女今為妾，這在《春秋》僖公八年「秋

〔註27〕註同2，頁1433。

七月，禘于大廟，用致夫人。」的《公羊傳》傳文中即有：

> 禘用致夫人，非禮也。夫人何以不稱姜氏？貶。曷爲貶？譏以妾爲妻
> 也。其言以妾爲妻奈何？蓋脅于齊媵女之先至者也。（頁133）

可知董氏此解承於僖公八年《公羊傳》義。然此條災異的解法與董氏於〈遼東高廟災〉中所言：「罪在外者天災外，罪在內者天災內」不相合，因齊桓公立妾爲夫人，乃屬他個人齊王室的家務事與百姓何干？

董氏若能提出〈遼東高廟災〉中所言「罪在外者天災外，罪在內者天災內」，自然是符合「天聽自我民聽，天視自我民視」的天與「百姓有過在於一人的」的國君。但若因國君行事有所偏差，竟致產生遺害百姓的災異，則此「天」並非「天聽自我民聽，天視自我民視」的天，此國君亦非「百姓有過在於一人的」仁君。因此此解顯然是與「罪在外者天災外，罪在內者天災內」的理論相違的，而這樣的違背其實是董氏個人解經上很大的缺點。

（二）未承《公羊傳》義者

桓公八年「十月，雨雪」《公羊》解爲：「記異也。何異爾？不時也。」董氏「以爲象（夫）人專恣，陰氣盛也。」桓公三年九月夫人姜氏自至齊，但是在三年九月至八年十月這段期間並沒有任何夫人專恣的記載，若董氏十八年後，因姜氏與齊襄公之故使桓公薨於齊，爲桓公八年災異的原因。如此預測十年後之事，是否不當？若董氏如此的推測方式，來自於他所認爲的《春秋》「貴微重始」，則未免失當。

其次昭公四年「正月，大雨雪」《公羊》無傳。董氏「以爲季孫宿任政，陰氣盛也。」而今在《春秋》經文中，季孫宿於昭公四年間，只出現一次：

> 二年季孫宿如晉。（頁275）

若季孫宿任政，則《春秋》經文不可能只有出現一次，今《春秋》經文只出現一條，因此不會有任政的問題，更惶論還導致了陰氣盛的影響。又「正月，大雨雪」前，還有三年八月，大雩。冬，大雨雹。兩筆災異，又將做何解釋呢？

（三）未承《公羊傳》，而義更佳者

僖公十五年「九月己卯晦，震夷伯之廟」。《公羊》解爲「夷伯者……季氏之孚也。季氏之孚，則微者，其稱夷伯何？大之也……天弁之，故大之也。何以書？記異也。」董氏解爲「陪臣不當有廟。震者雷也，晦暝，雷擊其廟，明當絕去僭差之類也。」比較後《公羊傳》指出兩個事實。（1）夷伯之廟被毀；（2）夷伯的身份低微。而《公羊傳》並沒有說明何以夷伯廟毀的原因，僅於提出兩事實後，就稱許身份低微的夷伯進行討論。因身份低微者例不書字，今《春秋》何以書字？《公羊》

的解釋爲夷伯身份低微，竟能天所懲，故尊大之。當然《公羊》此說是否合理並非本論文討論的範圍。

董氏之解焦點在於《公羊》所忽略者。即雷擊夷伯廟的主因爲陪臣不當有廟，故雷擊去之也。因此董氏此解未循《公羊》，不討論《春秋》何以書字的疑問，而直言「陪臣不當有廟」。相對於《公羊》，則董氏討論集中，亦不至形成如《公羊》雖解，但未能把握住重點的缺點。

第三節　小　結

董氏雖未能對上述七類災異，分別探討災異發生的原因，然面對〈精華篇〉中大旱、大水、日食等因陰陽失序所引起的災異，則有所說明：

> 大旱者，陽滅陰也。陽滅陰者，尊厭卑也，固其義也，拜請之而已，敢有加也。大水者，陰滅陽也。陰滅陽者，卑勝尊也，日食亦然，皆下犯上、以賤傷貴者……此亦《春秋》之不畏強禦也。故變天地之位，正陰陽之序，直行其道而不忘其難，義之至也。（頁86）

今依董氏此言，大旱、大水、日食等災異發生的主因，都是以陰陽消長的關係，與尊卑（君臣）之間的消長呈相對。至於董氏理論上如此，但事實則未必如此。除此董氏在《春秋繁露》中所提及的災異，幾乎在〈五行志〉中亦皆包含。而董氏在〈王道篇〉中總結災異：

> ……《春秋》異之。以此見悖亂之徵。（頁108）（亦見〈二端〉頁156）
> 即在周衰，天子微弱，諸侯力政，大夫專國，士專邑，不能行度制法文之禮。諸侯背叛，莫修貢聘，奉獻天子。臣弒其君，子弒其父，孽殺其宗，不能統理，更相伐銼以廣地。以強相脅，不能制屬。強奋弱，眾暴寡，富使貧，并兼無已。臣下上僭，不能禁止。

的情況下，會發生

> 日爲之食，星霣如雨，雨螽，沙鹿崩。夏大雨水，冬大雨雪，霣石于未五，六鷁退飛。霣霜不殺草，李梅實。正月不雨，至於秋七月。地震，梁山崩，壅河，三日不流。晝晦。彗星見于東方，孛于大辰。鸛鵒來巢。
>（〈王道第六〉，頁107至108）

等災異的不斷產生。至於董氏在《春秋繁露》十二事與〈五行志〉七十事的解經效果已大致論述於上，但詳細對於董氏《春秋》解經效果的檢討，將於下一章論述之。

第六章 董仲舒《春秋》解經效果的檢討

有關董氏《春秋》解經學的研究，本文第四、五兩章分別對於董氏《春秋》解經方法與實例應證後，進行解經效果的綜合省察。本章以第一節「內部解經的一致性」；第二節「內部解經的合理性」；第三節「師承觀念的薄弱」等三個角度研究，最後第四節以解經效果，做為本章的小結。

第一節 內部解經的一致性

經由董氏《春秋》解經學之研究可知，董氏在解經上並不自成解經「系統」。而這裏所說的「系統」（System），若依西方哲學及韋政通先生的定義是：

> 依整體原則組合的許多知識稱爲系統。……。有了共同原則而產生相互關係及次序才算是系統。〔註1〕

> 思想而能成爲一個系統必賴其有一共同原則，以組合其他的部分，有了共同原則，然後使各部分產生相互關係及秩序，才算是系統。〔註2〕

至於董氏《春秋》學是否符合系統的理念，韋氏給予肯定的答案：

> 董氏《春秋》學散見於《春秋繁露》各篇，主要的義理則集中在前十七篇之中，雖缺系統化的表達形式，內容方面毫無疑問他是做過系統性的思考。〔註3〕

韋氏認爲董氏《春秋》學的共同原則爲〈楚莊王〉中的「奉天法古」，然而所謂的「奉天法古」是一種解經的準則？或僅是一種內在的精神？而「奉天法古」可以是一種

〔註1〕布魯格編著‧項退結編譯‧國立編譯館主編《西洋哲學辭典》（臺北：華香園出版社印行，民國81年8月增訂第二版），頁527。
〔註2〕見韋政通撰《董仲舒》（臺北：東大圖書公司，民國75年7月初版），頁38。
〔註3〕註同上，頁37－38。

解經的內在精神嗎？對於此本文的立場感到懷疑。如果除了「奉天法古」之外仍有更具體的解經方法可以檢證，則何以不爲？同時就「共同的原則而產生相互關係及次序才算是系統」的前題下，第四、五兩章的解經效果，顯然並不完全符合。首先從董氏《春秋》災異的解經條例看：

董氏面對《春秋》解經災異時，分有兩種不同態度：大範圍的解經，即董氏經由《春秋》諸災異的研究後，形成對災異整體的論點；與經由董氏《春秋》經中各別災異研究後，形成各別不同災異的論點。

針對董氏論災異，即〈五行志〉這部份分三點說明，分別是：1. 理論與實際解經方法的不合；2. 災異與國家失道間是否存在著必然性；3. 同類型災異產生的原因不同。其中「理論與實際解經方法不合」將董氏對災異所持的理論，與實際解經實例應證後所呈顯的差距；第二點董氏面對災異整體的態度：「災異與國家失道之間是否存在著必然性」，以董氏立場而言是肯定的；第三點「同類型災異產生的原因不同」。董氏面對各別災異，致災原因不同這一點，在《春秋繁露‧精華篇》中曾分別就「大旱」、「大水」、「日食」三項災異產生的原因說明之。因此在〈精華篇〉的理論中，董氏肯定不同災異的致災原因不同。

至於各別特定的災異，其各別的致災原因應是相同，即火災、大水、星象、大旱、無冰、獸異、草妖、蟲災、雪災、雷災等十項災異，特定災異應達成內部的統一性，然董氏在《漢書‧五行志》中顯然並非如此。茲分述如下：

一、《漢書‧五行志》七十二事

(一)理論與實際解經方法不合

董氏面對大範圍《春秋》災異的看法，可於《漢書‧董仲舒傳》中見出：

> 臣謹案《春秋》之中，視前世已行之事，以觀天人相與之際，甚可畏也。國家將有失道之敗，而天乃先出災害以譴告之，不知自省，又出怪異以警懼之，尚不知變，而傷敗乃至。(《漢書》頁2498)
>
> 陰陽錯繆，氛氣充塞。(《漢書》頁2512)
>
> 仲舒治國，以《春秋》災異之變推陰陽所以錯行。(《漢書》頁2524)

因此董氏對於所有《春秋》災異，都以「陰陽錯行」即「陰陽錯繆」的原因解釋。董氏的推論來自於研究《春秋》災異中所得的結果。則董氏應有絕對邏輯上的把握，因此〈五行志〉七十二事應十之八九以「陰陽錯行」爲推斷的主因。因爲陰陽有其一定的順序，如果陰陽失序即「錯繆」、「錯行」，而至「氛氣充塞」，最後導致災異的發生。所以董氏以《春秋》災異變化的結果反推陰陽所以錯行的過程，因此陰陽

錯行的應為《春秋》災異致變的主因，但省察〈五行志〉七十二事，則只有十三事（詳見〈附錄一〉至〈附錄七〉）是以「陰陽消長」為解《春秋》災異的方式，但從〈五行志〉則顯非如此。

其次〈五行志〉中列舉十項災異，如有：火災、大水、星象、大旱、無冰、獸異、草妖、蟲災、雪災、雷災等。若僅以簡單的陰陽錯行解釋這十種不同的災異，而未考慮政治及人道上的缺失，不足以區別災異類別的不同。因此在〈五行志〉七十二事的詮釋中，董氏亦將當時政治或人道上的失序，視為何以發生該類災異的諸多原因之一。因此《漢書・董仲舒傳》中言「臣謹案《春秋》之中，視前世已行之事，以觀天人相與之際，甚可畏也。董氏所言「視前世已行之事」中的「事」，與「觀『天』『人』相與之際」可知，由人已行之事是與天意是互為激盪的，也因此除了陰陽失序的原因外，董氏還以人事及政治上的不圓滿做為災異發生的原因。

其次董氏歸納火災、大水、星象、大旱、無冰、獸異、草妖、蟲災、雪災、雷災等十類災異，為董氏個人行諸於〈五行志〉中的研究心得。因此董氏既分別歸納這諸多災異，則這諸多致災原因必然有些相同。這方面的記載可見於：大旱者，陽滅陰也。陽滅陰者，尊厭卑也，固其義也，拜請之而已，敢有加也。大水者，陰滅陽也。陰滅陽者，卑勝尊也，日食亦然，皆下犯上、以賤傷貴者……此亦《春秋》之不畏強禦也。故變天地之位，正陰陽之序，直行其道而不忘其難，義之至也。《春秋繁露義證・精華》（頁 86）篇中提到了大旱、大水、日食等三項災異所發生的原因，董氏皆以陰陽的消長作為解災異的理論依據。

〈五行志〉中大旱災異僖公二十一年「夏，大旱。」僅有一條，其致災原因，除了作南門、勞民興役，餘則與「尊厭卑」無關，原文為「又作南門」，這「又作」是一種附因，所以董氏此解「尊厭卑」非主因。與他在〈精華篇〉中對於大旱的災異，乃因「尊厭卑」引起的陰陽失序不同。至於大水的災異，以第五章〈五行志〉為原始資料來應證董氏解經的效果，該類共有八條，但其原因即有三種，分別是：

（1）因戰爭而造成百姓的怨恨：桓公元年、莊公十一年、宣公十年、襄公二十四年。

（2）因魯夫人與其兄（齊侯）綺戀：莊公七年、莊公二十四年、莊公二十八年。

（3）強臣專國：成公五年。

因此〈精華篇〉中董氏認為大水發生災異的主因為強臣專權，而今在八條中僅佔一條。而因戰爭的發生而造成百姓的怨恨，共有八四反而成為主因。次因魯夫人與齊侯綺戀，然若以〈遼東高廟災〉中董氏對於災異致生地點「罪在外者天災外，罪在內者天災內」的說法，則大水災異的第二個原因，因魯夫人與其兄（齊侯）綺

戀所造成的三例大水災異來說，則產生了矛盾的現象。一方面魯夫人與其齊侯綺戀
是宮廷的家務事，與其它廣大的民眾並沒有直接的關係，而今魯夫人的過錯要廣大
民眾來「分享」，套句來說：「其乃無過乎？」，而這樣的理解其實與董氏的理論也所
不同，誠如董氏對於災異的看法是：

> 國家將有失道之敗，而天先出災害以譴告之，不知自省，又出怪異以
> 警懼之，尚不知變，而傷敗乃至。以此見天心之仁愛人君而欲止其亂也。
>
> （《漢書》頁 2498）

禍由宮廷家務事起，最後傷敗對象卻是百姓，則殘暴之君或權臣根本不關痛癢，如
此是否能達到制裁的效果實為可疑。至於其它的兩個原因也都是主權者的問題，非
關是廣大老百姓。因此除了董氏所言的「罪在外者天災外，罪在內者天災內」無法
落實在其解經立場之外，董氏在〈五行志〉中大水的災異也與董氏在〈精華〉篇的
理論不合。

其次董氏曾於〈精華篇〉中，對於何以會發生日食的災異曾提出如下的解釋：

> 陰滅陽者，卑勝尊也，日食亦然，皆下犯上、以賤傷貴者。（《春秋繁
> 露義證，頁 86—87》。

日食災異在〈五行志〉中共有三十四筆，佔星象災異中的絕大多數，雖然本文第五
章曾引胡寧先生對於日食的看法：

> 《春秋》日食三十六，精曆算者得之幾盡，其有常度審矣，謂之異，
> 非也。（註見第五章註 23）

以為日食是一種自然界運行的現象，但是既然董氏已將日食以災異的方式處理，則
我們且以董氏的研究方式省視之。董氏對於日食災異有兩種處理角度分別在〈精華
篇〉與〈五行志〉中：

第一種：在事實發生之後，如卑勝尊而產生日食的災異即《春秋繁露・精華》
中所主張者。

第二種：是以「罪在外者天災外，罪在內者天災內」的角度，也就是因為日食
的發生並非是某一國的特定點，而是一種天下普及性的災異。

關於第二點可見第五章「大水」類災異的第三點「董氏世界觀」，即董氏以襄公
二十三年「齊代晉，魯救晉，後侵齊，國小兵弱，百姓愁怨」的事實，推斷二十四
年「秋，大水。」主因。然於二十四年大水發生前，還有個日食災異。董氏未將襄
公二十三年「齊代晉，魯救晉，後侵齊，國小兵弱，百姓愁怨」的事實，說為日食
災異，反而對於日食災異以以華夷問題為整個災異發生之主因。然則就導至災異發
生原因來說，應是災異與最近發生災異原因者最為密切。但董氏如今的處理方式與

上述所言者不同。所以董氏如何詮釋日食與大水間的災異？因日食是最接近襄公二十三年的災異，卻以大水爲襄公二十三年災異的成因，所以或許是以「罪在外者天災外，罪在內者天災內」的方式解決，因此可知董氏處理襄公二十四年的日食與大水兩臨近災異發生時，有「世界觀」的考量因素在內。

但上述言日食災異的兩種角度，從董氏之解經的條例中可見：層次上的差距很大，因爲第一種是從災異「性質」的致生角度（即董氏在〈精華篇〉中所言日食類的災異）；第二種是從災異「地點」的致生角度。因此從第一種角度而言，日食災異共有三十四筆，其中至少有三十筆符合董氏的理論，但是第二種則否。如第五章星象類災異中，對此曾約略分析過，即符合董氏「世界觀」之說僅有兩筆。所以初步小結，日食災異以第一種角度省視，倒爲董氏解經中少數符合個人理論者，但若以此角度研究日食災異，則會有個解釋盲點，即襄公二十四年的大水與日食災異之間，爲何襄公二十三年「齊代晉，魯救晉，後侵齊，國小兵弱，百姓愁怨」事實的發生不以時間較近的「秋七月月甲子朔，日食」災異的解釋，卻以時間較遠（「秋七月日食」之後「八月癸巳朔」之前）的大水災異來解釋？此點無法得到合理解釋。

（二）災異與失道之間未必關連

本文第三章爲董氏《春秋》解經方法，以〈賢良對策〉中解經的實例，提出〈五行志〉中董氏《春秋》學的解經方法，即「失道」與「引起災異現象」的必然關連，如〈王道〉篇中：

> 周衰，天子微弱，諸侯力政，大夫專國，士專邑，不能行度制法文之禮。諸侯背叛，莫修貢聘，奉獻天子。臣弒其君，子弒其父，孽殺其宗，不能統理，更相伐銼以廣地。以強相脅，不能制屬。強奄弱，眾暴寡，富使貧，并兼無已。臣下上僭，不能禁止。日爲之食，星霣如雨，雨蟲，沙鹿崩，夏大雨水，冬大雨雪，霣石于宋五，六鶂退飛，霣霜不殺草，李梅實，正月不雨，至於秋七月，地震，梁山崩，壅河，三日不流，晝晦，彗星見于東方，孛于大辰，鸜鵒來巢，《春秋》異之，以此見悖亂之徵。（《春秋繁露義證》，頁107—108）。

所言者爲當國家政局發生種種亂象後，必然會出現災異。《春秋》記載了這些災異，而董氏由諸災異，見出該國的「悖亂之徵」。因此董仲舒於〈賢良對策〉中將他個人對於《春秋》災異的研究，言之於下：

> 臣謹案《春秋》之中，視前世已行之事，以觀天人相與之際，甚可畏也。國家將有失道之敗，而天迺先出災害以譴告之，不知自省，又出怪異

以警懼之。尚不知變，而傷敗乃至。(〈董仲舒傳〉，頁 2498)

所以董氏在〈董仲舒傳〉中《春秋》災異最後的結論是：災異的產生與國政悖亂有必然的相關性。

但經第五章「董仲舒《春秋》解經效果（下）」應證後，〈五行志〉歸納董氏對於《春秋》災異的研究可知：火災、大水、星象、大旱、無冰、獸異、草妖、蟲災、雪災、雷災等十項災異中，就失道之敗與災異產生間的必然性這個問題，在第五章中雖未另立條目論述，但已隱約談及。

先從火災（殿廟災）開始，第五章曾就火災災異分為六點談論，分別是一、承《公羊傳》義者；二、承《公羊傳》義，而其義更高者；三、未承《公羊傳》義者；四、有所疑義者；五、影響何休者；六、用經者。火災十一事中，扣除用經一事〈遼東高廟災〉外還有十事。其中不合理的解經有四條（即有所疑義者），所以「災異與國家失道之間不存在著必然性」幾乎占了一半，至於剩餘的六事中，董氏佳解也只有一事（按：此處「佳解」之界定為「災異與國家失道之間存在著必然性」，即不但合史實之解經，亦合董氏個人解經理想），因此可知火災十一事中有一半以上，無法確切符合「災異與國家失道之間存在著必然性」。

其次大水災異，共有八事：桓公元年、莊公十一年、莊公七年、莊公二十四年、莊公二十八年、成公五年、宣公十年、襄公二十四年。其中只有襄公二十四年「秋，大水」與襄公二十四年「八月癸巳朔，日有食之」的大水災異，董氏所列之致災原因皆可在《春秋》經文中得到詳解，至於其餘七事實際上與董氏的解經，都與《春秋》經文的合理性上有所差距，所以就大水這一項災異看來，可以說絕大多數都不符合「災異與失道間存著必然性」。

星象三十八筆，其中十二筆是以星象的方位，限定災異的地域。董氏此解所用的筆法多以「宿在某，某象也。後果……」。但災異發生之後，董氏將國內所有的問題都歸咎此災異所應示警者，即以「後果……」的解經公式完全蓋括，其中亦有不合理者。如此的詮釋方式自然是有問題的。可以第五章中莊公十八年「三月，日有食之」；及夫人姜氏與公子慶父、叔牙私通的史實為例，若硬將個人失行與災異的發生劃上等號，則不但與他個人的解經理論不合，同時亦未見合理（詳見第五章）。從《公羊》中星象災異三十八筆，對於《春秋》經中日食類的解經，視之以自然現象，但董氏的詮釋角度卻成為國家失道所引生的災異。其次昭公十七年「六月甲戌朔，日有食之」，董氏解為「……日比再食，其事在《春秋》後，故不載於經。」連昭公十七年都可預測《春秋》經文後所產生的災異，則不但不令人覺得神通廣大，只覺得匪夷所思。

至於僅有一筆的大旱災異，如第五章中所論述，此解在〈五行志〉中，屬少數符合歷史事實亦稍合他個人解經本意之解，為「災異與國家失道之間存在著必然性」。至於無冰之解有兩筆，分別在桓公十四年與成公元年。指十八年桓公與夫人姜氏如齊時，經桓公發現夫人姜氏與其兄齊侯畸戀的事實而致生的災異。因此若事前無任何徵兆，而只為四年後真正的「不正」所做之預言，實無道理。況且桓公十四年「亡冰」之前，桓公十三年「夏，大水」又將做何解釋呢？至於亡冰的第二筆資料，為成公元年「二月，無冰」。董氏以為方時有宣公之喪，君臣無悲哀之心。今閱《春秋》經文及《史記‧魯周公世家》皆無相關記載，則不知董氏此解所取為何？因此無冰兩筆災異皆屬「災異與國家失道之間不存在著必然性」。獸異僅有一筆，成公七年「正月，鼷鼠食郊牛角；改卜牛，又食其角」董氏解為「鼷食郊牛，皆養牲不謹也。」因此致災原因是「養牲不謹」並非失道之敗，所以不予討論。至於草妖一筆，僖公三十三年「十二月，李梅實」董氏之解為「李梅實，臣下彊也」。經察《春秋》僖公三十三年的經文（詳見第五章），則發現與董氏所言的臣下彊的事實不合，因此亦屬「災異與國家失道之間不存在著必然性」。

蟲災四筆，其中一筆承《公羊傳》義，為宣公十五年「冬，蝝生。」董氏對於蝝生解釋以「亂先王制而為貪利，故應是而蝝生。」。不但承《公羊傳》，而且與他個人在《春秋繁露》中所言的「善復古，譏易常」的理論亦合。剩餘的三筆，第一筆是隱公五年「秋，螟」公觀漁于棠雖是發生在五年春，至秋才發生了螟之災異，此解情理俱合。第二筆莊公六年「秋，螟」，董、劉二氏以為「……齊人歸衛寶，魯受之，貪利應也。」然《春秋》中相關的經文記載，並無魯收受衛寶的記載，至於《史記‧魯周公世家》亦無，因此不知董氏所引自何？若不知所引則何以推斷災異的成因為魯君貪利之應呢？第三筆文公三年「秋，雨螽于宋。」董氏認為主因有二：一是宋三世內取；二是大夫專恣。然所謂宋三世內取，並不成立。至於大夫是否專恣，則《春秋》經文並無記載，除了昭公為臣子所弒殺外，餘襄公與文公則未發生大夫專恣事件。因此董氏所說的這兩個原因，並不能成為使人信服的證據。所以蟲災四筆中，宣公十五年與隱公五年屬「災異與國家失道之間存在著必然性」，至於莊公六年與文公三年屬「災異與國家失道之間不存在著必然性」，因此四筆之中是各占一半。

最後是雪災與雷災。雪災有三筆，第一筆是僖公十年「冬，大雨雪」。董氏解為「公脅於齊桓公，立妾為夫人」與《公羊傳》傳文在史實上相合，但魯僖公因屈於強權立妾為夫人的個人過失，而致使魯國人民遭受大雨雪這樣的推論，其實與董氏對於災異所持的「罪在外者天災外，罪在內者天災內」的理論不合，因此此解雖能

免於史實的矛盾，但與「罪在外者天災外，罪在內者天災內」的前題不合亦是事實，因此此解基本上是個人的過失，是否可成爲國家失道之敗？即國君違禮與國家失道之敗之間，是一種因果關係還是一種相等關係？顯然只是一種因果而非一種相等關係，如此是否能將災異的發生推給國君？值得商榷。

第二筆桓公八年「十月，雨雪」，董氏解爲「象（夫）人專恣，陰氣盛也。」但夫人姜氏桓公三年九月至自齊，在三年九月至八年十月這段期間，並沒有任何相關夫人專恣的記載。若董氏言「夫人專恣」，是以後來桓公十八年時姜氏與齊襄公綺戀事。則以桓公八年之災異，預測十年後之事，是否得當？而此推測方式，若來自於《春秋》「貴微重始」的觀念，則此運用未免太過，因爲實無證據支持此推論。第三筆昭公四年「正月，大雨雪」，董氏「以爲季孫宿任政，陰氣盛也。」而今在《春秋》經文中，季孫宿於昭公四年之間，只出現一次，因此若季孫宿果眞任政，則《春秋》經文不可能只出現一次，更惶論還導致陰氣盛的問題，因此兩筆雪災不符合「災異與國家失道之間存在著必然性」。至於雷災雖僅有一筆，僖公十五年「九月己卯晦，震夷伯之廟」此解頗佳（詳見第五章），屬「災異與國家失道之間存在著必然性」。

由上述可知，董氏面對《春秋》時爲：「臣僅案《春秋》之中，視前世已行之事，以觀天人相與之際，甚可畏也。」，所以《春秋》中任何災異，都是上天的示警。因此董氏對於《公羊傳》文中面對災異時僅以「何以書？記異也」一筆帶過，並不滿意。所以若孔子弟子傳《春秋》災異，有所未全的部份（即三傳言日食未明的部份）；或《公羊傳》無傳（在《春秋》經諸多災異，如日食等部份《公羊》常無傳）；或《公羊傳》並無對於災異的原因說明者，董氏企圖以孔子弟子的身份，大大地發揮。康有爲氏曾言：

> 如《繁露》之微言奧義不可得焉，董生道不高於孟荀，何以得此，然則是皆孔子口說之所傳，而非董子之爲之也。……故所發言軼荀超孟實爲儒學群書之所無，若微董生安從復窺孔子之大道哉！〔註4〕

可見康氏以董子《繁露》爲孔子口說之所傳述之作，既是如此，則董氏以同樣是孔子口說之傳的《公羊傳》言災異部份未全，而加再以彌補的心理也是可以理解的。至於董氏此言是否如康氏所言爲孔子口說，當然亦有部份是，如《史記‧太史公自序》：

> 余聞董生曰：『周道衰廢，孔子爲魯司寇，諸侯害之，大夫壅之。孔

〔註4〕見康有爲撰《春秋董氏學‧自序》（臺北：臺灣商務印書館，民國58年1月出版），頁2。

子知言之不用，道之不行也，是非二百四十二年之中，以爲天下儀表，貶
天子，退諸侯，討大夫，以達王事而已矣。』子曰：『我欲載之空言，不
如見之於行事之深切著明也。』」（頁 3297）

出於〈俞序篇〉中：

史記十二公之間，皆衰世之事，故門人惑。孔子曰：『吾因其行事而
加乎王心焉。』以爲見之空言，不如行事博深切明。」（《春秋繁露義證》，
頁 159）

《史記》所引董生之文明顯的取自《春秋繁露・俞序篇》，但是《春秋繁露》中有多
少爲孔子口說則未可知也。

董氏發揮他個人對於《春秋》致災原因的過程中，很容易在參閱史實之後，發
現董氏對於國家失道必然導致災異這樣的結果過度自信，導致他對於此必然推論過
度。因此可見七十二事中「災異與國家失道之間不存在著必然性」，即「不合理」性
佔大多數，這也是董氏此類解經的最大缺點。

（三）同類型致災原因不同

〈五行志〉中的災異共有：火災、大水、星象、大旱、無冰、獸異、草妖、蟲
災、雪災、雷災等十項之多，但是從本文的第五章董氏對於《春秋》類災異的解法
看來，每項災異的致災原因都不相同，今述之於下。

首先就火災（殿廟災）來看，八筆火災之「起火的原因」有多種：百姓怨咎、
姊妹未嫁、不當立（指桓、釐二宮）、天子不能誅亂臣、失子道、伯姬幽居積陰生陽、
臣子恨甚極陰生陽而陽失節則火災出、不能誅權臣、亡國之社以之爲戒。除了其中
不當立的原因重覆二例外，其它單一而個別的原因所引起的火災（殿廟災）竟有如
此之多。其次大水：本文第五章大水這一類災異，共有八筆，然其原因即有三種，
分別是：「因戰爭所造成百姓的怨恨所致生大水的災異」、「因魯夫人與其兄（齊侯）
綺戀而造成大水的災異」、「因強臣專國所致生大水的災異」等三項。由此可見董氏
在大水災異中其所持的原因與火災一樣，無法達到內部解經的一致性。星象三十八
筆爲十項災異中的多數類，細分之有：大類「日食」三十四筆；小類「流星」有一
筆、「慧星」三筆、「殞石」一筆。日食的致災原因前述分析有兩點，若依〈精華篇〉
中所言的：「下犯上、以賤傷貴」這個致災主因來看，則日食致災的原因最俱一致性。
因爲基本上這三十四筆中至少有三十筆符合董氏的理論。至於流星與殞石都各只有
一筆所以無從比較。慧星則有三筆，董氏處理慧星災異的發生是以流動的方向解釋
之，因此在這個解釋角度上，這三筆有其一致性。

大旱災異只有僖公二十一年一筆，因有〈精華篇〉的理論作爲依據，因此此條

理論亦可與實際的解經作應證。由上述可知，董氏在大旱災異中以「尊厭卑」爲致災的主因，但是在僖公二十一年「夏，大旱。」董氏所言除了作南門、勞民興役，餘則與「尊厭卑」無關，因此董氏此解中「尊厭卑」並非主因。其次無冰此類共有兩條，分別發生在桓公十四年與成公元年。前者董氏之解爲「象夫人不正，陰失節也。」後者董氏以爲方有宣公之喪，君臣無悲哀之心。因此可見董氏處理無冰災異時，致災的原因並不一致。

獸異與草妖都各只一筆，因此無法在一致性上做比較。蟲災四筆，其中三筆蟲災之所起，都因緣於君王貪利。至於第四筆則其致災的原因有二：一是宋三世內取；二是大夫專恣。因此蟲災四筆倒有三筆的致災原因相同，這在董氏災異的解釋中，爲少見一致性的解釋。最後雪、雷之災都各只有一筆，無從比較。所以十項災異中，除了星象中的流星、殞石及獸異、草妖、雪災、雷災都各只有一筆災異，無從歸納同類型災異產生原因是否相同之外，餘火災、大水、大旱、無冰等四類災異在董氏的解釋之下，致災的原因都不一致。較能達到多數一致性的只有蟲災與日食，日食災異雖有三十八筆佔全數災異的大多數，但〈五行志〉中的日食災異，卻無法符合「災異與國家失道之間存在著必然性」。因此嚴格地說僅有蟲災能符合「災異與國家失道之間存在著必然性」。

二、《春秋繁露》十二事

因董氏《春秋》解經學缺乏「一致性」來說，本章前半部以〈五行志〉爲主要省察資料，後半部以《春秋繁露》爲主要的省察資料。因爲從第三章董氏《春秋》解經方法中可知，在這兩種不同性質的資料中，解經方式亦有所不同。第三章從〈五行志〉中提出的解經方式爲：（一）語言文字，也就是筆法的問題，因災異「所發之處不同」而處理的方式也不同，因此文辭的記載也不同（詳見本文第三章），但是從董氏的解經中不容易發現這一點，因爲董氏的解經方式不類同於語言文字訓詁。至於（二）「失道」與「引起災異現象」必然關連這一點，經由上述的論證可知董氏此點亦不吻合。此外本章還從「理論與實際解經方法的不合」、「同類型災異而產生的原因不同」、「災異與國家失道之間是否存在著必然性？」等三方面來省察董氏解經。至於本文第三章「董仲舒《春秋》解經方法」中可知，董氏現存《春秋》學最佳的原始資料就是《春秋繁露》五篇十二事與〈五行志〉七十二事，因研究方法不同，所以分開討論有助於各別資料的瞭解與掌握。

《春秋繁露》十二事，主要是董氏對於《春秋》經事中有所疑義者，透過問答的方式解釋，因此可視爲董氏如何「解釋」與「思考」《春秋》經的問題。如本文第

三章中提出董氏研究《春秋》經的方法：

> 是故論《春秋》者，合而通之，緣而求之，五其比，偶其類，覽其緒，
> 屠其贅。(《春秋繁露義證・玉杯篇》，頁 33)

從上述引文，可從《春秋繁露》十二事中見到董氏「解釋」與「思考」《春秋》經問題的過程。因此以董氏個人所認爲的《春秋》解經方法來應證，也是合理的研究方式。經由上述〈玉杯篇〉可分爲兩組解經方法，已於第三章、四章應證之。

　　發現由董氏所提出的解經方法來檢證《春秋繁露》十二事後，合乎第一組解經方法「合而通之」與「緣而求之」者爲：昭公十二年、文公二年；合乎第二組「偶其類、覽其緒、屠其贅」的解經者爲：宣公十一年、宣公十二年、成公二年；其它（非第一、二組者）：宣公十五年、昭公二年、成公三年、成公四年、隱公五年、隱公三年、莊公三年、僖公十年。由上述舉例可知，《春秋繁露》十二事的解經方式與本論文第三章所論述的解經方法有所差距，因這十二事中合乎解經理論者（第一、二組合觀者）有五筆，不符合者有七筆。

　　這或許有一個原因，即如徐復觀先生所言者：

> 他對經的解釋、推重，都是和現實問題關連在一起。〔註5〕

　　當然《春秋》經與現實問題做此關連之後，其《春秋》經本身的解釋可能在解釋標準上，隨著客觀的現實問題而有所浮動，因此產生一些不合理以及不符董氏內在一致的期望，並產生矛盾。此於〈竹林篇〉中宣公十五年「夏五月，宋人與楚人平」之事，董氏解說的非常清楚：

> 《春秋》之道，固有常有變，變用於變，常用於常，各止其科，非相
> 妨也。(見《春秋繁露・竹林篇》，頁 53)

所謂「變用於變，常用於常……非相妨也。」所認可的「變」，與「用於變」標準何在？若無一定的標準，如宣公十五年宋「子反爲楚臣而恤宋民」之事，難道僅以道德價值義的標準衡量？言「心驚而事有所忘，人之情也。」(亦見〈竹林篇〉)，如此解釋是否只一味地迎合《春秋》經文解釋，造成解釋標準上的浮動，終成無解釋標準而不自覺？這是個可以深思的問題。

　　而董氏解《春秋》經標準之浮動有二例，其一是僖公十年「晉里克弑其君卓子，及其大夫荀息。」《春秋》經記載，爲晉國臣子弑殺新君卓子的史實，荀息受獻公臨終託負立卓子爲君（卓子在里克看來爲「立不正，廢長而立幼」者），最後荀息爲力保不合法繼承人而亡。《公羊》傳就荀息不食其言而褒之爲賢。但董氏在面對這個問

〔註 5〕徐復觀著《兩漢思想史》(臺北：學生書局，民國 82 年 9 月初版・五次印刷)，頁 301。

題的時候，其切入點是以「《春秋》之法，未踰年之君稱子，蓋人心之正也……避此正辭而稱君之子，何也？」而非從質疑《公羊》傳稱荀息爲賢這一點入手，如此與董氏在〈竹林篇〉評論「逢丑父殺身以存君事件」的標準有違，而造成解經標準的浮動，何以言之？董氏於〈玉英〉篇中言「爲善不法，不可取」，荀息實屬此類。若荀息因爲重君諾而稱賢，則以董氏鼓勵臣以君命爲主，卻也未必。因爲「逢丑父殺其身以生其君」如此大的犧牲，但在董氏卻以爲：「丑父宜言於頃公曰：『君慢侮而怒諸侯，是失禮大矣；今被大辱而弗能死，是無恥也；而復重罪，請俱死，無辱宗廟，無差社稷。』」所以從董氏處理逢丑父事件，可知即使殺身以生君也未必是對的，相反應請君俱死。因此荀息似無任何稱賢的理由。

其二隱公三年因宣、繆二公兄弟相讓而產生「宋督弒其君與夷及其大夫孔父」的悲劇。而有董氏對於宣、繆二公之事不予讚同，並在〈玉英〉篇中對於宣、繆二公評論之爲：

一、宣繆二公並非賢者；

二、其爲善不法，不可取法，亦不可棄的看法。

若以〈王道〉篇中對於齊桓、晉文霸業，雖不中法，但《春秋》的處理態度爲「內心予之行，法絕而不予。」（〈王道篇〉）；反之宣、繆二公兄弟相讓「雖不中法」，然謙德卻「不可棄也，故君子爲之諱。」與《春秋》之意相同，都是「內心予之行」與「不可棄也」，然何以兩者的表達方式，一者是「法絕而不予」避諱；一者是「故君子爲之諱。」則宣、繆二公與齊桓、晉文間的差別何在？何況《春秋》有爲賢者諱，亦有爲尊者諱者（如魯隱公觀魚於棠）。所以宣、繆二公即使非賢者，也爲尊者無疑。又司馬子反、齊桓、晉文等「賢者」，其爲善亦不法，《公羊》皆爲之諱，但是宣、繆二公爲何不稱賢？賢的標準何在？董氏似應對此再深入說明。且〈玉英〉篇中「《春秋》之書事時，詭其實以有避也。其書人時易其名以有諱也。」書人易名，已是避諱，所以《春秋》的立場應已經很清楚了，《公羊》傳並有盡到解釋之責，是《公羊》本身的問題，至於董氏所言之不成於賢應是無關緊要。

雖然董氏在《春秋》經的解釋上如此，卻不影響董氏在春秋公羊學上的地位與影響，怎麼說呢？董氏在其《春秋》學觀念中，以《春秋公羊》爲主要的承襲依據，雖然董氏在《春秋》經的解釋上，未必完全承襲《公羊》的解釋方法與意義，此點將於以下「師承觀念薄弱」的部份詳述之。所以從董氏思考《春秋》經諸多不合理及缺乏內部解經的一致性、同時其《春秋》學並非全然地承襲《公羊》說，然其學說最後卻能在大方向上與《公羊傳》的思想相合，並在日後成爲西漢《春秋》學大師，眞是一種很奇特的結果。

第二節　內部解經的合理性

由上述可知董氏《春秋》解經效果，內在一致性的要求是不及格的，這或許因為董氏在一致性方面的思考不自覺，但一個經學家甚至是思想家處理問題時，若無法達成其「特定問題」有「一致」的解釋與態度，則所形成的最後結果可能產生矛盾，造成解經標準的浮動。若以「內部解經的一致性」與「內部解經的合理性」比較看來，則符合「合理」與否還比符合「一致」重要得多。因為經學家或思想家對於問題的思考，若無法符合「合理性」的要求，則架構再怎麼嚴密、思考再怎麼符合邏輯也是毫無價值的，因此本章的第二部份就「內部解經的合理性」來省察董氏如何詮釋《春秋》經。

一、《漢書‧五行志》七十二事

由於〈五行志〉比《春秋繁露》的原始資料多許多，因此省察上無法如上述對於《春秋繁露》十二事一一地論述，故將〈五行志〉以十類災異分述之。火災類有十一事，今將其不合理者錄出共有四條。第一條為成公三年「甲子新宮災，三日哭」，董氏解為「成居喪亡哀戚心，數興兵戰伐，故天災其父廟。」其不合理處為：經察《春秋》經中桓、成二公並無董氏「數興兵戰伐」的事實；其次成公伐鄭不論有無正當理由，如〈竹林篇〉中所言「以喪伐人」故然是「施失恩於親」，但是齊侯「伐人之喪……加不義於人」亦是事實，因此「施失恩於親」得到「新宮災」的報應，那麼「加不義於人」的齊侯為何無災異呢？

第二條襄公三十年「五月甲午，宋災」。宋伯姬守節而發生火災之事，首先是資料的問題：董氏在〈王道篇〉中將宋伯姬比為「貞婦之信」，同時在〈楚莊王篇〉中言：「宋伯姬疑禮而死於火……《春秋》賢而舉之，以為天下法。」可見宋災在《春秋繁露》中根本不以為是災異，而為何董氏在〈五行志〉中卻引伯姬守節這事來解大火的災異？其次是解釋上的問題，若以「貞婦之信」形容伯姬，則雖言憂傷國家之患，但亦有「幽」居之意，所以伯姬守節三十餘年，董氏看來，似乎非出於至誠，所以在守節時心中「積」陰生陽，並因此而產生「宋災」。如此對於宋國而言，宋伯姬還可以「貞婦」之佳名形容嗎？而此為伯姬個人的問題何以會引起「宋災」？

第三條桓公十四年秋八月「御廩災」，董氏解之為「四國共伐魯，大破之於龍門。」此條解經之疑點有：

（1）四國共伐魯，在《春秋》桓公年間的經文並無記載。

（2）龍門的地名在戰國年間才出現（此詳見本論文第五章註7）。

（3）如果前兩個因素都成立，則桓公十四年春夏之間所產生的「無冰」災異，

又做何解釋？

雖此條無陰陽消長之解，但是「無冰」與「御廩災」同樣是陽盛，引發災異的性質都相同，因此董氏此解難令人信服。同時昭公十八年「五月壬午，宋、衛、陳、鄭災」董氏以「象王室將亂，天下莫救，故災四國，言亡四方也。」以及四國之君「不恤國政，與周室同行。陽失節則火災出，是同日災也。」因此「陽失節則火災出」，但是昭、定、哀三世短短六十一年，已是《春秋》末年。如果「陽失節」與「火災出」之間的關係是必然的話，則以當時的淘淘亂世，恐怕世界已成為一片火海了，因此以這種「象王室將亂，天下莫救」當時普遍性的亂象，來推斷當時四國俱生火災的原因，恐怕並不妥當。

第四條定公二年「雉門兩觀災」。此災為定公奢僭過度，及季氏逐定公之父昭公，昭公死于外。定公即位後，既不能誅季氏，又用其邪說，淫於女樂，退孔子。所以董、劉二氏以上述之事實為「雉門兩觀災」的主因，但「雉門、兩觀」分別是「魯宮的南門」及「懸法令，以供民觀覽之處。」，然而「雉門、兩觀」與民眾關係的密切性大於季氏、定公，因此若以「罪在外者天災外，罪在內者天災內」衡量之，則災異所生之處若無合理的解釋，則容易產生解釋上的矛盾。

大水類八條中共有七條不合理的解經，第一條莊公十一年「秋，宋大水。」，董氏引此條經文做為魯、宋二國比年戰爭，故上天譴告以災異。既是二國俱水，則受災面積不可能太小，同時戰爭多發生在邊界地帶，這場大水《公羊傳》解釋為二國俱水，因此此災異或許對於兩年之間三場戰爭的魯、宋無辜民眾而言，不啻是雪上加霜，因為大水的受災區與戰爭區有重疊的可能。因此以這個原因為解災異，實在無法達到「見天心之仁愛人君而欲止其亂也」的效果。第二條，宣公十年「秋大水，飢。」董氏以「宣公伐邾取邑，亦見報復……」然今閱《春秋》經文，「秋大水」前一條經文的記載即是「公孫歸父帥師伐邾婁，取繹。」經文中未見董氏所言報復之記載，不知報復從何而來？

第三條桓公元年「秋，大水。」，董氏列出許多原因：魯桓公（元年）弒其兄魯隱公、民臣痛之故生大水。之後宋督弒其君（二年），諸侯將討，桓受宋賂歸又背宋。諸侯因共伐魯（十年、十三年），仍交兵結讎，伏屍流血，百姓愈怨，因此桓公十三年夏復大水。董氏所列的諸多原因，時間橫跨十三年，而桓公元年至十三年間，仍有其它災異：三年秋七月的日食、五年的大雩、螽、八年的雨雪。至於《公羊傳》對於上述災異，其實都視之以「記異」或「記災」，但董氏不但未將右列三項災異解釋之，反而使元年發生的大水背負起未來所有發生亂政。也就是將特定的時段間（桓公元年至桓公十三年），春秋時期中所有的國家失道之人事、政事問題都歸結在特定

的桓公元年大水的災異上，而未見有更進一步的說明，然而這樣的解經可能只流於迷信，而未有任何智慧之虞。

第四條莊公七年「秋，大水，亡麥苗。」董氏之解有二，一是莊公母文姜與兄齊襄公淫，共殺桓公；二是莊公釋齊襄公讎，復娶齊女。而今查《春秋》經文，則疑慮有一：為何莊公七年「秋，大水，亡麥苗。」的災異未出現在文姜與兄齊襄公畸戀之時，反而是桓公死後七年？相對於魯桓公弒殺隱公，當年桓公元年即有大水災異的產生，則莊公七年大水，董氏以為莊公母文姜與其兄戀，共殺桓公這個原因解經，實不相契。其次第二個原因是莊公在二十四年時娶仇人之女，然而此條災異發生的時間卻在十七年前，以這樣的時間距離來推算實在太離譜。〈玉杯篇〉曾譏文公喪娶，文公雖在三年之喪後娶，但是下聘卻在三年之喪內。

因此董氏對此以「《春秋》貴微重志」言之，而莊公七年的災異卻發生在娶仇人之女十七年之前，總不能說魯莊公娶齊女之心已在十七年前蘊釀吧！而若硬說如此，則十七年間仍有：十七年的「多麋」；秋，有「蜮」兩條災異，作何解釋呢？今查〈五行志〉董氏對於這兩條災異並無解。故董氏上述此條解經實難令人信服。因此董氏若以莊公娶仇人女兒，此原因說明產生「大水」的災異，則董氏應以魯莊公夫人姜氏自二十四年嫁入魯國後，立即出現「大水」的災異例最為適合。但董氏對此第五條莊公二十四年災異，解為「夫人哀姜淫亂不婦，陰氣盛也」，如此莊公二十四年嫁入魯國後馬上有災異，雖然《史記·魯周公世家》並無記載哀姜與莊公弟慶父私通的大約時間，但哀姜的不守婦道必定是發生在二十四年嫁入魯國後，則天降災異在哀姜入魯國之際，也未免太快，太神奇。

接著第六條，莊公二十八年發生的「冬，築微。大（水）無麥禾。」災異，董氏解為夫人哀姜淫亂產生的大水。《公羊》之解為「冬既見無麥禾矣，曷為先言築微，而後言無麥禾？譏以凶年造邑也。」倒很合理，「麥熟在夏，禾收在秋」而築微在冬，因此災情在夏秋已可見，為何夏秋的災情到了冬天築微時才書無麥？即凶年而竟造邑，因此間接地說，造邑使得百姓凶年的生活更加雪上加霜，亦說明凶年的程度，原是政府（人為）的努力可以減輕，卻沒有這麼作。可見《公羊傳》之解遠較董氏合理。

第七條成公五年「秋，大水」，此災異主因為成公幼弱，然今查《春秋》經文，發現董氏兩個主因：一、成公幼弱；二、政在大夫，都不成立。在災異發生前五年之間，《春秋》經有七條經文成公往來於晉國及與其它國相盟的相關記載（按：其經文詳見於本論文第五章「（2）、大水」，於此不列），可知成公幼弱的事實並不成立。然而即使成公不幼弱，亦並不代表政在成公，所以就董氏所言之政在大夫來省察，

（按：其經文亦詳見於本論文第五章「（二、大水」，於此不列），在成公五年前，臣子帥師的記載只有兩筆，其中一筆是齊侯伐我，為抵禦外侮，其它的外交活動都是由成公參加，若以此言成公幼弱政在大夫無法從《春秋》經文中看出，如此即可推翻董氏所言的兩項主要原因，亦可知董氏以右述兩項原因解經因不合理，而無法成立。

次見「星象」類災異，〈五行志〉錄董氏星象災異共有三十八筆。董氏以災異的產生研究星象災異發生的原因，若以《公羊傳》對《春秋》經的解釋，僅以「記異、記災」兩種態度出現九筆。餘皆無傳，可見《公羊傳》視「星象」類的災異，為自然現象。

董氏解「星象」類災異時，對於「星象」發生的特定地點之筆法多以「宿在某，某象也。後果……」的解經形式。但於災異發生後，董氏將所有國內問題都歸於此災異上，不管其合理與否。如莊公十八年「三月，日有食之」齊姜與公子慶父、叔牙畸戀。夫人姜氏在災異發生後六年夏嫁入魯，直至君位繼承問題時，又不知是多少年之後了。因此從災異發生到姜氏嫁入魯國中間相隔六年，又嫁入魯國八年後莊公薨，再加上閔公二年薨，前後共有十六年。若以災異的原因去推斷十六年後的事故，如此則災異的產生及解釋之間實無一定的準則，容易產生附會。

星象災異中有一條矛盾經例，《春秋》僖公十六年「正月戊申朔，隕石于宋，五，是月六鷁退飛過宋都」。董氏以「象宋襄公欲行伯道將自敗之戒也」解之。但是董氏曾在《春秋繁露・俞序篇》中肯定宋襄公泓戰的表現，並且也以「《春秋》貴之」更加地肯定宋襄公：

> 故善宋襄公不厄人，不由其道而勝，不如由其道而敗，《春秋》貴之，將以變習俗，而成王化也。（〈俞序篇〉，頁162）

其次董氏在《春秋繁露》中也曾論及：

> 實不于宋于五，六鷁退飛……《春秋》異之，以此見悖亂之徵。（〈王道篇〉，頁108）

> 隕石於宋五，六鷁退飛，耳聞而記，目見而書，或徐或察，皆以其先接於我者序之。（〈觀德篇〉，頁274）

若先不論宋襄公是否行伯道，僅以隕石與六鷁是否為災異，則在《春秋繁露》中顯然有兩種不同的看法。〈王道篇〉視之為災異、悖亂之徵，可見與〈五行志〉中的態度是比較一致的。但若以〈觀德篇〉中的「耳聞而記，目見而書……皆以其先接於我者序之」看來，則與《公羊》的解法相同。因此董氏在面對這個問題時，立場並不一致。而立場的不一致所形成的矛盾對於解經而言，應是一大禁忌，因此由上述

所言矛盾之處，亦可見得董氏解經的不合理。

接著「無冰」的災異，第一條是桓公十四年「春，亡冰。」董氏解為「象夫人不正，陰失節也。」。然姜氏自魯桓公三年九月嫁入魯國，而至桓公十四年災異發生以來，其間有十一年沒有再見到齊侯（至少《春秋》經文沒有記載），災異所發生的前十一年無任何徵兆，只為日後真正的「失節」而承擔災異的罪過，實無道理。況且桓公十四年「亡冰」前，桓公十三年的「夏，大水」，又將做何解釋呢？若董氏對這兩個相鄰的同質災異有顧此失彼的解釋，則董氏此條解法的合理性可能還須檢討。

草妖一條僖公三十三年「十二月，李梅實」董氏解為強臣。今察《春秋》僖公三十三年之間的經文，則三十三年以來，政權多集中在魯僖公手上，甚至在近僖公三十三年時，政權亦無旁落跡象的記載。況且僖公二十八年《春秋》經文尚載有誅殺不從命的公子買，因此所謂「臣下彊」的問題，並不存在。蟲災一條，為文公三年「秋，雨螽于宋。」這件發生在宋國境內的災異，董氏認為主因有二：一是宋三世內取；二是大夫專恣。而所謂的「三世內取」經考察之後，發現並不成立。至於大夫是否專恣，除了昭公為臣子所弒殺之外，其餘襄公與文公時代則未發生大夫專恣的事件。因此董氏所說的這兩個原因，無法成立。

雪災第一條僖公十年「冬，大雨雪」。而董氏以為「立妾為夫人」與「罪在外者天災外，罪在內者天災內」不合，因齊桓公立妾為夫人，屬個人齊王室的家務事與百姓何干？第二條桓公八年「十月，雨雪」董氏「夫人專恣。」，夫人姜氏於魯桓公三年九月嫁入魯國，在三年九月至八年十月這段期間並沒有任何夫人專恣的記載，若董氏是以後來桓公十八年，因姜氏與齊襄公戀而薨於齊。以發生在桓公八年的災異，預測十年後，是否恰當？第三條昭公四年「正月，大雨雪」董氏「以為季孫宿任政」今見《春秋》經文，季孫宿自昭公即位以來只出現一次，若董氏所言為事實，不可能只出現一次，因此董氏以「以為季孫宿任政」為致災理由實不成立。

由上述可知董氏於〈五行志〉七十二事中，解經的「不合理性」實佔極高的比例，若以襄公二十四年的日食災異，董氏以為夷狄主上國；二十七年以為禮義將大滅絕之象，兩筆還能符合他個人的理論故堪稱合理之外，其餘難免有附會之嫌。因此從整個七十二事的反省看來，約有五十三條不合理的解經。

二、《春秋繁露》十二事

首先《春秋繁露》五篇十二事，以第四章「董仲舒《春秋》解經的效果（上）」的排列為討論順序。第一條昭公十三年「晉伐鮮虞」，其符合第一組的解經理論，唯其解經的基礎建立在《穀梁傳》上，但解經的內容頗為合理。第二條為文公二年「公

子逐如齊納幣」，義取《公羊》，解經的方式亦合第一組的解經理論，然除將「《春秋》之論事，莫重於志」這個「《春秋》貴志」的觀念點出之外無特出之處。又因「《春秋》貴志」這個「貴志」的限度很難掌握，因此產生董氏其它解經的附會，終至不合理的解經條例。

第三條爲宣公十一年「楚人殺陳夏徵舒」、昭公四年「執齊慶封殺之」、昭公十三年「蔡侯廬歸于蔡，陳侯吳歸于陳」，亦合董氏第二組的解經理論，於本文第四章中將此條譽爲董氏《春秋》解經之典型，亦合合理性的要求。第四條宣公十二年「夏六月乙卯，晉荀林父帥師及楚子戰于邲，晉師敗績」，符合第二組的解經理論，亦爲典型的董氏《春秋》解經條例。

第五條成公二年「秋七月，齊侯使國佐如師，己酉，及國佐盟于袁婁」、桓公十一年「九月，宋人執鄭祭仲」，此條以董氏第二組爲解經方法，其本身並無不合理或矛盾之處。但是此條成公二年「逢丑父殺其身以生其君」與後來第十二條「晉里克弒其君卓子，及其大夫荀息」的解經，因「賢者」標準的浮動而產生解經的矛盾，使研究者對於董氏解經產生疑惑。第六條宣公十五年「夏五月，宋人與楚人平」，董氏提出這樣的看法：

> 《春秋》之道，固有常有變，變用於變，常用於常，各止其科，非相妨也。今諸子所稱，皆天下之常，雷同之義也。子反之行，一曲之變，獨修之意。夫目驚而體失其容，心驚而事有所忘，人之情也。（《春秋繁露義證》，頁 53—54）。

董氏以「有常有變，變用於變，常用於常，各止其科，非相妨也。」言「《春秋》之道」。當然《公羊傳》在解釋《春秋》經文時俱有權變的特色，所以本文對於董氏言「《春秋》之道，固有常有變，變用於變，常用於常，各止其科，非相妨也。」並不否認。但是董氏未能說明視爲「常」的標準？視爲「變」的標準？因爲「心驚而事有所忘」、「獨修之意」、「人之情也」顯然都屬於自由心證，評價的落差隨著評價的「人」而有極大的差距。所以若此觀點成立，則逢丑父在面臨生死之交，其驚訝程度必不下於宋子反見楚人易子而食，因此爲何不能以「心驚而事有所忘」來說明逢丑父替君而死之心呢？所以董氏解經是否有爲了《春秋》經文而在解經標準上有所浮動？

第七條昭公二年「冬，公如晉，至河及復，季孫宿如晉。」董氏由昭公恥如晉，接著將文公、昭公兩世皆受強臣壓迫；昭公十年娶同姓女；及昭公二十五年出走八年，死乃得歸……等歷史公諸於世。這種「恥如晉」與後來違禮，及悲慘命運必然的推測方式。實類似災異的解經：前有惡因後必有惡果。第八條成公四年「三月壬

申，鄭伯堅卒。冬，鄭伯伐許」，解法與第七條昭公二年類同。因爲董氏將鄭國新君悼公以喪伐人，與他日後的命運（「一舉兵不當，被患不窮……是以生不得稱子……死不得書葬」）結合在一起。而以災異的解法用於《春秋》經事中，並不合理。

　　第十條隱公三年「葬宋繆公」、桓公二年「春王正月戊申，宋督弒其君與夷及其大夫孔父。」，此賢者的定義引人爭議，因其標準未定，故有解釋浮動的問題。第九條、第十一條，三條的解經俱未有不合理之解經。

第三節　師承的觀念薄弱

　　董氏在《春秋》解經的過程中，並不以《春秋公羊》的解釋角度爲完全的承襲。這一點無論是從《春秋繁露》十二事或從〈五行志〉七十二事中看來都是如此。但前者承《春秋公羊》者佔三分之二，而後者七十二事承《春秋公羊傳》者僅七事，可知董氏在《春秋》經事的解經上大部份承師說，而《春秋》災異則有較多的創見。

　　從《繁露》十二事中，董氏承師說者有八事。分述於下：〈楚莊王〉篇昭公十二年「晉伐鮮虞」之事，因《公羊》無傳，故採《穀梁》之義；接著〈楚莊王〉篇中昭公二年「冬，公如晉，至河及復，季孫宿如晉。」，《公羊》有傳，但仍從《穀梁》說。昭公十二年之所以取《穀梁》義，仍因《公羊》無傳，而此昭公二年，不但《公羊》有傳，而且董氏以《穀梁》「恥如晉」化爲〈楚莊王〉篇中的「《春秋》恥之者」，顯然以《穀梁》代表《春秋》，則董氏《公羊春秋》的立場不免受到質疑。若《穀梁》之義長於《公羊》，則董氏取《穀梁》義亦無不當，但就此條經文而言，無「著有疾」之意。反而董氏若僅取《公羊》之義，即可明白，不必從《穀梁》昭公不敢如晉託稱疾，這樣繞著一圈的講法。

　　〈竹林篇〉中成公三年「鄭伐許」及成公四年「三月壬申，鄭伯堅卒。冬，鄭伯伐許」，因《公羊》無傳，故董氏以其對於《公羊傳》的研究心得來解經。此條可補《公羊》無傳。最後〈精華篇〉中僖公十年「晉里克弒其君卓子，及其大夫荀息」，此條《公羊》有傳，但董氏解經未承《公羊》，僅憑己意斷句解經。綜上所說，可知在第一章第二節「『董仲舒《春秋》學』論題的提出及其意義」中，曾引徐復觀先生言董氏的學術淵源：

　　　　董氏是「爲儒者宗」的儒家，討論他的學術淵源時，首先應注意到他
　　的《春秋公羊》學。（見第一章第二節註19）
因此董氏的主要學術思想的基礎雖建立在《春秋公羊》學，但董氏爲了解經的完滿，仍旁探它《傳》。

至於〈五行志〉七十二事，除了火災〈遼東高廟災〉屬用經不含在解經範圍內。餘七十一事，有八事承《公羊》之義。此八例分別是火災五例：莊公二十年「夏，齊大災」、宣公十六年「夏，成周宣謝火」、哀公三年「五月辛卯，桓、僖宮災」、哀公四年「六月辛丑，毫社災」、昭公八年「冬十月壬午，楚師滅陳」；大水一例：莊公十一年「秋，宋大水」。蟲災一例，宣公十五年「冬，蝝生」。雪災一例，僖公十年「冬，大雨雪」。而從上述兩部份資料分析後可知，《春秋繁露》五篇十二事中，承《公羊》者至少還有八事，占三分之二。但〈五行志〉七十二事中，只占百分之十一左右。因此董氏面對《春秋》經事與《春秋》災異這兩者，可知除了董氏在師法的承襲不嚴格外，還透露：董氏面對《春秋》經事與《春秋》災異時，承襲《公羊》義的態度有所不同。

董氏在「董氏《春秋》學」的師承上，並不完全的承襲《公羊》傳，而〈五行志〉七十二事所處理的《春秋》災異，《公羊》傳面對災異僅以天地間自然規則中偶有的歧出解釋之（可詳見附錄將《漢書·五行志》與《公羊傳》原文合列的部份）。然而這樣單純的解釋董氏並不認同：

> 國家將有失道之敗，而天迺先出災害以譴告之，不知自省，又出怪異
> 以警懼之。尚不知變，而傷敗乃至。〈賢良對策〉（頁2498）

所以在《公羊傳》既不言陰陽又不究災異的情形之下，使得董氏在「以《春秋》災異之變，推陰陽所以錯行。」（見《漢書·董仲舒傳》，頁2524）的解經原則下，無法承襲《公羊》說。若承襲《公羊傳》義必使災異說無法開展，因此董氏解〈五行志〉之《春秋》災異七十二事，未從《公羊》是可以理解的。董氏以個人對於《春秋》災異的研究方式及角度，不從《公羊》將是一種必然的發展。

《春秋》經事與《春秋》災異性質差異極大。因災異中《春秋》大義並非重點，而《春秋》經事則完全針對《春秋》經事中之疑義處。因此災異之說未襲《公羊傳》義的原因已明白，至於《春秋繁露》五篇解《春秋》疑義十二事，未從《公羊》義的原因值得研究。因身為西漢初年的《公羊》學大師，如班固所言「為儒者宗」的角色與地位，為何面對《春秋》經義的解釋時未承師說？其原因何在？以及董氏解《春秋》經事時，未從《公羊》義者是否有特定的標準？未從《公羊》的解經條例，能否較原傳佳？若未從《公羊》原傳之解，其效果又未高於《公羊》，則董氏捨《公羊》而就《穀梁》的原因何在？這些都值得我們思考。

然而董氏思想中最重要的《春秋》學思想承自《公羊》，所以董氏《春秋》學思想形成前的解經過程，未承《公羊》傳解。最後卻成為《春秋公羊》大師，董氏如此「論證」實令人難解。董氏捨《公羊傳》義而就《穀梁》或者是自立新解，考量

點爲何？若是爲了能在解經得到更合理的解釋，或許我們可知董氏捨《公羊》而就《穀梁》，或自主新解的原因，但從董氏取捨的過程中，未見如此，參見昭公二年（第四章「三、其它解經方式」）。

　　所以董氏雖爲西漢初年《公羊》學大師，並爲當時學術界宗師。但從其思考詮經的角度可知，董氏並未以師說爲宗，這或許與通五經的背景有關。即因通五經之故，不但使經與經之間可以互爲引用，同時亦使師說與師說間的界限不那麼嚴格。其次董氏對於《漢書·五行志》災異七十二事的研究可知，董氏對於《春秋》災異有其獨到的創見，因此董氏在災異類的解經多不從《公羊》解，原因爲何？已於前述已經說明，於此不復贅言。

第四節　小　結

　　綜上述所言：「內部解經的系統性」；「內部解經的合理性」；「師承觀念的薄弱」。除了第三點「師承觀念薄弱」無解經優劣價值的評價外，餘兩點，都顯示著董氏《春秋》解經學的缺失。接著就董仲舒《春秋》解經學的解經效果進行研究。

　　就本文採行兩種解經的原始資料看來，《春秋繁露》十二事的解經範圍，小至偶合類似的《春秋》筆法，大至整個《春秋》大義的研究，解經方法比之於〈五行志〉專爲解《春秋》經災異，更爲完整與圓滿。其解經方法除了董氏所提的兩組解經方法外，對於其它經典的引證，更可見出其解經方法的廣闊。次就性質來說，〈五行志〉主要收錄各家解釋災異的說法與態度，僅以陰陽消長作爲理論，因此性質上《春秋》災異僅是《春秋》解經學其中一類而已，所以〈五行志〉的研究只能使我們了解董氏《春秋》解經學的一個面向，並不能完全地代表董氏《春秋》解經學。雖然〈五行志〉是現存董氏《春秋》解經學《春秋》災異類中資料最完整者，但董氏《春秋》學的內涵與精粹非〈五行志〉七十二事所能代表。若僅以此將〈五行志〉的解經效果視爲董氏解經的代表作，自然有所偏差。

　　故以「解經效果」來說，因爲〈五行志〉的解經方式固定，所以我們可由《春秋》災異的解經條例，得知董氏面對災異的態度。而上述三點的研究在此可略作整理，第一節內部解經的系統性：雖然〈五行志〉已是董氏解經中資料最完整者，同時亦有董氏所提的解經方法理論，但是經由一、理論與實際解經方法的不合；二、災異與國家失道間是否存在著必然性；三、同類型災異產生的原因不同；分析後可知，在後代學者的評價中，董氏以陰陽五行的方式詮釋《春秋》經，在儒學發展中由先秦至兩漢時成爲一大轉折。不論董氏陰陽說之價值如何，從董氏解《春秋》學

的角度，價值並不大。同時對於學者研究董氏《春秋公羊》學的助益亦不大，但對於董氏《春秋》解經學的瞭解卻極有幫助。總之〈五行志〉的解經效果不佳，所以就「解經效果」而言，僅以右述三點之研究成果做為〈五行志〉之結論。

至於董氏《春秋》學另一重要原始資料為：《春秋繁露》十二事《，雖經過上述三點的解釋，但如前述《春秋繁露》十二事，是以《春秋》經義的矛盾或筆法的疑問所生。所以性質上雖只有十二條解經條例，但卻足以代表董氏《春秋》解經學。

從本文四兩章看這十二條解經：

1、為解經的典範：有兩條。分別是宣公十一年「楚人殺陳夏徵舒」、昭公四年「執齊慶封殺之」、昭公十三年「蔡侯盧歸于蔡，陳侯吳歸于陳」；及宣公十二年「夏六月乙卯，晉荀林父帥師及楚子戰于邲，晉師敗績。」。

2、普通解經者有：昭公十二年「晉伐鮮虞」。

3、因解經標準浮動而造成解經說服力不足者：有三條。分別是成公二年「秋七月，齊侯使國佐如師，己酉，及國佐盟于袁婁。」、桓公十一年「九月，宋人執鄭祭仲。」；宣公十五年「夏五月，宋人與楚人平。」；隱公三年「葬宋繆公」。

4、以「《春秋》貴志」之不合理之解經有：文公二年「公子遂如齊納幣」。

5、以災異法解經者：有兩條。分別是昭公二年「冬，公如晉，至河及復，季孫宿如晉」；成公四年「三月壬申，鄭伯堅卒。冬，鄭伯伐許。」（按：這一條解經中還有成公三年「鄭伐許」，成公三年的解經則以「補《公羊傳》」不足者解之，兩者雖不同但是所解為同一經事）。

6、未回答難者重點或該條經義之重點有：莊公三年「秋，紀季以酅入于齊。」；僖公十年「晉里克弒其君卓子，及其大夫荀息。」。

7、無價值的解經條例：隱公五年「春，公觀魚于棠。」。

由上述大致的分析可知，短短的《春秋繁露》五篇十二事，雖然並非所有的條例都是董氏《春秋》解經的典範，但我們仍可在優劣之間見得董氏解經的精彩處，以及董氏解經的特點，由於本論文曾於第二章「董仲舒《春秋》解經方法的資料與解經方法的資料檢別」中認為，《春秋繁露》係輯佚董氏諸散佚作品而成，因此以這個觀點來看董氏《春秋繁露》五篇十二事，則從解經的典範到最沒價值的解經條例之間，如果這十二事全劃成曲線圖，則可由劣見優。因此雖說董氏《春秋》學的論著大量流失，但仍可從這十二事中以管窺天。

第七章　結　論

　　本文自首章導論對於本文研究範圍與內容限定之說明，接著第二章研究資料的檢別、第三章研究方法的提出。第四、五兩章實際效果的印證。最後第六章解經效果的檢討分三點論述：1. 缺乏內部解經的系統性；2. 缺乏內部解經的合理性；3. 師承觀念的薄弱。似乎偏向負面的效果，有失董氏解經全面的呈顯。因此本章結論，除了分四點「突破訓詁的解釋法」、「解經未完全師襲《公羊傳》」、「解經方法的提出」、「引經解經的特點」論述其解經的正面意義外；並以本文第一章導論所言，爲嘗試消弭傳統學者與近現代學者對於「董氏學術評價落差的原因」。然因傳統學者與近現代學者對於董氏評價所取的研究方法、角度與資料不同，而產生董氏學術思想評價優劣之不同差異，而提出「董仲舒《春秋》解經方法」之論題。今對於董氏之《春秋》學前的《春秋》解經歷程有一大致的研究，故將傳統學者及近現代學者評價董氏的思想角度與研究方法做一反省。而此反省工作爲「董氏《春秋》方法學研究」非本文主旨，故本文雖反省，但不一一細論兩派學者的內容與是非，只就本文的研究成果，檢討兩派的論點。

第一節　董氏《春秋》解經的特色

　　從第三章董仲舒《春秋》解經學方法的提出，直到第四、五兩章的應證，及第六章解經效果的檢討。本文所呈顯者，董氏解經之評價似乎以負面居多，如同我們在第一章「董仲舒《春秋》解經方法」論題的提出及其意義中所言：董氏在西漢初年極高的學術地位，以及他在漢代經學的主導性。董氏的解經不論是正面與負面，其影響都較其它學者深遠。而此廣大與深遠的影響，事實上已非董氏所應負的責任，如同一位作家，他所創造出的作品，寫定時作品已然成形。至於其

它評論者的評論、或該作品將形成如何的藝文風潮,事實上已非他所能預料及掌握,其影響亦隨其聲名高、低而深、長或淺、短。所以就董氏而言,近現代學者的負面評價可說是董氏之後的學者氾濫之以陰陽解經者日眾,而追溯至某一名氣最大、影響最大的學者,冠之以「始作俑者」即董仲舒,而非戰國時期的鄒衍。所以在面對這個問題、若只以後來的事實反論董氏,則不如先就董氏如何思考問題與解釋經典來的恰當。

當然董氏的解經雖在本論文的第六章省視之後,效果並不佳,除了上述所言負面的評價外,董氏解經的正面評價與意義,也極為可貴。可分兩點論述之:

一、突破訓詁的解釋方法

若以兩漢經學的發展來看,可說皆在訓詁與章句的籠罩之下,如林師慶彰於〈兩漢章句之學重探〉一文中云:

> 兩漢經學的發展,約可分為三個階段:一是西漢初至昭帝時代,古學盛行,治經訓詁舉大義而已;二是西漢宣、元至東漢明、章時代,今學盛行,用章句的方式來詮釋經書;三是東漢和帝至獻帝時代,古學復興,治經倡行訓詁通大義而已。〔註1〕

從兩漢經學發展的三階段而言,董氏乃屬第一階段。至於董氏治經方法則僅有「舉大義」而無「訓詁」的過程。因此董氏是站在《公羊傳》「訓詁」的基礎上論經之疑難。此班固筆下這位「為儒者宗」的學術界龍頭老大,雖身處「西漢初至昭帝……古學盛行,治經訓詁舉大義」之時,但其解經方式與整個大時代不同,實為其特殊之處。

因前述言西漢初年學術是建立在秦火的餘燼中,因此兩漢經學的研究朝向訓詁考據也是一種必然的趨勢,但是從董氏《春秋繁露》五篇十二事或是《漢書‧五行志》七十二事的解經中可見,董仲舒未朝這個方向走,雖然董氏承《春秋公羊》學,而從《公羊傳》的解經形成中,可見《公羊傳》雖非以訓詁為主要的解法,但是其單字的解釋其實也就是一種訓詁的解經方式,如:

隱公元年。

【春秋經文】:春王正月。

【公羊傳文】:元年者何?君之始年也。春者何?歲之始也。王者孰謂?謂文王也。

曷為先言王而後言正月?王正月也。何言乎王正月?大一統也。(見

〔註 1〕林師慶彰的論文〈兩漢章句之學重探〉收入《漢代文學與思想學術研討會論文集》(臺北:文史哲書局出版,1991 年 10 月),頁 273。

《公羊傳》十三經注疏本，頁8─9）

從上述「元」、「春」、「王」三個字的解釋，直到「何言乎王正月」的單句解釋可知，《公羊傳》的解經包含了訓詁的方式與經義的討論。由於《公羊》的訓詁完整，因此董氏的解經方式直接超越訓詁的解釋方法，直接以經義的討論為主。故董氏之解經是站在《公羊傳》的成果上走出個人的解經特色，非全然的承襲。然而如此的解經特色何以未能成為兩漢的解經風氣？或許與整個時代學者的氣稟有關，董氏解經中以陰陽消長為解經的方式易學，而站在訓詁的基礎上而至經義的討論的解經難成。於是漢代解經逐漸地走向「皓首究經至白首而不能言一經」的窘境，如有秦近君說〈堯典〉篇目兩字十餘萬言，說「曰若稽古」三萬言之類。

而這樣的窘境自然引起當時自覺之士的大力批評：

> 勝從父子建字長卿，自師事勝及歐陽高，左右采獲，又從五經諸儒問與《尚書》相出入者，牽引以次章句，具文飾說。勝非之曰：「建所謂章句小儒，破碎大道。」（《漢書》卷七十五〈夏侯勝傳〉）

> 古之學者耕且養，三年而通一藝，存其大體，玩經文而已。是故用日少而畜德多。三十而五經立也。後世經傳既已乖離，博學者又不思多聞闕疑之義，而務碎義逃難，便辭巧說，破壞形體，說五字之文，至於二、三萬言。後進彌以馳逐，故幼童守一藝，白首而後能言：安其所習，毀所不見，終以自蔽。此學者之大患也。（《漢書》卷三十〈藝文志〉）〔註2〕

由《漢書・夏侯勝傳》中云「建所謂章句小儒，破碎大道」及〈藝文志〉中將古之學者與後世「說五字之文，至於二、三萬言……故幼童守一藝，白首而後能言」的情形比較得知，因秦火後而重整兩漢經文者有訓詁、章句之學，是可以想見的。但因後世流於「務碎義逃難，便辭巧說，破壞形體」遂為「後進彌以馳逐」之潮流所淹沒。

因此董氏之「突破訓詁的解釋方法」其實在西漢初年的學術界，開啟了很好的研究方向。客觀的說西漢承秦火之餘，因此初期的學術訓詁是必要的，但是不能僅環繞在「訓詁」的範圍中，進而形成過度的膨脹。從兩個字的篇目竟可發展成十餘萬言，此已非學術研究而是資料的堆積與膨脹。所以董氏師承《公羊傳》，並且站在《公羊傳》訓詁的基礎上推論其經義之疑義，不但使兩漢經學得以立足於訓詁的基礎得到極好的發展，同時還可修正師說，以達至善。因此董氏「解經未完全師襲《公羊傳》」成為其解經的第二個特色。

〔註2〕《漢書・夏侯勝傳》，頁3159。《漢書・藝文志》，頁1723。

二、解經未完全師襲《公羊傳》

皮錫瑞於《經學歷史》中就於漢代師法略作說明：

> 前漢重師法，後漢重家法。先有師法，而後能成一家之言。師法者，
> 溯其源。〔註3〕

由右述可知，兩漢重師法與家法。當然董氏身為《春秋公羊》學大師，其解《春秋》時不可能無師法的繼承。在解經過程中，董氏在師說與他個人對於經例間的解釋，有所出入時董氏對他個人的解法常有所堅持。

因此以董氏現存的解經資料看來，《春秋繁露》十二事中，承師說者有三分之二；至於《春秋》災異七十二事則僅有八事，佔百分之十一而已。可知《春秋》經文言簡意賅的特性，無《傳》的輔助，則聖人之微言大義無入門之徑。因此董氏於《春秋》經義承《公羊》者較多，且董氏許多《春秋》學說為兩漢《公羊》之代表，故董氏《春秋》學之基礎，建立在《公羊》上。其次《公羊》雖偶有災異之說，但大多只平述其災異，與董氏以為災異的產生與國家失道之敗有必然的關連不同。因此《春秋》經事疑義之處理自然較《春秋》災異承繼師說者較多。

生當西漢初年的董氏，參與朝政跨越了文、景、武三朝。以董氏當時求學的背景，所謂的學術界可能只是宮廷中的小圈圈而已。其時教化尚未普及，後經董氏極力倡導而成，因此後來才有「開始打破封侯拜相之慣例，而宰相遂不為一階級所獨佔」（見〔註4〕）的效果，因此在董氏成為後來班固所言「為儒者宗」的董仲舒，於學術界尚未成形的西漢初年，其《春秋》學在漢廷的影響力以及現存董氏解經的方式並未全襲師說看來，其「解經未完全師襲《公羊傳》」實代表一種學術自由、活潑的精神，但是日後兩漢經學在學術界漸有規模之外，其師說、家說要求日嚴，兩漢經學遂往僵固的方向發展。因此董氏未承師說在解經效果上未必是佳，但對於兩漢經學的意義卻是非凡。

三、解經方法的提出

班固言董氏為「儒者宗」，然而本文首章第二節「兩漢公羊經師中何以選擇董仲舒」對於董氏前之儒學活動背景及經學論著皆有論述。可知在董氏前及同時，經學的研究及自覺的論著董氏可說是第一人，因為自高祖始雖已有《易》、《禮》、《左氏傳》等經書的講傳，但是並未留下著述，至於私人著作除了陸賈應高祖要求，於漢

〔註3〕皮錫瑞撰《經學歷史》（臺北縣：漢京文化事業有限公司，民國72年9月1日），頁136。

〔註4〕錢穆撰《國史大綱》（臺北：臺灣商務印書館發行，民國77年12月修訂十六版），頁105～107。

高祖十二年獻上《新語》一書外，還有賈山上《至言》，其內容爲治亂之道，亦非經論之著。所以董氏目前所存的著作，可從諸史籍中見得一二。最早的史書《史記·儒林傳》中載有《災異之記》；《漢書·藝文志》載有《公羊董仲舒治獄》十六篇、《董仲舒》百二十三篇；以及《隋書·經籍志》載有《春秋決事》十卷、《春秋繁露》十七卷。從史籍所記載的諸書名，其中或有相同的內容而名稱不同者，如：〈五行志〉記載七十二事應是《史記·儒林傳》中《災異之記》的遺文，而《漢志》的《公羊董仲舒治獄》十六篇應即爲《隋志》的《春秋決事》十卷。至於《漢志》中《董仲舒》百二十三篇，應爲《隋志》中《春秋繁露》十七卷的大部份。雖然目前董氏這些作品只能見得《春秋繁露》及〈五行志〉中的部份資料，但仍可以管窺天，可知董氏在博通五經後獨解《春秋》經，進而其個人的解經方法與心得。

　　本文第三章曾針對「董氏《春秋》解經學方法」，分別就兩部份的《春秋》學資料整理不同的解經方法。第一部份爲《春秋》經事（《春秋繁露》五篇十二事），內容除將《春秋》事例中與《春秋》大義或筆法相矛盾的部份提出解釋之外，董氏還將他個人的《春秋》學提出，例如三等十二世說及改制之說：

　　　《春秋》分十二世以爲三等，有見，有聞，有傳聞。有見三世，有聞四世，有傳聞五世。故哀、定、昭，君子之所見也。襄、成、文、宣，君子之所聞也。僖、閔、莊、桓、隱，君子之所傳聞也。所見六十一年，所聞八十五年，所傳聞九十六年。於所見微其辭，於所聞痛其禍，於傳聞殺其恩，與情俱也。〈楚莊王〉（頁10）

　　　《春秋》論十二世之事，人道浹而王道備。法布二百四十二年之中，相爲左右，以成文采。其居參錯，非襲古也。是故論《春秋》者，合而通之，緣而求之，五其比，偶其類，覽其緒，屠其贅，是以人道浹而王法立。〈玉杯〉（頁32—33）

　　　《春秋》之於世事也，善復古，譏易常，欲其法先王也。然而介以一言曰：「王者必改制。」……今所謂新王必改制者，非改其道，非變其理，受命於天，易姓更王，非繼前王而王也。若一因前制，修故業，而無有所改，是與繼前王而王者無以別。受命之君，天之所大顯也。事父者承意，事君者儀志。事天亦然。今天大顯己，物襲所代而率與同，則不顯不明，非天志。故必徙居處、更稱號、改正朔、易服色者，無他焉，不敢不順天志而明自顯也。若夫大綱、人倫、道理、政治、教化、習俗、文義盡如故，亦何改哉？故王者有改制之名，無易道之實。孔子曰：「無爲而治者，其舜乎！」言其主堯之道而已。此非不易之效與？（〈楚莊王〉，頁15—19））

對於後代公羊學者尤其是清末有很大的影響。至於有關《春秋》經事的解經方法，於上述引文可見，即「是故論《春秋》者，合而通之，緣而求之，五其比，偶其類，覽其緒，屠其贅」經第三章研究後，將董氏此言分爲兩組研究方法，第一組爲：

1、「合而」是第一個步驟，即董仲舒綜合《春秋》二百四十二年間經文的記載。

2、「通之」則是就這二百四十二年的記載，貫通其義理，並以「《春秋》大義」是第二個步驟。

3、並「緣」上述所貫通之義理，也就是《春秋》的諸大義。探「求」《春秋》其它的問題，是最後步驟。

第二組的程序爲：

1、「偶其類」與前一組的「合而」類似，但尚且只是「偶」合同類，可以說取相類的史事，而並非如前一組中先「合」春秋二百四十二年之史實，以貫通其《春秋》大義。所以此組第一步驟只是聚合同類，屬於資料匯集。

2、「覽其緒」，接著就是尋其端「緒」。

3、「屠其贅」，最後則是以第二步驟的端緒，繼續探求《春秋》未盡之餘意。

《春秋》雖爲一部史書，但經孔子筆削以《春秋》大義貫穿整部《春秋》經中，並賦于新意於內在精神，使之從史書提昇爲經書。所以董氏兩組解經方法的提出，第一組與第二組都是先從《春秋》大義的匯通開始。第一組從《春秋》大義著手，而第二組則是從同類的史事中尋其筆法，並以此筆法類推其它相類的史實，進而言明《春秋》未盡之餘意。所以董氏對於《春秋》經之研究很能契合孔子筆削《春秋》之用心。對於董氏所提的《春秋》研究方法，本文也給予極正面的評價。至於第六章的研究對於董氏個人所提出的研究方法與實際解經的例子中，有未能如董氏解經理論者，當然在董氏的時代及當時學術研究的環境，提出解經方法好比一九六九年阿姆斯壯登陸月球的壯舉一樣：「我的一小步是人類的一大步」。至於如何從這「一小步」再走下去是重未來的重點，而非要求阿姆斯壯登陸月球時步行儀態是否優雅。因此董氏解經方法之不成熟是必然，而後世學者能否就董氏提出解經方法後能繼之再發揚光大，是未來的重點。

董氏之解經方法雖有矛盾之處，但是其解經條例對於《公羊傳》的解經有所更正輔助之功亦是不可否認：

1、符合第二組解經的，宣公十一年「楚人殺陳夏徵舒」、昭公四年「執齊慶封殺之」：

首先偶其同類，將相同的史實「皆爲楚子殺它國之亂臣」合觀。得到《公羊傳》所歸納兩筆《春秋》經中「諸侯之義不得專討」的條例。其後以問

者的疑難，何以「莊王貶其文，而靈王直稱楚子」？籍由此疑問，將《春秋》及《公羊》未盡之餘意說明：「以賢君討重罪，其於人心善。若不貶，孰知其非正經」。所以董氏對於此條以「《春秋》常於其嫌得者見其不得也」為結語。既是符合董氏個人的解經方法，又能兼顧上承《公羊春秋》下啟《傳》未盡之餘意。

2、符合第二組解經，宣公十二年「夏六月乙卯，晉荀林父帥師及楚子戰于邲，晉師敗績。」

董氏此條解經，是採第二組「偶其類」、「覽其緒」、「屠其贅」為解經方法。首先偶合同類得「《春秋》無通辭，從變而移。」的成果，並以《春秋》無通辭的筆法，探求晉何以變而為夷狄的端緒。因此本條解經除了在方法上符合董氏第二組的解經方式之外，問者與答者都以《春秋》大義為問答的首要訴求。其次解釋何以能「從變而移」，依此結果，對於《春秋》中其它類似的經事：「秦穆侮蹇叔而大敗。鄭文輕眾而喪師。《春秋》之敬賢重民如是。」加以探討。其成果有加強董氏原先解經的效果。經三筆資料排比後，可見董氏本條解經頗佳，就《春秋》──《公羊》──董氏一系《春秋》解經方式而言，《公羊》解《春秋》未明之意，董氏解《公羊》未盡之辭，原為最理想的解經方式。因此董氏解《公羊》未盡之辭即「屠其贅」的部份。董氏更將《公羊》中容易引起解釋之矛盾處以「《春秋》無通辭」解「《春秋》之常辭」，如此不但在解經達到層次上解釋的效果，同時就董氏解經的精神上，仍在《公羊》的範圍內。一方面將《公羊》未盡餘意說明清楚，達到解經的效果；同時義理上因不出《公羊春秋》，故不屬董氏個人創造性的解法，因此是《春秋》──《公羊》──董氏三者完美的組合。

所謂「前修未密，後出轉精」，《春秋》經文言簡意賅的特性需要《公羊傳》的解讀，使讀者有得以尋徑而入之。然《公羊傳》未盡善之處也需要董氏解《春秋》經時圓滿之。其次問者因《春秋》筆法之矛盾及有所疑義處，因《公羊傳》已為定本同時又無法啟作者於地下，因此需要董氏此《公羊》大師對於這些問題解疑，當然董氏之解雖無法完全滿足上述的理想，但是亦有部份解的相當精彩，今董氏之作亡佚許多，若能全觀董氏之作，則必能發掘更多解經更臻美、善之作。

四、引經解經的特點

康有為氏於《春秋董氏學》一書中對於董氏曾言：

> 至於漢世博士傳五經之口說，皆孔門大義微言，而董子尤集其大

> 成……而董子之精深博大，得孔子大教之本，絕諸子之學爲傳道之宗。蓋
> 自孔子之後一人哉！〔註5〕

故可知康氏以爲董氏在漢初經學爲集大成者。這或許與《漢書・儒林傳》中董氏博
通五經，善屬文有關。然而康氏將孔子之後獨有董氏此話或許亦是太過。然從康氏
此言可見得董氏於《春秋繁露》中，引經解經或引經成其《春秋》學說之跡：

概論六經：

> 君子知在位者之不能以惡服人也，是故簡六藝以贍養之。《詩》《書》
> 序其志，《禮》《樂》純其美，易《春秋》明其知。六學皆大，而各有所長。
> 《詩》道志，故長於質。《禮》制節，故長於文。《樂》詠德，故長於風。
> 《書》著功，故長於事。《易》本天地，故長於數。《春秋》正是非，故長
> 於治人。（《春秋繁露義證・玉杯篇》，頁35－36）

引經疑經者：

> 《書》曰：「爾有嘉謀嘉猷，入告爾君于內，爾乃順之於外，曰：此
> 謀此猷，惟我君之德。」（《春秋繁露義證》，頁53）
> 《書》曰：「高宗諒闇，三年不言」（《春秋繁露義證》，頁64）

引經解經者：

> 所聞《詩》無達詁，《易》無達占，《春秋》無達辭。（《春秋繁露義證》，
> 頁95）
> 《詩》云：「宛彼鳴鳩，翰飛戾天。我心憂傷，念彼先人。明發不昧，
> 有懷二人。」（《春秋繁露義證》，頁7）
> 《詩》云：「威儀抑抑，德音秩秩。無怨無惡，率由仇匹。」（《春秋
> 繁露義證》，頁12）
> 《詩》云：「文王受命，有此武功。既伐於崇，作邑於豐」……又曰：
> 「王赫斯怒，爰整其旅。」（《春秋繁露義證》，頁22）
> 《書》云：「厥辟去厥祇。」（《春秋繁露義證》，頁34）
> 《詩》云：「弛其文德，洽此四國。」（《春秋繁露義證》，頁48）
> 《詩》云：「棠棣之華，偏其反而。豈不爾思？室是遠而。」……孔
> 子曰：「未之思也，夫何遠之有」（《春秋繁露義證》，頁50）
> 《詩》云：「采葑采菲，無以下體」（《春秋繁露義證》，頁54）
> 《論語・衛靈公篇》云：「當仁不讓」（《春秋繁露義證》，頁55）

〔註5〕康有爲撰《春秋董氏學・卷七》（臺北：臺灣商務印書館，民國58年1月初版），頁
1～2。

《大戴禮記・曾子制言篇》「辱若可避，避之而已。及其不可避，君子視死如歸。」（《春秋繁露義證》，頁 63）

《論語・學而篇》：「道千乘之國，敬事而信。」（《春秋繁露義證》，頁 66）

《論語・里仁篇》：「苟志於仁，無惡」（《春秋繁露義證》，頁 78）

變化經文解經者：

《論語》：「禮云禮云，玉帛云乎哉？」變化而爲：「朝云朝云，辭令云乎哉？」（《春秋繁露義證》，頁 27－28）

《論語》：「樂云樂云，鐘鼓云乎哉？」變化而爲：「喪云喪云，衣服云乎哉？」（同右）

引經成其《春秋》說者：

孔子曰：「無爲而治者，其舜乎！」（《春秋繁露義證》，頁 19）

《詩》云：「他人有心，予忖度之。」（《春秋繁露義證》，頁 41）

《易》曰：「復自道，何其咎」（《春秋繁露義證》，頁 72）

《詩》云：「德輶如毛」（《春秋繁露義證》，頁 72）

《論語》：「（子夏曰）大德無踰閑者」（《春秋繁露義證》，頁 80）

《論語・八佾篇》：「管仲之器小哉！」（《春秋繁露義證》，頁 91）

《易》曰：「鼎折足，覆公餗」（《春秋繁露義證》，頁 97）

右述僅以本文所取原始資料，即以《春秋繁露》前五篇爲範圍，五篇後仍多而不錄。由右述所引諸經可見董氏治學用經之活潑。除引經解經外，亦有因難者取它經疑《春秋》經義者。其次尚有變化它經而成文者，如此可見董氏對於經與經之界限並不嚴格劃分。亦可見董氏視經典爲實用，而非視神聖不可妄動。如此實爲董氏解經之一大特色。

第二節　研究方法的反省

一、傳統學者方法的反省

關於傳統學者的論點，已於本論文的第一章如實論述，經由四、五、六章董氏詮經角度與方式的研究，可將傳統學者的研究成果作一反省。傳統學者首以班固針對董氏自西漢初年到東漢所造成的影響言：董氏爲兩漢繼孔子思想的純儒，並且在當代西漢初年爲群儒首。

　　然而所謂「純儒」的標準意指爲何？本文因董氏詮經的角度與方式，而對董氏純儒的定意爲：

　　　　董氏所提出的解經方法與其解經效果之間的應證，是否在《春秋》經
　　——《公羊傳》的承襲脈絡中。

以此爲純儒的衡量標準。主因爲《春秋》經文言簡意賅，雖是「意賅」但若未輔之以《傳》，則不可能體會聖人大意。故雖言《春秋》經——《公羊傳》的承襲脈絡，其實指的是董氏《春秋》學對於《公羊》的承襲，當然在《公羊傳》的解釋未能無誤的情形下，從四、五兩章我們也可見出董氏偶承《公羊》義或未承，而解法更佳者。所謂「前修未密，後出轉精」，因此在《公羊》理解有誤之下，董氏彌補之是對的（因本文主旨不在反省《春秋公羊傳》的解經方法，故未能詳列《公羊》矛盾處）。董氏之《春秋》解經，若未承《公羊》義，則解法上不但不符合董氏前設的解經原則，同時依情理看來亦不符合。「情」指的是董氏解經「合理性」與否之「情」；「理」則爲是否符合內在「一致性」及是否合乎《公羊》所理解之《春秋》經與否之「理」。如此是否還能視之以「純儒」？若以「儒者」而言，則稱說董氏爲漢代之標準儒者並不爲過。以其興教化最爲人稱頌〔註6〕，及董氏在《春秋繁露》中對於《春秋》學之提出，有功於兩漢《公羊》學方向之奠基。然而此處「純儒」之說是特定義的「純儒」，即能符合《春秋》經——《公羊傳》——董氏，三種層次所承襲的解經脈絡。今若以董氏承襲《公羊》的解經標準衡量，則傳統學者班固對於董氏「純儒」之說未盡然。

　　從第六章的反省看來，董氏於《春秋繁露》五篇十二事雖有三分之二承《公羊》餘仍有三分之一未承《公羊》者。甚至〈五行志〉七十二事中僅有百分之十一承《公羊》（俱見本論文第六章）。因此如上所言，董氏未承《公羊》者，是在《公羊》解說經義有所商榷時，並非不好。但若《公羊》所解甚佳，而董氏未承師說，其因爲何？董氏並未說明，因此本文認爲傳統儒者評董氏爲「純儒」有過褒之嫌。其次東漢王充在董氏承繼先秦儒學時言：

〔註6〕錢穆著《國史大綱》中言董仲舒在武帝朝方面的政治上重要改革：
　　一、設立五經博士。
　　二、爲博士設立弟子員。
　　三、郡國長官察屬吏的制度。
　　四、禁止官吏兼營商業，並不斷裁抑兼并。
　　五、開始打破封侯拜相之慣例，而宰相遂不爲一階級所獨佔。
　　雖言政治但與學術上幾無分別。
　　註同4。

　　文王之文在孔子，孔子之文在仲舒。《論衡・超奇篇》（註見本文第一章）
則仲舒不僅承孔子且是直承周文王，王充此處的說法比起班固「純儒」之說，更將
董氏的地位提高與與孔子相等，地位更超過了孟子。自然王充此說可能會現代派的
學者嗤之以鼻，而若以一般的語言、文字解釋「文王之『文』」，則從董氏的解經效
果可知，「文王之文在孔子，孔子之文在仲舒」根本不可能成立，至於若將「文」以
「義」而言，則上述言班固評董氏「純儒」爲言過其實，以此角度來看「文王之文
在孔子，孔子之文在仲舒」也不成立。

　　綜上由傳統學者對董氏之評價可知，由於中國傳統學者與現代學者的研究方法
差異甚大。傳統學者對於所評論者多以一言兩語概括之，無近現代學者推論、辯證
過程，因此本文只能依傳統學者推斷的結果做表層的研究，無法就其所以推斷的過
程研究之。

二、近現代學者方法的反省

　　近現代學者對於董氏在兩漢中的「表現」並不滿意，已詳述於第一章的第一節。
此處爲了討論的需要，再簡述之。除了勞氏對於兩漢思想以董氏爲首以「氣化宇宙
論」歪曲先秦心性論之外，其它的學者如徐氏雖然在《兩漢思想史》中，對於董仲
舒思想的評價頗高，但在面臨董仲舒對於漢代思想的影響時，也不免有「變形」、「歪
曲」之歡。因爲徐氏認爲：

　　　　兩千餘年，陰陽五行之說，深入於社會，成了廣大的流俗人生哲學，
　　　皆可追溯到董仲舒的思想上去。（頁 296）

大約自民國以來批評董氏最烈的除了勞思光之外，就屬民國著名的思想家方東美先
生：

　　　　董仲舒這個俗儒，無法回答許多問題，只知迎合御旨，把先秦留下的
　　　許多顯學，以政治力量的壓迫，使之定於一尊。由此可知董仲舒爲儒家之
　　　罪人。〔註7〕

　　　　就儒家思想的本原來說，董仲舒就很有問題了……董仲舒對尚書是外
　　　行，周易是外行，就是對整個中國古代哲學思想演進的大勢也全然是外
　　　行：充其量，他對古代神秘主義的宗教轉變到理性支持的哲學，在轉變過
　　　程的樞紐方面，他只看出前面的一部份——宗教方面所烘托的精神領域的
　　　永恒性。……既無「才」，又無「識」，也無「學」的歷史學家，由董仲舒

〔註 7〕方東美著《原始儒家道家哲學》（臺北：黎明文化事業公司印行，民國 76 年 11 月三
　　　版），頁 53。

這樣的歷史學家來講歷史，也祇有打著「公羊家歷史哲學」的招牌大談所謂「災異」了。〔註8〕

勞氏對於董氏低評價的主因為原本心性論的儒學，至仲舒歪曲為「氣化宇宙論」，主要內容就是陰陽五行，其次方東美先生對於董氏的評價雖與勞思光等同，但就董氏的學術思想似有深刻的研究。自然方東美先生評價董氏時不遺餘力，但未清楚說明董氏的推論過程。因此方氏如此的推論方式，只能呈顯而無法見其過程。不過就方氏所言「把先秦留下的許多顯學，以政治力量的壓迫，使之定於一尊。可知董仲舒為儒家之罪人」其疑點有：

（1）所謂「董仲舒這個俗儒，無法回答許多問題，只知迎合御旨」然而從〈天人三策〉中，《漢書・董仲舒傳》中所記載武帝最後的結論是：
「王曰：『善』」，因此董氏並非迎合武帝之意，而是力陳行王道仁政方免於天降災劫。其次本文研究〈遼東高廟災〉一文看來，董氏並沒有迎合御旨，相反的極力勸諫，其後更因此下獄幾死。

（2）所謂的「許多」顯學，指的應是「儒」、「道」、「墨」、「法」，日後除「儒家」務定一尊外，餘三家的勢微非因外在因素（方氏所言的政治壓迫），其學派本身內在的原因才是勢微的主因。如「墨家」因刻苦自極非為多數人所接受，以及太平時代的來臨，社會型態的轉變，使墨者人數極速的減少，轉為《史記・游俠列傳》中的游俠。至於「法家」則因秦王政的失敗，使得「法家」思想在漢代當朝行政的考慮完全被取消。至於「道家」曾施行於漢初，其內含並無治國平天下之節度，因此日後逐漸被淘汰，轉為個人內在生命的大自在與大逍遙是可以預期的。因此儒學之所以務定一尊非單一個人的力量可以形成，與許多顯學的內容與時代背皆相關。因此本文不同意方氏將儒學務定一尊的結果視為董氏以政治壓迫之。

（3）董氏雖任職漢庭，並曾任兩國相，但是還不至於位高權重至以政治力量壓迫武帝將儒學定於一尊，更何況並無事實可言，同時根據本文的研究，「獨尊儒術」之名雖由董氏提出，但在董氏前已有提倡之人，已有「獨尊儒術」之實〔註9〕。

〔註8〕 方東美著《新儒家哲學十八講》（臺北：黎明文化事公司印行，民國78年4月三版），頁8～9。
〔註9〕 《新校本史記三家注》〈儒林列傳〉：
漢興，……然尚有干戈，平定四海，亦未暇遑庠序之事也。孝惠、呂后時，公卿皆武力有功之臣。孝文時頗徵用，然孝文帝本好刑名之言。及至孝景，不任儒者，而竇太后又好黃老之術，故諸博士具官待問，未有進者。及今上即位，……招方正賢

（4）若說董氏導至武帝教化的提倡，及兩漢五經博士的設立是「儒家之罪人」。那麼方東美先生不免是「以理殺人」了，而且殺的還是無反駁能力的「死人」了。

（5）方氏言「董仲舒對尚書是外行，周易是外行，就是對整個中國古代哲學思想演進的大勢也全然是外行」，方氏如何論斷董氏對於整個中國古代哲學思想演進的大勢外行，並無交待，接著「既無『才』，又無『識』，也無『學』的歷史學家，由董氏如此歷史學家來講歷史，也祇有打著『公羊家歷史哲學』的招牌大談所謂『災異』了。」。則《漢書・儒林傳》中言董氏博通五經，善屬文。同時各經的徵引在《春秋繁露》一書中皆有所記載，方氏如何言董氏是「既無『才』，又無『識』，也無『學』的歷史學家」？

因此方氏之言已失偏頗，則董氏思考《春秋》經時，是否如勞氏所言將之帶向所謂的「氣化宇宙論」？

由第四章「董仲舒《春秋》學解經的效果（上）」，是以《春秋繁露》十二事為主，從中董氏以《春秋》中的「春秋大義」解經，與陰陽五行完全無關，也與「氣化宇宙論」無關。其次第五章「董仲舒《春秋》學解經的效果（下）」之原始資料〈五行志〉七十二事，中偶有論及陰陽之消長，至於五行則完全無涉（俱見第四、五兩章）。因在〈五行志〉中曾有：

董仲舒治《公羊春秋》，始推陰陽，為儒者宗。（頁1317）

所以在董氏解經的過程中，的確可以在〈五行志〉中見到「始推」的痕跡。原始資料七十二事，謹有少數十三事論及陰陽者，以此解經比例看來，可知陰陽在董氏學說中只是「用」而非「體」，至於五行則完全無涉。

其次董氏在〈五行志〉中，曾有一筆非是《春秋》經中的災異，而是於武帝一朝，所發生的「遼東高廟災」。董氏以《春秋》災異與遼東高廟災異相應證，言：

昔秦受亡周之敝，而亡以化之；漢受亡秦之敝，又亡以化之。夫繼二敝之後……當今之世雖敝而重難，非以太平至公，不能治也。……視親戚貴屬在諸侯遠正最甚者，忍而誅之……視近臣在國中處旁仄及貴而不正者，忍而誅之。……罪在外者天災外，罪在內者天災內，燔甚罪當重，燔甚罪當重，燔簡罪輕，承天意之道也。（頁1331；或詳見附錄1）

良文學之士。……及竇太后崩，武安侯田蚡為丞相，絀黃老、刑名百家之言，延文學儒者數百人，而公孫弘以《春秋》白衣為天子三公封以平津侯。天下之學士靡然鄉風矣。（頁3117～3118）

這裏所言的「今上即位」所言的即是漢武帝，故可見獨尊儒術之事實，自田蚡始。

董氏雖研究災異，從其原文看來其實是篇諫文，其中完全無陰陽之指涉。因此董氏雖以陰陽治經但因「始」推陰陽治《公羊》故也僅限於古史，對於當代的災異如皇帝的祖廟被燒的災異，董氏未放過勸諫的機會，反而非以陰陽的方法解釋。由此可知董氏於陰陽之「用」是很保守的。以此態度是否能形成徐氏所言「漢代思想的特性是由董仲舒所塑造的」？頗可疑。雖然董仲舒在解經上「用」陰陽的機率很小，但董氏在當時爲「始」推陰陽治《公羊》之「始作俑者」，確是事實。但這部份在董氏《春秋》學的地位中只佔極小的地位，何以言之？董氏即使有陰陽之說，也只因簡單的陰陽消長所引起的失序：

> 以《春秋》災異之變推陰陽所以錯行，故求雨閉諸陽，縱諸陰，其止雨反是。（《史記‧儒林傳》頁 3128）

> 天道之大者在陰陽。陽爲德，陰爲刑；刑主殺而德主生。是故陽常居大夏，而以生育養長爲事；陰常居大冬，而積於空虛不用之處。以此見天之任德不任刑也。天使陽出布施於上而主歲功，使陰入伏於下而時出佐陽；陽不得陰之助，亦不能獨成歲。終陽以成歲爲名，此天意也。王者承天意以從事，故任德教而不任刑。刑者不可任以治世，獨陰之不可任以成歲也。（《漢書‧董仲舒傳‧天人三策》頁 2502）

上述所引之《漢書》與《史記‧儒林傳》的記載若有不同，也只是《漢書》更爲強調陰陽的相輔互成而已。此與董氏在《春秋繁露》中論及《春秋》學的部份比較起來，實爲董氏思想的末節旁枝而已，但是漢代學者卻對於如此見解趨之若鶩，並將此特點放大以至於成爲董氏《春秋》學的代表，如此這該是董氏的問題還是當代學人「學術眼光」的問題？

除徐氏、方氏、勞氏外，對於董氏低評價的還有錢穆先生，錢氏所言「調和折衷」及「別開生面氣魄」的對比，應是先秦諸子與兩漢經生的對比（原文見第一章‧第一節註 13）。其實本文於第一章曾論及漢代學術，其起於秦火之餘燼，故經典不全。同時雖在先秦學術的籠罩下，但兩漢尚有發展之餘地，所以說仲舒之時代爲中國古代思想衰象之始則未必公允。次言仲舒思想的主要淵源爲陰陽，然史籍記載仲舒博通五經而非博通陰陽，如此何不言董氏淵源爲儒家？同時何以未考慮整個大時代的陰陽之用卻歸之爲董氏個人的「學術魅力」呢？

所以若還原董氏如何思考《春秋》經文及文的災異，則近現代學者批評的「氣化宇宙論」與「歪曲」、「變形」，皆非董學核心。近現代學者以此角度作爲代表董氏主要的學術核心，以研究董氏對於漢儒者的導向，是否符合爲學者客觀合理的精神？何以不還原董氏對於形成他思想精髓的《公羊》學的研究，若董氏在思考《春秋》

經時，未能應用陰陽理論，則董氏並未將兩漢經學界帶往「氣化宇宙論」之研究，因為學術的討論是環繞著經論的。所以不論是傳統或者是近現代學者對於董氏的評價都屬於太過與不及。而本文以董氏如何思考《春秋》經的方式與角度的研究方式，嘗試呈顯兩派評價董說過與不及的差異。因董氏到底是「純儒宗師」或是「氣化宇宙論」的主謀，須以董氏如何研究儒家的經典，而非抓住邊緣並主觀地認定進而一口咬定董氏為「純儒宗師」或是「氣化宇宙論」的主謀。

至於後人形成的言論評價可能一種澎脹的過度。使後代研究者沒勇氣去突破許多幾成定論的成說，如此的檢別工夫練習有助我們還原思想家思考問題時，能盡量逼進「現場」的實際情形。本文除了解決這新舊學者的差異之外，其次對於董氏身為兩漢儒者宗的地位，有否建立一套完整的解經學系統？顯然是沒有。然身為兩漢儒者之宗師思考問題時是否清楚？而清楚與否亦能呈顯該時代思考問題的方向與深度。很遺憾的，董氏在本文第四、五兩章的解析之下，可見其解經不但無系統可言，而且同類的解經範圍中亦多無法有其內在的一致性、甚或合理性的檢別亦無法滿足，如此實犯了學術工作者與思想家的大忌。

三、其它學者方法的反省

本文的首章第一節「問題的提出：評價董氏《春秋》學高低落差之原因」曾言：

> 分別傳統與現代兩派學者的觀點，以傳統與近、現代為評價高低的分野並非絕對。因傳統派對董氏雖多高評價，但亦有深惡痛絕者。至於現代雖多低評價，但稱頌董氏者亦大有人在，因此傳統與近、現代的分野只能說是大致的分法。

所以傳統學者中亦可見：

> 《讖書》云：董仲舒亂我書。蓋孔子言也。〔註10〕

以及歐陽修云：

> 董生儒者，其論深極《春秋》之旨，然惑於改正朔，而云王者大一元者，牽於其師之說，不能高其論以明聖人之道。〔註11〕

近、現代學者亦可見熊十力言：

> 使兩漢無董何，則公羊之學遂絕，而春秋一經之本意，終不得明於後

〔註10〕王充著《論衡》（臺北：臺灣中華書局據明刻本校刻，四部備要・子部，民國 59 年 6 月台二版），二十九卷，頁 4。

〔註11〕歐陽修撰〈書《春秋繁露》後〉收入《文淵閣四庫全書・文忠集》卷七十三（臺北：臺灣商務印書館，民國 75 年 3 月初版），頁 573。

世矣！〔註12〕

林伊言：

> 故終漢之世，論學術思想，能自成一家者，僅劉安，董仲舒，楊雄，
> 王充諸人……董仲舒楊雄，爲儒家之徒。〔註13〕

李威熊言：

> 仲舒也可稱得上是曠世的大儒，宋程子許其爲自漢以來，三位具有大
> 儒氣象 者之一，朱熹也說漢儒中，唯董仲舒學最純粹，最端正。清陸隴
> 其稱董仲舒之言，穆然和平。若與賈誼相比，賈誼以才勝，董仲舒以學勝；
> 就聖門言之，賈誼屬狂者，而仲舒則是屬於狷者之類。〔註14〕

賴慶鴻言：

> 仲舒之思想……益見其幽微與博深，並成爲創時代之巨構，爲漢代政
> 治思想大放異彩；而儒家之能自武帝後定於一尊，形成中國政治學思想之
> 主流，仲舒居功甚偉。〔註15〕

所以說傳統與近、現代學者之分只能說是一個大概，不能單純地認爲所有傳統學者
對於董仲舒均採高評價。而所有近、現代學者對董仲舒均採低評價。而傳統學者限
於研究方法，因此研究董氏多以「渾成」，即以概念評之。至於現代學者則多以「政
治思想」、「學術思想」爲展開面。除了前述學者對於董氏採兩極化的評價外，亦僅
有如實地論述董氏思想，而未有加以評論者如唐君毅先生與周世輔先生。其中唐氏
與徐復觀先生的論述方式相當接近，而徐氏的篇幅較唐氏大許多，以出版的年代看
來，唐氏爲1973年5月（民國62年）初版而徐氏爲民國65年初版，或因唐氏之書
較早完成而徐氏參考之也說不定。

至於大陸學者的研究方向，可以見於李宗桂氏〈評海峽兩岸的董仲舒思想研究〉
中云：

> 大陸研究者側重於董仲舒的哲學和政治思想，以及二者的關係，而且
> 往往是懷著一種批判性的意識進行研究，這必然束縛自己的視野。台灣同
> 行一般潛心於將董仲舒置於儒學發展史中去考辨、評判，且一般是懷著景
> 仰的心情去研究，這就照樣會蒙蔽自己的眼睛。因此，到目前爲止，海峽

〔註12〕熊十力撰《讀經示要》卷三（臺北：明文書局，民國76年9月30日再版），頁139。

〔註13〕林伊撰《中國學術思想大綱》（臺北：臺灣學生書局印行，民國67年7月13版），
頁102。

〔註14〕李威熊撰《董仲舒與西漢學術》（臺北：文史哲出版社，民國67年6月初版），頁5。

〔註15〕賴慶鴻撰《董仲舒政治思想之研究》（臺北：文史哲出版社，民國70年4月初版），
頁2。

兩岸的董仲舒研究，都沒有從多維廣闊的文化視野、從秦漢思想文化模式
的建構，以及中國文化形態形成的角度，進行創造性的探討。〔註16〕

李氏除了將兩岸的董仲舒思想研究做一大略的檢討之外，還將未來應努力的方
向列舉之：

（1）將董仲舒思想作為一種文化現象來研究。

（2）從秦漢思想文化形態的形成機制、結構、功能著眼……探討董仲舒思想的
內在文化特質和歷史作用。

（3）點、線、面相結合，進行具體而不煩瑣、抽象而不空洞的研究。

（4）從社會思潮的興衰遞嬗，從中國文化的精神方向的角度，研究董仲舒思
想。〔註17〕

李氏將海峽兩岸對於董氏的研究做一個鳥瞰式的論述，並且提出了一個新穎的
研究角度，但本文並不完全贊同。將董氏思想視為一種文化現象研究，如此之前提，
則董氏的思想是否是一種文化現象？若說漢代文化現象有更好的原始資料如《史》、
《漢》及詩文總集、別集可供參研，則何必一定要以董氏的思想作為文化現象？而
現象本身極為抽象，更何況是「文化現象」？因此僅以文化現象研究董學，則是否
有架空的危險？故以文化現象為研究角度並非絕不可行，但或許有更好的研究方式
何不採行？

四、本文研究方法的反省

歷來對於董仲舒的研究通常以下列八種方法為主：

（1）思想方法：孫長祥撰〈董仲舒春秋學方法論試探——春秋繁露中的哲學問
題與知識方法的辨析〉；李宗桂撰〈論董仲舒的思想方法〉。

（2）天人關係：羅光撰〈論著董仲舒的天論〉；劉光義撰〈先民天道觀念與董
仲舒天人合一思想〉；趙雅博撰〈董仲舒對天與道和天道天教及神鬼的思
想〉；胡健財撰〈孔孟「心性論」與董仲舒「天人感應」說之比較研究〉；
賴炎元〈儒家思想轉變的關鍵人物——董仲舒的天人感應說〉。

（3）陰陽五行：周群振撰〈陰陽五行說思想之淵源及在發展中之變形——董仲
舒天人思想研究之三〉。

（4）政道與治道：李偉秦撰〈論董仲舒的「王佐之材」〉；戴君仁撰〈董仲舒對

〔註16〕李宗桂撰〈評海峽兩岸的董仲舒思想研究〉收入《哲學研究‧專題研究評介》第二
期（1990 年 4 月 25 日出版），頁 120。

〔註17〕註同上，頁 121。

策的分析〉；賀凌虛撰〈董仲舒的治道和政策〉；彭妮絲撰〈論董仲舒之政
治思想〉；李宗桂撰〈論董仲舒的政治哲學〉；盧瑞容撰〈試論董仲舒思想
中的「黃老」學說——兼論儒家政治思想的一個轉折發展道德論〉。

（5）道德論：賴炎元撰〈董仲舒的仁義學說〉；林麗雪撰〈董仲舒的人性論〉
李增撰〈董仲舒道德論研究〉；李宗桂撰〈董仲舒的道德價值論〉。

（6）《春秋》學的研究：方麗娜撰〈董仲舒與春秋繁露散文研究〉；黃源盛撰
〈董仲舒春秋折獄案例研究〉；趙雅博撰〈董仲舒對春秋微言大義的詮
釋〉；夏書枚撰〈春秋董氏說考逸〉；李宗桂撰〈論《淮南子》與《春秋繁
露》的思想同異〉；杜寶元撰〈《春秋繁露》簡論〉；賴炎元撰〈《春秋繁露》
探述〉；胡大雷撰〈從系統論的觀點看董仲舒春秋公羊學與道家在司馬遷
歷史觀中的地位與作〉；崔大華撰〈董仲舒的春秋公羊學〉；呂紹綱撰〈董
仲舒與公羊學〉；湯其領撰〈董仲舒公羊學體系形成初探〉；魏際昌撰〈從
《春秋繁露》等書看董仲舒的哲理文章〉。

（7）在當代學術的意義：楊國榮撰〈董仲舒與儒學的衍化〉；梁桂珍撰〈董仲
舒學說與其時代精神〉；林聰舜撰〈儒學對專制政體的相容性與抗爭性—
—董仲舒思想中出現法家傾向之檢討〉；陳麗桂撰〈董仲舒的黃老思想〉
載君仁撰〈漢武帝抑黜百家非發自董仲舒考〉；鍾肇鵬撰〈董仲舒的哲學
思想與漢代今文經學〉。

（8）通論：李宗桂撰〈評海峽兩岸的董仲舒思想研究〉；魏際昌撰〈從《春秋
繁露》等書看董仲舒的哲理文章〉；魏際昌撰〈從《春秋繁露》等書看董
仲舒的哲理文章〉。

除了（1）思想方法，與本文的研究較為類似外，餘（2）天人關係、（3）陰陽
五行、（4）政道與治道、（5）道德論、（6）《春秋》學的研究，等五點可說是目前研
究董氏思想與學說所集中者。至於（7）在當代學術的意義與（8）通論，則是外圍
背景問題的介紹。而（1）思想方法的研究可說仍為少數。孫長祥撰〈董仲舒春秋學
方法論試探——春秋繁露中的哲學問題與知識方法的辨析〉之大綱：從一般哲學史
的評價論起、董子哲學題領域的歸納說明、董氏春秋學知識方法的脈絡、「辨物理」
的概念對偶性與元的信念；李宗桂撰〈論董仲舒的思想方法〉之內容為：類比協同
的邏輯整合方法、整體直觀的經驗思維方式、奉天法古的維新原則。二文皆就董氏
如何研究《春秋》學提出說明，而由綱目可見，為董氏整體《春秋》學架構的研究。
即以《春秋繁露》全本為研究的月 資料，並未曾對於資料做一檢別的工作，與本文
研究董氏之詮經角度有所不同。

　　本文的研究方式雖未從董氏如何建構其《春秋》學的角度研究，故而對於董氏許多《春秋》學的重點皆略而不談，很可惜。但對於董氏如何思考及詮經的角度不明，則即使能建構董氏《春秋》學，則仍因董氏思考及詮經的角度不明而致生錯誤判斷。進而使得建構董氏《春秋》學有架空的危險，因此本論文大膽選取與以往不同的研究董氏之原始資料。而以此角度研究漢代經師者思想極少，尤其在其資料多零碎不全，因此在原始資料的撰擇上亦有遺珠之憾，同時在研究及論述的過程中亦有未臻美善之處，如「董氏《春秋》解經學」尚有再深入之餘地，如「董氏引經解經」不但爲董氏個人，同時爲其時代解經的一大特色。因此引經解經之效果如何？若能深入研究，則對於董氏《春秋》解經學更加圓滿。因此希望未來繼續能以單篇論文補足之。

第三節　尾　聲

　　董仲舒學術思想的研究因受「近現代學者」攻訐的影響太大，因此自民國以來研究董氏者，除以五行陰陽等「氣化宇宙」論、「天人哲學」爲研究方法外（其《春秋》學通常包含其中）；其次爲其政治思想。因此一般學者比董學之於先秦總有薄此厚彼之想。至於董氏在漢初經學的意義與地位的研究，則還未出現。就所見的經學史看來：兩漢經學事實上以「今古文之爭」、「師法家法之論」爲主要核心問題。至於論及董氏時僅只以「罷黜百家、獨尊儒術」爲主題。基於班固所言董仲舒「爲儒者宗」，及太史公言「漢興至于五世之閒，唯董仲舒名爲明於《春秋》，其傳公羊氏也」正可以此爲基點研究漢初以董仲舒爲核心的經學研究。因爲所謂的「今古文之爭」是東漢古文派起才有今文與古文的對稱；至於「師法家法之論」雖師法爲西漢，家法爲東漢，然而董氏之時師法之分際不明。因此何不在這些論爭發生之前，選擇諸如董氏等大儒，在相關研究上多下功夫，使得在漢代經學中的「今古文之爭」、「師法家法之論」未正式上場前的經學活動及發展更加明白。如此亦使得「今古文之爭」、「師法家法之論」的研究更加深入。

　　因此董學研究量少的可能原因有二，首因即右述所言近現代學者評董氏的部份外。次因爲近現代學者對於整體漢代的學術思想之研究普遍不足，何以言之？如《台灣「中國哲學史博碩士論文」（1949 年至 1975 年）綜合分析》中一百二十四篇博碩士論文中，研究兩漢思想的僅三篇，只佔總數的 2.43%〔註 18〕。可見許多思想史研

〔註18〕黃朴民著《董仲舒與新儒學》（臺北：文津出版社印行，民國 81 年 7 月初版），頁 1。

究者對兩漢思想的意義與地位，常持比較輕視的態度。以爲兩漢思想是中國古代思想發展過程中的一低谷。不僅台灣如此，大陸地區亦如是。因此本文以如此不成熟的研究方法研究董仲舒《春秋》解經學，期收拋磚引玉之效。

附　錄

一：火災（殿廟災）類

桓公十四年「八月壬申，御廩災」

《公羊傳》：「御廩者何？粢盛委之所藏也。御廩災何以書？記災也。常事不書，此何以書？譏。何譏爾？譏嘗也。曰：猶嘗乎？御廩災，不如勿嘗而已矣。」（頁65）

董仲舒以爲先是四國共伐魯，大破之於龍門。百姓傷者未瘳，怨咎未復，而君臣俱惰，內怠政事，外侮四鄰，非能保守宗廟終其天年者也，故天災御廩以戒之。（頁1321）

莊公二十年「夏，齊大災」

《公羊傳》：「大災者何？大瘠也，大瘠者何？疫也。何以書？記災也。外災不書，此何以書？及我也。」（頁98）

董仲舒以爲魯夫人淫於齊，齊桓姊妹不嫁者七人。國君，民之父母；夫婦，生化之本，本傷則末夭，故天災所予也。（頁1322）

僖公二十年「五月乙巳，西宮災」

《公羊傳》：「西宮者何？小寢也。小寢則曷爲謂之西宮？有西宮則有東宮矣。魯子曰『以有西宮，亦知諸侯之有三宮也。』西宮何以書？記異也。」（頁1412）

董仲舒以爲僖娶於楚，而齊媵之，脅公使立以爲夫人。西宮者，小寢，夫人之居也。若曰，妾何爲此宮！誅去之意也。以天災之，故大之曰西宮也。（頁1323）

何休疏：「是時僖公爲齊所脅，以齊媵爲嫡，楚女廢在西宮而不見恤，悲愁怨曠

之所生也。」（頁 1412）

宣公十六年「夏，成周宣謝火」

《公羊傳》：「成周者何？東周也，宣謝者何？宣宮之謝也，何言乎成周宣謝災，樂器藏焉爾。成周宣謝災，何以書？記災也。外災不書，此何以書？新周也。」（頁 209）

董仲舒、劉向以爲十五年王札子殺召伯、毛伯，天子不能誅。（頁 1323）

成公三年「二月甲子，新宮災」

《公羊傳》：「新宮者何？宣公之宮也。宣宮，則曷爲謂之新宮？不忍言也。其言三日哭何？廟災三日哭，禮也。新宮災何以書？記災也。」（頁 217）

董仲舒以爲成居喪亡哀戚心，數興兵戰伐，故天災其父廟，示失子道，不能奉宗廟也。（頁 1324）

襄公三十年「五月甲午，宋災」

《公羊傳》無傳。

董仲舒以爲伯姬如宋五年，宋恭公卒，伯姬幽居守節三十餘年，又憂傷國家之患禍，積陰生陽，故火生災也。（頁 1326）

昭公九年「夏四月，陳火」

《公羊傳》：「陳已滅矣，其言陳火何？存陳也。曰存陳悕矣。曷爲存陳？滅人之國，執人之罪人，殺人之賊，葬人之君，若是，則陳存悕矣。」（頁 279）

董仲舒以爲陳夏徵舒殺君，楚嚴王託欲爲陳討賊，陳國關門而待之，至因滅陳。陳臣子尤毒恨甚，極陰生陽，故致火災。（頁 1327）

昭公十八年「五月壬午，宋、衛、陳、鄭災」

《公羊傳》：「何以書？記異也。何異爾？異其同日而俱災也。外異不書，此何以書？爲天下記異也。」（頁 291）

董仲舒以爲象王室將亂，天下莫救，故災四國，言亡四方也。又宋、衛、陳、鄭之君皆荒淫於樂，不恤國政，與周室同行。陽失節則火災出，是同日災也。（頁 1329）

定公二年「五月，雉門兩觀災」

《公羊傳》：「其言雉門及兩觀災何？兩觀微也，然則曷爲不言雉門災及兩觀？主災者兩觀也。時災者兩觀，則曷爲後言之？不以微及大也。何以書？記災也。」（頁 37）

董仲舒、劉向以爲此皆奢僭過度者也。先是季氏逐昭公，昭公死于外。定公即

位，既不能誅季氏，又用其邪說，淫於女樂，而退孔子。（頁 1329）

哀公三年「五月辛卯，桓、釐宮災」

《公羊傳》：「此皆毀廟也，其言災何？復立也。曷爲不言其復立？春秋見者不
復見也。何以不言及？敵也。何以書？記災也。」（頁 342）

董仲舒、劉向以爲此二宮不當立，違禮者也。（頁 1330）

哀公四年「六月辛丑，蒲社災」

《公羊傳》：「蒲社者何？亡國之社也，社者封也，其言災何？亡國之社，蓋揜
之，揜其上而柴其下。蒲社災，何以書？記災也。」（頁 343）

董仲舒、劉向以爲亡國之社，所以爲戒也。（頁 1330）

武帝建元六年六月丁酉，遼東高廟災。四月壬子，高園便殿火

董仲舒對曰「《春秋》之道舉往以明來，是故天下有物，視《春秋》所舉與同
比者，精微眇以存其意，通倫類以貫其理，天地之變，國家之事，粲然皆見，亡
所疑矣。按《春秋》魯定公、哀公時，季氏之惡已孰，而孔子之聖方盛，夫以盛
聖而易孰惡，季孫雖重，魯君雖輕，其勢可成也。故定公二年五月兩觀災。兩觀，
僭禮之物，天災之者，若曰僭禮之臣可以去，已見罪徵，而後告可去，此天意也。
定公不知省。至哀公三年五月，桓宮、釐宮災。二者同事，所爲一也，若曰燔貴
而去不義云爾。哀公未能見，故四年六月毫社災。兩觀、桓、釐廟、毫社，四者
皆不當立，天皆燔其不當立者以示魯，欲其去亂臣而用聖人也。季氏亡道久矣，
前是天不見災者，魯未有賢聖臣，雖欲去季孫，其力不能，昭公是也。至定、哀
乃見之，其時可也。不時不見，天之道也。今高廟不當居遼東，高園殿不當居陵
旁，於禮亦不當立，與魯所災同。其不當立久矣，至於陛下時天乃災之者，殆亦
其時可也。昔秦受亡周之敝，而亡以化之；漢受亡秦之敝，又亡以化之。夫繼二
敝之後，承其下流，兼受其猥，難治甚矣。又多兄弟親戚骨肉之連，驕揚奢侈恣
睢者眾，所謂重難之時者也。陛下正當大敝之後，又遭重難之時，甚可憂也。故
天災若語陛下：『當今之世，雖敝而重難，非以太平至公，不能治也。視親戚貴屬
在諸侯遠正最甚者，忍而誅之，如吾燔遼高廟東乃可；視近臣在國中處旁仄及貴
而不正者，忍而誅之，如吾燔高園殿乃可』云爾。在外而不正者，雖貴如高廟，
猶災燔之，況諸侯乎！在內不正者，雖貴如高園殿，猶燔災之，況大臣乎！此天
意也。罪在外者天災外，罪在內者天災內，燔甚罪當重，燔簡罪當輕，承天意之
道也。」（頁 1331）

二：大　水

桓公元年「秋，大水」

《公羊傳》：「何以書？記災也。」（頁 47）

董仲舒、劉向以爲桓弒兄隱公，民臣痛隱而賤桓。後宋督殺其君，諸侯會，將討之，桓受宋賂而歸，又背宋。諸侯由是伐魯，仍交兵結讎，伏尸流血，百姓愈怨，故十三年夏復大水。（頁 1343）

莊公十一年「秋，宋大水」

《公羊傳》：「何以書？記災也，外災不書，此何以書？及我也。」（頁 90）

董仲舒以爲時魯、宋比年爲乘丘、鄑之戰，百姓愁怨，陰氣盛，故二國俱水。（頁 1343）

宣公十年「秋大水，飢」

《公羊傳》：「何以書？以重書也。」（頁 202）

董仲舒以爲時比伐邾取邑，亦見報復，兵讎連結，百姓愁怨。（頁 1344）

襄公二十四年「秋，大水」

《公羊》無傳。

董仲舒以爲先是一年齊伐晉，襄使大夫帥師救晉，後又侵齊，國小兵弱，數敵彊大，百姓愁怨，陰氣盛。（頁 1345）

莊公七年「秋，大水，亡麥苗」

《公羊傳》：「無苗，則曷爲先言無麥？而後言無苗？一災不書，待無麥，然後書無苗。何以書？記災也。」（頁 81）

董仲舒、劉向以爲莊母文姜與兄齊襄公淫，共殺（桓）公，莊釋公讎，復取齊女，未入，先與之淫，一年再出，會於道逆亂，臣下賤之之應也。（頁 1343）

莊公二十四年，「大水」

《公羊》無傳。

董仲舒以爲夫人哀姜淫亂不婦，陰氣盛也。（頁 1344）

莊公二十八年「冬，築微。大（水）無麥禾。」

《公羊傳》：「冬既見無麥禾矣，曷爲先言築微，而後言無麥禾？諱以凶年造邑也。」（頁 108）

董仲舒以爲夫人哀姜淫亂，逆陰氣，故大水也。（頁 1339）

成公五年「秋，大水」

　　《公羊》無傳。

　　董仲舒、劉向以爲時成幼弱，政在大夫，前此一年再用師，明年復城鄆以彊私家，仲孫蔑、叔孫僑如顓會宋、晉，陰勝陽。（頁 1345）

三：星　象

（一）日　食

隱公三年「二月己巳，日有食之」

　　《公羊傳》：「何以書？記異也。日食，則曷爲或日或不日？或言朔或不言朔？曰某月某日朔，日有食之者，食正朔也。期或日或不日，或失之前，或失之後。失之前者，朔在前也；失之後者，朔在後也。」（頁 26）

　　董仲舒、劉向以爲其後戎執天子之使，鄭獲魯隱，滅戴，衛、魯、宋咸殺君。（頁 1479）

桓公三年「七月壬辰朔，日有食之，既」

　　《公羊傳》：「既者何！盡也。」（頁 510）

　　董仲舒、劉向以爲前事已大，後事將至者又大，則既。（頁 1482）

桓公十七年「十月朔，日有食之」

　　《公羊傳》：「冬十月朔，日有食之，不書日，官失之也。天子有日官，諸侯有日御，日官居卿，以底日，禮也。日御不失日，以授百官于朝。」（頁 67）

　　董仲舒以爲言朔不言日，惡魯桓且有夫人之禍，將不終日也。（頁 1483）

莊公二十五年「六月辛未朔，日有食之」

　　《公羊傳》：「日食，則曷爲鼓用牲于社？求乎陰之道也。以朱絲營社，或曰脅之，或曰爲闇，恐人犯之，故營之。」（頁 103）

　　董仲舒以爲宿在畢，主邊兵夷狄象也。後狄滅邢、衛。（頁 1484）

莊公十八年「三月，日有食之」

　　《公羊》無傳。

　　董仲舒以爲宿在東壁，魯象也。後公子慶父、叔牙果通於夫人以劫公。（頁 1483）

莊公二十六年「十二月癸亥朔，日有食之」

《公羊》無傳。

董仲舒以爲宿在心，心在明堂，文武之道廢，中國不絕若線之象也。(頁 1484)

莊公三十年「九月庚午朔，日有食之」

《公羊》無傳。

董仲舒、劉向以爲後魯二君弒，夫人誅，兩弟死，狄滅邢，徐取舒，晉殺世子，楚滅弦。(頁 1484)

僖公五年「九月戊申朔，日有食之。」

《公羊》無傳。

董仲舒、劉向以爲先是齊桓行伯，江、黃自至，南服彊楚。其後不內自正，而外執陳大夫，則陳、楚不附，鄭伯逃盟，諸侯將不從桓政，故天見戒。其後晉滅虢，楚(圍)許，諸侯伐鄭，晉弒二君，狄滅溫，楚伐黃，桓不能救。(頁 1485)

僖公十二年「三月庚午，日有食之」

《公羊》無傳。

董仲舒、劉向以爲是時楚滅黃，狄侵衛、鄭，莒滅杞。(頁 1486)

僖公十五年「五月，日有食之。」

《公羊》無傳。

董仲舒以爲後秦獲晉侯，齊滅項，楚敗徐于婁林。(頁 1486)

文公元年「二月癸亥朔，日有食之。」

《公羊》無傳。

董仲舒、劉向以爲先是大夫始執國政，公子遂如京師，後楚世子商臣殺父，齊公子商人殺君，皆自立，宋子哀出奔，晉滅江，楚滅六，大夫公孫敖、叔彭生並專會盟。(頁 1487)

文公十五年「六月辛丑朔，日有食之」

《公羊》無傳。

董仲舒、劉向以爲後宋、齊、莒、晉、鄭八年之間五君殺死，(楚)滅舒蓼。(頁 1487)

宣公八年「七月甲子，日有食之，既」

《公羊》無傳。

董仲舒、劉向以爲先是楚商臣弒父而立，至于嚴王遂彊。諸夏大國唯有齊、晉，

齊、晉新有篡弒之禍，內皆未安，故楚乘弱橫行，八年之間六侵伐而一滅國；伐陸渾戎，觀兵周室；後又入鄭鄭伯肉袒謝罪；北敗晉師于邲，流血色水；圍宋九月，析骸而炊之。（頁 1488）

宣公十年「四月丙辰，日有食之」

《公羊》無傳。

董仲舒、劉向以爲後陳夏徵舒弒其君，楚滅蕭，晉滅二國，王札子殺召伯、毛伯。（頁 1488）

宣公十七年「六月癸卯，日有食之」

《公羊》無傳。

董仲舒、劉向以爲後邾支解鄫子，晉敗王師于貿戎，敗齊于鞍。（頁 1488）

成公十六年「六月丙寅朔，日有食之」

《公羊》無傳。

董仲舒、劉向以爲後晉敗楚、鄭于鄢陵，執魯侯。（頁 1489）

成公十七年「十二月丁巳朔，日有食之」

《公羊》無傳。

董仲舒、劉向以爲後楚滅舒庸，晉弒其君，宋魚石因楚奪君邑，莒滅鄫，齊滅萊，鄭伯弒死。（頁 1489）

襄公十四年「二月乙未朔，日有食之」

《公羊》無傳。

董仲舒、劉向以爲後衛大夫孫、甯共逐獻公，立孫剽。（頁 1490）

襄公十五年「八月丁巳（朔），日有食之。」

《公羊》無傳。

董仲舒、劉向以爲先是晉爲雞澤之會，諸侯盟，又大夫盟，後爲溴梁之會，諸侯在而大夫獨相與盟，君若綴旒，不得舉手。（頁 1490）

襄公二十年「十月丙辰朔，日有食之」

《公羊》無傳。

董仲舒以爲陳慶虎、慶寅蔽君之明，邾庶其有叛心，後庶其以漆、閭丘來奔，陳殺二慶。（頁 1490）

襄公二十一年「九月庚戌朔，日有食之」

《公羊》無傳。

董仲舒以為晉欒盈將犯君，後入于曲沃。（頁 1491）

襄公二十年「十月庚辰朔，日有食之」

《公羊》無傳。

董仲舒以為宿在軫、角，楚大國象也。後楚屈氏譖殺公子追舒，齊慶封脅君亂國。（頁 1491）

襄公二十三年「二月癸酉朔，日有食之」

《公羊》無傳。

董仲舒以為後衛侯入陳儀，甯喜弒其君剽。（頁 1491）

襄公二十四年「八月癸巳朔，日有食之」

《公羊》無傳。

董仲舒以為比食又既，象陽將絕，夷狄主上國之象也。後六君弒，楚子果從諸侯伐鄭，滅舒鳩，魯往朝之，卒主中國，伐吳討慶封。（頁 1491）

襄公二十七年「十二月乙亥朔，日有食之」

《公羊》無傳。

董仲舒以為禮義將大滅絕之象也。時吳子好勇，使刑人守門；蔡侯通於世子之妻；莒不早立嗣。後闔戕吳子，蔡世子般弒其父，莒人亦弒君而庶子爭。劉向以為自二十年至此歲，八年間日食七作，禍亂將重起，故天仍見戒也。後齊崔杼弒君，宋殺世子，北燕伯出奔，鄭大夫自外入而篡位，指略如董仲舒。（頁 1492）

昭公七年「四月甲辰朔，日有食之」

《公羊》無傳。

董仲舒、劉向以為先是楚靈王弒君而立，會諸侯，執徐子，滅賴，後陳公子招殺世子，楚因而滅之，又滅蔡，後靈王亦弒死。（頁 1493）

昭公十七年「六月甲戌朔，日有食之」

《公羊》無傳。

董仲舒以為時宿在畢，晉國象也。晉厲公誅四大夫，失眾心，以弒死。後莫敢復責大夫，六卿遂相與比周，專晉國，君還事之。日比再食，其事在春秋後，故不載於經。（頁 1495）

昭公二十一年「七月壬午朔，日有食之」

《公羊》無傳。

董仲舒以為周景王老，劉子、單子專權，蔡侯朱驕，君臣不說之象也。後蔡侯朱果出奔，劉子、單子立王猛。（頁1496）

昭公二十二年「十二月癸酉朔，日有食之」

《公羊》無傳。

董仲舒以為宿在心，天子之象也。後尹氏立王子朝，天王居于狄泉。（頁1496）

昭公二十四年「五月乙未朔，日有食之」

《公羊》無傳。

董仲舒以為宿在胃，魯象也。後昭公為季氏所逐。（頁1497）

昭公三十一年「十二月辛亥朔，日有食之」（頁1498）

《公羊》無傳。

董仲舒以為宿在心，天子象也。時京師微弱，後諸侯果相率而城周，宋中幾亡尊天子之心，而不衰城。

定公五年「三月辛亥朔，日有食之」

《公羊》無傳。

董仲舒、劉向以為後鄭滅許，魯陽虎作亂，竊寶玉大弓，季桓子退仲尼，宋三臣以邑叛。（頁1498）

定公十二年「十一月丙寅朔，日有食之」

《公羊》無傳。

董仲舒、劉向以為後晉三大夫以邑叛，薛弒其君，楚滅頓、胡，越敗吳，衛逐世子。（頁1499）

定公十五年「八月庚辰朔，日有食之」

《公羊》無傳。

董仲舒以為宿在柳，周室大壞，夷狄主諸夏之象也。明年，中國諸侯果累累從楚而圍蔡，蔡恐，遷于州來。晉人執戎蠻子歸于楚，京師楚也。（頁1499）

（二）流　星

莊公七年「四月辛卯夜，恆星不見，夜中星隕如雨」

《公羊傳》：「恆星者何？列星也。列星不見，何以知？夜之中，星反也。如雨者何？如雨者非雨也。非雨則曷為謂之如雨？不脩春秋曰：雨星不及地尺而復，君

子脩之日：星霣如雨。何以書？記異也。」（頁 81）

董仲舒、劉向以爲常星二十八宿者，人君之象也；眾星，萬民之類也。列宿不見，象諸侯微也；眾星隕墜，民失其所也。夜中者，爲中國也。不及地而復，象齊桓起而救存之也。鄉亡桓公，星遂至地，中國其良絕矣。（頁 1508）

（三）慧 星

文公十四年「七月，有星孛入于北斗」（頁 1511）

《公羊傳》：「孛者何？慧星也。其言入于北斗何？北斗有中也。何以書？記異也。」（頁 178）

董仲舒以爲孛者惡氣之所生也。謂之孛者，言其孛孛有所妨散，闇亂不明之也。北斗，大國象。後齊、宋、魯、莒、晉皆弒君。

昭公十七年「冬，有星孛于大辰」

《公羊傳》：「孛者何？慧星也。其言于大辰何？在大辰也。大辰者何？大火也。大火爲大辰，伐爲大辰，北辰亦爲大辰。何以書？記異也。」（頁 290）

董仲舒以爲大辰心也，心（爲）明堂，天子之象。後王室大亂，三王分爭，此其效也。（頁 1513）

哀公十三年「冬十一月，有星孛于東方」（頁 1515）

《公羊傳》：「孛者何？慧星也。其言于東方何？見于旦也。何以書？記異也。」（頁 354）

董仲舒、劉向以爲不言宿名者，不加宿也。以辰乘日而出，亂氣君明也。明年《春秋》事終。

（四）殞 石

僖公十六年「正月戊申朔，隕石于宋，五，是月六鶂退飛過宋都」。

《公羊傳》：「霣石記聞，聞其磌然，視之則石，察之則五。」（頁 139）

董仲舒、劉向以爲象宋襄公欲行伯道將自敗之戒也。（頁 1518）

四：大 旱

僖公二十一年「夏，大旱。」

《公羊傳》：「何以書？記災也。」

董仲舒、劉向以爲齊（桓）既死，諸侯從楚，僖尤得楚心。楚來獻捷，釋宋之執。

外倚彊楚，炕陽失眾，又作南門，勞民興役。諸雩旱不雨，略皆同說。（頁1386）

五：無　冰

桓公十四年「春，亡冰。」

《公羊傳》：「何以書？記異也。」

董仲舒以爲象夫人不正，陰失節也。（頁1407）

成公元年「二月，無冰」。

《公羊》無傳。

董仲舒以爲方有宣公之喪，君臣無悲哀之心，而炕陽，作丘甲。（頁1407）

六：獸異、草妖、蟲災

成公七年「正月，鼷鼠食郊牛角；改卜牛，又食其角」

《公羊》無傳。

董仲舒以爲鼷食郊牛，皆養牲不謹也。京房《易傳》曰：「祭天不愼，厥妖鼷鼠齧郊牛角。」（頁1372）

僖公三十三年「十二月，李梅實」。

《公羊傳》：「何以書？記異也。何異爾？不時也。」（頁159）

董仲舒以爲李梅實，臣下彊也。記曰：「不當華而華，易大夫；不當實而實，易相室。」冬，水王，木相，故象大臣。（頁1412）

文公三年「秋，雨螽于宋。」

《公羊傳》：「雨螽者何？死而隊也。何以書？記異也。外異不書，此何以書？爲王者之後記異也。」（頁166）

董仲舒以爲宋三世內取，大夫專恣，殺生不中，故螽先死而至。（頁1432）

宣公十五年「冬，蝝生。」

《公羊傳》：「未有言蝝生者，此其言蝝生何？蝝生不書，此何以書？幸之也。幸之者何？猶曰受之云爾。受之云爾者何？上變古易常，應是而有天災，其諸則宜

於此焉變矣。」（頁 208）

董仲舒、劉向以爲蝝，螟始生也……是時民患上力役，解於公田。宣是時初稅畝。稅畝，就民田畝擇美者稅其什一，亂先王制而爲貪利，故應是而蝝生。（頁 1434）

隱公五年「秋，螟」。

《公羊傳》：「何以書？記災也。」（頁 36）

董仲舒、劉向以爲時公觀漁于棠，貪利之應也。（頁 1445）

莊公六年「秋，螟」。

《公羊》無傳。

董仲舒、劉以爲先是衛侯朔出奔齊，齊侯會諸侯納朔，許諸侯賂，齊人歸衛寶，魯受之，貪利應也。（頁 1446）

七：雷、雪

桓公八年「十月，雨雪」

《公羊傳》：「何以書？記異也。何異爾？不時也。」（頁 60）

董仲舒以爲象（夫）人專恣，陰氣盛也。（頁 1423）

僖公十年「冬，大雨雪」

《公羊傳》：「何以書？記異也。」（頁 136）

董仲舒以爲公脅於齊桓公，立妾爲夫人，不敢進群妾，故專壹之象見諸雹，皆爲有所漸脅也，行專壹之政云。（頁 1423）

昭公四年「正月，大雨雪」

《公羊》無傳。

董仲舒以爲季孫宿任政，陰氣盛也。（頁 1423）

僖公十五年「九月己卯晦，震夷伯之廟」

《公羊傳》：「晦者何？冥也。震之者何？雷電擊夷伯之廟者也。夷伯者，曷爲者也？季氏之孚也。季氏之孚，則微者，其稱夷伯何？大之也。曷爲大之？天弁之，故大之也。何以書？記異也。」（頁 138）

董仲舒以爲夷伯，季氏之孚也，陪臣不當有廟。震者雷也，晦暝，雷擊其廟，明當絕去僭差之類也。（頁 1445）

參考書目

一、經　部

1. 《尚書孔傳題》，（漢）孔安國撰，《十三經注疏本》，臺北：藝文印書館，民國 78 年 1 月十一版。

2. 《毛詩注疏》，（唐）孔穎達疏，《十三經注疏本》，同右。

3. 《左傳注疏》，（唐）孔穎達疏，《十三經注疏本》，同右。

4. 《公羊注疏》，（漢）公羊壽傳、何休解詁、（唐）徐彥疏，《十三經注疏本》，同右。

5. 《公羊治獄》，（漢）董仲舒撰、嚴一萍選輯，《黃氏逸書考》，台北：藝文印書館影印本。

6. 《春秋公羊傳要義》，（民）李新霖撰，臺北：文津出版社，民國 78 年 5 月。

7. 《春秋決書》，（漢）董仲舒撰、嚴一萍選輯，《漢魏遺書鈔》，台北：藝文印書館影印本。

8. 《穀梁注疏》，（晉）范甯集解、（唐）楊士勛疏，《十三經注疏本》，臺北：藝文印書館，民國 78 年 1 月十一版。

9. 《春秋要領》，（民）程發軔撰，臺北：東大圖書公司，民國 78 年 4 月。

10. 《春秋董氏學》，（清）康有爲撰，臺北：臺灣商務印書館，民國 58 年 1 月初版。

11. 《漢代春秋學研究》，（民）馬勇撰，大陸：四川人民出版社，1992 年 9 月初版。

12. 《春秋宋學發微》，（民）宋鼎宗撰，臺北：文史哲出版社，民國 75 年 9 月增訂再版。

13. 《春秋三傳比義》，（民）傅隸樸撰，臺北：臺灣商務印書館，民國 72 年 5 月初版。

14. 《春秋繁露》，（漢）董仲舒撰，國學基本叢書四百種，臺北：臺灣商務印書館，民國 57 年 3 月。

15. 《春秋繁露注》，（清）凌曙注，臺北：世界書局，民國 59 年 1 月再版。

16. 《春秋繁露義證》，（清）蘇輿義證，北京：中華書局，1992 年 12 月第一版。

17. 《春秋繁露今註今譯》，（民）賴炎元撰，臺北：臺灣商務印書館，民國 73 年 5 月初版。

18. 《論語正義》，（魏）何晏注、（宋）邢昺疏，《十三經疏本》，臺北：藝文印書館，民國 78 年 1 月十一版。

19. 《孟子正義題》，（宋）孫奭撰，《十三經疏本》，臺北：藝文印書館印行，民國 78 年 1 月十一版。

20. 《孝經正義》，（唐）玄宗御注、（宋）邢昺疏，《十三經注疏本》，同右。

21. 《五經治要》，（民）胡自逢撰，臺北：文史哲出版社，民國 82 年 4 月初版。

22. 《兩漢經學今古文平議》，（民）錢穆，臺北：東大圖書公司，78 年 11 月臺三版。

23. 《經義考》，（清）朱彝尊撰，京都：中文出版社，1978 年。

24. 《讀經示要》，（民）熊十力撰，臺北：明文書局，民國 76 年 9 月 30 日再版。

25. 《經學歷史》，（清）皮錫瑞撰，臺北：漢京文化事業有限公司，民國 72 年 9 月初版。

26. 《中國經學史》，馬宗霍撰，臺北：臺灣商務印書館，民國 75 年 2 月臺七版。

27. 《中國經學發展史論》（上冊），（民）李威熊撰，臺北：文史哲出版社，民國 77 年 12 月初版。

28. 《說文解字約注》，（民）張舜徽撰，臺北：木鐸出版社，民國 73 年 7 月初版。

29. 《孔子——周秦漢晉文獻集》，姜義華、張榮華、吳根梁編，上海：新華書店，1990 年 7 月第一版。

二、史　部

1. 《新校史記三家注》，（漢）司馬遷撰、（宋）裴駰等注，臺北：鼎文書局，民國 76 年 11 月九版。

2. 《新校漢書集注》，（漢）班固撰、（唐）顏師古注，臺北：鼎文書局，民國 80 年 9 月七版。

3. 《新校後漢書注》，（晉）范曄撰、（唐）李賢注，北京：中華書局，1965 年 5 月第一版。

4. 《珍倣宋版隋書》，（唐）封德彝、顏師古、魏徵等撰，臺北：臺灣中華書局，民國 55 年 3 月。

5. 《國語》，（周）左丘明撰、（吳）韋昭注，臺北：漢京文化事業公司，民國 72 年 12 月 31 日。

6. 《文獻通考經籍考》，（元）馬瑞臨著，臺北：新興書局，民國 52 年 10 月初版。

7. 《四庫全書總目》，（清）紀昀等撰，臺北：臺灣商務印書館，民國 75 年 3 月初版。

8. 《漢晉學術編年》，劉汝霖撰，北京：中華書局，1987 年 12 月初版。

9. 《春秋戰國異辭》，（清）陳厚耀撰，臺北：鼎文書局，民國 66 年 10 月初版。

10. 《偽書通考》張心澂撰，香港：友聯出版社，出版時間不詳。

11. 《古籍辨偽學》，鄭良樹撰，臺北：臺灣學生書局，1986 年 8 月初版。

12. 《直齋書錄解題》，（宋）陳振孫撰，臺北：廣文書局，民國 68 年 5 月再版。

13. 《崇文總目輯釋》，（宋）歐陽修等撰，臺北：廣文書局，民國 57 年 3 月初版。

14. 《國史大綱》，錢穆撰，臺北：台灣商務印書館，民國 77 年 12 月修訂十六版。

15. 《春秋史論集》，張以仁撰，臺北：聯經出版事業公司，民國 79 年元月初版。

16. 《中國古代史學人物》，蕭黎撰，臺北：國文天地雜誌社，民國 78 年 12 月初版。

17. 《先秦文史資料考辨》，屈萬里撰，聯經出版社，民國 72 年再版。

18. 《中國歷史地圖集》，譚其驤主編，上海：新華書店，1985 年 10 月第二次印刷。

19. 《秦漢的方士與儒生》，顧頡剛撰，臺北：里仁書局，民國 74 年 8 月 30 日。

三、子　部

1. 《新編中國哲學史》，勞思光撰，臺北：三民書局，民國 79 年 9 月。

2. 《中國思想史》，錢穆撰，臺北：臺灣學生書局，民國 77 年 10 月第六次印刷。

3. 《中國學術思想大綱》，林伊撰，臺北：臺灣學生書局，民國 67 年 7 月十三版。

4. 《兩漢思想史》，徐復觀撰，臺北：臺灣學生書局，民國 65 年 6 月初版。

5. 《原始儒家道家哲學》，方東美撰，臺北：黎明文化事業公司，民國 76 年 11 月三版。

6. 《新儒家哲學十八講》，方東美撰，臺北：黎明文化事業公司，民國 78 年 4 月三版。

7. 《韓非子集解》，（戰國）韓非子、（清）王先慎集解，臺北：華正書局，民國 80 年 10 月初版。

8. 《論衡》，（漢）王充撰，臺北：中華書局，民國 59 年 6 月二版。

9. 《二程全書》，（宋）程伊川、程明道撰，臺北：臺灣中華書局，民國 59 年 6 月二版。

10. 《朱子大全》，（宋）朱熹撰，臺北：中華書局，民國 59 年 6 月二版。

11. 《朱子語類》，（宋）朱熹撰，臺北：華世出版社，1987 年元月。

12. 《攻媿集》，（宋）樓鑰撰，臺北：臺灣商務印書館，民國 68 年 11 月台一版。

13. 《黃氏日鈔》，（明）黃震，臺北：大化書局，民國 73 年 12 月再版。

14. 《無邪堂答問》，（清）朱一新撰，臺北：廣文書局，民國 58 年 1 月初版。

15. 《魏源集》，（清）魏源撰，臺北：鼎文書局，民國 67 年 1 月初版。

16. 《儆季雜著》，（清）黃以周撰，清·光緒二十年南菁書院刊本。

17. 《梁啓超學術論叢》，梁啓超撰，臺北：南嶽出版社，民國 67 年 3 月初版。

18. 《公羊家哲學》，陳柱撰，臺北：臺灣中華書局，民國 69 年 11 月。

19. 《董仲舒與西漢學術》，李威熊撰，臺北：文史哲出版社，民國 67 年 6 月初版。

20. 《董仲舒政治思想之研究》，賴慶鴻撰，臺北：文史哲出版社，民國 70 年 4 月初版。

21. 《董仲舒》，韋政通撰，臺北：東大圖書公司，民國 75 年 7 月初版。

22. 《董仲舒與新儒學》，黃樸民撰，臺北：文津出版社，民國 81 年 7 月初版。

23. 《解釋學簡論》，高宣揚著，臺北：遠流出版公司，1991 年 7 月 16 日初版三刷。

24. 《西洋哲學辭典》，布魯格編著、項退結編譯，臺北：華香園出版社，民國 81 年 8 月增訂第二版。

四、集　部

1. 《董仲舒集》，（漢）董仲舒撰，明刻本，南港中央研究院傅斯年圖書館藏本。

2. 《董仲舒文集》，（漢）董仲舒撰、嚴可均校輯，臺北：世界書局，民國 52 年 5 月二版。

3. 《歐陽文忠公集》，（宋）歐陽修撰，《文淵閣四庫全書》，臺北：臺灣商務印書館，民國 75 年 3 月初版。

4. 《全上古三代秦漢三國六朝文》，嚴可均校輯，臺北：世界書局，民國 52 年 5 月二版。

5. 《全唐詩》，臺北：明儒出版社，民國 60 年 10 月。

五、碩士論文

1. 〈易傳之解釋學研究〉，陳蘭行撰，《國立中央大學中文研究所碩士論文》，民國 83 年。

2. 〈閻若璩尚書古文疏證的辨偽方法〉，許華峰撰，《國立中央大學碩士論文》，民國 83 年。

3. 〈漢代春秋折獄之研究〉，黃源盛撰，《國立中興大學法律學研究所碩士論文》，民國 71 年 5 月。

4. 〈兩漢公羊學及其對當時政治之影響〉，何照清撰，《輔仁大學中國文學研究所碩士論文》，民國 75 年 5 月。

六、單篇論文

1. 〈春秋公羊傳對西漢政治的影響〉，劉德漢撰，《書目季刊》，十一卷一期，民國 66 年 6 月 16 日。

2. 〈春秋繁露探述〉，賴炎元撰，《中國學術年刊》，第三期，民國 68 年 6 月。

3. 〈孟子論《春秋》〉，呂紹綱撰，收入《中國經學史論文選集》，臺北：文史哲出版社，82 年 3 月初版。

4. 〈兩漢章句之學重探〉，林師慶彰撰，收入《漢代文學與思想學術研討會論文

集》，臺北文史哲出版社，1991 年 10 月。

5. 〈兩漢博士家法考〉，錢穆撰，收入《兩漢經學今古文平議》，臺北：東大圖書股份有限公司，民國 78 年 11 月。

6. 〈經疏的衍成〉，載君仁撰收入，《孔孟學報》，第十九期，民國 59 年 4 月 12日。

7. 〈董子年表〉，蘇輿撰，收入《春秋繁露義證》，北京：中華書局，1992 年 12月第一版。

8. 〈董子年表訂誤〉，施之勉撰，《東方雜誌》，第四十一卷，第二十四號。

9. 〈漢武帝抑黜百家非發自董仲舒考〉，戴君仁撰，《孔孟學報》，第十六期，民國 57 年 9 月 28 日。

10. 〈秦漢思想史要籍評介〉，吳福助撰，《中國文哲研究通訊》，第二卷第一期，民國 81 年 3 月。

11. 〈董仲舒春秋學方法論試探——春秋繁露中的哲學問題與知識方法的辨析〉，孫長祥撰，《華岡文科學報》·第十七期，民國 78 年 12 月。

12. 〈董仲舒春秋折獄案例研究〉，黃源盛撰，《臺大法學論叢》，第二十一卷第二期，民國 81 年 8 月。

13. 〈評海峽兩岸的董仲舒思想研究〉，李宗桂撰，《哲學研究》，第二期，1990 年 4月 25 日出版。

14. 〈釋經學〉、〈銓釋學〉、〈闡釋學〉、〈解釋學〉，岑師溢成撰，《鵝湖月刊》，民國 76 年 6 月。